JUSSI ADLER-OLSEN

Los chicos que cayeron en la trampa

LOS CASOS DEL DEPARTAMENTO Q

OCEANO exprés   **MAEVA**

DEPARTAMENTO Q:
LOS CHICOS QUE CAYERON EN LA TRAMPA

Título original: FASANDRÆBERNE

Adaptación de portada: Romi Sanmartí

Fotografía del autor: Phillipe Drago Jørgensen

© 2008, JP/ Politikens Forlagshus København

© 2011, Nicolás de Miguel (por la traducción)

D.R. © Editorial Océano, S.L.
Milanesat, 21-23. Edificio Océano
08017 Barcelona, España. Tel. 93 280 20 20
www.oceano.com

D. R. © para la presente coedición
Maeva Ediciones y Editorial Océano de México, S.A. de C.V.
Blvd. Manuel Ávila Camacho 76, piso 10
Col. Lomas de Chapultepec
Miguel Hidalgo, C.P. 11000, México, D.F.
Tel. (55) 9178 5100 • info@oceano.com.mx

Esta coedición es para venta exclusiva
en Hispanoamérica.
Prohibida su venta en España

Primera edición en Océano exprés: enero 2013

ISBN: 978-607-400-749-7
Depósito legal: B-26801-LV

Impreso en España/ Printed in Spain

9003486011012

Dedicado a las tres gracias y damas de hierro:
Anne, Lene y Charlotte

Prólogo

Por encima de las copas de los árboles resonó otro disparo más.

Los gritos de los ojeadores se oían cada vez con mayor claridad. Su propio pulso le oprimía los tímpanos, al tiempo que el aire húmedo le entraba en los pulmones con tal violencia e intensidad que llegaba a hacerle daño.

Corre, corre, sin caerte. Si me caigo no volveré a levantarme. Caray, ¿por qué no consigo soltarme las manos? Ah, corre, corre... chist. Que no me oigan. ¿Me habrán oído? ¿Habrá llegado el momento? ¿De verdad que voy a acabar así mis días?

Las ramas le azotaban el rostro y trazaban en él líneas de sangre, una sangre entremezclada con sudor.

Los gritos ya se oían por todas partes. Entonces le invadió un terror mortal.

Sonaron varios disparos más. El silbido de los proyectiles al hendir aquel aire cortante le pasó tan cerca que el sudor no tardó en formar una película por debajo de su ropa.

Un minuto o dos y los tendría allí mismo. ¿Por qué no le obedecían las manos? ¿Cómo podía ser tan fuerte la cinta que se las sujetaba a la espalda?

Los pájaros, asustados, alzaron el vuelo por encima de las copas de los árboles con un aleteo. Por detrás del tupido muro de abetos la danza de sombras se hizo más evidente. Debían de encontrarse a unos cien metros. Todo se tornó más claro. Las voces. La sed de sangre de los cazadores.

¿Cómo pensarían hacerlo? ¿Un disparo, una flecha solitaria y se acabó? ¿Eso era todo?

No, claro. ¿Por qué conformarse con tan poca cosa? No eran tan clementes esos cabrones, no. Llevaban sus rifles, sus cuchillos enlodados y ya habían comprobado la eficacia de sus ballestas.

¿Dónde esconderme? ¿Habrá algún sitio? ¿Podré regresar? ¿Podré?

Su mirada recorrió el suelo del bosque, aunque la cinta que le cubría los ojos casi por completo dificultaba la tarea, y sus piernas continuaron corriendo a tropezones.

Ahora me toca sentir en carne propia lo que es estar a su merced. No harán excepciones conmigo, así es como satisfacen sus instintos. Es la única posibilidad.

El corazón le latía con tal fuerza que llegaba a hacerle daño.

1

Para ella, aventurarse a bajar por Strøget era casi como andar por el filo de un cuchillo. Con el rostro semioculto tras un pañuelo de un color verde oscuro, pasaba frente a los escaparates iluminados de la calle peatonal sin dejar de analizarla con la mirada alerta ni un segundo. Se trataba de reconocer a la gente y de que no la reconocieran a ella, de poder vivir en paz con sus demonios; el resto corría por cuenta de todos esos que pasaban con tanta prisa, de los hijos de perra que querían hacerle daño y de los que se apartaban a su paso con la mirada vacía.

Kimmie levantó la vista hacia los faroles que dejaban caer su gélida luz sobre Vesterbrogade. Dilató las aletas de la nariz. Las noches no tardarían en refrescar, había que ir preparándose para la hibernación.

Estaba en medio de un grupito de visitantes del Tívoli semicongelados en el paso de peatones de la estación central cuando reparó en una mujer con un abrigo de *tweed* que aguardaba a su lado. Unos ojos entornados la inspeccionaron, la nariz se arrugó un poco y la mujer se apartó ligeramente. Apenas unos centímetros, pero más que suficiente.

Bueno, Kimmie, una señal de advertencia parpadeó en su cabeza al tiempo que la furia se apoderaba de ella.

Su mirada recorrió el cuerpo de la desconocida hasta llegar a la altura de las pantorrillas. Un leve brillo en las medias, los tobillos prolongados por unos zapatos de tacón.

Kimmie sintió que los labios se le crispaban en una sonrisa traicionera. Podía partirle los tacones de una buena patada y tirarla al suelo. Así descubriría que en una acera mojada se manchan hasta los trajes de Christian Lacroix. Así aprendería a ocuparse de sus propios asuntos.

La miró a la cara. La raya bien delineada, la nariz empolvada, los rizos muy bien recortados. La mirada dura y fría. Sí, conocía a las de su clase mejor que la mayoría de los mortales. Ella misma había pertenecido a ese mundo, de clase alta, arrogante, tan vacío por dentro que retumbaba. Así eran las que entonces llamaba sus amigas. Así era su madrastra.

Las detestaba.

Bueno, haz algo, susurraron las voces de su cabeza. *No lo consientas. Demuéstrale quién eres. ¡Vamos!*

Kimmie observó a unos niños de piel oscura que había al otro lado de la calle. De no haber sido por sus ojos erráticos, habría empujado a aquella mujer al paso del autobús 47. Ya lo estaba viendo: la enorme mancha de sangre que el autobús dejaría tras de sí; la oleada de conmoción que el cuerpo aplastado de aquella arrogante propagaría entre la multitud; la deliciosa sensación de justicia que le proporcionaría.

Pero no la empujó. Siempre había un ojo alerta entre la muchedumbre y, además, eso que llevaba dentro la refrenaba. El terrible eco de unos días lejanos, muy lejanos.

Se llevó la manga al rostro y aspiró con fuerza. La mujer que había a su lado no se había equivocado, apestaba.

Cuando el semáforo cambió a verde, echó a andar por el paso de cebra con la maleta a rastras traqueteando sobre sus ruedas torcidas. Sería su último viaje, ya era hora de jubilar aquel armatoste.

Había llegado el momento de cambiarlo.

En mitad del vestíbulo de la estación, delante de la tienda 24-horas, había un letrero con las primeras páginas de los periódicos del día, un auténtico fastidio para quienes iban con prisa y para los ciegos. Ya había visto los titulares varias veces de camino hacia allí; daban asco.

—Cabrón —murmuró al pasar junto a los carteles con la vista al frente.

A pesar de todo, no pudo evitar volverse y entrever el rostro que aparecía entre los titulares del *B. T.*

La sola visión de aquel hombre la hizo echarse a temblar.

El pie de foto decía: «Ditlev Pram posee clínicas privadas en Polonia por valor de 12,000 millones». Escupió en el suelo y se detuvo un instante a esperar a que la reacción de su cuerpo se suavizara. Odiaba a Ditlev Pram; a él, a Torsten y a Ulrik. Pero un día sabrían lo que era bueno. Algún día acabaría con ellos. Seguro.

Sus carcajadas despertaron la sonrisa de un viandante, otro cándido imbécil que creía saber qué pasaba por la mente de los demás.

De pronto se detuvo.

Tine la Rata estaba un poco más adelante, en su sitio habitual, incapaz de mantener la vertical y cabeceando ligeramente, con las manos sucias, los párpados pesados y el brazo extendido con la descerebrada esperanza de que alguien en medio de aquel hervidero le diera una moneda. Solo una drogadicta podía mantener esa postura hora tras hora. Pobre infeliz.

Kimmie se escabulló por detrás de ella y se dirigió hacia las escaleras que conducían a la salida de Reventlowsgade, pero Tine la vio.

—¡Eh! Caray. Hola, Kimmie —oyó que decía una voz a su espalda; pero no volteó.

Tine la Rata no era buena compañía en los espacios abiertos, el cerebro sólo le llegaba a funcionar pasablemente cuando estaban en su banca de la calle.

Pero era la única persona que Kimmie soportaba.

El viento barría las calles con un soplido inexplicablemente frío y todos se apresuraban a regresar a sus casas; por eso, junto a las escaleras de la estación que desembocaban frente a Istedgade, cinco Mercedes negros aguardaban en la parada de taxis con el motor encendido. Pensó que así quedaría alguno cuando lo necesitara. Eso era todo cuanto quería saber.

Arrastró la maleta hasta la tienda tailandesa que había en el sótano del otro lado de la calle y la colocó junto al escaparate. Sólo una vez le habían birlado una maleta después de dejarla ahí, algo que con toda seguridad no se repetiría con semejante tiempo; hasta los ladrones se quedaban bajo techo. Además, le tenía sin cuidado, no contenía nada de valor.

Tras poco más de diez tristes minutos en la plazoleta de la estación, el pez picó. De un taxi bajó una mujer espectacular con un abrigo de visón, una maleta con sólidas ruedas de goma y un cuerpo ágil que no debía de pasar de una talla 38. Antaño a Kimmie sólo le interesaban las de la talla 40, pero ya había llovido mucho y vivir en la calle no engordaba, precisamente.

Mientras la recién llegada trataba de orientarse junto a uno de los expendedores automáticos del vestíbulo, le robó la maleta. Después salió por la puerta trasera con toda la calma del mundo y llegó a la parada de taxis de Rewntlowsgade en un abrir y cerrar de ojos.

Nada como tener práctica.

Una vez allí, cargó el botín en la cajuela del primer coche y le pidió al taxista que la llevara a dar una vuelta por ahí.

Sacó un buen puñado de billetes de cien coronas del bolsillo del abrigo.

—Te daré un par de estos de propina si haces lo que te digo —añadió, haciendo caso omiso de su mirada suspicaz así como del temblor que le sacudía las aletas de la nariz.

Al cabo de más o menos una hora regresaría a recoger la maleta vieja vestida con ropa nueva y con el olor de una desconocida impregnado en el cuerpo.

Para entonces las narices del taxista temblarían de un modo muy, pero muy distinto.

2

Ditlev Pram era un hombre atractivo y lo sabía. Cuando volaba en *business* siempre había un amplio surtido de féminas que no protestaban si les hablaba de su Lamborghini y de lo rápido que lo conducía hasta su humilde morada de Rungsted.

En esta ocasión, el objeto de sus deseos era una mujer con una melena de suaves cabellos y unos lentes de montura negra y poderosa que la hacían parecer inaccesible. Le excitaba.

La había abordado sin éxito, le había ofrecido *The Economist* con una central nuclear a contraluz en la portada sin obtener otra cosa que un gesto de rechazo con la mano y había hecho que le sirvieran una copa que ella no se bebió. Para cuando el vuelo de Stettin aterrizó en el aeropuerto de Kastrup a la hora prevista, había desperdiciado noventa preciosos minutos.

Ése era el tipo de cosas que lo volvían agresivo.

Echó a andar por los pasillos acristalados de la terminal 3 y, al llegar a la banda transportadora, divisó a su víctima. Era un hombre con dificultades para caminar que se dirigía hacia la cinta mecánica.

Ditlev apretó el paso y lo alcanzó en el preciso instante en que el desconocido ponía un pie en la banda. Lo veía como si ya hubiese sucedido: una zancadilla disimulada y aquel saco de huesos se estrellaría contra la pared de plexiglás; su rostro resbalaría por ella con los lentes retorcidos mientras el viejo intentaba frenéticamente ponerse en pie.

Estaba deseando hacer realidad sus fantasías, así era él. Eso era lo que habían mamado él y el resto de la banda. No era nada especialmente meritorio ni tampoco algo de lo que avergonzarse. Si se decidiera a hacerlo, en cierta forma la culpa sería de esa zorra. Podía haberlo acompañado a casa y no habrían tardado ni una hora en estar metidos en la cama.

Ella lo había querido.

En cuanto dejó atrás la antigua posada en el retrovisor y antes de que el mar volviese a aparecer y lo cegara, sonó su celular.

—¿Sí? —contestó mirando la pantalla.

Era Ulrik.

—Alguien que conozco la vio hace unos días —dijo—. En el paso de peatones de Bernstorffsgade, frente a la estación.

Ditlev apagó el mp3.

—Bien. ¿Cuándo exactamente?

—El lunes. El 10 de septiembre. Hacia las nueve de la noche.

—¿Y qué has hecho al respecto?

—Fui a dar una vuelta por allí con Torsten, pero no la encontramos.

—¿Con Torsten?

—Sí. Ya lo conoces, no me ayudó gran cosa.

—¿Quién se está ocupando del tema?

—Aalbæk.

—Bien. ¿Qué aspecto tenía?

—Me dijeron que iba muy bien vestida y que está más delgada. Pero apestaba.

—¿Qué?

—Sí, a sudor y a meados.

Eso era lo malo de Kimmie. No sólo era capaz de desaparecer del mapa durante meses, incluso años; también

resultaba imposible identificarla. Invisible y de pronto in-
quietantemente visible. Ella era lo más peligroso, lo único
que podía suponer una auténtica amenaza para ellos.

—Esta vez tenemos que atraparla, Ulrik. ¿Estamos?

—¿Para qué diablos crees que te he llamado?

3

En cuanto llegó al sótano de la Jefatura de Policía, a las puertas de las oficinas a oscuras del Departamento Q, Carl Mørck comprendió que el verano y las vacaciones habían terminado definitivamente. Encendió la luz y, al recorrer con la mirada su escritorio, atestado de montones caóticos de abultados expedientes, sintió la imperiosa necesidad de cerrar de un portazo y salir pitando. No le fue de gran ayuda que Assad hubiera colocado allí en medio un manojo de gladiolos que podría haber bloqueado por sí solo una calle grandecita.

−¡Bienvenido, *boss*! −lo saludó una voz a su espalda.

Volteó y miró directamente a los esquivos y lustrosos ojos cafés de Assad. Sus ralos cabellos oscuros despuntaban, disparados, en todas direcciones. Totalmente a punto para otro asalto en el *ring*.

−¡Huy! −exclamó al reparar en la opaca mirada de su jefe−. Nadie diría que acabas de venir de vacaciones, Carl.

El subcomisario hizo un gesto contrariado.

−¿Ah, no?

En la segunda planta volvían a estar de mudanza; otra vez la reforma policial de mierda. Dentro de poco necesitaría un GPS para localizar el despacho del jefe de Homicidios. Sólo había estado fuera tres semanas completas y ya había por lo menos cinco caras nuevas que lo miraban como si fuese un selenita.

¿Y ellos quiénes diablos eran?

—Tengo que darte una buena noticia, Carl —le anunció Marcus Jacobsen, el jefe del Departamento de Homicidios, mientras él paseaba su mirada errática por las paredes del nuevo despacho de su superior, unas superficies de color verde claro a medio camino entre un quirófano y la sala de gestión de crisis de un *thriller* de Len Deighton. Cadáveres de ojos lívidos le lanzaban sus miradas extraviadas desde todos los rincones. Mapas, diagramas y parrillas de personal en un abigarrado desorden. Todo de una efectividad de lo más deprimente.

—Una buena noticia, dices; eso suena fatal —replicó, dejándose caer a plomo en la silla que había frente a su jefe.

—En fin, vas a tener visita de Noruega.

El subcomisario lo observó con los párpados caídos.

—Por lo que sé, se trata de una delegación de cinco miembros de las altas esferas de la policía de Oslo que vienen a ver el Departamento Q. El viernes a las diez de la mañana, ¿te acordarás?

Marcus, sonriente, le hizo un guiño.

—Me encargaron que te dijera que están deseando venir.

Pues el deseo no era mutuo, carajo.

—Aprovechando la ocasión te he conseguido refuerzos para tu equipo. Se llama Rose.

Llegados a ese punto, Carl se incorporó un poco en la silla.

Después permaneció un buen rato ante la puerta del despacho de su jefe intentando volver a bajar las cejas. Decían que las desgracias nunca vienen solas y vaya si tenían razón, caray. Cinco minutos en la oficina y ya lo habían colocado como educador de apoyo de una aspirante a secretaria, por no mencionar que también iba a tener que capitanear un *tour* a ninguna parte con una banda de macacos de los fiordos.

Aunque esa segunda parte había caído en el más feliz de los olvidos.

—¿Dónde está la nueva que me van a mandar? —le preguntó a la señora Sørensen a través del mostrador de la secretaría.

Aquella fantoche no se dignó siquiera levantar la vista del teclado.

El subcomisario dio un golpecito en el mostrador. Como si fuera a servir de algo.

De pronto notó un roce en el hombro.

—Aquí lo tienes, Rose, en su insigne persona —dijo una voz por detrás de él—. Permíteme: Carl Mørck.

Al volverse se encontró con dos rostros asombrosamente idénticos y pensó que el inventor del color negro no había vivido en vano. Unos mechones ultracortos de color carbón, los ojos azabache y una ropa oscura y triste. De lo más desagradable.

—Caray, Lis. ¿Qué te ocurrió?

La secretaria más eficiente del departamento se pasó la mano por lo que antes eran unos delicados cabellos rubios y lo obsequió con una fulgurante sonrisa.

—Bonito, ¿eh?

Él asintió lentamente.

Observó a la otra mujer, que, encaramada a unos tacones de vértigo, lo observaba con una sonrisita capaz de bajarle los humos al más pintado, y luego volvió a estudiar a Lis. Eran como dos gotas de agua. A saber quién le había contagiado el *look* a quién.

—Bueno, pues aquí tienes a Rose. Lleva un par de semanas con nosotros, llenando la secretaría con sus buenas vibraciones. La confío a tu cuidado. Trátamela bien, Carl.

Carl irrumpió en el despacho de Marcus como un vendaval y con un montón de argumentos preparados, pero al cabo de veinte minutos comprendió que no había nada que hacer. Le concedieron una semana, después tendría que llevarse a la chica al sótano sí o sí. Marcus Jacobsen le informó de que ya habían desalojado y acondicionado el cuartito contiguo a su despacho, donde almacenaban diversos materiales para acordonar. Rose Knudsen era un nuevo miembro del Departamento Q y no había más que hablar.

Fueran cuales fuesen los motivos de su jefe, a Carl no le gustaban.

—Salió de la Academia de Policía con las calificaciones más altas, pero reprobó el examen de conducir, y eso es el fin de cualquiera por mucho talento que tenga. Tal vez fuera un poco sensible para el trabajo de campo, pero como estaba empeñada en entrar en la policía estudió secretariado y ya lleva un año en la comisaría del centro. Ha estado sustituyendo unas semanas a la señora Sørensen, que ya se ha reincorporado —le explicó Marcus Jacobsen dándole la vuelta por enésima vez a una caja con tabaco llena a rebosar.

—¿Y por qué no la mandas de vuelta al centro, si puede saberse?

—¿Que por qué? Un rifirrafe interno, cosas de ellos. Nada que nos incumba.

—De acuerdo.

La palabra *rifirrafe* sonaba de lo más peligrosa.

—El caso es que ahora tienes secretaria, Carl, y de las buenas.

Eso mismo decía de todo el mundo.

—Pues a mí me ha parecido muy simpatiquísima —intentaba animarlo Assad a la luz de las luces fluorescentes del Departamento Q.

—Debes saber que les armó un buen rifirrafe a los del centro, así que tan simpática no será.

—¿Un rifi...? Ésa vas a tener que repetírmela, Carl.

—Olvídalo, Assad.

Su ayudante asintió y bebió un sorbo de un brebaje con olor a menta que se había servido en la taza.

—Carl, oye entonces. No he avanzado nada con el caso que me *asesignaste* antes de irte. Miré aquí y allá y en todos los sitios imposibles, pero con el lío de la mudanza superior todos los expedientes han desaparecido.

El subcomisario levantó la cabeza. ¿Desaparecido? ¡Caray! Aunque... sí, al fin una buena noticia aquel día.

—Sí, totalmente *missing*. Pero cuando andaba rebuscando en los montones, me encontré éste, entonces. Está muy interesante.

Assad le tendió una carpeta y aguardó cual estatua de sal con expresión expectante.

—¿Tienes intención de quedarte ahí plantado mientras lo leo?

—Sí, gracias —contestó su ayudante al tiempo que dejaba la taza sobre la mesa.

Carl se llenó los carrillos de aire y abrió la carpeta resoplando lentamente.

Era un caso antiguo, muy antiguo. Del verano de 1987, para ser exactos, el año que tomó un tren con un amigo para ir al carnaval de Copenhague, donde le enseñó a bailar samba una pelirroja que llevaba el ritmo metido en las caderas, una cualidad divina, como se demostró cuando acabaron la noche entre los matojos de los jardines de Rosenborg encima de una manta. Él tenía poco más de veinte años y nunca había sido menos virgen que al regreso de ese viaje.

Buen verano aquel de 1987. El verano que lo trasladaron de Vejle a la comisaría de Antonigade.

Los crímenes debieron de tener lugar entre ocho y diez semanas después del carnaval, por las mismas fechas en que la pelirroja decidía descubrirle los secretos de su cuerpo de samba a otro nativo de Jutlandia; sí, justo al mismo tiempo que él hacía sus primeras rondas nocturnas por las angostas callejuelas de Copenhague. Curioso que no recordara nada de un caso tan particular.

Las víctimas –dos hermanos, una chica y un chico de diecisiete y dieciocho años respectivamente– aparecieron molidas a palos, irreconocibles, en una cabaña que había en los alrededores de un lago, el Dybesø, cerca de Rørvig. Ella había salido muy malparada y, a juzgar por las múltiples lesiones que se había producido al tratar de rechazar los golpes, había sufrido lo indecible.

Se saltó unas cuantas líneas. No había móvil sexual ni se descuidó nada.

A continuación leyó de nuevo el informe de la autopsia y hojeó los recortes de periódico. Eran pocos, pero con los titulares más grandes que había visto en su vida.

«Asesinados a golpes», decía el *Berlingske Tidende*, que acompañaba el titular con una detallada descripción del hallazgo de los cadáveres nada propia del viejo periódico.

Los dos cuerpos aparecieron en el salón, ella en biquini y su hermano, desnudo y con una botella de coñac a medias en la mano. Lo habían matado de un único golpe en la nuca con un objeto contundente que más adelante resultó ser un martillo de carpintero; lo encontraron en un matorral de brezo entre los lagos de Flyndersø y Dybesø.

El móvil era un misterio, pero las sospechas no tardaron en recaer en un grupo de alumnos de un internado que solían parar por el gigantesco chalé de los padres de uno de ellos, cerca del lago. Habían causado problemas en Den Runde, una sala de conciertos de la zona, en más de una ocasión y varios golfillos del lugar habían acabado maltrechos.

–¿Has llegado ya adonde dice quiénes eran los sospechosos?

Carl lo miró por debajo de las cejas. Assad debería haberse conformado con esa respuesta, pero insistió.

–Sí, claro. El informe también hace entender que sus padres eran unos de esos que ganan mucho dinero. Había muchos en los dorados ochenta esos, o como se llamaran, ¿no?

El subcomisario asintió. Acababa de llegar a esa parte del texto.

Efectivamente. Los padres de todos ellos eran gente conocida entonces, y lo seguían siendo incluso al cabo de tantos años.

Leyó de refilón los nombres de los alumnos del internado un par de veces y le entraron sudores fríos. Si los padres ganaban dinero a manos llenas y eran archiconocidos, otro tanto ocurría con muchos de sus hijos ahora. Habían nacido en una cuna de plata y habían saltado al oro. Estaban Ditlev Pram, fundador de toda una serie de exclusivas clínicas privadas, Torsten Florin, diseñador de fama internacional, y el analista de Bolsa Ulrik Dybbøl Jensen, todos ellos encumbrados al éxito, al igual que el ya fallecido armador Kristian Wolf. Los dos últimos miembros del grupo eran punto y aparte. Kirsten-Marie Lassen también había formado parte del *jet*, pero ya nadie conocía su paradero, y Bjarne Thøgersen, que había confesado la autoría de los crímenes y cumplía condena por ellos, tenía orígenes algo más humildes.

Una vez concluida la lectura, dejó caer el expediente sobre la mesa.

—Lo que no entiendo es cómo ha venido aquí abajo, entonces —dijo Assad. En otro momento habría sonreído, aunque esta vez se abstuvo.

Carl hizo un gesto contrariado.

—Yo tampoco lo entiendo. Ya hay un hombre pagando por ese delito. Confesó, lo condenaron a cadena perpetua, está entre rejas y, por si fuera poco, se entregó él mismo, así que, ¿dónde está la duda? Esto está muerto y enterrado.

Cerró la carpeta.

—Pues sí —coincidió su ayudante mordiéndose el labio—, pero es que se entregó nueve años después del crimen.

–¿Ah, sí? ¿Y qué? El caso es que se entregó. Sólo tenía diecinueve años cuando mató a aquellos chicos. Supongo que descubriría que la mala conciencia no remite con el tiempo.

–¿Un remite?

Carl dejó escapar un suspiro.

–Sí, remite. Mengua, disminuye. Los remordimientos no desaparecen con los años, Assad. Al contrario.

El cerebro de Assad estaba en plena ebullición, resultaba evidente.

–La policía de Nykøbing Sjælland llevó el caso colaborando con la de Holbæk, entonces, y también estaba la Brigada Móvil. Lo que no veo es quién nos lo ha hecho llegar hasta nosotros. ¿Lo ves tú?

Mørck estudió la carpeta.

–No, no lo dice por ningún sitio. Qué raro.

Si el expediente no lo enviaban desde ninguno de esos dos distritos, entonces, ¿quién lo había mandado? Además, ¿por qué reabrir un caso que había quedado cerrado con una condena?

–¿Tendrá alguna cosa que ver con esto? –preguntó Assad.

Rebuscó en la carpeta hasta dar con un documento que le entregó a su jefe. *Liquidación anual*, se leía en la cabecera. Estaba a nombre de Bjarne Thøgersen, con domicilio en la prisión estatal de Vridsløselille, en el municipio de Albertslund. El hombre que había asesinado a los dos hermanos.

–¡Mira! –exclamó señalando hacia una cantidad astronómica que figuraba junto a la casilla de venta de acciones–. ¿Qué me dices?

–Te digo que viene de una familia acomodada y ahora tiene tiempo más que de sobra para jugar con su dinero. Y se ve que no se le da nada mal. ¿Adónde quieres ir a parar con todo esto?

–No viene de una familia tan acomodada, para que sepas. Era el único del internado que estaba con beca. Como verás, era bastante distinto del resto del grupo, entonces. Mira.

Continuó rebuscando en la carpeta.

Carl apoyó la cabeza en la palma de la mano.

Eso era lo malo de las vacaciones.

Que se terminaban.

4

Otoño de 1986

Los seis eran muy distintos, aunque una cosa sí tenían en común, además de ser alumnos de segundo grado de bachillerato. Cuando acababan las clases se reunían en el bosque o por los senderos a darle al *chillum* así estuviese cayendo el diluvio universal. Dejaban todos los bártulos preparados en el interior de un tronco hueco: los cigarrillos Cecil, los cerillos, el papel de aluminio y el mejor hachís que se podía comprar en la plaza de Næstved.

Hacían una piña y mezclaban el aire fresco con un par de fumadas rápidas, con cuidado de no drogarse tanto como para que los delatasen las pupilas.

No era tanto la euforia provocada por la droga como el hecho de decidir por sí mismos, de pasarse por las armas a cualquier tipo de autoridad de la peor manera posible, y no se les ocurría nada mayúsculo que fumar hachís a pocos metros del internado.

De modo que se pasaban el *chillum* de mano en mano mientras se burlaban de los profesores y competían en decir qué les haría cada uno si se presentara la ocasión.

Así pasaron casi todo el otoño hasta que a Kristian y a Torsten estuvieron a punto de descubrirlos por un aliento a hachís que ni diez dientes de ajo bien hermosos habrían podido camuflar. A partir de aquel día decidieron comerse la droga, así no olería tanto.

Poco después de aquello las cosas se pusieron serias de verdad.

Los sorprendieron con las manos en la masa entre la espesura, cerca del arroyo, bien colocados, disparatando entre la escarcha derretida que goteaba de las hojas. Fue uno de los pequeños. De pronto salió de los matorrales y se quedó allí plantado mirándolos. Un estudiante aplicado, chiquitín, rubio y ambicioso a la caza de un escarabajo que exhibir en clase de biología.

Lo que encontró, sin embargo, fue a Kristian escondiendo algo en el árbol hueco, a Ulrik y Bjarne en pleno ataque de risa floja y a Ditlev con las manos metidas en la blusa de Kimmie. Ella también reía como una loca. Pocas veces habían fumado una mierda tan buena.

—Se lo voy a decir al director —gritó el niño sin advertir a tiempo lo rápido que se interrumpían las risas de los mayores. Era un chico ágil habituado a provocar a los demás y debería haberse escabullido sin esfuerzo, porque estaban muy drogados, pero la maleza era muy tupida y el peligro que representaba para ellos, demasiado grande.

En vista de que Bjarne era quien más tenía que perder si lo expulsaban, Kristian lo azuzó para que descargara el primer golpe cuando atraparon al mocoso.

—Sabes perfectamente que mi padre puede hundir la empresa del tuyo si le da la gana, así que déjame en paz, Bjarne, o te vas a enterar. ¡Suéltame, estúpido! —ordenó el niño.

Por un instante dudaron. Aquel crío les había amargado la existencia a muchos de sus compañeros. Su padre, su tío y su hermana mayor habían sido alumnos del internado y se decía que su familia sostenía económicamente la fundación del colegio, justo el tipo de donaciones de las que dependía Bjarne.

Kristian dio un paso adelante. Él no tenía ese tipo de problemas.

—Te doy veinte mil coronas si mantienes la boca cerrada —le propuso; y hablaba en serio.

—¡Veinte mil coronas! —replicó el niño con una risita arrogante—. No tengo más que hacerle una llamada a mi padre para que me mande el doble.

Y le escupió a la cara.

—¡Me lleva el demonio! ¡Como digas una sola palabra, te matamos!

Se oyó un golpe; el crío cayó de espaldas contra un tocón y se rompió un par de costillas con un sonoro chasquido.

Permanecía en el suelo jadeando de dolor, pero su mirada seguía siendo desafiante. Entonces se acercó Ditlev.

—Podemos estrangularte ahora mismo, no nos costaría nada. O podemos hundirte en el arroyo. También podemos dejar que te vayas y darte esas veinte mil coronas para que cierres el pico. Si vuelves contando que te caíste, te creerán. ¿Qué dices, estupidito?

Pero el niño no respondía.

Ditlev se acercó aún más al pequeño. Con curiosidad, intrigado. La reacción del mocoso le parecía fascinante. Alzó bruscamente la mano como si fuese a pegarle, pero el niño seguía sin reaccionar. Entonces le dio en la cabeza con la palma de la mano. El niño se estremeció aterrorizado y Ditlev volvió a golpearlo. Era una sensación alucinante. Sonrió.

Más tarde contaría que aquel golpe fue la primera dosis de droga auténtica de su vida.

—Yo también —dijo Ulrik entre risas abriéndose paso hasta el conmocionado niño.

Era el más grande de los tres y su puño dejó una marca muy fea en el rostro de su víctima.

Kimmie protestó un poco, pero no tardó en quedar neutralizada por un ataque de risa que hizo que todos los pájaros que había entre la maleza levantaran el vuelo, asustados.

Acompañaron ellos mismos al pequeño de regreso al internado y estuvieron presentes cuando se lo llevó la ambulancia. Algunos mostraban su preocupación, pero el niño no los delató. De hecho, nunca volvió. Corrió el rumor de

28

que su padre se lo había llevado a Hong Kong, aunque no tenía por qué ser cierto.

Unos días después atacaron a un perro en el bosque y lo mataron a golpes.

Ya no había vuelta atrás.

5

En el muro, por encima de los tres amplios ventanales palaciegos, se leía *Caracas*. Se trataba de una mansión levantada gracias a una fortuna amasada con el negocio del café.

Ditlev Pram había descubierto el potencial del edificio de inmediato. Columnas aquí y allá, muros de cristal de color verde hielo de un par de metros de altura, estanques de líneas rectas llenos de agua susurrante y lisas superficies de césped con esculturas futuristas y vistas al estrecho de Øresund; no necesitó más para convertir todo aquello en la clínica privada más moderna de Rungsted Kyst, especializada en cirugía dental y operaciones de estética. No era un negocio original, pero sí infinitamente lucrativo tanto para él como para los numerosos médicos y dentistas indios y de la Europa del Este a los que había contratado.

Su hermano, sus dos hermanas menores y él habían heredado la escandalosa fortuna que había amasado su padre en los ochenta con sus especulaciones en Bolsa y sus ofertas públicas de adquisición hostiles, y Ditlev había sabido administrar bien su patrimonio. Su imperio ya incluía dieciséis clínicas y tenía otras cuatro más en proyecto. Estaba a punto de satisfacer su ambición de ingresar en su cuenta bancaria al menos el quince por ciento de los beneficios de las operaciones de aumento de pecho y estiramiento facial de todo el norte de Europa. No había mujer pudiente al norte de la Selva Negra que no hubiese corregido los pequeños caprichos de la madre naturaleza en una de las mesas de operaciones de Ditlev Pram.

En pocas palabras, las cosas le iban de fábula.

Su única preocupación en medio de todo aquello era Kimmie. Llevaba ya diez años obsesionado con la precaria existencia de aquella mujer y ya era más que suficiente.

Tras colocar su pluma Mont Blanc, que descansaba sobre el escritorio algo ladeada, consultó una vez más su reloj Breitling.

Había tiempo más que de sobra para todo. Aalbæk aún tardaría veinte minutos en llegar, Ulrik lo haría cinco minutos después y quizá fuera también Torsten, Dios diría.

Se levantó y echó a andar por largos corredores revestidos de ébano, dejando atrás la zona de consultas y quirófanos y saludando con un cordial cabeceo a los muchos que sabían que estaban ante la indiscutible flor y nata de la profesión, hasta que empujó la puerta de batientes de la zona de cocinas, situada en la sección inferior y con unas inmejorables vistas del cielo azul y del mar.

Estrechó la mano del cocinero de turno y lo elogió hasta hacerlo sonrojar, dio unas palmaditas en el hombro a sus ayudantes y desapareció en la zona de lavandería.

Tras muchos cálculos, había llegado a la conclusión de que Beredsen Textil Service podía ocuparse de la ropa de cama por bastante menos dinero y en menos tiempo, de modo que las razones que lo impulsaban a disponer de su propio servicio de lavandería eran otras. Así no sólo tenía la ropa limpia siempre a mano, sino también a las seis filipinas que había contratado para que se ocuparan de todo. ¿Qué podía importar entonces el dinero?

El estremecimiento que recorrió a las seis jóvenes de piel morena al verlo no sólo no le pasó desapercibido, sino que lo divirtió tanto como de costumbre. A continuación agarró a la menor de todas y la arrastró hasta el cuarto donde almacenaban las sábanas. Parecía asustada, pero conocía el camino. Era la que tenía las caderas más estrechas y el pecho más pequeño, aunque también la más experimentada. Los burdeles de Manila habían sido su escuela y no tenían punto de comparación con nada que pudiera hacerle Ditlev.

La filipina le bajó los pantalones y empezó a chupársela sin más dilación. Mientras ella le frotaba el vientre con una mano y lo masturbaba dentro de su boca con la otra, él la golpeaba en los hombros y los antebrazos.

Nunca se venía así con ella, el orgasmo se apoderaba de sus tejidos por otras vías. La máquina de adrenalina bombeaba con mayor potencia a medida que se sucedían los golpes y en pocos minutos tuvo el depósito lleno.

Se apartó de ella, la arrastró asiéndola del pelo y le metió la lengua en la boca a la fuerza al tiempo que le bajaba las bragas y le hundía un par de dedos en la entrepierna. Cuando la devolvió al suelo de un empujón, ambos habían tenido más que suficiente.

Después se recompuso la ropa, le introdujo un billete de mil coronas en la boca y salió de la lavandería despidiéndose de todas con amables gestos. Parecían aliviadas, aunque carecían de motivos para ello. Tenía intención de pasar la siguiente semana en la clínica Caracas. Quería que las chicas sintieran quién era el jefe.

El detective privado estaba hecho un guiñapo esa mañana, un contraste de lo más llamativo e inapropiado con el reluciente despacho de Ditlev. Resultaba evidente que aquel tipo larguirucho se había pasado toda la noche deambulando por las calles de Copenhague, pero, ¿qué diablos? ¿Acaso no le pagaban para eso?

—¿Y bien, Aalbæk? —gruñó Ulrik al tiempo que estiraba las piernas por debajo de la mesa de reuniones—. ¿Alguna novedad en el caso de la desaparición de Kirsten-Marie Lassen?

Siempre comenzaba así las conversaciones con Aalbæk, pensó Ditlev contemplando con irritación las olas oscuras que se extendían al otro lado de los ventanales.

Caray, cómo le gustaría que todo terminara de una vez, que Kimmie dejase de hurgar en sus recuerdos constantemente. Cuando dieran con ella tendrían que hacerla desaparecer para siempre, ya se le ocurriría cómo.

El detective estiró el cuello y reprimió un bostezo.

—La ha visto varias veces el tipo de la zapatería de la estación. Va por ahí arrastrando una maleta y la última vez llevaba puesta una falda escocesa. Es decir, la misma ropa que cuando la vio aquella mujer en el Tívoli. Pero, hasta donde sé, no se deja ver por la estación central con demasiada regularidad. Vamos, que no hace nada con regularidad. Le he preguntado a todo el mundo: a los de la DSB, a la policía, a los vagabundos, a los de las tiendas. Algunos saben de su existencia, pero no tienen ni idea de dónde vive ni de quién es.

—Tienes que dejar un equipo de vigilancia en la estación día y noche hasta que vuelva a aparecer.

Ulrik se puso en pie. Era un hombre alto, pero cuando hablaban de Kimmie parecía encogerse. Tal vez fuera el único de todos ellos que había estado enamorado de ella de verdad. Quién sabe si aún lo atormentaba ser también el único que no la había tenido, se dijo Ditlev por enésima vez riendo para sus adentros.

—¿Vigilancia las veinticuatro horas? Va a costar un dineral —dijo Aalbæk. A punto estuvo de sacar una calculadora del ridículo bolsito que llevaba al hombro, pero no llegó tan lejos.

—Deja eso —le gritó Ditlev, que estaba considerando la posibilidad de tirarle algo a la cabeza.

Se recostó en su sillón antes de continuar:

—No hables del dinero como si supieras qué es, ¿estamos? ¿Cuánto puede ser, Aalbæk? ¿Dos, tres mil? ¿Algo por el estilo? ¿Cuánto crees que hemos ganado Ulrik, Torsten y yo mientras estamos aquí sentados hablando de tus ridículos honorarios?

Al final tomó la pluma y se la arrojó. Apuntaba al ojo, pero falló.

Después, cuando el corpulento detective cerró la puerta al salir, Ulrik recogió la Mont Blanc y se la guardó en el bolsillo.

—Lo que se da no se quita —explicó entre risas.

Ditlev no hizo comentario alguno. Ya se lo cobraría algún día.

—¿Has sabido algo de Torsten hoy? —preguntó.

Al oírlo, el rostro de Ulrik perdió el brío.

—Sí, se ha ido a su casa de campo esta mañana, a Gribskov.

—¿Pero acaso no le importa lo que está pasando o qué?

Ulrik, más orondo que nunca, se encogió de hombros. Esos kilos eran el precio que tenía que pagar por haber dejado su cocina en manos de un chef especializado en *foie*.

—No está pasando su mejor momento, Ditlev.

—Bueno, pues entonces vamos a tener que ocuparnos tú y yo del tema.

Apretó los dientes. Cualquier día Torsten les iba a dar un susto, no podían descartarlo; y si se venía abajo, sería una amenaza tan grande como Kimmie.

Ulrik lo escudriñaba y él se percató de ello.

—No irás a hacerle nada a Torsten, ¿verdad, Ditlev?

—Claro que no, hombre; estamos hablando de nuestro Torsten.

Se observaron unos instantes como alimañas que miden la intensidad de sus miradas con las cabezas gachas. Ditlev sabía que a terquedad jamás ganaría a Ulrik Dybbøl Jensen. Su padre había fundado la empresa de análisis financiero, pero el hijo había sido el responsable de que gozase de una influencia ilimitada. Cuando se empeñaba en algo, las cosas se hacían según sus deseos y no escatimaba medios para conseguirlo.

—Bueno —rompió el silencio Ditlev—, vamos a dejar que Aalbæk haga su trabajo y luego ya se verá.

A Ulrik le cambió la cara.

—¿Está todo preparado para la cacería de faisanes? —preguntó ansioso como un chiquillo.

34

—Sí, Bent Krum ha citado a todo el mundo. El jueves a las seis en la posada de Tranekær. No va a haber más remedio que invitar a los idiotas de la zona, pero espero que sea la última vez.

Su amigo se echó a reír.

—Supongo que tendrán algún plan para la cacería, ¿no?

Ditlev asintió.

—Sí, la sorpresa está en casa.

Los músculos de la mandíbula de Ulrik estaban en tensión. Lo excitaba la idea, resultaba obvio. Excitado e impaciente, así era el verdadero Ulrik.

—¿Qué? —añadió su anfitrión—. ¿Me acompañas a ver qué tal llevan la lavandería las niñas filipinas?

Ulrik levantó la cabeza con los ojos entornados. A veces eso era un sí, a veces un no; con él nunca se sabía. Tenía demasiadas inclinaciones contradictorias.

6

—Lis, ¿tú sabes cómo ha venido a parar a mi mesa este caso?

La secretaria observó la carpeta mientras atusaba sus recién estrenadas greñas. Sus labios curvados hacia abajo eran un no, por supuesto.

Carl le mostró el expediente a la señora Sørensen.

—¿Y usted? ¿Alguna idea?

Tardó cinco segundos en escanear con la mirada la primera página.

—Se siente —dijo con aire de triunfo, porque para ella cada tropiezo del subcomisario era un momento grandioso.

Tampoco Lars Bjørn —el subjefe de Homicidios—, ni su superior ni ningún otro responsable a cargo de las investigaciones supo darle ninguna explicación. El caso se había puesto encima de la mesa él solito.

—¡Llamé a la policía de Holbæk, Carl! —le gritó Assad desde la caja de zapatos en la que trabajaba—. El expediente está, hasta donde ellos saben, donde siempre tiene que estar, en sus archivos. Pero lo comprobarán cuando tengan tiempo.

El subcomisario plantó sus zapatos Ecco del cuarenta y cinco encima de la mesa.

—¿Y qué dicen los de Nykøbing Sjælland?

—Un momento, voy a llamarlos.

Assad silbó un par de estrofas de una de las melancólicas canciones de su tierra mientras marcaba. Sonaba como si silbase hacia dentro. Fatal.

Carl estudió el tablón de anuncios de la pared. Cuatro portadas conmovedoramente unánimes colgaban una junto a otra: el caso Lynggaard había sido resuelto con solvencia y el Departamento Q, el nuevo grupo de investigación especializado en casos de particular relevancia que dirigía Carl Mørck, era un éxito rotundo.

Observó sus manos cansadas, que a duras penas eran capaces de sostener un mugriento expediente de tres centímetros de grosor cuya procedencia ignoraba por completo. Cuando pensaba en ello, la palabra éxito lo hacía sentirse extrañamente vacío.

Reemprendió la lectura con un suspiro. El asesinato de dos chicos jóvenes. Un crimen brutal. Varios niños ricos bajo sospecha y, al cabo de nueve años, uno del grupo se entrega, precisamente el único que no tiene dónde caerse muerto, y se declara culpable. Thøgersen no tardaría ni tres años en volver a estar en la calle y no había que perder de vista que regresaría bien podrido de dinero después de haberlo ganado jugando en la Bolsa mientras estaba entre rejas. ¿Era legal? ¿Estando en la cárcel? Qué idea tan desagradable.

Revisó de arriba abajo las copias de los informes de los interrogatorios y miró por encima el caso de Bjarne Thøgersen por tercera vez. Al parecer, el asesino no conocía a sus víctimas. Aunque el condenado sostenía que había visto a los hermanos en varias ocasiones, no se pudo demostrar. El expediente indicaba más bien lo contrario.

Volvió a consultar la portada de la carpeta. «Policía de Holbæk», decía. ¿Por qué no de Nykøbing? ¿Y por qué no colaboró con ellos la Brigada Móvil? ¿Sería que a los de Nykøbing les tocaba demasiado de cerca, sería eso? ¿O es que no eran lo bastante buenos?

—¡Oye, Assad! —le gritó a través del pasillo central fríamente iluminado—. Llama a los de Nykøbing y pregúntales si alguno de ellos conocía personalmente a las víctimas.

Del cuchitril de su ayudante no llegó respuesta alguna, solo murmullos telefónicos.

Se levantó y cruzó el pasillo.

—Assad, pregúntales si alguno de ellos...

Assad lo detuvo con un gesto. Estaba en plena labor.

—Sí, sí, sí —dijo a través del auricular, seguido de otros diez síes del mismo tono.

Carl lanzó un resoplido mientras recorría el cuarto con la mirada. En la estantería de Assad había más fotografías enmarcadas que antes. Ahora una de dos mujeres mayores pugnaba con el resto de las fotos familiares. Una de ellas tenía el labio superior cubierto de pelusa negra y la otra era una figura imprecisa con un pelo que parecía un casco. Sus tías, contestaba él a quien quería saberlo.

Cuando su ayudante colgó, el subcomisario señaló hacia las fotos.

—Son mis tías de Hamah. La del pelo ya está muerta.

Carl asintió. Con ese aspecto, lo contrario le habría sorprendido.

—¿Qué te dijeron los de Nykøbing?

—Que ellos tampoco nos han mandado el caso. Y no me extraña que no lo encontraran, entonces, porque nunca lo llevaron.

—Claro que sí. En el expediente dice que colaboraron la policía de Nykøbing, la de Holbæk y la Brigada Móvil.

—No. Dicen que ellos sólo se ocuparon de levantar el cadáver y entonces pasaron el caso.

—¿Ah, sí? Me parece un poco raro. ¿Sabes si alguien de esa comisaría tenía algún tipo de relación personal con las víctimas?

—Sí y no.

—Ah; y eso ¿por qué?

—Porque los muertos eran los hijos de uno de los agentes —consultó sus notas—. Se llamaba Henning. Henning P. Jørgensen.

Carl imaginó a la maltrecha chiquilla. Era la peor pesadilla de cualquier policía, encontrar a sus hijos asesinados.

–Qué cosa tan triste. Pero bueno, supongo que eso explica por qué quieren reabrir el caso, te apuesto a que hay un interés personal de por medio. Pero antes has dicho que sí y que no. ¿Por qué no?

Assad se recostó en su asiento.

–Pues porque en la comisaría ya no hay ningún familiar de los niños, porque en cuanto encontraron los cuerpos el padre volvió, saludó al oficial de guardia, entró directamente en la armería y se disparó el arma justo aquí.

Se llevó a la sien dos dedos cortos y rechonchos.

La reforma de la policía había supuesto muchas cosas extrañas. Los distritos ya no se llamaban como antes, la gente ya no ocupaba los mismos cargos y habían trasladado los archivos. En resumen, que a casi todo el mundo le costaba no perder pie en medio de tanta palabrería, y muchos aprovecharon la coyuntura para bajarse del carro y cambiar su rango por el de prejubilados.

Tiempo atrás, el que un policía alcanzara la edad de jubilación no era ninguna broma. El promedio de años que les quedaban tras una vida laboral tan agotadora no llegaba a alcanzar las dos cifras. Sólo los periodistas estaban por debajo, aunque seguro que el promedio de cervezas consumidas por ese gremio era muy superior. De algo había que morir.

Carl sabía de agentes que no habían llegado siquiera a celebrar su primer aniversario como jubilados y se habían ido al otro barrio dejando éste en manos de nuevas generaciones de gorilas de uniforme. Gracias a Dios, esos tiempos parecían ser ya cosa del pasado. Hasta los polis querían vivir la vida y ver a sus nietos tocados con el birrete de bachilleres. El resultado fue que muchos solicitaron el retiro del Cuerpo, como Klaes Thomasen, el policía jubilado y barrigón de Nykøbing Sjælland que asentía frente a ellos. Treinta y cinco años vestido de azul y negro ya estaban bien, decía. Ahora el hogar y la mujer le consumían mucho más. Carl sabía a qué se refería, aunque eso de la mujer le comía un poco la moral. Técnicamente él seguía teniendo una, claro, pero ya hacía años que lo había dejado y sus amantes barbudos probablemente protestarían si insistía en recuperarla.

Como si se le hubiera pasado por la cabeza hacer tal cosa...

—Tienes una casa preciosa —comentó Assad contemplando, impresionado, los campos que rodeaban Stenløse y el impecable césped de Klaes Thomasen a través de las dobles ventanas.

—Muchas gracias por recibirnos, Thomasen —dijo Carl—. Ya no queda mucha gente que trabajara con Henning Jørgensen.

La sonrisa de su anfitrión se contrajo en una mueca.

—Era el mejor compañero y el mejor amigo del mundo. Vivíamos puerta con puerta; por eso nos mudamos después, entre otras cosas. Cuando su viuda enfermó y perdió el juicio nos resultó imposible continuar allí. Demasiados recuerdos.

—Por lo que tengo entendido, Henning Jørgensen no sabía de quién eran los cadáveres que iba a encontrar en la casa, ¿no?

El anciano hizo un gesto negativo.

—Recibimos una llamada de un vecino que había pasado a saludar y descubrió a los chicos asesinados. Llamó a la comisaría y contesté yo. Ese día Jørgensen descansaba, pero cuando iba a recoger a los niños vio los coches patrulla a la puerta de su cabaña del lago. Iban a empezar su tercer año en el bachillerato al día siguiente.

—¿Estabas allí cuando llegó?

—Sí, con los peritos y el oficial que estaba a cargo de la investigación.

Hizo un gesto apesadumbrado.

—Sí, él también está muerto. ¡Un accidente de tráfico!

40

Assad sacó una libreta y empezó a tomar notas. Cuando quisiera darse cuenta, su ayudante ya se las arreglaría él solito perfectamente. Carl no veía la hora de que llegara ese día.

—¿Qué encontraste en la cabaña? Así, a grandes rasgos —preguntó el subcomisario.

—Una casa con todas las puertas y las ventanas abiertas de par en par. Muchas huellas de pisadas. Jamás identificamos los zapatos, pero parte de la arena que habían dejado nos condujo a la terraza de los padres de uno de los sospechosos. Después entramos en el salón y vimos los cadáveres en el suelo.

Se sentó junto a la mesa del sofá y les hizo una seña para que se acomodaran.

—La de la niña es una visión que prefiero olvidar, como comprenderás. La conocía.

Su canosa mujer sirvió el café. Assad declinó el ofrecimiento, pero ella hizo caso omiso.

—Nunca he visto un cuerpo más vapuleado —prosiguió—. Era tan poquita cosa… No entiendo cómo pudo sobrevivir tanto tiempo.

—¿Qué quieres decir?

—La autopsia reveló que seguía con vida cuando se marcharon. Puede que aguantara una hora. Las hemorragias del hígado se fueron acumulando en el abdomen y perdió demasiada sangre.

—Los asesinos se arriesgaron mucho.

—En realidad, no. Las lesiones del cerebro eran tan graves que no habría podido aportar nada al caso aunque hubiera sobrevivido. Saltaba a la vista.

El recuerdo lo obligó a voltear hacia los campos. Carl conocía la sensación. Imágenes interiores que te hacían sentir deseos de no hacer caso del mundo y pasar de largo.

—¿Y los asesinos lo sabían?

—Sí. Una fractura de cráneo como aquella no deja lugar a dudas. En plena frente, muy poco común. Estaba claro.

—¿Y el chico?

—Él estaba al lado, con expresión de asombro, pero tranquilo. Era un chico muy bueno, lo había visto muchas veces, en casa y en comisaría. Quería ser policía como su padre.

Se volvió hacia Carl. No todos los días se veía a un agente tan curtido como él con una mirada tan triste.

—¿Y entonces llegó el padre y lo vio todo?

—Lamentablemente, sí. Pretendía llevarse los cadáveres de sus hijos. Corría por la escena del crimen como un desesperado y lo más probable es que destruyera muchas huellas. Tuvimos que sacarlo de allí a la fuerza. Ahora me arrepiento profundamente.

—¿Y luego le pasaron el caso a los chicos de Holbæk?

—No; nos lo quitaron.

Le hizo un gesto a su mujer. Ya había más que suficiente de todo en la mesa.

—¿Una pasta? —les preguntó como si tuvieran la posibilidad de decir que no.

—Entonces, ¿fuiste tú quien nos envió el expediente?

—No.

Bebió un sorbo de café y observó las notas de Assad.

—Pero me alegro de que hayan reabierto el caso. Cada vez que salen en la tele los cabrones de Ditlev Pram, Torsten Florin y el tipo ese de la Bolsa, me amargan el día.

—Por lo que veo, tienes tu propia opinión acerca de los culpables.

—No te quepa duda.

—¿Y qué hay de la condena de Bjarne Thøgersen?

El policía retirado dibujaba círculos con el pie por debajo de la mesa, pero mantenía el semblante sereno.

—Lo hicieron esos putos niños ricos, créeme. Ditlev Pram, Torsten Florin, el de la Bolsa y la chica que iba con ellos. Ese mierda de Bjarne Thøgersen seguramente también estaba en el ajo, sí, pero lo hicieron entre todos. También Kristian Wolf, el número seis. Y no murió precisamente de un ataque al corazón. Si quiere que le cuente mi teoría, lo quitaron de en medio los demás porque se echó para atrás. Fue un asesinato. Otro.

—Hasta donde sé yo, entonces Kristian Wolf murió de un disparo accidental, ¿no? El informe dice que se disparó en el muslo sin querer. Se desangró porque no había cazadores cerca.

—No me lo trago. Se lo cargaron.

—¿Y en qué basas tu teoría, entonces?

Assad se inclinó sobre la mesa e hizo desaparecer una galleta sin quitar la vista de Thomasen.

El anciano se encogió de hombros. Olfato de policía. Seguramente se estaría preguntando qué sabía un ayudante de esas cosas.

—Bueno, entonces ¿tienes algo que enseñarnos de los crímenes de Rørvig que no podamos encontrar en otra parte? —continuó Assad.

Klaes Thomasen le acercó la bandeja de pastas unos centímetros.

—Me temo que no.

—Entonces ¿quién? —insistió volviendo a alejar la bandeja—. ¿Quién puede ayudarnos, o sea? Si no lo averiguamos, el caso volverá al montón.

Un comentario de una autonomía sorprendente.

—Yo lo intentaría con la mujer de Henning, Martha Jørgensen. Prueben con ella. Después de la muerte de sus hijos y el suicidio de su marido estuvo detrás de los responsables de la investigación durante meses. Prueben con ella.

7

La bruma envolvía las vías del tren en una luz grisácea. Al otro lado de la telaraña de cadenas, hacía ya horas que se oía el rugido del motor de los furgones amarillos que entraban y salían de la terminal del correo. La gente se dirigía a sus puestos de trabajo y los trenes de los alrededores que sacudían el hogar de Kimmie iban atestados a más no poder.

Podía ser el preludio de un día cualquiera, pero sus demonios interiores andaban sueltos y la hacían tener desvaríos; eran aciagos, ingobernables e inoportunos.

Se arrodilló unos instantes y rezó para que callaran las voces, pero, una vez más, las instancias superiores parecían haberse tomado el día libre. Le dio un buen trago a la botella que había junto a su camastro provisional.

Una vez que la mitad de la botella de *whisky* se hubo abierto paso a través de su organismo abrasándolo, decidió dejar la maleta. Ya tenía bastantes cosas que llevar a cuestas. El odio, el asco, la rabia.

Desde la muerte de Kristian Wolf, Torsten Florin había pasado a encabezar su lista. Era algo que ya había pensado muchas veces.

Lo había visto en una revista con su cara de zorro, pavoneándose delante de su casa de modas recién reformada, un célebre palacete de cristal situado junto al Indiakaj, uno de los muelles del viejo puerto franco. Ése era el lugar que había escogido para enfrentarlo a la cruda realidad.

Avanzó por la cama combada moviendo las caderas hasta llegar al suelo y se olisqueó las axilas. Aún no olían a rancio, de modo que el baño en la alberca podía esperar.

Se restregó las rodillas, metió la mano debajo de la cama, sacó el cofre y levantó la tapa.

—¿Has dormido bien, mi vida? —preguntó al tiempo que acariciaba la cabecita con un dedo.

Hay que ver qué pelo tan suave y qué pestañas tan largas, pensaba todos los días. Después le regalaba una cálida sonrisa a la pequeña, cerraba la tapa con cuidado y volvía a empujar el cofre. Como si siempre fuese el mejor momento de la jornada.

Hurgó en su escaso montón de ropa hasta dar con sus leotardos más abrigados. El moho del cartón piedra la puso sobre aviso; iba a ser un otoño caprichoso.

Cuando estuvo lista, abrió con cautela la puerta de su casita de ladrillo y escudriñó las vías. No la separaba ni siquiera un metro y medio de los convoyes que pasaban como flechas prácticamente las veinticuatro horas del día.

No la veía nadie.

Se escabulló por la puerta, cerró con llave y se abotonó el abrigo. Recorrió los veinte pasos necesarios para sortear la estación transformadora, color gris acero, que los empleados del ferrocarril rara vez revisaban, subió por el camino asfaltado que conducía a la verja que daba a Ingerlevsgade y abrió con su propia llave.

Tiempo atrás, la llave de esa verja había sido su mayor sueño. Por aquel entonces, su única forma de bajar hasta la caseta era caminando por la gravilla que bordeaba la valla de la estación de Dybbølsbro y siempre de noche, para evitar que la descubrieran. Tras apenas tres o cuatro horas de sueño, tenía que abandonar su casita circular. Si la sorprendían una sola vez, la echarían de allí, lo sabía, de modo que la noche era su aliada y continuó siéndolo hasta que una mañana descubrió el letrero de la verja que daba a la calle Ingerlevsgade. «Vallas Løgstrup», decía.

Telefoneó a la fábrica y se presentó como Lily Carstensen, del departamento de suministros de DSB, y quedó en encontrarse con el cerrajero en la acera, junto a la verja. Con motivo de tan señalado acontecimiento, se puso un traje pantalón azul bien planchado, de modo que cuando llegó el cerrajero la tomó por una funcionaria. Le entregó dos copias de las llaves y una factura que ella pagó al contado. Ya podía entrar y salir cuando gustase.

Siempre que estuviera muy atenta y que los demonios la dejaran tranquila, todo iría bien.

Al subir al autobús que llevaba al barrio de Østerport se convirtió en el blanco de todas las miradas. Era perfectamente consciente de que iba hablando sola. Basta ya, Kimmie, rogaba para sus adentros, pero la lengua se negaba a obedecer.

A veces oía sus propias palabras como si las pronunciara una extraña, y aquel era uno de esos días. Le sonrió a una niñita que le correspondió con una mueca.

Luego las cosas empeoraron.

Se levantó varias paradas antes de tiempo con diez mil ojos clavados en la nuca. Se prometió a sí misma que era la última vez que tomaba un autobús. La gente estaba demasiado cerca, era mejor el tren.

—Mucho mejor —dijo en voz alta mientras bajaba con decisión por Store Kongensgade. Casi no había gente por la calle, casi no había coches. Casi no había voces martilleándole el cerebro.

Llegó al edificio del Indiakaj después de la pausa del almuerzo y se encontró con que las plazas del estacionamiento de Brand Nation, que, según un letrero esmaltado, pertenecían a Torsten Florin, estaban desiertas.

Abrió la bolsa y estudió su interior. Se la había birlado a una chica que estaba muy ocupada contemplándose en su espejito de mano en el vestíbulo del cine Palads. La muñeca se llamaba Lise-Maja Petterson, según su tarjeta de identidad. Otra candidata a víctima de la numerología, pensó mientras apartaba una granada de mano y sacaba de la cajetilla uno de los fantásticos Peter Jackson de Lise-Maja. «*Smoking Causes Heart Disease*», leyó.

Lo encendió entre carcajadas y aspiró profundamente hasta que el humo le llegó a los pulmones. Fumaba desde su expulsión del internado y el corazón seguía funcionándole estupendamente. No sería un infarto lo que acabara con ella, eso lo tenía muy claro.

Al cabo de un par de horas, después de fumarse el paquete y aplastar las colillas contra las baldosas del suelo, agarró por la manga a una de las jóvenes que cada tanto salían despreocupadamente por la puerta de cristal de Brand Nation.

—¿Sabes a qué hora llega Torsten Florin? —le preguntó.

Todo lo que obtuvo por respuesta fue silencio y una mirada de reprobación.

—¿Lo sabes? —insistió sacudiéndola de la manga.

—¡Suélteme! —gritó la joven, que agarró a Kimmie por un brazo y empezó a retorcérselo.

Kimmie entornó los ojos, porque odiaba que la gente tirara de ella. Odiaba que no quisieran responder a sus preguntas. Odiaba sus miradas. Por eso obligó a su brazo libre a efectuar un giro completo desde la cadera hasta el pómulo de la chica.

Cayó al suelo como un trapo. Era una sensación agradable y desagradable al mismo tiempo. Sabía que no había sido buena idea.

—¿Y bien? —continuó al tiempo que se inclinaba sobre la conmocionada joven—. ¿Sabes a qué hora llega Torsten Florin?

Cuando por tercera vez la muchacha balbució un «no», Kimmie giró sobre sus talones, consciente de que tardaría algún tiempo en volver por allí.

Se encontró con Tine la Rata en la calle Skælbækgade, en la carcomida esquina de concreto del Jacob's Full House. Ahí estaba, bajo el letrero del establecimiento de comida para llevar —«Setas de Temporada»—, con su bolsa de plástico y el maquillaje corrido. Los primeros clientes a los que se la chupaba en los callejones de los alrededores disfrutaban de sus servicios aderezados con unos ojos bien perfilados y unas mejillas pintadas de rojo, pero los últimos tenían que conformarse con algo menos. Ahora tenía el carmín difuminado y señales inequívocas de haberse limpiado restos de semen de la cara con las mangas. Los clientes de Tine no usaban condón, hacía años que no podía exigírselo. Que no podía exigir nada de nada.

—¡Hola, Kimmie! ¡Hola, cielo! Me alegro mucho de verte —saludó con voz nasal.

Salió a su encuentro tambaleándose sobre unas piernas como palillos.

—Te estaba buscando, cielo —continuó mientras agitaba el cigarrillo que acababa de encender—. Hay gente que anda preguntando por ti en la estación; ¿lo sabías?

Agarró a Kimmie y la llevó hasta el otro lado de la calle, hacia las bancas del Café Yrsa.

—¿Dónde has estado metida últimamente? Te he echado de menos un huevo.

Sacó dos cervezas de la bolsa de plástico.

Kimmie echó un vistazo por la plaza mientras su amiga las abría.

—¿Quién pregunta por mí? —quiso saber.

Empujó la botella hacia Tine. En casa le habían enseñado que la cerveza era una bebida de proletarios.

—Ah, unos tipos.

Tine dejó la botella extra en el suelo, debajo de la banca. Le gustaba sentarse allí, Kimmie lo sabía. Allí pasaba la mayor parte de su tiempo. Una cerveza en la mano, dinero en el bolsillo y un cigarrillo recién encendido entre los dedos amarillentos.

—Cuéntamelo todo, Tine.

—Ay, Kimmie, ya sabes que no tengo muy buena memoria. La heroína, ¿sabes? No ando muy bien de aquí —se rozó la cabeza—. Pero no les he dicho nada, sólo que no tenía ni puta idea de quién eras.

Se echó a reír.

—Me enseñaron una foto tuya. Caray, qué guapa eras, Kimmie, cielo.

Chupó con fuerza el cigarrillo.

—Yo también era guapa, sí señor. Me lo dijo una vez uno. Se llamaba...

Se le extravió la mirada. También lo había olvidado.

Kimmie asintió.

—¿Era uno solo el que preguntaba?

Tine cabeceó y bebió otro trago.

—Eran dos, pero no a la vez. Uno vino de noche, justo antes de que cerraran la estación, así que serían como las cuatro. ¿Te cuadra, Kimmie?

Ella se encogió de hombros. En realidad, daba lo mismo. Ahora ya sabía que eran dos.

—¿Cuánto? —preguntó una voz que venía de arriba.

Una figura se erguía justo delante de Kimmie, pero ella no reaccionó. Aquel era el territorio de Tine.

—¿Cuánto quieres por chupármela? —insistió la voz.

Sintió el codo de su amiga en el costado.

—Te está preguntando a ti, Kimmie —dijo desde su mundo. Ella ya había ganado lo que necesitaba por ese día.

Kimmie levantó la vista y se encontró cara a cara con un tipo vulgar hasta decir basta que llevaba las manos metidas en los bolsillos y tenía una expresión de lo más miserable.

—Largo de aquí —le ordenó con mirada asesina—. Lárgate si no quieres que te golpee.

Él retrocedió y se irguió. Luego esbozó una sonrisa de medio lado, como si aquella amenaza ya fuese una satisfacción.

–Quinientas. Quinientas si antes te lavas la boca. No quiero que me dejes la verga llena de flemas, ¿de acuerdo?

Se sacó el dinero del bolsillo y se abanicó con él mientras las voces arreciaban en la cabeza de Kimmie. *Vamos*, susurraba una. *Él se lo ha buscado*, decía el coro. Asió con fuerza la botella que Tine había dejado debajo de la banca y se la llevó a la boca. El tipo intentó sostenerle la mirada.

Cuando echó la cabeza hacia atrás y le escupió la cerveza en plena cara, él retrocedió con estupor en el rostro, se miró el abrigo con una expresión furiosa y volvió a clavar la vista en ella. Kimmie sabía que ahora era peligroso. Las agresiones no eran nada raro en aquella calle y el indio que repartía periódicos gratuitos en el cruce no se inmiscuiría en nada.

Por eso se incorporó un poco y le estrelló la botella en la cabeza. Los pedacitos salieron disparados hasta el buzón torcido del otro lado de la calle. Un reguero de sangre corría por la oreja del tipo y le chorreaba por el cuello del abrigo. Él observaba boquiabierto la botella hecha añicos mientras pensaba enloquecidamente cómo iba a explicarle aquello a su mujer, a sus hijos, a sus compañeros y, consciente de que necesitaría un médico y un abrigo nuevo para hacer que las cosas volvieran a la normalidad, echó a correr hacia la estación.

–No es la primera vez que veo a ese imbécil –dijo Tine sin apartar los ojos del charco de cerveza que se extendía por la acera–. Caray, Kimmie, ahora voy a tener que ir al Aldi a comprar otra cerveza. Qué lástima de botella. ¿Por qué tenía que venir ese idiota a molestarnos, con lo bien que la estábamos pasando?

Kimmie soltó el cuello de la botella y perdió de vista al tipo, que desapareció al fondo de la calle. Luego se metió los dedos por el pantalón, pescó un bolsito de ante, lo sacó y lo abrió. Los recortes eran muy recientes, los renovaba con frecuencia para saber qué aspecto tenían los demás. Los desdobló y los colocó delante de Tine.

–¿Era éste uno de los que preguntaban por mí?

50

Colocó el dedo sobre una fotografía de prensa. Al pie se leía: «Ulrik Dybbøl Jensen, director del instituto financiero UJD, se niega a colaborar con el grupo de expertos de los conservadores».

Ulrik se había convertido en un hombre de peso, tanto físicamente como en sentido figurado.

Tine observó el recorte a través de una nube de humo de tabaco azulada y movió la cabeza de un lado a otro.

—Ninguno estaba tan gordo.

—¿Y éste?

Era de una revista femenina que había encontrado en un bote de basura de Øster Farimagsgade. Torsten Florin parecía gay, con sus largos cabellos y su piel reluciente, pero no lo era. Ella podía dar fe de ello.

—A ése sí lo he visto, en TV Danmark o algo así. Tiene algo que ver con la moda, ¿no?

—¿Era él?

Tine dejó escapar una risita, como si fuera un juego. De modo que tampoco era Torsten.

Una vez descartado también el recorte de Ditlev Pram, Kimmie volvió a guardárselo todo en los pantalones.

—¿Qué te dijeron de mí esos hombres?

—Sólo dijeron que te estaban buscando, cielo.

—¿Podrías reconocerlos si fuésemos allí a buscarlos?

Ella se encogió de hombros.

—No van todos los días.

Kimmie se mordió el labio. Cuidado ahora. Estaban muy cerca.

—Si vuelves a verlos, me avisas, ¿de acuerdo? Fíjate bien en qué aspecto tienen, ¿de acuerdo? Apúntalo para que no se te olvide.

Apoyó una mano en la rodilla de Tine, que se arqueaba como el filo de un cuchillo por debajo de los raídos jeans.

—Si tienes algún mensaje para mí, mét2elo debajo de ese cartel amarillo.

Señaló hacia un letrero donde decía: «Alquiler de vehículos – grandes ofertas».

Tine tosió y asintió al mismo tiempo.

—Te daré mil coronas para tu rata cada vez que me traigas algo bueno. ¿Qué me dices, Tine? Así podrás comprarle una jaula nueva. Todavía la tienes en el cuarto que alquilas, ¿verdad?

Permaneció cinco minutos junto al cartel del estacionamiento que había delante de la célebre fachada de la antigua fundición C. E. Bast para asegurarse de que Tine no la veía.

Nadie sabía dónde vivía y así debían seguir las cosas.

Transcurrido ese tiempo, cruzó la calle en dirección a la verja con un incipiente dolor de cabeza y una sensación de hormigueo bajo la piel. Rabia y frustración al mismo tiempo. Los demonios que llevaba en su interior detestaban ese estado.

Una vez sentada en su angosto camastro con la botella de *whisky* en la mano a la escasa luz de la casita, se serenó. Ése era su auténtico mundo. Allí estaba a salvo, tenía cuanto necesitaba. El cofre con su más preciado tesoro debajo de la cama, el póster de los pequeños jugando clavado a la puerta, la foto de la niña, los periódicos que había pegado a la pared para aislarla. La ropa amontonada, el orinal en el suelo, la pila de periódicos detrás, dos pequeñas lámparas fluorescentes de pilas y un par de zapatos de repuesto en el estante. Podía hacer con ello lo que quisiera, y si se le antojaba algo nuevo, podía permitírselo.

Se echó a reír al sentir los efectos del *whisky* y comprobó los huecos que había tras los tres ladrillos de la pared. Casi siempre lo hacía al volver a casa. Primero el hueco con las tarjetas de crédito y los últimos retiros del cajero; después, el del efectivo.

Todos los días calculaba cuánto quedaba. Llevaba once años viviendo en la calle y aún tenía 1,344,000 coronas. De seguir así, no se le acabaría nunca. Sólo el fruto de sus robos bastaba para cubrir las necesidades del día a día. La ropa también la robaba. En comida no gastaba demasiado, pero gracias al gobierno de la llamada conciencia sanitaria, el alcohol ya no era tan caro. Ahora destrozarse el hígado salía a mitad de precio, qué gran país. Riendo de nuevo, sacó la granada de la bolsa, la guardó con las demás en el tercer hueco y volvió a colocar los ladrillos con tanto esmero que los huecos que los separaban apenas eran visibles.

Esta vez la ansiedad llegó sin previo aviso. No solía ser así, normalmente la alertaban las visiones, manos que se alzaban para descargar un golpe, en ocasiones sangre y cuerpos mutilados y otras veces el recuerdo fugaz de una risa lejana. El susurro de unas promesas rotas. Pero esta vez las voces no tuvieron tiempo de prevenirla.

Empezó a temblar y sintió unos espasmos que le sacudían las entrañas. Las náuseas eran una consecuencia tan inevitable como las lágrimas. A veces trataba de ahogar en alcohol la hoguera de sus sentimientos, pero lo único que lograba era empeorar las cosas.

En momentos como esos se limitaba a aguardar en la oscuridad y dejar pasar el tiempo.

Cuando volviera a tener la mente despejada, se levantaría y bajaría a la estación de Dybbølsbro, tomaría el elevador para ir al andén número 3 y esperaría al fondo a que pasara un tren a toda velocidad. Entonces extendería los brazos, se acercaría al borde de las vías y gritaría: «No escaparán, cabrones».

El resto lo dejaría en manos de las voces.

8

Apenas le había dado tiempo a entrar cuando vio la funda de plástico en medio de la mesa.

Qué diablos..., pensó. Después llamó a Assad a voces.

Cuando su ayudante apareció en el umbral, le señaló la funda.

—¿De dónde salió eso? ¿Tú sabes algo?

Pero Assad hizo un gesto negativo.

—No la vamos a tocar, ¿entendiste? Podría tener huellas.

Los dos estudiaron la primer página. «Ataques de la banda del internado», se leía en impresión láser.

Se trataba de una lista de agresiones con fechas, lugares y nombres de las víctimas, y parecían extenderse bastante en el tiempo. Un joven en una playa de Viborg, unos gemelos en un campo de deportes a plena luz del día, un matrimonio en la isla de Langeland. Al menos veinte.

—Vamos a tener que averiguar quién nos deja aquí estas cosas, Assad. Llama a los forenses. Si es alguien de la casa, será sencillo dar con sus huellas.

—Las mías no las tienen —dijo Assad en tono casi decepcionado.

Carl meneó la cabeza. ¿Y eso por qué? Cada vez descubría más cosas poco ortodoxas en la contratación de su ayudante.

—Localízame la dirección de la madre de los chicos muertos. Se ha mudado varias veces en los últimos años, pero al parecer ya no reside en el último domicilio que figura en el registro, así que sé un poco creativo, ¿de acuerdo?

Llama a sus vecinos, ahí tienes los números. Puede que sepan algo.

Señaló hacia un revoltijo de notas que acababa de sacarse del bolsillo después de rebuscar un poco.

A continuación apuntó en una libreta las tareas pendientes. De repente los embargó a ambos la sensación de estar trabajando en un nuevo caso.

—En serio, Carl, no pierdas el tiempo con un caso cerrado con una condena.

Marcus Jacobsen, el jefe de Homicidios, sacudía la cabeza mientras hurgaba entre las notas de su mesa. Cuatro nuevos casos graves en tan sólo ocho días, a lo que había que sumar tres solicitudes de permiso y dos bajas por enfermedad, una de ellas seguramente a perpetuidad. Carl sabía lo que estaba pensando su jefe: ¿a quién quitar y de qué caso? Pero, gracias a Dios, ése no era su problema.

—¿Por qué mejor no te centras en la visita de Noruega, Carl? Allí todo el mundo ha oído hablar del caso Lynggaard y se mueren de ganas de saber cómo estructuras tu trabajo y qué prioridades tienes. Creo que están hasta arriba de casos antiguos a los que les gustaría dar carpetazo. Podrías concentrarte en adecentar tu despacho y, de paso, darles una lección de cómo trabaja la policía danesa, así tendrán algo de que hablar cuando vayan a ver a la ministra.

Carl dejó caer la cabeza. ¿De verdad que sus invitados iban a ir a tomar el té con la inflada ministra de Justicia y a chismorrear como cotorras acerca de su departamento? La cosa no pintaba nada bien.

—Necesito saber quién está echándome casos encima de la mesa, Marcus. Luego ya veremos.

—Muy bien, muy bien; tú decides. Pero si reabres el caso Rørvig, haz el favor de dejarnos a nosotros completamente al margen. Mis hombres no pueden desperdiciar ni un minuto.

—Tú tranquilo —dijo el subcomisario poniéndose en pie. Marcus se acercó al intercomunicador.

—Lis, ¿puedes venir un momento, por favor? No encuentro mi agenda.

Carl bajó la vista al suelo. Allí estaban todos los planes de su jefe, seguramente después de caerse de la mesa.

De un puntapié, los hizo desaparecer bajo la cajonera. Tal vez la reunión con los noruegos siguiera el mismo camino.

Cuando vio llegar a Lis al trote, la obsequió con una cálida mirada. Le gustaba más antes de su metamorfosis, pero, qué carajo, Lis era Lis.

Estoy deseando empezar a trabajar ahí abajo con ustedes, decían desde el otro lado del mostrador los hoyuelos —de una profundidad similar a la de la fosa de las Marianas— que flanqueaban la sonrisa de Rose Knudsen.

Sus hoyuelos no se vieron correspondidos, pero también es verdad que Carl carecía de ellos.

En el sótano, después de la oración vespertina, Assad ya estaba listo, enfundado en un descomunal impermeable y con una carterita de piel bajo el brazo.

—La madre de los hermanos que asesinaron vive en la casa de una vieja amiga suya, en Roskilde —explicó; y añadió que, si pisaban un poco el acelerador, podrían estar allí en menos de media hora—. Pero también han llamado de Hornbæk. Malas noticias, Carl.

Carl podía ver a Hardy como si lo tuviese delante. Doscientos siete centímetros de carne paralizada con el rostro vuelto hacia el estrecho con su sinfín de barquitos de recreo que ya le decían adiós a la temporada.

—¿Qué ocurrió? —preguntó. De repente se sentía fatal. Llevaba más de un mes sin ir a ver a su compañero.

—Dicen que llora todo el día. Aunque lo atiborran de pastillas y esas cosas, o sea, no para de llorar.

Era una casa con jardín como cualquier otra y estaba situada al final de Fasanvej. «Jens Arnold e Yvette Larsen», se leía en la placa de latón, y debajo había un letrerito de cartón donde ponía en mayúsculas: «MARTHA JØRGENSEN».

Salió a recibirlos a la puerta una mujer frágil como polvo de ángel que había rebasado hacía ya tiempo la edad de jubilación, una anciana tan hermosa que le arrancó a Carl una tierna sonrisa.

–Sí, Martha vive conmigo. Está aquí desde que murió mi marido. Pero hoy no se encuentra demasiado bien –susurró una vez en el pasillo–. El médico dice que está avanzando muy deprisa.

Oyeron una tos antes de pasar a una galería acristalada. Allí estaba, escrutándolos con sus ojos hundidos desde detrás de varias hileras de frascos de pastillas.

–¿Quiénes son? –preguntó mientras desprendía la ceniza de un purito con mano temblorosa.

Assad se acomodó en una silla cubierta de descoloridas mantitas de lana y hojas marchitas procedentes de las macetas de la ventana y, sin encomendarse a Dios ni al diablo, le tomó una mano a Martha Jørgensen y la atrajo hacia sí.

–Puedo decirte una cosa, Martha. Mi madre también pasó por lo que estás pasando tú ahora y yo lo vi, entonces. Y no me hizo gracia.

La madre de Carl habría retirado la mano, pero ella no lo hizo. ¿Cómo hace Assad para saber estas cosas?, se preguntó el subcomisario mientras trataba de encontrar un papel con el que poder encajar en medio de aquella escena.

–Nos da tiempo a tomar un té antes de que llegue la enfermera –anunció Yvette con una sonrisita insistente.

Martha derramó algunas lágrimas cuando Assad le contó qué los llevaba por allí.

Tomaron té y pasteles mientras la anciana conseguía hacer acopio de fuerzas para hablar.

–Mi marido era policía –dijo al fin.

—Sí, lo sabemos, señora Jørgensen —fueron las primeras palabras de Carl.

—Uno de sus antiguos compañeros me dio una copia del expediente.

—Ajá. ¿Fue Klaes Thomasen?

—No, él no.

Tosió y sofocó un acceso de tos con una buena fumada al purito.

—Me lo dio otro; Arne, se llamaba, pero ya murió. Reunió todo lo que tenía que ver con el caso y lo guardó en una carpeta.

—¿Podemos verla, por favor, señora Jørgensen?

Con los labios trémulos, se llevó a la frente una mano casi transparente.

—No, no es posible. Ya no la tengo.

Permaneció unos instantes con los párpados apretados. Por lo visto tenía jaqueca.

—No sé quién fue el último al que se la presté; la han estado mirando varias personas.

—¿Es ésta?

Carl le tendió la carpeta verde.

Ella hizo un gesto negativo.

—No, era más grande. Gris y mucho más grande. No podía levantarla con una sola mano.

—¿Y no existe más material, algo que pueda dejarnos?

La anciana miró a su amiga.

—¿Se lo decimos, Yvette?

—No sé, Martha. ¿Te parece buena idea?

La enferma volvió sus hundidos ojos azules hacia un doble retrato que había en el alféizar de la ventana, entre una regadera oxidada y una figurita de piedra de san Francisco de Asís.

—Míralos, Yvette. ¿Qué habían hecho ellos?

Se le humedecieron los ojos.

—Mis niños. ¿No podríamos hacerlo aunque sólo sea por ellos?

Yvette dejó una cajita de After Eight sobre la mesa.

–Claro que sí –suspiró. Después se dirigió hacia un rincón donde un montón de papeles navideños doblados y envoltorios reutilizables componían un mausoleo en honor a la vejez y al recuerdo de unos días en que «escasez» era una palabra cotidiana.

–Aquí está –dijo sacando de su escondrijo una caja de Peter Hahn repleta hasta los topes.

–Martha y yo hemos pasado estos últimos diez años completando un poco el expediente con recortes de periódico. Cuando murió mi marido ya sólo nos teníamos la una a la otra.

Assad tomó la caja y la abrió.

–Son noticias sobre agresiones que quedaron sin esclarecer –prosiguió Yvette–. Y luego están los recortes de los asesinos de faisanes.

–¿Los asesinos de faisanes? –se sorprendió Carl.

–Sí, ¿cómo llamarlos si no?

La anciana revolvió un poco en la caja y extrajo un ejemplo de lo más ilustrativo.

Sí, el nombre más acertado era el de asesinos de faisanes. Allí estaban, todos juntos, en una enorme fotografía sacada de un semanario. Un par de miembros de la realeza, algo de chusma burguesa y también Ulrik Dybbøl Jensen, Ditlev Pram y Torsten Florin, todos ellos con su escopeta de caza bajo el brazo y un pie triunfante bien asentado en tierra, frente a varias hileras de perdices y faisanes derribados.

–Uf –exclamó Assad. No había mucho más que añadir.

Advirtieron la agitación que empezaba a apoderarse de Martha Jørgensen, pero no adónde conduciría.

–No pienso tolerarlo –gritó de pronto–. Quiero que desaparezcan. Mataron a mis hijos y a mi marido. ¡Quiero que se pudran en el infierno!

Intentó ponerse en pie, pero su propio peso hizo que se venciera hacia delante y se golpeara la frente contra el borde de la mesa. No pareció sentirlo.

—Ellos también tienen que morir —bufó con la mejilla contra el mantel mientras tiraba las tazas al tratar de extender los brazos.

—Cálmate, Martha —la tranquilizó Yvette, que devolvió a la anciana jadeante a su torre de cojines.

Una vez que comprobaron que había recuperado el ritmo normal de respiración y volvió a mostrarse pasiva y a dar chupadas a su purito, Yvette los condujo al comedor. Les pidió disculpas por la reacción de su amiga y la achacó a que el tumor del cerebro ya era tan grande que resultaba imposible predecir cómo y ante qué reaccionaba. No siempre había sido así.

Como si necesitara una disculpa.

—Una vez vino un hombre y le dijo que había conocido a Lisbet. —Levantó imperceptiblemente sus casi inexistentes cejas—. Lisbet era la hija de Martha y el chico se llamaba Søren, pero ya lo sabían, ¿verdad?

Assad y Carl asintieron.

—Es posible que el amigo de Lisbet se llevara la carpeta, no lo sé —continuó al tiempo que echaba un vistazo hacia la galería—. Le prometió expresamente a Martha que se la devolvería algún día.

Su mirada era tan triste que sintieron el impulso de abrazarla.

—Me temo que ya no va a llegar a tiempo.

—Yvette, ¿te acuerdas del nombre del hombre que se llevó la carpeta? —quiso saber Assad.

—No, lo siento. Yo no estaba presente y ella ya no recuerda gran cosa. —Se tocó la sien—. El tumor, ya saben.

—¿Sabes si era policía? —añadió Carl.

—No creo, pero no lo descarto. No lo sé.

—¿Y por qué no le dieron todo esto, entonces? —preguntó Assad refiriéndose a la carpeta que sostenía bajo el brazo.

—Ah, ¿eso? Eso fue idea de Martha. Ya hay un hombre que ha confesado los crímenes, ¿no? Yo la ayudaba a recopilar los recortes porque la hacía sentir mejor. Supongo que el hombre que se llevó el resto no lo encontró relevante. E imagino que tenía razón.

Le preguntaron por la llave de la cabaña de Martha y después por los días anteriores y posteriores al crimen, pero, como dijo la propia Yvette, ya hacía veinte años de todo aquello y, además, eran recuerdos desagradables.

Cuando llegó la enfermera se despidieron.

Sobre la mesilla de Hardy había una fotografía de su hijo, lo único que revelaba que aquella figura inmóvil con tubos que le salían de la uretra y el pelo aplastado y grasiento había tenido una vida más allá de la que podían ofrecerle un respirador, un televisor encendido a perpetuidad y un montón de enfermeros atareados.

—Pues sí que has tardado en decidirte a mover el culo y venir por aquí —lo saludó con la mirada clavada en un punto imaginario a mil metros de altitud sobre la Clínica de Lesiones Medulares de Hornbæk, un lugar desde el cual contemplar el horizonte que permitía caer desde tal altura que uno ya no se volvía a despertar.

Carl se estrujó el cerebro en busca de una buena disculpa, pero al final lo dejó por imposible. Tomó la foto enmarcada y comentó:

—Me enteré de que Mads empezó la universidad.

—¿Y cómo? ¿Te coges a mi mujer? —preguntó su amigo sin siquiera pestañear.

—No, Hardy, ¿cómo diablos se te ocurre? Me enteré porque... no sé quién demonios lo dijo el otro día en la Jefatura.

—¿Qué ha sido de tu sirio? ¿Lo regresaron a las dunas?

El subcomisario conocía a Hardy, eso no era lo que le preocupaba.

—Dime lo que sea, Hardy. Total, ya estoy aquí.

Inspiró aire antes de añadir:

—Te prometo que a partir de ahora voy a venir a verte más a menudo, amigo. He estado de vacaciones, ya sabes.

—¿Ves esas tijeras que hay encima de la mesa?

—Sí, claro.

—Siempre están ahí; las usan para cortar las gasas y el esparadrapo que me sujeta las sondas y las agujas. Están bastante afiladas, ¿verdad?

Carl las miró.

—Sí, Hardy.

—¿Te importaría clavármelas en la aorta? Eso me haría muy feliz —dijo riendo—. Carl, siento un temblor en el antebrazo, creo que justo debajo del deltoides.

Carl Mørck frunció el ceño. De modo que Hardy sentía temblores. Pobre hombre. Ojalá pintaran tan bien las cosas.

—¿Quieres que te rasque?

Apartó un poco la manta sin saber si bajarle un poco la ropa o rascarle por encima.

—Escúchame, idiota. Tiembla. ¿Es que no lo ves?

Carl apartó la camisa de la pijama. Hardy solía llevar muy a gala su atractivo; se cuidaba y siempre estaba bronceado. Ahora tenía la piel blanca como la de un gusano y surcada de finas venillas azules.

Apoyó una mano en el brazo de su amigo. No quedaba un solo músculo. Era como tocar un pedazo de carne puesta a macerar. No percibió ningún temblor.

—Te siento muy débilmente en un puntito de piel, Carl. Agarra las tijeras y dame unos cuantos pinchazos. No lo hagas muy rápido, yo te aviso cuando lo note.

Pobrecillo, paralizado de cuello para abajo. Algo de sensibilidad en un hombro, eso era todo. Cualquier otra cosa no era más que la vana esperanza de un hombre desesperado.

Pero lo pinchó como él quería, subiendo por el centro del antebrazo, primero por una cara y luego por la otra. Al llegar casi a la altura de la axila por la parte posterior, Hardy se quedó sin respiración.

—Ahí, Carl. Toma el bolígrafo y haz una marca.

Obedeció. Para eso estaban los amigos.

—Hazlo otra vez. Intenta engañarme y yo te diré cuándo pasas por la marca. Cierro los ojos.

Se echó a reír, o quizá fuera un sollozo, cuando Carl volvió a rozar la marca.

—¡Ahí! —gritó.

Caray, era increíble. Daba escalofríos.

—No se lo cuentes a la enfermera, Carl.

El subcomisario frunció el entrecejo.

—Pero ¿por qué no, Hardy? Si es maravilloso. Puede que después de todo aún haya una esperanza, por mínima que sea. Así tendrán un punto de partida.

—Quiero esforzarme para que sea una zona más grande. Quiero recuperar un brazo entero, ¿de acuerdo?

Hardy miró por primera vez a su viejo amigo.

—Y lo que haga después con ese brazo no es asunto de nadie, ¿entendido?

Carl asintió. Por él, lo que fuera con tal de levantarle los ánimos a su compañero. Al parecer, el sueño de agarrar las tijeras de la mesa y clavárselas en el cuello era lo único que lo mantenía con vida.

No podía dejar de preguntarse si ese puntito de sensibilidad en el brazo no habría estado ahí desde el principio, pero era mejor dejar las cosas como estaban. Al fin y al cabo, en el caso de Hardy no había nada que perder.

Volvió a colocarle bien la ropa y lo arropó con la manta hasta la barbilla.

—¿Sigues viendo a la psicóloga, Hardy?

Carl imaginó el estupendo cuerpo de Mona Ibsen, una visión de lo más reconfortante.

—Sí.

—Ah, ¿y de qué hablan? —preguntó con la esperanza de que su nombre saliera a colación de un modo u otro.

—Sigue dándole vueltas a lo del tiroteo de Amager. No sé si servirá de algo, pero cada vez que viene se pasa el rato hablando de esa puta pistola de clavos.

—Sí, ya me imagino.

—¿Sabes una cosa, Carl?

—No.

—Me ha obligado a pensar en todo aquello, aunque yo no quería. De qué coño va a servir, digo yo, pero luego resulta que está esa pregunta.

—¿Qué pregunta?

Hardy le clavó la misma mirada que empleaban para interrogar a los sospechosos. Ni acusadora ni lo contrario, sólo inquietante.

—Anker, tú y yo fuimos a la cabaña entre ocho y diez días después de que mataran a ese tipo, ¿verdad?

—Así es.

—Los asesinos habían tenido toneladas de tiempo para borrar sus huellas. Toneladas. Entonces ¿por qué no lo habían hecho? ¿Por qué esperaron? Podrían haberle pegado fuego a todo. Podrían haberse llevado de allí el cadáver y haberlo quemado todo.

—Sí, sorprende un poco. Yo tampoco lo entiendo.

—Entonces, ¿por qué volvieron precisamente cuando estábamos nosotros?

—Sí, eso también es sorprendente.

—¿Sorprendente? ¿Sabes una cosa, Carl? A mí no me sorprende tanto. Ya no.

Intentó aclararse la voz, pero no lo logró.

—A lo mejor si Anker estuviera con nosotros podría decir algo más —añadió de pronto.

—¿Qué quieres decir?

Carl llevaba semanas sin pensar en Anker. Apenas nueve meses después de que a su fiel compañero le metieran una bala entre ceja y ceja en aquella maldita casa, él ya lo había borrado de su mente. Quién sabe cuánto tiempo lo recordarían si le sucediera a él.

—Carl, había alguien esperándonos en aquella casa, si no, no tiene sentido. Quiero decir que no era una investigación corriente. Uno de nosotros estaba involucrado y no era yo. ¿No serías tú?

9

Seis eran las camionetas todoterreno que aguardaban sobre la gravilla de la antigua posada de Tranekær, frente a la fachada pintada de amarillo, cuando Ditlev asomó la cabeza por la ventanilla del suyo y dio la señal de que lo siguieran.

Cuando llegaron al bosque, el sol aún se estremecía tras el arco del horizonte y los ojeadores desaparecieron entre la vegetación. Los ocupantes de los vehículos conocían el procedimiento, de modo que en pocos minutos estuvieron frente a Ditlev con las chaquetas abrochadas y las escopetas abiertas. Algunos habían traído sus perros consigo.

El último en sumarse a ellos fue, como de costumbre, Torsten Florin. Pantalones bombachos de cuadritos y chaqueta de caza entallada hecha a medida, ésa era la combinación del día. Podría haber ido a un baile con semejante atuendo.

Ditlev lanzó una mirada de desaprobación hacia un perdiguero que en el último instante salió por la puerta de atrás de uno de los coches; solo después pasó revista a los rostros de los asistentes. A uno de ellos no lo había invitado él.

Se inclinó hacia Bent Krum.

—¿Quién la ha invitado, Krum? —susurró.

En su calidad de abogado de Ditlev Pram, Torsten Florin y Ulrik Dybbøl Jensen, Bent Krum era el coordinador de las cacerías. Se trataba de un hombre polifacético que llevaba años solucionándoles sus problemas y dependía de la suma más que considerable que todos los meses ingresaban en su cuenta.

—Ha sido tu mujer, Ditlev —contestó en el mismo tono de voz—. Dijo que Lissan Hjorth podía acompañar a su marido. Que sepas que es bastante mejor tiradora que él.

¿Mejor tiradora? Eso no tenía que ver una mierda en el asunto. En las cacerías de Ditlev no había mujeres por varias razones, como si Krum no lo supiera. Puta Thelma.

Apoyó una mano en el hombro de Hjorth.

—Lo siento, amigo, pero tu mujer hoy no va a poder acompañarnos—le dijo.

Después le pidió que le diera a ella las llaves del coche, aunque era más que evidente que iba a causarles problemas.

—Así puede bajar a la posada. Los llamaré para que abran. Que se lleve ese perro tan revoltoso que tienen, esto es una batida especial, Hjorth, ya deberías saberlo.

Algunos invitados trataron de interceder, antiguos ricachones sin una fortuna significativa, como si tuvieran voz o voto. Además, no conocían a ese perro asqueroso.

Ditlev clavó la punta de la bota en la tierra y lo repitió:

—Nada de mujeres. Vete de una vez, Lissan.

Repartió pañuelos naranjas entre los asistentes y evitó la mirada de Lissan Hjorth cuando la saltó.

—Y acuérdate de llevarte contigo a ese bicho —se limitó a decirle.

No iban a venir ahora a meter las narices en sus normas. Como si fuera una cacería cualquiera.

—Si mi mujer no puede ir, yo tampoco voy, Ditlev —intentó presionarlo Hjorth.

Un tipejo asqueroso embutido en una asquerosa chaqueta Moorland raída. ¿Acaso no se había atravesado ya bastante en el camino de Ditlev Pram? ¿Acaso había beneficiado eso sus negocios? ¿No había estado a punto de ir a la quiebra cuando Ditlev trasladó sus pedidos de granito a China? ¿De veras quería que lo castigase de nuevo? Él no tenía inconveniente alguno.

—Tú decides.

Le dio la espalda a la pareja y se dirigió a los demás.

—Ya conocen las reglas. Lo que vean hoy no es asunto de nadie más, ¿de acuerdo?

Asintieron. No esperaba otra reacción.

—Hemos soltado doscientas piezas entre faisanes y perdices, machos y hembras. Hay más que de sobra para todos —rio—. Sí, es un poco pronto para las perdices, pero ¿a quién le importa?

Observó a los del club de caza local. No lo delatarían. Todos trabajaban con él o para él de una forma u otra.

—Pero, ¿por qué hablar de aves si ésas no se nos van a escapar? Es mucho más interesante la otra presa que les he traído hoy, pero no les voy a decir qué es; ya lo averiguarán.

Varios rostros expectantes siguieron sus movimientos cuando se volvió hacia Ulrik y agarró un manojo de palitos.

—La mayoría ya conoce el procedimiento: dos de ustedes sacarán un palo más corto que los demás. Los afortunados dejarán sus escopetas y llevarán dos de mis rifles. Se quedarán sin perdices, pero a cambio tendrán la posibilidad de llevarse a casa la pieza especial del día. ¿Estamos listos?

Algunos tiraron sus cigarrillos y los aplastaron en el suelo. Cada uno tenía su manera de prepararse mentalmente para la caza.

Ditlev sonrió. Así eran los hombres con poder en su mejor momento, despiadados, casi ellos mismos, de manual.

—Bueno, normalmente los dos tiradores que llevan los rifles se reparten la presa —aclaró—, pero quien tiene la última palabra al respecto es el que cobra la pieza. Ya sabemos todos lo que pasa cuando es Ulrik el que se lleva el trofeo.

Todos se echaron a reír, todos menos Ulrik. Daba igual que se tratara de acciones, mujeres o jabalíes; Ulrik no compartía nada con nadie. Lo conocían de sobra.

Ditlev se agachó a recoger dos estuches de rifle.

—Miren —dijo sacando las armas a la luz de la mañana—. He regalado nuestros viejos Sauer Classic a Hunters House para que podamos probar estos dos prodigios.

68

Levantó uno de los rifles Sauer Elegance por encima de su cabeza.

—Ya están disparados y da un gusto enorme tenerlos entre las manos. ¡A ver a quién le toca!

Haciendo caso omiso de la agria discusión que estaba teniendo lugar entre los Hjorth, alargó el manojo de palos hacia los cazadores y después del sorteo hizo entrega de los rifles a los dos afortunados.

Torsten era uno de ellos. Parecía agitado, pero no a causa de la cacería. Ya hablarían más tarde.

—Torsten ya sabe lo que es esto, pero para Saxenholdt va a ser una experiencia nueva, así que buena suerte.

Saludó al joven con una inclinación de cabeza y levantó hacia él su petaca como los demás. Pañuelo al cuello y pelo engominado, sería un auténtico niño de internado hasta el fin de sus días.

—Ustedes son los únicos que pueden dispararle a la pieza especial del día, así que es responsabilidad suya que se haga en condiciones. Recuerden que hay que seguir disparando hasta que deje de moverse. Y recuerden también que quien abate la pieza tiene premio.

Retrocedió un paso y se sacó un sobre del bolsillo interior.

—El título de propiedad de un estupendo departamentito de dos dormitorios en Berlín con vistas a las pistas de aterrizaje del aeropuerto de Tegel. Pero tranquilos, que el aeropuerto no tardará en desaparecer y entonces tendrán el embarcadero justo al pie de la ventana.

Cuando todos rompieron a aplaudir, sonrió. Qué mierda, su mujer le había estado dando la lata más de medio año para que le comprara el puto departamento y luego no se había dignado ir ni una sola vez. Ni siquiera con el cabrón de su amante. Así que a la mierda con él.

—Mi mujer se retira, Ditlev, pero el perro se queda conmigo —dijo una voz por detrás.

Al volverse, se encontró con el rostro porfiado de Hjorth. Estaba claro que intentaba negociar para no quedar en ridículo.

A Ditlev le bastó una fracción de segundo para captar la mirada de Torsten por encima del hombro. Nadie le daba órdenes a Ditlev Pram. Si él decía que un perro no podía ir, allá el que no obedeciera.

—Insistes en traer al perro, Hjorth. De acuerdo entonces —aceptó evitando los ojos de la mujer.

No quería discutir con aquella bruja, eso era un asunto entre Thelma y él.

El olor a tierra se hizo más intenso cuando coronaron la colina y salieron al claro del bosque. Cincuenta metros más abajo se veía la pequeña arboleda envuelta en neblina, y por detrás de ella se extendía la maleza hasta transformarse en un bosque tupido que se extendía como un mar a sus pies. Era un espectáculo grandioso.

—Dispérsense un poco —ordenó.

Cuando separaron unos de otros siete u ocho metros asintió satisfecho.

El ruido de los ojeadores por detrás de la arboleda aún no era lo bastante fuerte. Eran pocos los faisanes que alzaban el vuelo un instante para volver a posarse en la pequeña mancha de espesura. Los pasos ahogados de los cazadores que rodeaban a Ditlev empezaron a resonar llenos de ansia. Algunos de ellos estaban totalmente aficionados a la emoción que iban a experimentar entre la niebla. Apretar el gatillo podía dejarlos satisfechos durante días. Ganaban millones, pero matar era lo que les hacía sentirse vivos.

Junto a Ditlev iba el joven Saxenholdt, pálido de emoción, igualito que su padre cuando era un miembro fijo de sus cacerías. Avanzaba con cautela, con los ojos clavados a veces en el bosquecillo y a veces en la maleza que se extendía por detrás de él hasta la linde del bosque, varios cientos de metros más allá. Era plenamente consciente de que un buen disparo podía valerle un nidito de amor fuera del control de sus padres.

Ditlev alzó una mano y todos quedaron inmóviles. El perdiguero de Hjorth aullaba y daba vueltas sobre sí mismo de pura excitación mientras el idiota de su amo intentaba tranquilizarlo. Justo lo que esperaba.

De pronto, las primeras aves salieron del bosquecillo revoloteando. Se oyeron varios tiros rápidos seguidos de los golpes secos de unos cuerpos muertos al caer a tierra. Hjorth no fue capaz de controlar por más tiempo a su perro, que al oír el «¡busca!» del cazador de al lado escapó corriendo con la lengua fuera. En ese instante alzaron el vuelo centenares de aves al unísono y los cazadores enloquecieron. El ruido de los disparos y su eco entre la espesura resultaban ensordecedores.

Ése era el momento que más disfrutaba Ditlev. Disparos sin cesar. Muerte sin cesar. Manchas aleteantes en el cielo, transformado en una orgía de color. El tesón de los hombres al cargar sus escopetas. Sentía la frustración de Saxenholdt al no poder abrir fuego como ellos. La mirada del joven iba de la arboleda al bosque pasando por el terreno llano cubierto de maleza. ¿Por dónde llegaría su pieza? No lo sabía. Cuanto más se embriagaban de sangre los demás, más fuerte se aferraba él al rifle.

El perro de Hjorth se abalanzó sobre la garganta de otro perro, que soltó su presa y huyó entre aullidos. Todo el grupo se percató de ello menos Hjorth, que cargaba y disparaba, cargaba y disparaba, y aún tenía pendiente dar en el blanco.

Cuando el perdiguero regresaba con su tercera presa después de atacar a los demás perros, Ditlev le hizo una señal con la cabeza a Torsten, que no perdía de vista al animal. Era puro músculo, instinto y falta de adiestramiento todo en uno. Malas cualidades para un perro de caza.

Las cosas ocurrieron tal como Ditlev había previsto. Los demás perros ya tenían calado al perdiguero y no le dejaban acercarse a las piezas que caían en el claro, de modo que el perro de Hjorth se adentró en el bosque para seguir husmeando.

—Mucho ojo ahora —les advirtió Ditlev a los de los rifles—. Recuerden que se están jugando un departamento en Berlín completamente equipado.

Entre risas, vació los dos cañones de su escopeta contra una nueva bandada que salió de entre los árboles formando un remolino.

—Todo para el mejor.

En ese momento el perro de Hjorth trataba de salir de entre la maleza con otra presa. De repente se oyó un disparo del rifle de Torsten. Había dado en el blanco, porque el perdiguero no llegó a salir a campo abierto. Aparte de Ditlev y Torsten, nadie más debió de percatarse de lo ocurrido, porque las únicas reacciones ante el disparo fueron los jadeos de Saxenholdt y las carcajadas del resto del grupo con Hjorth a la cabeza. Creyeron que había errado el tiro.

En unos minutos, cuando encontrara a su perro con el cráneo perforado, dejaría de reírse. Ojalá aprendiera la lección. Si Ditlev Pram lo decía, nada de perros mal adiestrados en sus cacerías.

En el mismo instante en que empezaron a oír algo entre la maleza, Ditlev alcanzó a ver el leve cabeceo de Krum. De modo que su abogado también lo había visto.

—No disparen hasta que estén completamente seguros, ¿de acuerdo? —les dijo en voz baja a los hombres que tenía al lado—. Los ojeadores cubren toda la zona que hay por detrás de la arboleda, así que yo creo que el animal va a salir de entre esos matorrales.

Señaló en dirección a unos enebros.

—Apunten más o menos a un metro de altura, en el centro de la pieza. Así, si fallan, darán en el suelo.

—¿Qué es eso? —susurró Saxenholdt señalando hacia un conjunto de árboles silvestres que empezaron a moverse.

Se oyó un ruido de ramas aplastadas, primero débil, después más fuerte, y los gritos de los ojeadores que seguían al animal empezaron a hacerse más estridentes.

De pronto saltó.

Saxenholdt y Torsten descargaron sus rifles a la par y la oscura silueta se inclinó ligeramente y dio un desmañado brinco hacia delante. Sólo entonces, una vez en campo abierto, comprendieron lo que era. Los cazadores prorrumpieron en exclamaciones de entusiasmo mientras Saxenholdt y Torsten apuntaban por segunda vez.

—¡Alto! —gritó Ditlev al ver que el avestruz se detenía un instante y miraba a su alrededor desorientada.

Estaba a cien metros.

—Esta vez denle en la cabeza —volvió a gritar—. Disparen de uno en uno. Tú primero, Saxenholdt.

Todos guardaron silencio cuando el joven levantó el rifle y apretó el gatillo conteniendo la respiración. La bala, demasiado baja, arrancó el cuello del animal. La cabeza cayó por detrás. Pero el grupo aulló de entusiasmo. Hasta Torsten. Al fin y al cabo, ¿para qué quería él un departamento en Berlín?

Ditlev sonreía. Esperaba que el avestruz se desplomara, pero su cuerpo descabezado correteó de un lado a otro unos segundos antes de que las irregularidades del terreno lo derribaran. Lo agitaron varias convulsiones hasta que finalmente las patas descendieron lentamente al suelo. Era un espectáculo sin parangón.

—¡Qué bien! —jadeó el muchacho mientras los demás descargaban un par de disparos sobre las últimas perdices—. Era un avestruz. Es una maravilla, maté un puto avestruz. Carajo, la de mujeres que se van a pelear por mí esta tarde en el Victor. Y pienso en más de una.

Se reunieron los tres en la posada delante de un trago que había encargado Ditlev. Saltaba a la vista que Torsten lo necesitaba.

—¿Qué te pasa, Torsten? Estás hecho un guiñapo —dijo Ulrik justo antes de apurar su vaso de licor Jägermeister de un trago—. ¿Estás enojado porque se te ha escapado? Carajo, si ya has cazado avestruces otras veces.

Torsten jugueteó con su vaso.

—Es Kimmie. Esta vez va en serio.

Luego bebió.

Ulrik sirvió otra ronda y alzó su vaso hacia los demás.

—Aalbæk está en ello. Enseguida la atraparemos, no te preocupes, Torsten.

Torsten Florin se sacó una caja de cerillos del bolsillo y encendió la vela que había sobre la mesa. Nada más triste que una vela sin llama, solía decir.

—Espero que no estés tomando a Kimmie por una inofensiva palomita que da vueltas por ahí vestida con ropa vieja y cochambrosa y va a dejar que el imbécil de su detective la encuentre así, sin más, porque no es así, Ulrik. Carajo, estamos hablando de Kimmie. La conocen tan bien como yo. No la va a encontrar y este problema nos va a costar caro.

Ditlev dejó el vaso y levantó la vista hacia las vigas del techo.

—¿Qué quieres decir?

Odiaba a Torsten cuando se ponía así.

—Ayer atacó a una de nuestras modelos delante de mi empresa. Llevaba horas plantada a la salida del edificio, esperando. Había dieciocho colillas en el suelo. ¿Y a quién creen que estaba esperando?

—¿Qué quieres decir con que la atacó?

Ulrik parecía preocupado.

Torsten sacudió la cabeza de un lado a otro.

—Tranquilo, Ulrik. Nada grave, fue sólo un golpe, no llamamos a la policía. A la chica le di una semana de vacaciones y dos boletos para Cracovia.

—¿Estás seguro de que era ella?

—Sí. Le enseñé a la modelo una foto antigua de Kimmie.

—¿No hay ninguna duda?

—No.

Torsten parecía molesto.

—No podemos dejar que la detengan —continuó Ulrik.

—No, carajo, claro que no. Pero tampoco podemos dejar que se acerque a ninguno de nosotros, ¿no? Es capaz de cualquier cosa, estoy seguro.

—¿Creen que aún le queda dinero? —preguntó Ulrik en el mismo instante en que un mesero con cara de recién levantado se acercaba para saber si se les ofrecía algo más.

Ditlev negó con la cabeza.

—Estamos servidos, gracias —dijo.

Permanecieron en silencio hasta que el hombre abandonó el local con una pequeña reverencia.

—Ulrik, caray. ¿Cuánto nos sacó aquella vez? Casi dos millones. ¿Y cuánto crees que gasta viviendo en la calle? —intervino Torsten—. Nada, lo que quiere decir que puede permitirse comprar lo que le dé la gana. Armas incluidas. No tiene más que patear un poco el adoquinado de Copenhague para encontrar una amplia oferta, me consta.

Ulrik movió su enorme corpachón.

—Quizá no fuera mala idea conseguirle refuerzos a Aalbæk otra vez.

10

—¿Con quién dice que quiere hablar? ¿Con el oficial el-Assad, ha dicho?

Carl clavó la vista en el auricular. ¡¡¿Oficial?!! ¿Assad? Estará de ver si después de semejante ascenso cree que se va a ir sin recibir la reprimenda merecida.

Transfirió la llamada y no tardó ni un segundo en oír el timbre del teléfono que había sobre la mesa de su ayudante.

—¿Sí? —contestó Assad desde su cuarto de las escobas.

Carl enarcó las cejas y sacudió la cabeza. Oficial el-Assad, ¿cómo se atrevía?

—Llamaron de la policía de Holbæk para decir que llevan toda la mañana buscando el expediente del crimen de Rørvig.

Assad se rascó las mejillas. Ya llevaba dos días revisando expedientes, estaba sin afeitar y parecía agotado.

—¿Y sabes qué ha pasado, entonces? Que no lo tienen. Ha desaparecido sin *arrastrar rastro* —añadió.

El subcomisario dejó escapar un suspiro.

—Supongamos que alguien se lo llevó. Apuesto lo que quieras a que fue el tal Arne, el que le dio a Martha Jørgensen la carpeta gris con los informes. ¿Preguntaste si recordaban de qué color era? ¿Preguntaste si era gris?

Assad hizo un gesto negativo.

—Bueno, en realidad da lo mismo. Marta dijo que ese hombre había muerto, así que no vamos a poder hablar con él. —Carl entornó los ojos—. Pero hay otra cosa que quiero poner en claro. ¿Querrías explicarme cuándo te han nombrado oficial? Creo que deberías cuidarte mucho de hacerte pasar por policía. Hay un artículo de la ley que no lo ve con muy buenos ojos, el 131, por si te interesa. Te arriesgas a una condena de seis meses de prisión.

Assad echó la cabeza ligeramente hacia atrás.

—¿Oficial? —repitió conteniendo el aliento un segundo al tiempo que se llevaba la mano al pecho como si pretendiera salvaguardar la inocencia que rezumaba en esos momentos. Carl no había visto semejante arrebato de indignación desde que el primer ministro reaccionara ante las acusaciones de la prensa con respecto a la intervención indirecta de los soldados daneses en varios casos de tortura en Afganistán.

—Jamás se me pasaría por la cabeza —protestó su ayudante—. Al revés, o sea, lo que yo dije es que era el ayudante oficial de un oficial. La gente ya no te escucha, Carl.

Se encogió de hombros.

—¿Tengo yo la culpa?

¡Ayudante oficial de un oficial! Dios nos agarre confesados. Muchas más como ésa y acabaría con una úlcera.

—Sería más correcto que te presentaras como ayudante de un subcomisario de la Policía Criminal, o mejor aún, ayudante de un subcomisario de policía. Aunque, si insistes en usar el otro título, por mí que no quede. Eso sí, dilo con absoluta claridad, ¿estamos? Y ahora, baja al garaje y prepara nuestro armatoste. Nos vamos a Rørvig.

La cabaña estaba en medio de un conjunto de pinos y con el paso de los años había ido hundiéndose hasta quedar levemente enterrada en la arena. A juzgar por las ventanas, grandes agujeros opacos entre vigas podridas, nadie había vuelto a usarla después del crimen. Un lugar desangelado.

Observaron las señales de los neumáticos que dibujaban caminos serpenteantes entre las casas. Con el mes de septiembre tan avanzado, no se veía un alma en varias leguas a la redonda.

Assad colocó las manos a modo de pantalla en un vano intento de ver el interior de la cabaña a través de la ventana más grande.

—Ven —lo llamó Carl—. Creo que la llave está al otro lado.

Levantó la vista hacia el alero de la parte posterior de la casa. La llave llevaba veinte años a la vista de todo el mundo, colgando de un clavo oxidado por encima de la ventana de la cocina, tal como había dicho Yvette, la amiga de Martha Jørgensen. ¿Quién se la iba a llevar? A nadie le daban ganas de entrar en aquella casa. ¿Y los ladrones que asolaban las zonas de vacaciones todos los años fuera de temporada? Hasta con los ojos cerrados se veía que allí no había nada. Todo en aquella cabaña invitaba a darse la vuelta y largarse.

Se puso de puntillas para alcanzar la llave y abrió la puerta. Resultaba asombrosa la facilidad con que cedió la vieja cerradura y giraron los goznes.

Al asomar la cabeza reconoció el aroma de los malos tiempos. La humedad, el enmohecimiento, el abandono. El olor que envuelve las alcobas de los viejos.

Buscó el interruptor del pequeño pasillo y comprobó que habían cortado el suministro eléctrico.

—¡Caray! —exclamó Assad al tiempo que le metía por los ojos una bombilla halógena.

—Aparta esa linterna, Assad, no la necesitamos.

Pero su ayudante ya había puesto un pie en el pasillo haciendo ondear su estandarte de luz por entre bancas pintadas en tonos pastel y cacharros de cocina de esmalte azul.

La oscuridad no era total. La luz del sol se filtraba, débil y gris, a través de los cristales polvorientos y el salón parecía una secuencia nocturna de una vieja película en blanco y negro. Una enorme chimenea de piedras grandes, la tarima de listones anchos, alfombrillas suecas desperdigadas aquí y allá y un tablero de Trivial Pursuit que continuaba en el suelo.

—Como decía el informe —observó Assad dándole un empujoncito a la caja del juego. Alguna vez había sido de color azul marino, ahora era negra. El tablero estaba algo menos sucio, al igual que las dos fichas que se veían sobre él. En el calor de la lucha se habían alejado de sus casillas, pero seguramente no demasiado. La ficha rosa contenía cuatro quesitos; la café, ninguno. Carl supuso que la rosa con los quesitos de las cuatro respuestas acertadas sería la de la chica. Al parecer, aquel día tenía la mente más despejada que su hermano. Quizá él se hubiera pasado con el coñac. Al menos eso indicaba el informe de la autopsia.

—Lleva aquí desde 1987, entonces. ¿Tan viejo es este juego, Carl? No lo entiendo.

—A lo mejor, a Siria tardó un poco más en llegar, Assad. Pero ¿lo venden allí?

Tomó nota del silencio de su ayudante y después bajó la vista hacia las dos cajas que contenían las tarjetas de las preguntas. Delante de cada caja había una tarjeta. Las últimas preguntas a las que se enfrentaron los hermanos en su vida. Pensándolo bien, era desolador.

Paseó la mirada por el suelo.

Aún quedaban claras huellas del crimen. En el punto donde encontraron a la chica había manchas oscuras. Sangre, evidentemente, al igual que las salpicaduras del tablero. En algunos sitios se veía el rastro de los círculos con los que los forenses habían rodeado las huellas, aunque los números se habían borrado. El polvo de los expertos en huellas dactilares ya casi ni se veía, pero podía adivinarse su contorno.

—No encontraron nada —dijo Carl; pensaba en voz alta.

—¿Qué?

—No encontraron ninguna huella que no fuera de los dos hermanos, de su padre o de su madre.

Volvió a observar el tablero.

—Es extraño que el juego siga ahí. Pensaba que se lo habrían llevado para analizarlo.

—Sí —asintió Assad rascándose la cabeza—. Bien dicho, Carl. Ahora me acuerdo. Fue una de las pruebas que presentaron

79

en el caso contra Bjarne Thøgersen, o sea, que en realidad sí que se lo llevaron, entonces.

Los dos clavaron los ojos en el juego.

No debería estar ahí.

Carl enarcó las cejas. Después sacó el celular y llamó a la Jefatura.

Lis no parecía precisamente entusiasmada.

—Hemos recibido instrucciones claras de no volver a ponernos a tu disposición, Carl. ¿Tienes idea de cómo estamos de trabajo? ¿Has oído hablar de la reforma de la policía o necesitas que te refresque la memoria? Y ahora, encima, nos robas a Rose.

Pues que se la queden si eso los consuela, carajo.

—Eh, eh, pon el freno. ¡Que soy yo! ¡Carl! Tranquila, ¿de acuerdo?

—Ya tienes tu propia criada, así son las cosas. Habla con ella. ¡Un momento!

Se quedó mirando el teléfono con aire confuso y volvió a llevárselo al oído al percibir el sonido de una voz altamente reconocible.

—Sí, jefe. ¿Qué puedo hacer por ti?

Frunció el ceño.

—Yo... ¿con quién hablo? ¿Rose Knudsen?

Aquella risa ronca no presagiaba nada bueno para el futuro.

Le pidió que averiguara si aún había un Trivial Pursuit edición Genus entre los efectos del crimen de Rørvig. No, no tenía ni idea de por dónde podía empezar a buscar. Sí, había muchas posibilidades. ¿Que dónde preguntaba primero? Eso tendría que averiguarlo ella solita. Pero era para hoy.

—¿Quién era? —preguntó Assad.

—Tu competidora. Ten cuidado, igual de un empujón te manda de vuelta con tus guantes de goma verdes y tu cubeta de limpieza.

Pero Assad no lo oyó. Ya estaba en cuclillas junto al tablero estudiando las salpicaduras de sangre.

—¿No es raro que no haya más sangre en el juego, Carl? La mataron justo ahí —dijo señalando la mancha de la alfombra.

El subcomisario recordó las fotografías del lugar de los hechos y los cadáveres.

—Pues sí —asintió—. Sí, tienes razón.

Con todos los golpes que le habían dado y la cantidad de sangre que había perdido, era extraño que el tablero estuviese tan limpio. Mierda, no habían llevado el expediente para compararlo con las fotos.

—Yo recuerdo que el tablero estaba lleno de sangre, entonces —observó Assad con un dedo en la casilla dorada del centro.

Carl se agachó junto a él, introdujo un dedo por debajo del cartón con mucho cuidado y lo levantó. Era cierto, lo habían movido un poco. Varias manchas de sangre se habían colado por debajo, totalmente antinatural.

—No es el mismo tablero, Assad.

—No, no es el mismo, entonces.

Volvió a dejarlo caer con delicadeza y después le echó un vistazo a la caja y a su aparentemente leve rastro de polvo dactilar. Una caja intacta después de veinte años. Mirándolo bien, ese polvo podía ser cualquier cosa. Fécula de papa, blanco de plomo. Cualquier cosa.

—¿Quién habrá puesto aquí el juego? —se preguntó Assad—. ¿Lo habías visto antes?

El subcomisario no contestó.

Contemplaba el estante que daba la vuelta a la habitación casi a la altura del techo. Acababa de aparecer ante sus ojos una época en que las torres Eiffel de níquel y las jarras de cerveza con tapadera de hojalata de Baviera eran trofeos de viaje habituales. Los más de cien *souvenirs* que abarrotaban el estante hablaban de una familia con remolque que conocía de sobra el paso del Brennero y los bosques de la Selva Negra. Carl vio a su padre. La nostalgia estuvo a punto de provocarle un cortocircuito.

—¿Qué estás mirando?

—No lo sé —sacudió la cabeza—, pero algo me dice que tenemos que andarnos con cien ojos. ¿Puedes abrir las ventanas, por favor? Necesitamos más luz.

El subcomisario se levantó y volvió a recorrer el suelo con la mirada mientras sacaba su cajetilla del bolsillo de la camisa y Assad luchaba con el marco de la ventana.

Aparte de la ausencia de los cadáveres y del engaño del juego, todo parecía estar tal como lo encontraron aquel día.

Estaba encendiendo un cigarrillo cuando sonó su teléfono celular. Era Rose.

El Trivial continuaba en los archivos de Holbæk. El expediente había desaparecido, pero seguían teniendo el juego.

Qué sorpresa, por lo visto no era del todo inútil.

—Vuelve a llamarlos —le ordenó conteniendo una buena bocanada de humo en los pulmones—. Pregúntales por las fichas y los quesitos.

—¿Quesitos?

—Sí, así es como llaman a esos objetos que te dan cuando aciertas una respuesta. Se meten en las fichas. Tú pregúntales qué cuñas hay en cada ficha. Y anótalas, ficha por ficha.

—¡Cuñas!

—Sí, carajo. También se llaman así. Quesitos, cuñas, lo mismo da. Una especie de triangulitos. ¿Es que nunca has visto un Trivial?

Rose volvió a dejar escapar aquella risa siniestra.

—¿Trivial? ¡Ahora se llama Bezzerwizzer, abuelo!

Y cortó la comunicación.

Lo suyo nunca sería una historia de amor.

Dio otra fumada para bajar las pulsaciones. Quizá le dejaran cambiar a la tal Rose por Lis. Seguro que le gustaría un ritmo de trabajo algo más calmado. Desde luego, alegraría el sótano al lado de las fotos de las tías de Assad, con peinado de punk o sin él.

En ese preciso instante se oyó una desagradable mezcolanza de madera chascada y cristales rotos seguida de algunos exóticos vocablos surgidos de los labios de Assad que no tenían nada que ver con su oración de la tarde, eso seguro. Los efectos de la ventana pulverizada fueron abrumadores, porque la luz irrumpió en todos los rincones sin dejar lugar a dudas: las arañas habían vivido tiempos felices en aquella casa. Sus telas pendían del techo como guirnaldas y la capa de polvo que recubría el largo estante de *souvenirs* era tan espesa que todos los colores se fundían en uno.

Carl y Assad repasaron los hechos que habían leído en los informes.

A primera hora de la tarde alguien había entrado en la cabaña por la puerta de la cocina, que estaba abierta, y había matado al chico de un golpe con un martillo que después apareció a varios cientos de metros. Al parecer el muchacho no se enteró de nada, según los informes del levantamiento del cadáver y la autopsia; murió en el acto, como demostraba su manera compulsiva de aferrarse a la botella de coñac.

La chica seguramente trató de levantarse, pero los agresores se abalanzaron sobre ella. Luego la golpearon hasta matarla, allí mismo, en el punto donde se veía una mancha oscura en la alfombra y donde se hallaron restos de masa cerebral, saliva, orina y sangre de la víctima.

Después suponían que los asesinos le habían quitado los pantalones al joven para vejarlo. Jamás dieron con ellos, pero nadie parecía dispuesto a considerar la posibilidad de que los dos hermanos estuvieran jugando al Trivial, ella en biquini y él desnudo. Una relación incestuosa era impensable. Los dos tenían pareja y llevaban una vida muy normal.

Esas mismas parejas habían pasado la noche con ellos en la cabaña, pero por la mañana habían regresado a Holbæk, donde estudiaban. Jamás se sospechó de ellos. Los dos tenían coartada y, además, el crimen los dejó completamente deshechos.

El celular volvió a sonar. Al ver el número en la pantalla, Carl dio otra fumada relajante a modo de prevención.

—¿Sí, Rose? —contestó.

—Todo eso de las cuñas y los quesitos les ha parecido una pregunta muy extraña.

—¿Y?

—Bueno, pues han ido a revisar, claro.

—¿Y?

—La ficha rosa tenía cuatro quesitos, uno amarillo, uno rosa, uno verde y uno azul.

El subcomisario bajó la vista hacia la ficha que tenía delante. Coincidía, él tenía lo mismo.

—La ficha azul, la amarilla, la verde y la naranja estaban sin usar. Se habían quedado en la caja con los demás quesitos y estaban vacías.

—Bien; ¿y la café?

—La ficha café tenía un quesito café y otro rosa dentro, ¿me sigues?

Carl no contestó, se limitó a observar la ficha café vacía que había sobre el tablero. Muy, muy extraño.

—Gracias, Rose —dijo—. Estupendo.

—¿Qué, Carl? —lo interrogó su ayudante—. ¿Qué dijo?

—Debería haber un quesito café y otro rosa en la ficha café, Assad. Pero ésa de ahí está vacía.

Ambos la observaron.

—¿Será que tenemos que encontrar los dos quesitos que faltan, entonces? —preguntó Assad. Y dicho y hecho, se tiró al suelo y empezó a buscar debajo de un aparador de roble que había contra la pared.

Carl volvió a llevarse el cigarrillo a los labios. ¿Por qué habrían dejado allí aquel Trivial para reemplazar el original? Saltaba a la vista que algo iba mal. ¿Y por qué había sido tan fácil abrir la cerradura de la cocina? ¿Por qué les habían dejado aquel caso encima de la mesa? ¿Quién estaba detrás de todo aquello?

—Pasaban aquí las navidades, tenía que hacer frío, entonces —comentó Assad al encontrar un adorno en forma de corazón en las profundidades del aparador.

Carl asintió. Era imposible que aquella casa hubiera sido más fría que en ese momento, todo en ella rezumaba pasado y desgracia. ¿Quién había vuelto por allí? ¿Una anciana que no tardaría en morir de un tumor cerebral, eso era todo?

Observó las tres puertas de paneles que conducían a los dormitorios. Pim, pam, pum; papá, mamá y los niños. Revisó las habitaciones una por una. Las consabidas camas de madera de pino con sus pequeños burós cubiertos con lo que parecían reminiscencias de unos tapetes de cuadros. La habitación de la niña decorada con fotos de Duran Duran y Wham, la del chico con Suzy Quatro enfundada en ajustado cuero negro. Entre aquellas sábanas el futuro había sido luminoso e infinito, pero en la sala, detrás de Carl, se lo habían arrancado brutalmente de entre las manos. Eso colocaba el eje de la vida en el punto exacto donde se encontraba él. En el umbral que separaba lo que uno esperaba de lo que conseguía.

—Aún hay bebidas en los armarios de la cocina —gritó Assad.

Ladrones, al menos, no habían entrado.

Estaban contemplando la cabaña desde fuera cuando Carl se sintió invadido por una extraña inquietud. Trabajar en ese caso era como tratar de recoger mercurio con las manos: venenoso al contacto e imposible de retener; volátil y concreto a un tiempo. Los años que habían transcurrido. El hombre que había confesado. La banda del internado que aún seguía pisando fuerte entre lo más granado de la sociedad.

¿Qué tenían que buscar? ¿Por qué seguir adelante? Ésas eran las preguntas que se hacía cuando volteó hacia su compañero.

—Creo que deberíamos dejar este caso, Assad —le dijo—. Anda, vámonos a casa.

Le dio un puntapié a una mata de hierba que crecía entre la arena y sacó las llaves del coche. El caso estaba cerrado, quería decir con eso. Pero, en lugar de seguirlo, su ayudante se quedó contemplando la ventana rota del salón como si acabase de abrir la entrada de un santuario.

—No sé, Carl —objetó—. Ahora somos los únicos, o sea, que podemos hacer alguna cosa por esos chicos, ¿te has dado cuenta?

«Hacer alguna cosa», decía, como si aquella pequeña criatura de Oriente Medio llevase atada a la cintura una cuerda de salvamento conectada con el pasado.

Carl asintió.

—No creo que esto nos lleve a ningún sitio, pero vamos a subir un poco por la carretera —dijo encendiendo otro cigarrillo. El aire puro filtrado a través de un buen pitillo era lo mejor del mundo.

Avanzaron unos minutos contra una suave brisa que arrastraba el aroma de los últimos coletazos del verano hasta llegar a una casa donde el ruido indicaba claramente que el último jubilado aún no se había retirado a hibernar.

—Sí, no hay demasiada gente por aquí ahora mismo, pero porque es viernes —le informó un vecino rubicundo con el cinto a la altura del pecho que encontraron al otro lado de la casa—. Vengan a echar un vistazo mañana. Los sábados y los domingos esto se atasca, y todavía queda un mes por lo menos.

Al ver la placa de Carl se le disparó la lengua. Pretendía contárselo todo en una sola frase, lo de los robos, lo de los alemanes borrachos, lo de los locos del volante que había en Vig.

Ni que acabara de salir de una incomunicación de varios años a lo Robinson Crusoe, pensó Carl.

Llegados a ese punto, Assad aferró a aquel hombre por el brazo.

—¿O sea que fue usted quien mató a los dos adolescentes en esa calle que se llama Ved Hegnet?

Era un anciano. Su mundo se detuvo en plena respiración. Dejó de parpadear y sus ojos perdieron el brillo, como los de un muerto; sus labios se entreabrieron y se volvieron azules, y ni siquiera llegó a llevarse las manos al pecho, se limitó a recular tambaleándose, con lo que Carl se vio obligado a hacerse a un lado.

—Carajo... ¡Assad! ¿Qué demonios haces? —fueron las últimas palabras del subcomisario antes de abalanzarse sobre aquel hombre para desabrocharle el cinturón y el cuello de la camisa.

El viejo tardó diez minutos en volver en sí y en todo ese tiempo su mujer, que había salido de la casa a toda velocidad, no dijo ni una palabra. Fueron diez larguísimos minutos.

—Le ruego que disculpe a mi colega, por favor —le suplicó Carl al aturdido anciano—. Forma parte de un programa dano-iraquí de intercambios policiales y no acaba de entender todos los matices de nuestro idioma. A veces sus métodos y los míos entrechocan un poco.

Assad no decía nada. Quizá fuera la palabra carambolear la que lo tenía ligeramente fuera de juego.

—Recuerdo aquel caso —dijo al fin el vecino tras un par de abrazos de su mujer y tres minutos de inspiraciones y espiraciones—. Algo terrible. Pero si tienen preguntas, hablen con Valdemar Florin. Vive aquí, en Flyndersøvej; subiendo a la derecha, a cincuenta metros. El cartel no tiene desperdicio.

—¿Por qué dijiste eso de la policía iraquí, Carl? —le preguntó Assad mientras tiraba una piedra al mar.

Carl prefirió no hacerle caso y se concentró en observar la residencia de Valdemar Florin, que se alzaba en lo alto de la colina. Había sido un bungaló muy célebre en las revistas de los años ochenta. El *jet* solía ir allí a divertirse a lo grande en fiestas legendarias carentes de moderación alguna. Corría el rumor de que Florin nunca perdonaría a quien intentara igualar sus fiestas.

Valdemar Florin siempre había sido un hombre poco amigo de hacer concesiones. A menudo bordeaba los márgenes de la ley, pero, por algún impenetrable motivo, jamás lo sorprendían infringiéndola. Un par de indemnizaciones por asuntos de derechos laborales y acoso sexual a sus empleadas, por supuesto, pero eso era todo. Florin era un todoterreno de los negocios. Construcción, armas, gigantescas partidas de alimentos de emergencia, rápidas inversiones en el mercado libre de petróleo de Rotterdam; nada se le resistía.

Ahora todo eso era cosa del pasado. Florin perdió su influencia sobre la gente guapa y rica cuando su mujer, Beate, se quitó la vida. Poco a poco, sus casas de Rørvig y Vedbæk se fueron transformando en fortalezas que nadie deseaba visitar. Era *vox populi* que su afición por las jovencitas había empujado a su mujer al suicidio, y esas cosas no se perdonaban ni siquiera en aquellos círculos.

—¿Por qué, Carl? —repitió Assad—. ¿Por qué dijiste lo de la policía iraquí?

Observó a su menudo compañero. Por debajo de la piel tostada le ardían las mejillas. Si era de indignación o a causa de la fresca brisa de Skansehage quedaría para siempre en el terreno de lo desconocido.

—Assad, no puedes ir por ahí amenazando a la gente con ese tipo de preguntas. ¿Cómo has sido capaz de acusar a ese anciano de algo que evidentemente no había hecho? ¿Para qué?

—Tú también lo haces.

—Bien, vamos a dejarlo ahí.

—Y lo de la policía iraquí, ¿qué?

—Olvídalo, Assad. Era pura fantasía —contestó.

Pero mientras los conducían a la sala de estar de Valdemar Florin sentía los ojos de su ayudante clavados en la nuca y tomó buena nota de ello.

Valdemar Florin estaba sentado frente a un ventanal desde el que se divisaba la calle por la que habían llegado hasta allí y un panorama casi infinito de la bahía, Hesselø Bugt. A su espalda se abrían cuatro ventanales dobles que conducían a una terraza de arenisca con alberca que ocupaba el centro del jardín como un depósito reseco en un desierto. Hubo un tiempo en que todo aquello rebosaba de vida. Entre sus invitados habían figurado hasta miembros de la realeza.

Florin estaba leyendo un libro tranquilamente, las piernas sobre un banco, la chimenea encendida, un *whisky* con soda encima de la mesa de mármol; un conjunto muy armonioso en el que la única nota discordante era el sinfín de páginas arrancadas que había desperdigadas por la alfombra de lana.

Carl carraspeó un par de veces, pero el viejo hombre de negocios no apartó la vista de su libro hasta que terminó de leer la página, la arrancó y la tiró al suelo con las demás.

—Así sabe uno por dónde va —explicó—. ¿Con quién tengo el honor?

Assad miró a Carl con las cejas enarcadas. Aún había expresiones que no alcanzaba a digerir así, sin más ni más.

La sonrisa de Florin se desvaneció cuando el subcomisario le mostró su placa, y cuando lo informó de que eran de la policía de Copenhague y le puso al tanto de su misión, les pidió que se fueran.

Rondaba los setenta y cinco años. Seguía siendo un hurón arrogante que lanzaba dentelladas a diestra y siniestra y en sus ojos se escondía el brillo de una ira muy fácil de despertar que ardía en deseos de salir a la luz. Bastaría con azuzarlo un poco y le daría rienda suelta.

—Sí, señor Florin, nos hemos presentado aquí sin avisar y si quiere usted que nos vayamos, lo haremos. Siento un enorme respeto y admiración por usted y haré, naturalmente, lo que desee. También puedo volver mañana por la mañana, si le parece mejor.

Esta reacción hizo que asomara un destello de vanidad en alguna parte detrás de su coraza. Carl acababa de proporcionarle el sueño de cualquiera. ¿Para qué andarse con adulaciones, halagos y regalos si lo único que quería la gente era respeto? Como decía su profesor de la Academia, dales un poco de respeto a tus congéneres y bailarán al son que tú les toques. Y vaya si tenía razón.

—Bonitas palabras, pero no me engañan —dijo el anciano. Aunque no era cierto.

—¿Podemos sentarnos, señor Florin? Serán solo cinco minutos.

—¿De qué se trata?

—¿Cree usted que Bjarne Thøgersen fue el único responsable de la muerte de aquellos dos hermanos en 1987? He de decirle que hay quien sostiene lo contrario. Su hijo no está bajo sospecha, pero algunos de sus compañeros sí podrían ser sospechosos.

Florin arrugó la nariz como si fuera a dejar escapar un juramento, pero se contuvo y lanzó los restos del libro sobre la mesa.

—¡Helen! —gritó—. Tráeme otro *whisky*.

Encendió un cigarrillo egipcio sin ofrecerles.

—¿Quién? ¿Quién sostiene qué? —preguntó en un singular tono de alerta.

—Lo siento mucho, pero eso no podemos decírselo. El caso es que parece más o menos claro que Bjarne Thøgersen no fue el único culpable.

—Ah, ese inútil.

Su tono era de desdén, pero no pasó de ahí.

Entró una joven de unos veinte años vestida con un delantal blanco y un traje negro. Sirvió *whisky* y un poco de agua como quien presta un servicio regular. No se dignó mirarlos.

Al pasar junto a su jefe, acarició sus ralos cabellos. Estaba bien adiestrada.

—Francamente —comenzó Florin, bebiendo un sorbo—, me gustaría colaborar con ustedes, pero hace ya muchos años de todo eso y creo que es mejor dejar las cosas como están.

Carl no parecía de acuerdo.

—¿Conocía a los compañeros de su hijo, señor Florin?

Sonrisa torcida.

—Es usted muy joven, pero le diré, por si no lo sabe, que en aquella época yo era un hombre muy ocupado. Así que no, no los conocía. No eran más que unos chicos que Torsten conocía del internado.

—¿Y no le sorprendió que las sospechas recayeran sobre el grupo? Quiero decir, teniendo en cuenta que eran unos jóvenes muy simpáticos, todos de buena familia, ¿no?

—No sé si me sorprendió o me dejó de sorprender.

Lo miró por encima del vaso con los ojos entornados. Cuánto habían visto aquellos ojos. Retos mucho mayores que Carl Mørck.

Luego dejó el vaso.

—Pero en las investigaciones que hicieron en 1987 se vio que algunos no eran como los demás —añadió.

—¿Qué quiere usted decir?

—Bueno, mi abogado y yo insistimos en estar presentes cuando interrogaron a los chicos en la comisaría de Holbæk, naturalmente. Mi abogado los asesoró a los seis durante todo el proceso.

—Bent Krum, ¿verdad?

La pregunta la había formulado Assad, pero Valdemar Florin hizo caso omiso.

Carl asintió. Por lo visto, aquel nombre hacía mella.

—Decía usted que no eran como los demás. ¿Quién cree que no fue como los demás durante los interrogatorios? —prosiguió.

—Quizá debería llamar a Bent Krum y preguntárselo a él, ya que lo conoce. Me han informado de que sigue teniendo una memoria excelente.

—Ajá. ¿Y quién se lo ha dicho?

—Aún es el abogado de mi hijo. Sí, y también el de Ditlev Pram y Ulrik.

—Me había parecido entender que no conocía usted a esos chicos, señor Florin, pero oyéndolo hablar así de Ditlev Pram y de Ulrik Dybbøl Jensen, cualquiera pensaría lo contrario.

Dio una leve cabezada.

—Conocía a sus padres, eso es todo.

—Y a los padres de Kristian Wolf y de Kirsten-Marie Lassen ¿también los conocía?

—Lejanamente.

—¿Y al padre de Bjarne Thøgersen?

—Un don nadie. No lo conocía.

—Tenía un negocio de maderas en el norte de la isla —intervino Assad.

El subcomisario asintió; él también lo recordaba.

—Mire —dijo Valdemar Florin levantando la vista hacia el cielo despejado que se veía a través de las ventanas del techo—, Kristian Wolf está muerto, ¿de acuerdo? Kimmie desapareció hace ya muchos años. Mi hijo dice que vagabundea por las calles de Copenhague con una maleta a cuestas. Bjarne Thøgersen está entre rejas. ¿De qué demonios estamos hablando?

—¿Kimmie? ¿Se refiere a Kirsten-Marie Lassen? ¿Así la llaman?

No contestó. Se limitó a beber otro sorbo y agarrar su libro. La audiencia había concluido.

Al abandonar la casa, a través de las ventanas del porche lo vieron estrellar el maltrecho libro contra la mesa y abalanzarse sobre el teléfono. Parecía furioso. Quizá estuviera previniendo al abogado de su posible visita. Tal vez llamara a los de Securitas para informarse de si existía algún sistema de alarma que impidiera que ese tipo de visitas pasara de la verja.

—Conocía todas las cosas, Carl —comentó Assad.

—Sí, puede. Nunca se sabe con tipos así. Han tenido toda una vida para aprender a no hablar de más. ¿Tú sabías que Kimmie estaba en la calle?

—No, eso no lo pone en ningún sitio.

—Hay que encontrarla.

—¿Y no podríamos hablar primero con los demás?

—A lo mejor, sí.

Carl contempló el agua. Tendrían que hablar con todos, por supuesto.

—Pero cuando una mujer como Kimmie Lassen le da la espalda a su mundo y acaba en la calle, tiene que haber un buen motivo. Las personas como ella pueden tener heridas muy profundas en las que conviene hurgar, Assad. Por eso hay que encontrarla.

Al llegar al coche, que habían dejado junto a la cabaña, Assad se detuvo un momento a recapitular.

—No entiendo la cosa del Trivial, Carl.

Ni que tuviéramos telepatía, pensó su jefe. Luego dijo:

—Vamos a revisar la cabaña una vez más, estaba a punto de decir lo mismo. Tenemos que llevarnos el juego para que analicen las huellas.

Esta vez lo revisaron todo de arriba abajo: las casetas exteriores, el césped de la parte trasera, que ya medía casi un metro, y el armario con barrotes donde almacenaban el gas.

Cuando le tocó el turno al salón, seguían en el mismo punto que al principio.

Mientras Assad se arrodillaba en el suelo a buscar los dos quesitos que faltaban en la ficha café, la mirada de Carl recorrió en una lenta panorámica el estante de recuerdos y los muebles.

Al final volvió a encontrarse con las fichas y el tablero del Trivial.

Todo invitaba a fijarse en aquellas fichas colocadas en la casilla dorada del centro. Pequeños destellos en medio de un todo. Una ficha contenía los quesitos correctos y a la otra le faltaban dos. Uno rosa y otro azul.

De pronto se le ocurrió.

—Aquí hay otro corazón —murmuró Assad, desprendiéndolo de una esquina de la alfombra.

Carl no dijo nada. Se agachó muy despacio a levantar las tarjetas que había delante de las cajas con las preguntas. Dos tarjetas con seis preguntas cada una, cada pregunta de un color que correspondía a los colores de los quesitos.

En aquel momento sólo le interesaban las preguntas cafés y rosas.

Dio la vuelta a las tarjetas y leyó las respuestas.

La sensación de haber dado un paso de gigante le hizo lanzar un suspiro.

—¡Assad! ¡Encontré algo! —exclamó con toda la calma y el autocontrol de que fue capaz—. Ven a ver esto.

Assad se levantó con el corazón en un puño y observó las tarjetas por encima del hombro del subcomisario.

—¿Qué?

—Faltaban un quesito rosa y otro café en una de las fichas, ¿no?

Le tendió primero una tarjeta y luego la otra.

—Lee la respuesta rosa de esta tarjeta y luego la café de esta otra. ¿Qué dice?

—En una, «Arne Jacobsen»; y en la otra, «Johan Jacobsen».

Intercambiaron una breve mirada.

—¿Arne? Así se llamaba el policía que se llevó el expediente de Holbæk y se lo entregó a Martha Jørgensen, ¿verdad? ¿Cuál era su apellido, te acuerdas?

Assad levantó las cejas. Luego sacó la libreta del bolsillo de su camisa y empezó a pasar páginas hacia atrás hasta llegar al interrogatorio de la anciana.

Susurró un par de vocablos incomprensibles y lo miró.

—Tienes razón, se llamaba Arne, dice aquí. Pero Martha Jørgensen no dijo ningún apellido.

Volvió a susurrar en árabe y bajó la vista hacia el Trivial.

—Si Arne Jacobsen es el policía, ¿quién es el otro, entonces?

Carl sacó el celular y marcó el número de la policía de Holbæk.

—¿Arne Jacobsen? —preguntó el oficial de guardia. No, tendría que hablar con alguno de los compañeros que llevaba más tiempo en el Cuerpo. Si esperaba un momento, lo comunicaría con alguno.

Pasaron tres minutos.

Luego Carl colgó el teléfono.

11

Suele ocurrir el día que se cumplen los cuarenta. O el día que se gana el primer millón. O al menos cuando amanece el día en que el padre de uno se jubila y ya sólo le queda por delante una vida entre crucigramas. Ese día la mayoría de los hombres se sienten al fin liberados de la condescendencia, los comentarios sabihondos y la mirada crítica del patriarca.

Pero ése no fue el caso de Torsten Florin.

Había superado la riqueza de su padre, se había distanciado lo indecible de sus cuatro hermanos menores, que, al contrario que él, no habían destacado en ningún campo, y aparecía en los medios con mucha más frecuencia que Valdemar. Toda Dinamarca lo conocía y admiraba, en especial las mujeres que su padre siempre codiciaba.

Con eso y con todo, al oír la voz de Valdemar Florin al otro lado de la línea siempre lo invadía una sensación de malestar, se sentía un niño difícil, inferior y menospreciado, y se le formaba un nudo en el estómago que no desaparecía hasta que colgaba.

Pero Torsten no colgaba. A su padre, jamás.

Tras esas conversaciones, por breves que fueran, era casi incapaz de contener la rabia y la frustración.

«La suerte del primogénito», lo llamó en una ocasión el único profesor medianamente decente del internado. Torsten lo odió por haber pronunciado aquellas palabras porque, si era cierto, ¿cómo cambiar las cosas? Esa pregunta lo obsesionó día tras día, igual que a Ulrik y a Kristian.

Los unió el odio compartido hacia sus padres, y cuando Torsten golpeaba sin piedad a sus víctimas inocentes, les retorcía el cuello a las palomas mensajeras del profesor simpático, o, más adelante, miraba a los ojos a sus envidiosos competidores cuando éstos se daban cuenta de que acababa de crear otra de sus insuperables colecciones, en quien pensaba realmente era en su padre.

—Cabrón —dijo temblando cuando Valdemar le colgó—. Cabrón —susurró mientras recorría con la vista los diplomas y los trofeos de caza que cubrían las paredes.

De no haber sido por los diseñadores, por su jefe de ventas y por las cuatro quintas partes de sus mejores clientes y de sus contrincantes, que en esos momentos abarrotaban la sala contigua, habría aullado hasta dar rienda suelta a todo su desprecio, pero tuvo que conformarse con agarrar la antigua vara de medir que le habían regalado por el quinto aniversario de la empresa y destrozarla contra la cabeza disecada de un antílope que colgaba de la pared.

—¡Cabrón, cabrón, cabrón! —susurraba a cada golpe.

Al sentir que el sudor se le empezaba a acumular en la nuca, se detuvo y trató de pensar con claridad. La voz de su padre y lo que le había contado le afectaban más de lo aconsejable.

Levantó la mirada. Afuera, en el punto donde el bosque se fundía con el jardín, revoloteaban unas urracas hambrientas. Graznaban alegremente mientras picoteaban los restos de unos pájaros que ya habían probado la ira de Torsten.

Putos pajarracos, pensó. En ese momento comprendió que iba a calmarse. Empuñó el arco de caza que colgaba de un gancho en la pared, sacó unas flechas de la aljaba que guardaba detrás del escritorio, abrió la puerta de la terraza y disparó hacia las aves.

Cuando sus graznidos cesaron, desapareció también la furia que le abrasaba la mente. Siempre funcionaba.

Después atravesó el césped, extrajo las flechas de los cuerpos de las urracas, apartó los cadáveres a patadas hasta llevarlos al bosque, con los demás, regresó a su despacho, escuchó el desenvuelto murmullo de sus invitados, colgó el arco en su sitio y guardó las flechas en la aljaba. Luego marcó el número de Ditlev.

—La policía ha ido a Rørvig a hablar con mi padre —fueron sus primeras palabras.

Por un momento se hizo el silencio al otro lado de la línea.

—Ajá —contestó Ditlev con cierto retintín—. ¿Y qué quería?

Torsten inspiró a fondo.

—Han estado haciéndole preguntas sobre los dos hermanos del lago. Nada concreto. Si ese viejo chiflado lo ha entendido bien, alguien ha acudido a la policía y ha estado sembrando dudas acerca de la culpabilidad de Bjarne.

—¿Kimmie?

—Ni idea, Ditlev. Por lo que sé, no han dado nombres.

—Tú le avisas a Bjarne, ¿estamos? ¡Ahora, hoy! ¿Qué más?

—Papá les sugirió a los policías que hablaran con Krum.

La carcajada de Ditlev era muy propia de él. Totalmente impasible.

—A ése no van a sacarle una palabra —dijo al fin.

—No, pero tienen en marcha algún tipo de investigación y eso sí es un problema.

—¿Eran de la policía de Holbæk? —se interesó Ditlev.

—Creo que no. El viejo dice que venían de Copenhague, del departamento de Homicidios.

—Caray. ¿Se quedó con sus nombres?

—No, el muy arrogante no prestó atención, como de costumbre. Pero Krum nos los conseguirá.

—Olvídalo. Voy a llamar a Aalbæk. Tiene un par de contactos en Jefatura.

Después de colgar, Torsten permaneció unos instantes con la mirada perdida tratando de calmar la respiración. Tenía el cerebro rebosante de imágenes de gente asustada que suplicaba piedad y pedía ayuda a gritos. Recuerdos de sangre y risas de los demás miembros del grupo. Sus charlas de después. La colección de fotos de Kristian, que veían todas las noches mientras se drogaban fumando o se metían anfetaminas. Lo recordaba todo y disfrutaba con ello, y odiaba que fuera así.

Abrió bien los ojos para volver a descender a la realidad. Por lo general tardaba unos minutos en sacarse de las venas la embriaguez de la locura, pero la excitación siempre duraba algo más.

Se llevó la mano a la entrepierna. Otra vez se le había puesto dura.

¡Mierda! ¿Por qué no era capaz de controlar esos sentimientos? ¿Por qué se repetía aquello una y otra vez?

Se levantó y cerró el pestillo de la puerta que conducía a la sala contigua, donde resonaban las voces de la mitad de los reyes y las reinas de la moda de Dinamarca.

Inspiró aire y se hincó de rodillas lentamente.

Luego unió las palmas de las manos y agachó la cabeza. A veces le hacía falta.

—Dios mío que estás en los cielos –susurró un par de veces–. Perdóname. Porque no puedo evitarlo.

12

Ditlev Pram puso a Aalbæk al tanto de la situación en pocos segundos y desestimó sus estúpidas protestas por la falta de efectivos y las largas noches de trabajo. Mientras le pagaran lo que pedía, él lo único que tenía que hacer era cerrar la boca.

Después giró su sillón y se disculpó con un cabeceo ante sus colaboradores de confianza, que ocupaban sus asientos en torno a la mesa de reuniones.

—Lo lamento —dijo en inglés—. Tengo un problema con una tía anciana que se escapa continuamente. En esta época del año hay que encontrarla deprisa porque enseguida cae la noche.

Todos sonrieron con amabilidad. Lo entendían. La familia lo primero. Así era también en sus países.

—Muchas gracias a todos —continuó con una amplia sonrisa—. Les agradezco infinitamente que este equipo se haya podido convertir en una realidad. Los mejores médicos del norte de Europa reunidos, ¿qué más se puede pedir?

Dio una palmada en la mesa.

—Bueno, ¿nos ponemos en marcha? Stanislav, ¿quieres empezar tú?

Su jefe de cirugía plástica asintió y encendió el proyector. Les mostró un rostro masculino con varias líneas dibujadas. En esos puntos realizaría los cortes, explicó. Ya lo había hecho antes, cinco veces en Rumania y dos en Ucrania, y todos los pacientes menos uno habían recuperado la sensibilidad en los nervios de la cara con una rapidez asombrosa. Hacía que sonara hasta real. Según él, era posible realizar un estiramiento facial con la mitad de los cortes que se solían practicar.

—Miren aquí —dijo—, en lo alto de la patilla. Se retira una zona triangular y luego se estira y se cierra con unos puntos. Sencillo y sin necesidad de ingreso.

En ese punto intervino el director médico de Ditlev.

—Hemos enviado descripciones de la intervención a las revistas.

Sacó cuatro publicaciones europeas y una estadounidense; no eran las más conocidas, pero no estaba nada mal.

—Van a sacarlo antes de Navidad. Hemos llamado al tratamiento «The Stanislav's Facial Correction».

Ditlev asintió. Había mucho dinero en todo aquello y eran personas altamente competentes, unos profesionales del bisturí, con un salario equivalente al que cobrarían diez médicos en sus países de origen, lo que, lejos de causarles problemas de conciencia, servía para contentar a todos los presentes. Ditlev ganaba dinero a costa de su trabajo y ellos hacían dinero a costa de los demás, una pirámide extremadamente provechosa, en especial para él, que se encontraba en la cúspide. En ese preciso instante estaba considerando que una intervención fallida por cada siete era una cifra totalmente inaceptable. Él evitaba correr riesgos innecesarios, eso lo había aprendido con la banda del internado. Cuando ibas a equivocarte lo mejor era dar un rodeo para evitarlo. Por eso estaba a punto de decir que no al proyecto y de despedir a su director por mandar informes a publicar sin su consentimiento, y por eso en el fondo no podía sacarse de la cabeza la llamada de Torsten.

De pronto se oyó un pitido en el intercomunicador que había detrás de él. Se estiró un poco y pulsó el botón.

—¿Sí, Birgitte? —contestó.

—Tu mujer viene hacia aquí.

Ditlev observó a los demás. Habría que dejar la reprimenda para otro momento y la secretaria tendría que ocuparse de retener esos artículos.

—Dile a Thelma que se quede donde está —ordenó—. Voy al privado, aquí ya hemos terminado.

Un pasadizo de cristal de cien metros de longitud unía la clínica con su casa a través del jardín, de modo que era posible cruzar el jardín sin mojarse los zapatos y al mismo tiempo disfrutar de las vistas del césped y del hayal. La idea se la había inspirado el Museo de Luisiana; la única diferencia era que en su casa no había obras de arte en las paredes.

Thelma había preparado bien la escena y él no quería que nadie del despacho fuera testigo. Los ojos de su mujer estaban inyectados de odio.

—Hablé con Lissan Hjorth —dijo con acritud.

—Pues sí que ha tardado. ¿Tú ahora mismo no deberías estar en Aalborg con tu hermana?

—No he ido a Aalborg, sino a Gotemburgo, y no con mi hermana. Lissan dice que han matado a su perro.

—¿Qué quieres decir con ese «han»? Para que lo sepas, fue un accidente. El perro no obedecía y echó a correr detrás de la caza. Se lo había advertido a Hjorth. Por cierto, ¿a qué dijiste que fuiste a Gotemburgo?

—Fue Torsten, él mató al perro.

—Sí, y lo siente muchísimo. ¿Quieres que le compremos uno nuevo a Lissan? ¿Es eso? Dime a qué fuiste a Gotemburgo.

La frente de Thelma Pram se llenó de sombras. Había que ser una persona realmente irascible para lograr arrugar la piel de un rostro terso hasta lo enfermizo después de cinco *liftings,* pero ella era capaz.

—Le regalaste mi departamento de Berlín a ese retrasado de Saxenholdt. Mi departamento, Ditlev —dijo señalándolo con un dedo acusador—. Fue su última cacería, ¿entendido?

Se acercó a ella. Era el único modo de hacerla retroceder.

—Vamos, si nunca lo usabas. No conseguías llevar a tu amante hasta allí, ¿eh? —sonrió—. ¿Te estás haciendo vieja para él, Thelma?

Ella levantó la cabeza tras encajar sus vilezas con un aplomo asombroso.

—No tienes ni idea de lo que dices, ¿me oyes? ¿Qué pasa? ¿Se te ha olvidado decirle a Aalbæk que me siguiera esta vez y no sabes quién es? ¿Eh, Ditlev? ¿No sabes con quién he ido a Gotemburgo?

Luego se echó a reír.

Él se detuvo. Era una pregunta sorprendente.

—Va a ser un divorcio carísimo, Ditlev. Haces cosas raras, y eso se paga cuando entran en escena los abogados. Tus jueguecitos perversos con Ulrik y los demás. ¿Cuánto tiempo crees que te voy a guardar el secreto a cambio de nada?

Pram sonrió. No era más que un farol.

—¿Crees que no sé lo que estás pensando? No se atreverá, te dices a ti mismo. Está demasiado bien conmigo. Pero no, Ditlev, me he liberado de ti. Me eres indiferente. Por mí puedes pudrirte en la cárcel, y allí tendrás que prescindir de tus pequeñas esclavas de la lavandería. ¿Crees que podrás?

Observó el cuello de su mujer. Sabía toda la fuerza con que era capaz de golpearla y sabía dónde hacerlo.

Ella husmeó como una gata y se retiró.

Si quería hacerlo, tendría que ser por la espalda. Nadie era invulnerable.

—Eres un enfermo, Ditlev —continuó—, siempre lo he sabido. Pero antes eras un enfermo divertido y ya no lo eres.

—En ese caso, es mejor que te busques un abogado, Thelma.

Ella sonrió como Salomé al pedirle a Herodes la cabeza de san Juan Bautista en una bandeja.

—¿Y enfrentarme a Bent Krum? No, gracias. Tengo otros planes. Sólo tengo que esperar el momento oportuno.

—¿Me estás amenazando?

La cinta que sujetaba sus cabellos se soltó. Al echar la cabeza hacia atrás dejó al descubierto su cuello desnudo, demostrándole que no le tenía miedo. Se burló de él.

—¿Crees que eso es una amenaza? —Tenía fuego en la mirada—. Pues te equivocas. Me iré cuando me convenga. El hombre que he encontrado me esperará. Es un hombre maduro, sí, no lo sabías, ¿verdad, Ditlev? Mayor que tú. Conozco mis ritmos y un mocoso como tú no puede satisfacerlos.

—Claro, claro. ¿Y es?

Thelma sonrió.

—Frank Helmond. Qué sorpresa, ¿eh?

Ditlev tenía varias cosas en la cabeza.

Kimmie, la policía, Thelma y ahora Frank Helmond.

Ten cuidado con quién te metes, se dijo a sí mismo. Por un instante contempló la posibilidad de bajar a ver cuál de las filipinas hacía el turno de tarde.

De pronto lo invadió una sensación de asco. Frank Helmond. ¡Qué humillante! Un político local gordinflón. Un gusano. Un ser totalmente inferior.

Lo buscó en la guía y localizó la dirección, aunque ya la conocía. La modestia no era la principal virtud de Helmond, con semejante dirección, pero así era él, ya lo sabía todo el mundo. Vivía en un chalé que no podía permitirse, en un barrio cuyos vecinos no votarían a su ridículo partido de siervos ni en sueños.

Ditlev se acercó al librero, sacó un libro grueso y lo abrió. Estaba hueco. El espacio suficiente para unas bolsitas de cocaína.

La primera raya borró la imagen de los ojos entornados de Thelma. La siguiente le hizo encogerse de hombros, mirar hacia el teléfono y olvidar que la palabra «riesgo» no formaba parte de su vocabulario. Lo único que quería era acabar con todo aquello, de modo que ¿por qué no hacerlo bien? Con Ulrik. En la oscuridad.

–¿Vemos una película en tu casa? –preguntó en cuanto su amigo descolgó el teléfono. Al otro lado de la línea se oyó un suspiro de satisfacción.

–¿Lo dices en serio? –se sorprendió Ulrik.

–¿Estás solo?

–Sí. Caray, Ditlev, ¿lo dices en serio?

Ya estaba excitado.

Iba a ser una noche excelente.

Habían visto aquella película un sinfín de veces; sin ella no habría sido lo mismo.

La primera vez que vieron *Naranja mecánica* estaban en el internado, empezando el segundo año de bachillerato. La proyectó un profesor nuevo que había malinterpretado el código de diversidad cultural del centro y que también hizo ver a la clase otra película llamada *If,* acerca de la rebeldía en un internado inglés. El tema que se iba a tratar era el cine inglés de los años sesenta, muy apropiado para un colegio de tradición inglesa, se pensó entonces. Sin embargo, por muy interesante que fuera la selección cinematográfica del profesor, tras un examen más minucioso, la dirección determinó que también resultaba extraordinariamente inadecuada. Sus días en el internado estaban contados.

Pero el daño ya estaba hecho, porque Kimmie y el nuevo alumno de la clase, Kristian Wolf, se embebieron del mensaje de ambas películas sin el menor asomo de crítica y encontraron en él nuevas posibilidades de liberación y venganza.

Fue Kristian quien tomó la iniciativa. Tenía casi dos años más que el resto, no mostraba respeto por nada y toda la clase lo admiraba. Siempre llevaba mucho dinero en el bolsillo a pesar de que iba contra las reglas del centro. Un tipo de ojos despiertos que escogió con gran esmero para el grupo a Ditlev, Bjarne y Ulrik. Eran muy parecidos en muchos aspectos, inadaptados, llenos de odio hacia el colegio y hacia cualquier otro tipo de autoridad. Sí, eso y *Naranja mecánica* constituían un buen aglutinante.

Localizaron la película en video y la vieron varias veces a escondidas en el cuchitril de Kristian y Ulrik, y, bajo los efectos de su fascinación, hicieron un pacto. Serían como la banda de *Naranja mecánica:* indiferentes a cuanto los rodeaba; siempre a la caza de emociones, de transgresiones; desenfrenados y despiadados.

Cuando agredieron al chiquillo que los sorprendió fumando hachís, las cosas pasaron de pronto a un nivel superior. Fue entonces cuando a Torsten, con su habitual olfato para la puesta en escena, se le ocurrió que podían llevar máscaras y guantes.

Ditlev y Ulrik recorrieron la distancia que los separaba de Fredensborg con varias rayas de cocaína en la sangre y el acelerador pisado a fondo. Lentes oscuros y unos abrigos largos baratos. Un sombrero en la cabeza, guantes en las manos. El cerebro despejado, nada de sentimientos. Un equipo de usar y tirar para una noche de diversión en el anonimato.

—¿A quién buscamos? —preguntó Ulrik una vez frente a la fachada de color azafrán del café JFK que había en la plaza de Hillerød.

—Ya lo verás —contestó Ditlev mientras abría la puerta y se sumergía en aquel estruendo de viernes. Había gente ruidosa por todas partes. Un buen sitio para los amantes del *jazz* y las reuniones poco ceremoniosas. Ditlev detestaba ambas cosas.

Encontraron a Helmond en la zona del fondo. Con su cabeza redonda y resplandeciente a la luz de la lámpara del bar, gesticulaba apasionadamente en compañía de otro político local aún más insignificante que él. Su modesta cruzada pública.

Ditlev lo señaló.

—Puede tardar un buen rato en marcharse, así que vamos a pedir una cerveza mientras tanto —dijo retrocediendo hacia otra barra.

Pero Ulrik permanecía inmóvil observando a su presa con las pupilas dilatadas debajo de los lentes de cristales oscuros, seguramente más que satisfecho con lo que veía y con los músculos de la mandíbula en plena actividad.

Ditlev conocía a su amigo.

Hacía una noche brumosa y tibia y Frank Helmond y su acompañante pasaron largo rato charlando ante la puerta del local antes de despedirse y encaminarse cada uno en una dirección. Frank echó a andar lentamente por la calle Helsingørsgade y ellos, conscientes de que la comisaría no estaba a más de doscientos metros, empezaron a seguirlo a unos quince metros de distancia. Un factor más que hacía que la respiración de Ulrik se entrecortara de deseo.

—Vamos a esperar a que llegue al callejón —susurró—. Hay una tienda de ropa de segunda mano a la izquierda. Nadie pasa por allí tan tarde.

Algo más adelante, una pareja mayor avanzaba por la calle envuelta en la niebla con los hombros encogidos, a punto de llegar al final de la zona peatonal. Se les había pasado la hora de irse a la cama.

A Ditlev le tenía sin cuidado, ésos eran los efectos de la cocaína. Aparte de la pareja, todo estaba desierto y era perfecto. El suelo estaba seco. Una brisa húmeda se adhería a las fachadas y a los tres hombres, que al cabo de unos segundos adoptarían cada uno su papel en un ritual cuidadosamente planeado y sometido a numerosas pruebas.

Ulrik le entregó la máscara a Ditlev ya a escasos metros de Frank Helmond. Cuando lo alcanzaron, llevaban puestas las máscaras de látex. De haber sido carnaval, le habrían hecho sonreír. Ulrik tenía una caja llena de máscaras como aquellas. Así tenían dónde elegir, solía decir. Para esta ocasión había escogido los modelos 20027 y 20048. Las vendían por internet, pero él no usaba ese sistema. Las compraba cuando viajaba al extranjero. Siempre las mismas máscaras y de los mismos números. Imposible seguirles el rastro. No eran más que dos viejos con el rostro surcado por las marcas de la vida, muy realistas y muy distintos de las caras que se ocultaban debajo.

Como siempre, Ditlev golpeó primero. Fue él quien hizo vacilar a la víctima hacia un lado con un pequeño suspiro mientras Ulrik la agarraba y la arrastraba hasta el callejón.

Una vez allí, Ulrik asestó sus primeros golpes. Tres directos a la frente y luego uno más a la garganta. En función de la fuerza con que los descargara, al llegar a este punto muchas de sus víctimas ya estaban inconscientes. Esta vez no se empleó tan a fondo, Ditlev le había dado instrucciones.

Condujeron el cuerpo casi inerte del hombre con las piernas arrastrando a lo largo del callejón y al llegar al estanque del castillo, diez metros más adelante, la escena se repitió. Primero unos golpecitos por el cuerpo, luego un poco más fuerte. Cuando la paralizada víctima se dio cuenta de que la estaban matando, de entre sus labios brotaron unos breves sonidos inarticulados. No hacía falta que dijera nada, las víctimas no tenían por qué hablar. Sus ojos solían decirlo todo.

Siempre que llegaba a ese punto, Ditlev empezaba a sentir oleadas palpitantes de calor por todo el cuerpo; eso era lo que buscaba, aquellas maravillosas oleadas cálidas. Como cuando jugaba al sol en el jardín de sus padres, tan pequeño que su mundo aún seguía componiéndose únicamente de elementos que querían lo mejor para él. Cuando lograba sentir aquello tenía que refrenarse para no acabar con la vida de sus víctimas.

Ulrik era diferente. A él la muerte no le interesaba demasiado. Lo que le atraía era el espacio vacío que mediaba entre el poder y la impotencia, y aquél era el punto donde se encontraba su víctima en ese preciso instante.

Se sentó a horcajadas sobre aquel cuerpo inmóvil y clavó su mirada en la de la víctima a través de la máscara. A continuación se sacó del bolsillo la navaja Stanley y la sostuvo de tal modo que su enorme manaza la ocultaba casi por completo. Por un momento pareció discutir consigo mismo si debía seguir las directrices de Ditlev o llevar a cabo un trabajo más concienzudo. Los ojos de ambos se encontraron a través de los agujeros de sus respectivas máscaras.

Me pregunto si tengo una mirada tan de loco como él, se dijo Ditlev.

Ulrik acercó la navaja al cuello del hombre y le deslizó el lado romo de la hoja por las venas. Después se la pasó por la nariz y por los párpados temblorosos; la víctima empezó a hiperventilar.

No era como jugar al ratón y el gato, era mucho peor. La presa no tenía escapatoria alguna.

Ya se había abandonado en manos del destino.

Ditlev inclinó la cabeza con parsimonia y volvió la vista hacia las piernas del hombre. Enseguida vería los cortes de Ulrik y aquellas piernas patalearían de terror.

Ahora. Un espasmo sacudió las piernas de Helmond. Esa maravillosa sacudida que dejaba más patente que nunca la impotencia de la víctima. Esa embriaguez con la que nada en la vida de Ditlev se podía comparar.

Vio la sangre que goteaba en la gravilla, pero Frank Helmond no emitió sonido alguno. Había asumido su papel. Al menos mostraba un mínimo de respeto.

Lo dejaron gimiendo a la orilla del estanque, conscientes de que habían hecho bien su trabajo. Físicamente sobreviviría, pero por dentro estaba muerto. Tardaría años en atreverse a salir a la calle.

Los dos Mr. Hyde ya podían irse a casa y dejar reaparecer a los doctores Jekyll.

Al llegar a su casa, en Rungsted, la mitad de la noche había volado y tenía la cabeza más o menos despejada. Ulrik y él se habían lavado, habían quemado los sombreros, los guantes, los abrigos y los lentes de sol en la caldera y habían ocultado la Stanley debajo de una piedra del jardín. Después habían llamado a Torsten para planificar la noche. Torsten, como era de esperar, se puso como un energúmeno. Les gritó que no era el momento de hacer lo que habían hecho y ellos sabían que estaba en lo cierto, pero Ditlev no tenía que disculparse ante él ni suplicarle. Torsten sabía perfectamente que iban en el mismo barco. Si uno caía por la borda, caían todos; así estaban las cosas. Y si intervenía la policía, lo mejor era tener lista una coartada.

Por eso y por nada más, Torsten aceptó la historia que habían urdido: Ditlev y Ulrik se habían encontrado en el JFK de Hillerød ya algo entrada la noche y, después de tomar una cerveza, habían ido a Ejlstrup a ver a Torsten. Llegaron a las 23:00, ésa era la clave de todo, media hora antes de la agresión. Nadie podría demostrar lo contrario. Tal vez alguien los hubiese visto en el bar, pero ¿quién iba a acordarse de quién estaba dónde y por cuánto tiempo? Ya en Gribskov, los tres habían estado bebiendo coñac y hablando de los viejos tiempos, nada especial, sólo una noche de viernes con los amigos. Eso dirían. Eso mantendrían.

Ditlev entró en el vestíbulo y comprobó con satisfacción que toda la casa estaba a oscuras y que Thelma se había retirado a su guarida. Después se tomó tres copas de *brandy* chipriota, una detrás de otra, junto a la chimenea para serenarse un poco y para que la alegría que lo embriagaba después del éxito de su venganza siguiera un curso más natural.

Fue a la cocina con la intención de abrir una lata de caviar que pensaba disfrutar tumbado cuan largo era con la imagen del rostro aterrorizado de Frank Helmond en la retina. El suelo de esa cocina era precisamente el talón de Aquiles de su empleada del hogar. Cada vez que Thelma lo inspeccionaba, la escena acababa en reprimenda; por más que se esforzara la mujer, nunca lograba dejar a Thelma satisfecha. ¿Y quién sí?

Por eso estaba tan claro como el sol de la mañana que ocurría algo raro. Al bajar la vista para observar el ajedrezado, descubrió huellas de pisadas. No muy grandes, pero tampoco como las de un niño. Pisadas sucias.

Frunció los labios y permaneció inmóvil un instante con todos los sentidos en máxima alerta, pero no percibió nada. Ni olores ni sonidos. Después se deslizó de costado hasta la tabla de los cuchillos y escogió el más grande, un Misono. Fileteaba el *sushi* como ninguno, de modo que si alguien se cruzaba en su camino, peor para él.

Al abrir con cautela la puerta de doble hoja para ir al invernadero, advirtió de inmediato que había corriente a pesar de que todas las ventanas estaban cerradas. Entonces descubrió el agujero en uno de los cristales. Un orificio pequeño, pero ahí estaba.

Paseó la mirada por las baldosas del jardín. Más pisadas y más daños. Los cristales caóticamente desperdigados indicaban que se trataba de un simple robo, y si la alarma no había sonado debía de haberse producido antes de que Thelma se acostara.

De pronto lo invadió el pánico.

De regreso hacia el vestíbulo agarró otro cuchillo de la tabla. Sentir los mangos en ambas manos le daba una sensación de seguridad. No temía tanto la fuerza del ataque como el factor sorpresa, de modo que empuñó los dos cuchillos con la punta hacia los lados y empezó a avanzar sin dejar de lanzar miradas por encima del hombro a cada paso.

Luego subió las escaleras y llegó hasta la puerta del dormitorio de su mujer.

Por debajo de la puerta se filtraba un fino haz de luz.

¿Habría alguien esperándolo?

Asió con fuerza los cuchillos y empujó con sigilo la puerta que daba a aquel océano de luz. Allí estaba Thelma, en la cama. Vivita y coleando, en *negligé* y con unos enormes ojos furiosos.

—¿Vienes a matarme a mí también? —le soltó con una abrumadora repugnancia en la mirada—. ¿Es eso?

Sacó una pistola de debajo del edredón y le apuntó.

Lo que lo detuvo y le hizo soltar los cuchillos no fue la pistola, sino el frío de su voz.

La conocía. De haber sido cualquier otra persona podría haberse tratado de una broma, pero ella no bromeaba. No tenía sentido del humor. Por eso se quedó petrificado.

—¿Qué ocurre? —le preguntó mientras examinaba el arma.

Parecía auténtica y era tan grande que bastaría para cerrarle la boca a cualquiera.

—He visto que ha entrado alguien, pero ya se han ido, así que puedes dejar eso —añadió. Sentía los efectos de la cocaína corriéndole por las venas. La mezcla de adrenalina y droga podía ser algo incomparable, pero no en ese momento.

—¿De dónde diablos has sacado esa pistola? Vamos, sé buena chica y déjala, Thelma. Cuéntame qué pasó.

Pero ella no se movió ni un milímetro.

Era toda una tentación, allí tumbada. Una tentación como no había visto en muchos años.

Quiso acercarse, pero ella lo evitó empuñando la pistola con más fuerza.

—Has atacado a Frank, Ditlev —afirmó—. No podías dejarlo en paz, ¿no, monstruo?

¿Cómo demonios lo sabía? Y tan pronto.

—¿Qué quieres decir? —contestó tratando de sostenerle la mirada.

—Vivirá, para que lo sepas. Y eso a ti no te conviene, Ditlev, lo entiendes, ¿verdad?

Ditlev apartó la mirada y buscó los cuchillos por el suelo. No debería haberlos soltado.

—No sé de qué me estás hablando —dijo—. Pasé la noche en casa de Torsten. Llama y pregúntaselo.

—Te han visto con Ulrik en el JFK de Hillerød; estarás de acuerdo conmigo en que no necesito saber más.

En otro momento habría sentido que sus mecanismos de autodefensa lo prevenían contra la posibilidad de decir una mentira, pero ahora no sentía nada. Thelma ya lo tenía donde ella quería.

—Correcto —corroboró sin pestañear—. Pasamos por allí antes de ir a casa de Torsten. ¿Y?

—No me da la gana escucharte, Ditlev. Ven, firma. O te mato.

Señaló hacia unos documentos que había a los pies de la cama y disparó una bala que se incrustó con un chasquido en la pared que había detrás de su marido. Él se volvió a valorar el alcance de los daños. El agujero tenía el tamaño de la palma de la mano de un hombre.

Echó un rápido vistazo al papel que había en lo alto del montón. Era duro de tragar. Si firmaba, le estaba regalando treinta y cinco millones por cada uno de los doce años que habían pasado acechándose como fieras.

—No vamos a denunciarte, Ditlev. Si firmas, así que hazlo.

—Si me denuncian, te quedas sin nada. ¿Lo has pensado? Si me encierran, dejo que se vaya todo a la quiebra.

—Vas a firmar, ¿crees que no lo sé? —El desprecio resonaba en su risa—. Sabes tan bien como yo que las cosas no van a llegar tan lejos. Antes de que te desplumaran conseguiría llevarme mi tajada. Puede que no fuera tanto, pero lo suficiente. Pero te conozco, Ditlev. Eres un tipo práctico. ¿Por qué tirar tu empresa por la ventana y acabar en la cárcel pudiendo permitirte deshacerte de tu mujer por el método tradicional? Por eso vas a firmar. Y mañana ingresarás a Frank en la clínica, ¿me oyes? Lo quiero como nuevo dentro de un mes. No, mejor que nuevo.

Ditlev sacudió la cabeza de un lado a otro. Esa mujer siempre había sido un demonio. Pero ya lo decía su madre: Dios los cría y ellos se juntan.

—¿De dónde sacaste la pistola, Thelma? —repitió con calma mientras agarraba los papeles y garabateaba su firma en los dos primeros—. ¿Qué ha pasado?

Ella observó las hojas y no contestó hasta tenerlas en su poder.

—Sí, es una lástima que no estuvieras en casa esta noche, Ditlev; creo que si te hubieras quedado no habría necesitado tu firma.

—Vaya, ¿y eso por qué?

—Una mendiga ha roto una ventana y me ha amenazado con esto —le explicó agitando la pistola—. Preguntaba por ti.

Se echó a reír y el *negligé* le dejó al descubierto uno de los hombros.

—Le dije que la próxima vez que venga no tendré inconveniente en abrirle la puerta principal, así podrá arreglar lo que tenga que hacer sin tomarse la molestia de andar rompiendo cristales.

Ditlev sintió que se le helaba la piel.

¡Kimmie! Después de tantos años.

—Me dio la pistola y unas palmaditas en la cara, como si fuera una niña. Murmuró algo y luego se marchó por la puerta.

Volvió a echarse a reír.

—Pero no desesperes, Ditlev. ¡Tu amiguita me pidió que te diga que vendrá a verte otro día!

13

Marcus Jacobsen, el jefe de Homicidios, se rascó la frente. Qué manera de comenzar la semanita. Acababan de presentarle la cuarta solicitud de permiso en pocos días, dos hombres del mejor equipo de investigación estaban de baja por enfermedad y ahora una brutal agresión en mitad de la calle en pleno centro. Habían golpeado a una mujer hasta desfigurarla y la habían arrojado a un contenedor de basura. Se encontraban en medio de una escalada de violencia y era comprensible que todo el mundo –los periódicos, la opinión pública, la directora de la policía– exigiera un esclarecimiento inmediato del caso. Si esa mujer moría, se iba a armar una buena. Ese año estaban batiendo récords de asesinatos. Había que remontarse al menos una década atrás para ver algo semejante, lo que, unido al nutrido número de efectivos que presentaban su renuncia, hacía que las altas esferas convocaran una reunión tras otra.

Todo eran presiones y más presiones y ahora encima llegaba Bak pidiendo un puto permiso. Precisamente Bak, carajo.

En los viejos tiempos habrían encendido un cigarrito los dos, para bajar después a dar una vuelta por el patio y solucionar los problemas en el acto, estaba convencido, pero los viejos tiempos habían quedado atrás y ahora se veía impotente. No tenía nada que ofrecerle a su gente, así de sencillo. El sueldo era una miseria y no digamos ya el horario. Cada vez contaban con menos hombres y el trabajo se volvía más difícil de llevar a cabo de modo satisfactorio. Y ni siquiera podían mitigar la frustración con un cigarrillo. Mierda de situación.

—Tienes que darles un empujoncito a los políticos, Marcus —lo animó Lars Bjørn, su subjefe, mientras los de las mudanzas atronaban por los pasillos para que todo tuviese un aspecto estupendo y transmitiera eficiencia como prescribía la reforma. Camuflaje, maquillaje.

Marcus enarcó las cejas y observó a su lugarteniente con la misma sonrisa resignada que llevaba varios meses petrificada en los labios de Lars Bjørn.

—¿Y tú cuándo vas a pedirme una jubilación, Lars? Aún eres relativamente joven. No me digas que no sueñas con otro trabajo. ¿Es que tu mujercita no quiere verte más por casa entre los pucheros?

—Carajo, Marcus, el único trabajo que me gusta más que el mío es el tuyo.

Lo dijo en un tono tan seco y tan prosaico que casi daba miedo.

Jacobsen asintió.

—Bien, pues espero que estés dispuesto a esperar con calma, porque no tengo intención de marcharme antes de tiempo. Eso no va conmigo.

—¿Por qué no hablas con la directora de la policía y le pides que presione a los políticos para que podamos trabajar en condiciones más llevaderas?

Llamaron a la puerta y antes de que Jacobsen tuviera tiempo de reaccionar se encontró con Carl Mørck dentro de su despacho. ¿Pero es que ese hombre no podía hacer las cosas como Dios manda por una vez en su vida?

—Ahora no, Carl —intentó, aun a sabiendas de que el subcomisario tenía un oído asombrosamente selectivo.

—Sólo será un momento —dijo Carl con una imperceptible inclinación de cabeza hacia Lars Bjørn—. Se trata del caso en el que estoy trabajando.

–¿El crimen de Rørvig? Si tienes alguna idea de quién pudo agredir anoche a una mujer en plena Store Kannikestræde, te escucho; si no, arréglatelas solo. Ya sabes lo que pienso de ese caso. Se cerró con una condena. Búscate otro con unos culpables que anden por ahí sueltos.

–Hay alguien de la casa involucrado.

Marcus dejó caer la cabeza con aire resignado.

–Vaya por Dios. ¿Y quién es?

–Un agente de la Brigada Criminal llamado Arne Jacobsen se llevó el expediente de la comisaría de Holbæk hará diez o quince años. ¿Eso no te dice nada?

–Un apellido precioso, pero te aseguro que yo no tengo nada que ver.

–Pues te diré que estaba involucrado personalmente en el caso. Su hijo salía con la chica que asesinaron.

–¿Y?

–Que ahora mismo ese hijo trabaja en Jefatura y, para tu información, voy a interrogarlo.

–¿Quién es?

–Johan.

–¿Johan? ¿Johan Jacobsen, nuestro mensajero? Vamos, hombre, no me jodas.

–Mira, Carl, si pretendes someter a un interrogatorio a alguien del personal civil, va a ser mejor que le busques otro nombre –intervino Lars Bjørn–, que luego soy yo el que tiene que hablar con los sindicatos si algo se tuerce.

Se veía venir la bronca.

–Quietos ahí los dos –los interrumpió Marcus.

Después se volvió hacia Carl.

–¿De qué se trata todo esto?

–¿Aparte de que un expolicía se ha llevado material de la comisaría de Holbæk, quieres decir?

Mørck sacó pecho hasta ocupar un cuarto de pared más.

–Pues se trata de que su hijo ha dejado el caso en manos de mi departamento. De que Johan Jacobsen, además, ha irrumpido en el lugar de los hechos y se ha esforzado por dejar pistas que conducen hasta él, y de que creo que tiene más material guardado en la manga. Marcus, ese tipo sabe de este asunto lo que no está escrito, si se puede decir así.

—¡Cielo santo, Carl, es un caso de hace más de veinte años! ¿No podrías seguir adelante con ese numerito tuyo del sótano sin hacer tanto escándalo? Estoy seguro de que hay muchos otros casos bastante más adecuados.

—Tienes razón, es un caso antiguo. Justamente el que voy a usar el viernes, a petición tuya, para amenizarle el día a un hatajo de insulsos del país de los fiordos. *Remember?* Así que hazme el favor de ocuparte de que Johan baje a verme en un plazo máximo de diez minutos.

—No puedo.

—¿Qué quieres decir con eso?

—Hasta donde yo sé, Johan está de baja por enfermedad.

Estudió al subcomisario por encima de los lentes. Era importante que captara el mensaje.

—Y no lo llames a casa, ¿entendido? Ayer tuvo un colapso nervioso. No queremos líos.

—¿Cómo sabes que ha sido él quien les pasó el caso? —se interesó Bjørn—. ¿Es que encontraron sus huellas en los informes?

—Pues no. Hoy he recibido los resultados de los análisis y no había ninguna huella, pero lo sé, ¿de acuerdo? Ha sido Johan, y si no está de vuelta para el lunes pienso presentarme en su casa se pongan como se pongan.

14

Johan Jacobsen vivía en un departamento de una cooperativa situado en el barrio de Vesterbro, frente al teatro Sorte Hest y el desaparecido Museo de Música Mecánica. Sí, en el punto exacto donde en 1990 tuvo lugar la batalla decisiva entre okupas y policías. Carl recordaba perfectamente aquella época. La de veces que habría ido por allí con el uniforme de antidisturbios a golpear a un montón de jovencitos casi de su misma edad.

No eran precisamente sus mejores recuerdos de los viejos tiempos.

Tuvo que llamar varias veces al flamante portero automático nuevo, pero finalmente Johan Jacobsen le abrió la puerta.

—No los esperaba tan pronto —dijo con calma. Después los invitó a pasar a la sala de estar.

Efectivamente, tal como había imaginado, se veían las antiguas tejas del teatro y del local de Gjæstgiveriet.

El salón era amplio, pero no resultaba un escenario muy agradable. Era evidente que llevaba ya tiempo lejos de la mirada crítica y del contacto de las sabias manos de una mujer. Platos con salsa reseca apilados en el aparador, botellas de refrescos tiradas por el suelo. Polvo, grasa, desorden.

—Vaya, perdonen —se disculpó su anfitrión mientras apartaba la ropa sucia del sofá y de la mesita—. Mi mujer me dejó hace un mes.

De pronto lo asaltó el tic nervioso que tantas veces habían visto todos en Jefatura, como si le estuvieran echando arena por la cabeza y tratara de evitar que le entrase en los ojos.

Carl asintió. Sentía lo de la mujer. Él sabía lo que era.

—¿Sabes por qué hemos venido?

Johan hizo un gesto afirmativo.

—¿Entonces admites haber dejado el expediente de Rørvig en mi mesa, Johan?

Otro gesto.

—¿Pero por qué no nos lo diste y ya está, entonces? —intervino Assad sacando el labio inferior. Sólo le faltaba el pañuelo para parecer un clon de Yasser Arafat.

—¿Lo habrían aceptado?

Carl sacudió la cabeza. Difícilmente. Un caso de hacía veinte años cerrado con una condena. No, tenía razón.

—¿Me habrían preguntado de dónde lo había sacado? ¿Me habrían preguntado por qué había despertado mi interés? ¿Se habrían tomado el tiempo necesario para que despertara el suyo? ¿Eh? He visto las pilas de expedientes que tienes sobre la mesa, Carl.

—Y entonces decidiste dejar un sucedáneo de Trivial en la cabaña a modo de pista. No puede hacer mucho tiempo de eso, la cerradura de la cocina se abrió como nada, ¿me equivoco?

Johan le dio la razón.

De manera que las cosas habían ocurrido tal como Carl Mørck había imaginado.

—De acuerdo, querías asegurarte de que nos ocupábamos del caso como es debido, lo entiendo, pero era algo arriesgado hacerlo de esa manera, ¿no, Johan? ¿Y si no nos hubiésemos fijado en el Trivial? ¿Y si no hubiéramos descubierto los nombres de las tarjetas?

—Están aquí —contestó encogiéndose de hombros.

—No lo entiendo hasta el final —declaró Assad desde delante de una de las ventanas que daban a Vesterbrogade con el rostro oculto entre las sombras de un fuerte contraluz—. ¿No estás satisfecho de que Bjarne Thøgersen confesara?

120

—Si hubieran estado presentes el día que dictaron sentencia, ustedes tampoco estarían satisfechos. Estaba todo pactado de antemano.

—Sí, claro —replicó Assad—. Es raro cuando te entregas, entonces, ¿no?

—¿Qué es lo que te parece tan extraño del caso, Johan? —intervino Carl.

El joven evitó los ojos del subcomisario y miró por la ventana como si aquel cielo gris pudiera apaciguar la tormenta que bullía en su interior.

—Lo sonrientes que estaban todos continuamente —contestó—. Bjarne Thøgersen, su abogado y esos tres tipejos arrogantes que estaban sentados entre el público.

—¿Te refieres a Torsten Florin, Ditlev Pram y Ulrik Dybbøl Jensen?

Johan asintió, tratando de detener con la mano el temblor que agitaba sus labios.

—Dices que sonreían. No es una base muy sólida para seguir adelante, Johan.

—Sí, pero ahora sé más cosas que entonces.

—Tu padre, Arne Jacobsen, llevaba el caso —dijo Carl.

—Sí.

—¿Y tú dónde estabas mientras tanto?

—Iba al Politécnico de Holbæk.

—¿Holbæk? ¿Conocías a las dos víctimas?

—Sí.

Su respuesta fue casi inaudible.

—¿También a Søren?

Asintió.

—Sí, un poco, pero no tan bien como a Lisbet.

—Escúchame muy bien —lo interrumpió Assad de pronto—. Te veo en toda la cara que Lisbet te había dicho que no estaba enamorada de ti ya. ¿No es verdad, Johan? No quería estar contigo.

El ayudante frunció el ceño.

—Y como no podía ser tuya, la asesinaste, y ahora quieres que nosotros descubramos todo y te detengamos para que no tengas que suicidarte, ¿no es verdad?

Johan pestañeó un par de veces y después endureció la mirada.

—Carl, ¿es necesario que esté aquí? —preguntó haciendo un esfuerzo por dominarse.

El subcomisario hizo un gesto de desesperación. Las salidas de tono de Assad estaban empezando a convertirse en una costumbre.

—¿Puedes salir un momento, Assad? Solo cinco minutos.

Señaló hacia una puerta que había detrás de su anfitrión.

Al oírlo, Johan saltó como un resorte. Las señales del miedo eran muchas y Carl las conocía casi todas.

Por eso observó la puerta cerrada.

—No, esa habitación está muy desordenada —objetó Johan, que se había colocado delante y le cortaba el paso—. Pasa al comedor, Assad. O ve a tomarte un café a la cocina, acabo de prepararlo.

Pero Assad también había captado la señal.

—No, gracias; prefiero el té —dijo. Y a continuación lo empujó y abrió la puerta de par en par.

La habitación contigua también tenía el techo alto. Había mesas a lo largo de toda la pared cubiertas de carpetas y papeles amontonados. Sin embargo, lo más interesante era el rostro que los observaba desde la pared con ojos melancólicos. Se trataba de una imagen de un metro de altura que mostraba a una joven. La que había muerto en Rørvig, Lisbet Jørgensen. Los cabellos indómitos contra un fondo sin nubes. Una instantánea de verano de un rostro cuajado de sombras. De no haber sido por los ojos, por el tamaño y por el lugar tan destacado que ocupaba, apenas habrían reparado en ese rostro. Pero lo hicieron.

Al entrar en la habitación pudieron comprobar que se trataba de un templo. Todo hacía referencia a Lisbet. Flores frescas debajo de una pared llena de recortes sobre el asesinato, otra pared decorada con las características fotos Instamatic cuadradas de la chica en tonos descoloridos, una blusa, algunas cartas y postales. Los buenos y los malos tiempos amontonados unos encima de otros.

Johan no dijo ni una palabra, se limitó a colocarse frente a la foto y perderse en su mirada.

—¿Por qué no podíamos ver este cuarto, Johan? —preguntó el subcomisario.

Él se encogió de hombros y Carl comprendió. Era demasiado íntimo. Lo que aquellas paredes dejaban al descubierto era su alma, su vida y sus sueños rotos.

—Te dejó aquella noche, cuéntanos las cosas entonces como son, Johan, será mejor para ti, o sea —volvieron a resonar las acusaciones de Assad.

El joven se volvió y lo miró con dureza.

—Yo lo único que tengo que decir es que lo que más amaba en el mundo fue masacrado por los mismos que hoy se ríen de nosotros desde lo más alto del pastel. Que si un mierda retrasado como Bjarne Thøgersen acabó pagando el pato fue sólo por una cosa: dinero. Dinero de Judas, lana, vil metal, carajo. Por eso fue.

—Y tú quieres ponerle fin a todo esto —aventuró Carl—. Pero ¿por qué precisamente ahora?

—Porque vuelvo a estar solo y no puedo pensar en nada más. ¿Es que no lo entienden?

Johan Jacobsen no tenía más que veinte años cuando Lisbet aceptó su propuesta de matrimonio. Sus padres eran amigos, sus familias se veían con frecuencia y él había estado enamorado de ella desde que tenía uso de razón.

Aquella noche la pasó con ella mientras su hermano hacía el amor con su novia en la habitación de al lado.

Mantuvieron una conversación seria y después hicieron el amor, por lo que a ella respecta a modo de despedida. Con las primeras luces del alba, Johan salió de allí con lágrimas

123

en los ojos. Ese mismo día la encontraron muerta. En apenas diez horas, el muchacho había pasado de la mayor de las dichas al mal de amores para luego acabar en el peor de los infiernos. Jamás levantó cabeza después de aquella noche y la mañana que siguió. Tuvo otra novia con la que se casó y fue padre de dos hijos, pero su mundo siempre siguió girando alrededor de Lisbet.

Cuando su padre le confesó en su lecho de muerte que había robado el expediente del caso para entregárselo a la madre de la joven, Johan aguardó tan sólo un día y se presentó en casa de Martha a recoger la carpeta.

Aquellos papeles se convirtieron en su más preciada posesión y a partir de aquel momento Lisbet pasó a ocupar un espacio cada vez mayor en su vida.

Al final demasiado, tanto que su mujer terminó por dejarlo.

—¿Qué quieres decir con que «ocupaba espacio», entonces? —preguntó Assad.

—Hablaba de ella constantemente. Pensaba en ella día y noche. Todos los recortes sobre el caso, todos los informes. No podía dejar de leerlos y releerlos.

—¿Y ahora? ¿Quieres acabar con todo eso de una vez? ¿Por eso nos has metido a nosotros en el caso?

—Sí.

—¿Y qué tienes? ¿Esto?

Carl señaló todos los montones de recortes de prensa.

Él asintió.

—Si lo revisas todo, sabrás que lo hizo la banda del internado.

—Nos has mandado una lista con otras agresiones, ya lo hemos visto. ¿Es eso lo que tienes en mente?

—Esa lista no es más que una parte, aquí tengo la lista completa.

Se inclinó sobre la mesa, levantó una pila de recortes y sacó una hoja que había debajo.

—Todo empieza aquí, antes del crimen de Rørvig. Este chico estudiaba en el internado, lo dice ahí.

Señaló hacia una página del diario *Politiken* del 15 de junio de 1987 cuyo titular rezaba: «Trágico accidente en Bellahøj. Un joven de 19 años fallece al caer de un trampolín».

Hizo un recorrido por los casos. Carl conocía muchos de ellos por la lista que habían dejado en el Departamento Q. Había un intervalo de entre tres y cuatro meses entre cada uno y varios habían tenido un desenlace fatal.

—Pero podrían ser todos accidentes, entonces —observó Assad—. ¿Qué tienen que ver con los chicos del internado? Esos accidentes no tienen por qué tener relación unos con otros. ¿Tienes alguna prueba?

—No; ése es trabajo suyo.

Assad volvió la cabeza hacia otro lado.

—Sinceramente, aquí no hay nada, lo que pasa es que este caso te ha dejado mal de la cabeza y lo siento por ti. Deberías buscar ayuda psicológica. ¿Por qué no vas a que te vea Mona Ibsen en Jefatura, en vez de jugar al gato y el ratón?

Carl y Assad regresaron a Jefatura en silencio, tenían muchas cosas en que pensar. El caso se cocía a toda presión en sus cerebros.

—Prepara un té, Assad —dijo Carl de vuelta en el sótano mientras empujaba hacia un rincón las bolsas del Føtex que contenían el material de Johan Jacobsen—. Y que no esté muy dulzón, ¿entendido?

Subió los pies a la mesa, puso las noticias de la segunda cadena y desconectó la mente con la esperanza de que aquella jornada ya no pudiera aportar nada nuevo.

Los siguientes cinco minutos alteraron la situación.

Contestó al teléfono al primer tono y levantó los ojos hacia el techo cuando oyó la sombría voz del jefe de Homicidios.

—Acabo de hablar con la directora de la policía, Carl. No ve motivo alguno para que continúes hurgando en ese caso.

El subcomisario protestó, al principio fingiendo, pero al ver que Marcus no tenía intención de darle mayores explicaciones sintió que la temperatura de la región occipital de su cabeza iba en aumento.

—¿Y eso por qué? Vuelvo a preguntarte.

—Porque sí. Tu mayor prioridad han de ser única y exclusivamente aquellos casos que no se hayan cerrado con una condena; los demás, déjalos en las estanterías del archivo.

—¿Y no lo decido yo?

—No, si la directora dispone lo contrario.

Y con eso concluyó la conversación.

—Delicioso té con menta con un poquito de azúcar —anunció Assad. Después le tendió la taza, donde la cucharilla se mantenía casi en vertical en medio de un mar de almíbar.

Carl la asió, hirviente y nauseabunda, y se la echó entre pecho y espalda de un trago. Empezaba a acostumbrarse a aquel brebaje.

—No te enfades, Carl. Podemos dejar el caso unas semanas hasta que Johan vuelva al trabajo y luego, en cuanto regrese, presionarlo sin que se note. Ya verás como al final termina confesando.

El subcomisario escrutó su expresión alegre. Si no lo conociera, habría pensado que llevaba pintada la sonrisa. No hacía ni media hora el caso lo había convertido en un tipo agresivo, impertinente y sombrío.

—¿Confesando qué, Assad? ¿De qué estás hablando?

—Aquella noche Lisbet Jørgensen le dijo que ya no lo quería para nada, entonces. Seguramente le contó que había conocido a otro, así que él volvió por la mañana y los mató a los dos. Si hurgamos un poco en la cosa, seguro que descubrimos que también había alguna porquería entre el hermano de Lisbet y Johan. A lo mejor se volvió loco.

—Olvídalo, Assad, nos han apartado del caso. Además, no me trago tu teoría. Demasiado intrincada.

—¿Trincada?

—No, diablos; intrincada. Si hubiera sido Johan, se habría venido abajo hace siglos.

—No si está mal de la azotea.

Se dio unos golpecitos con el dedo en la calva de la coronilla.

—Alguien que está mal de la azotea no va dejando pistas como ese Trivial, te tira el arma homicida en plena jeta y mira para otro lado. Además, ¿no oíste lo que te dije? Nos han apartado del caso.

Assad observaba con indiferencia la pantalla plana de la pared, donde se veía un reportaje sobre la agresión de Store Kannikestræde.

—No, no lo he oído. No quiero oírlo. ¿Y quién dices que nos ha apartado?

Olieron a Rose antes de verla. Apareció de repente, cargada de artículos de oficina y bolsas de la panadería con motivos navideños. Algo pronto, se mirase como se mirase.

—¡Toc, toc! —dijo al tiempo que golpeaba dos veces el marco de la puerta con la frente—. ¡Ya está aquí la caballería, tataaaa! Deliciosos bizcochos para todos.

Assad y Carl intercambiaron una mirada, el uno con expresión atormentada y el otro echando chispitas por los ojos.

—Hola, Rose, y bienvenida al Departamento Q. Te lo tengo todo preparado, puedes estar segura, entonces —la acogió el pequeño desertor.

Mientras Assad la arrastraba hacia el cuartito de al lado, ella le lanzó una elocuente mirada a Carl. No te vas a librar de mí, decía. Como si él no tuviera ni voz ni voto en todo aquello, carajo. Como si fuera a venderse por un trozo de pastel y una pastita.

Observó por un instante las bolsas del Føtex del rincón y sacó una hoja de la cajonera.

Luego anotó:

Sospechosos:

– ¿Bjarne Thøgersen?
– ¿Uno o varios de los demás miembros de la banda del internado?
– ¿Johan Jacobsen?
– ¿Un desconocido?
– ¿Alguien relacionado con la banda del internado?

La frustración ante tan pobres resultados le hizo fruncir el ceño. Si Marcus lo hubiera dejado en paz, él mismo habría roto ese papel en pedacitos, pero no, le habían dado instrucciones de abandonar el caso y eso le impedía hacerlo.

De niño su padre lo tenía calado. Le prohibía expresamente que podara el césped y por eso Carl lo hacía. Le advirtió que se apartara del ejército y por eso su hijo solicitó alistarse. Su astuto padre le elegía hasta las chicas. Decía que las hijas de tal y tal granjero no servían y allá que iba él lanzado. Así era Carl y así había sido siempre. Nadie podía decidir por él, por eso era tan manipulable. Él lo sabía. La cuestión era si la directora de la policía también lo sabía. No parecía muy probable.

Pero ¿de qué demonios se trataba todo aquello? ¿Cómo sabía la directora que estaba investigando aquel caso? Había muy poca gente enterada.

Repasó mentalmente: Marcus Jacobsen, Lars Bjørn, Assad, la gente de Holbæk, Valdemar Florin, el viejo del pueblo, la madre de las víctimas...

Permaneció unos momentos con la mirada perdida. Sí, pensándolo bien, lo sabían todos ellos y un montón de gente más.

En esos momentos podía ser cualquiera o cualquier cosa lo que había echado el freno al caso. Cuando se mencionaban nombres como los de Florin, Dybbøl Jensen y Pram en relación con un asesinato, no se tardaba mucho en perder pie.

Pero no. A él le tenía sin cuidado quién se llamaba cómo y qué se le había perdido por allí a la directora. Ahora que estaban en marcha, no iba a detenerlos nadie.

Levantó la mirada. Del despacho de Rose salían nuevos sonidos que invadían el pasillo. Su extraña risa gruñona. Vehementes exclamaciones y la voz de Assad a plena potencia. De seguir así, la gente creería que estaban en una *rave-party*.

Sacó un cigarrillo del paquete con unos golpecitos, lo encendió y observó por un instante la neblina que recubría el papel. Luego escribió:

Tareas pendientes:

– ¿Otros crímenes similares en el extranjero por esa época? ¿Suecia? ¿Alemania?
– ¿Queda en servicio algún miembro del equipo que llevó la investigación?
– Bjarne Thøgersen/Vridsløselille.
– Accidente del alumno del internado en la alberca de Bellahøj. ¿Casualidad?
– ¿Con quién podemos hablar que estuviera en el internado por aquel entonces?
– El abogado Bent Krum.
– Torsten Florin, Ditlev Pram y Ulrik Dybbøl Jensen: ¿tienen casos abiertos? ¿Denuncias en el trabajo? ¿Perfiles psicológicos?
– Localizar a Kirsten-Marie Lassen, alias Kimmie; ¿con qué parientes podemos hablar?
– ¡Circunstancias en las que murió Kristian Wolf!

Dio un par de golpecitos en el papel con el lápiz y añadió sin apretar apenas:

– Hardy.
– Mandar a Rose al carajo.
– Acostarme con Mona Ibsen.

Releer la última línea un par de veces le hizo sentirse como un adolescente travieso grabando nombres de chicas en el pupitre. Si ella supiera cómo se le ponían los huevos cada vez que se la imaginaba desnuda y sus tetas balanceándose... Respiró hondo y sacó una goma del cajón para borrar las dos últimas líneas.

—Carl Mørck, ¿molesto? —preguntó desde la puerta una voz que le calentó y le heló la sangre al mismo tiempo. La médula espinal del subcomisario transmitió cinco órdenes a su cerebro: suelta la goma, tapa la última línea, deja el cigarro, quita esa cara de idiota, cierra la boca.

—¿Molesto? —repitió la voz.

Él seguía allí pasmado tratando de mirarla a los ojos.

Seguía teniéndolos castaños. Mona Ibsen había vuelto. A punto estuvo de morirse de espanto.

—¿Qué quería Mona? —le preguntó Rose con una sonrisita. Como si fuera asunto suyo.

Se quedó en la puerta masticando con parsimonia un bollo de crema mientras él trataba de volver al mundo real.

—¿Qué quería, Carl? —preguntó Assad también con la boca llena. Jamás en la historia se vio tan poca cantidad de crema pastelera embadurnada tan a conciencia entre tal cantidad de pelos de barba.

—Luego te cuento.

Después se volvió hacia Rose con la esperanza de que no reparara en sus mejillas al rojo, avivadas por la sangre que bombeaba su enloquecido corazón.

—¿Estás a gusto en tu nueva sede?

—¡Pero qué oigo! ¿Cierto interés? Muchas gracias. Sí, si odias la luz del sol, el color en las paredes y estar rodeada de personas amables, he dado con el sitio perfecto.

Le dio un codazo a Assad en el costado y añadió:

—Era una broma, Assad. Tú no estás mal.

Decididamente, iba a ser una colaboración muy agradable.

Carl se levantó a garabatear con dificultad en el pizarrón la lista de sospechosos y la de tareas pendientes.

Después se volvió hacia su recién instalado prodigio de secretaria. Si creía que lo de ahora eran preocupaciones, ya le daría él otras cosas en que pensar. La iba a dejar tan deslomada que un puesto de prensadora de cajas de cartón en la fábrica de margarina le parecería el paraíso.

—El caso que tenemos entre manos es algo espinoso a causa de los posibles implicados —explicó sin poder apartar los ojos del trozo de pastel que Rose mordisqueaba con los incisivos como si fuera una ardilla—. Assad te pondrá al corriente dentro de un momento. Después te voy a pedir que coloques los papeles que hay en esas bolsas por orden cronológico y añadas lo que hay encima de la mesa. Luego haz una copia para ti y otra para Assad, de todo menos de esta carpeta, que tendrá que esperar.

Apartó la carpeta gris de Johan Jacobsen y Martha Jørgensen.

—Cuando hayas acabado, averigua todo lo que puedas sobre esto —prosiguió señalando la línea que hacía referencia al accidente en el trampolín de Bellahøj—. Tenemos mucho que hacer, así que espabílate. Encontrarás la fecha del accidente en el resumen que hay arriba del todo en la bolsa roja. Verano de 1987. Antes del crimen de Rørvig. En algún momento del mes de junio.

Esperaba que protestara un poco, que hiciese un comentario avinagrado que le permitiera endosarle un par de encargos más, pero ella mantuvo una asombrosa sangre fría. Se limitó a observar con aire impasible la mano en la que sostenía el medio bizcocho de crema que luego se introdujo en unas fauces que parecían capaces de engullir cualquier cosa.

El subcomisario se volvió hacia Assad.

—¿Qué te parecería librarte del sótano un par de días?

—¿Es algo de Hardy?

131

–No. Quiero que encuentres a Kimmie. Tenemos que empezar a formarnos nuestra propia idea de la banda del internado. Yo me ocupo de los demás.

Assad parecía estar imaginándose la escena. Él en busca de una mujer sin techo por las calles de Copenhague mientras su jefe se quedaba calentito en su despacho con los ricos atiborrándose de café y coñac. Al menos eso le pareció a Carl.

–No lo entiendo, Carl –dijo–. ¿Vamos a seguir con el caso? ¿No nos acaban de decir que lo dejemos, entonces?

Mørck frunció el entrecejo. Su ayudante debería haber tenido la boca cerrada. ¿Y si Rose no era uno de los suyos? ¿Por qué la habían enviado allí abajo? Él no la había pedido.

–Sí, ahora que Assad lo dice, la directora de la policía nos ha dado luz roja en este asunto. ¿Te supone algún problema? –preguntó dirigiéndose a ella.

Rose se encogió de hombros.

–Por mí, está bien. Pero la próxima vez los bizcochos los compras tú.

Luego agarró las bolsas y salió del despacho.

Apenas recibió las directrices, Assad desapareció. Tenía que llamar al celular de Carl dos veces al día para informarle de cómo iba la búsqueda de Kimmie. Se había llevado una lista que incluía una visita al registro civil, otra a la comisaría del centro, a los servicios sociales municipales, a los voluntarios del albergue del Ejército de Salvación de Hillerødgade y a un montón de sitios más. Una labor titánica para un hombre que aún tenía arena detrás de las orejas, sobre todo habida cuenta de que hasta la fecha los únicos datos de que disponían acerca de las idas y venidas de Kimmie procedían de Valdemar Florin. Según él, llevaba años vagando por las calles del centro de Copenhague con una maleta. No eran precisamente datos concretos, y eso si decidían creerle. Teniendo en cuenta la turbia reputación de la banda del internado, era bastante dudoso que siguiera con vida.

Carl abrió la carpeta verde y copió el número de identidad de Kirsten-Marie Lassen. Después salió al pasillo, donde Rose volcaba montones de papeles en la fotocopiadora con irritante energía.

—Aquí hacen falta unas mesas para dejar las cosas —dijo sin levantar la vista.

—¿Ah, sí? ¿De alguna marca en concreto? —preguntó él con una sonrisa malévola al tiempo que le tendía el número que había anotado—. Necesito todos los datos de esta persona. Su último domicilio, posibles ingresos hospitalarios, cobro de subsidios, estudios, domicilio de sus padres si aún viven... Deja las fotocopias para más tarde, lo necesito urgentemente. Todo, gracias.

Ella se irguió todo lo alto que le permitían sus zapatos de tacón de aguja. No era agradable sentir sus ojos clavados en la nuez.

—Tendrás la lista de mesas para hacer el pedido dentro de diez minutos —dijo secamente—. Me inclino por el catálogo de Malling Beck, tienen unas mesas ajustables que cuestan cinco o seis mil coronas.

En un estado de semiinconsciencia, iba echando productos al carrito con la imagen de Mona Ibsen acechándolo desde todos los rincones de su organismo. Lo primero que había notado era que no llevaba puesta la alianza. Eso y cómo se le secaba la garganta cada vez que ella lo miraba, una señal más de que ya hacía tiempo que de mujeres, nada. Mierda.

Alzó la mirada y trató de orientarse por la inmensa ampliación del Kvickly, al igual que tantos otros que deambulaban perdidos buscando el papel higiénico en lo que había pasado a ser la sección de cosméticos. Era de locos.

Al final de la calle peatonal no tardarían en dar por finalizada la demolición de La Competencia, la vieja tienda de ropa. Allerød ya no era el idílico pueblecito de antaño y a él empezaba a resultarle indiferente. Si no conquistaba a Mona Ibsen, por él podían derribar la iglesia para levantar otro hipermercado.

—¿Pero qué mierda has comprado, Carl? —preguntó Morten Helland, su inquilino, al vaciar las bolsas de las compras.

Él también había tenido un día duro: dos horas de ciencias políticas y tres en el videoclub. Sí, durísimo, pensó el subcomisario.

—Pensé que podrías preparar chile con carne —contestó.

Decidió no hacer caso del comentario de Morten sobre lo estupendo que habría sido, en ese caso, que hubiese comprado frijoles y algo de carne.

Lo dejó rascándose la cabeza junto a la mesa de la cocina y subió al primer piso, donde las ondas de la nostalgia estaban a punto de hacer que la puerta de Jesper saliera disparada hacia las escaleras.

El muchacho estaba al otro lado de la puerta despanzurrando soldados en el Nintendo en plena orgía de Led Zeppelin mientras la zombi de su novia, sentada en la cama, compartía con el mundo su sed de contacto vía SMS.

Carl suspiró al recordar lo ingenioso que había sido él con Belinda en el desván de Brønderslev. Larga vida a la electrónica. Siempre que él quedara al margen.

Se abalanzó hacia su habitación y miró la cama, hipnotizado. Si Morten no lo llamaba para que bajase a cenar en menos de veinte minutos, las sábanas habrían ganado la partida.

Se tumbó con los brazos por debajo de la nuca y la mirada en el techo mientras imaginaba la piel desnuda de Mona Ibsen deslizándose por debajo del edredón. Si no se decidía pronto, se le iban a quedar los huevos como pasas. O Mona Ibsen o un par de incursiones rápidas por los tugurios; si no, más le valía unirse a la policía de Afganistán. Mejor un huevo duro en el cráneo que tener dos pasas en los calzones.

Un horroroso híbrido a medio camino entre el *gangsta rap* y un poblado entero de casuchas de hojalata desmoronándose retumbó a través de la pared que compartía con el cuarto de Jesper. ¿Qué se suponía que tenía que hacer? ¿Ir a quejarse, taparse los oídos o qué?

Se quedó echado con la almohada bien pegada a la cabeza. Quizá fuera eso lo que le recordó a Hardy.

Hardy, que no podía moverse. Hardy, que no podía rascarse la frente cuando le picaba. Hardy, que no podía hacer nada más que pensar. Si hubiera sido él, habría enloquecido hacía tiempo.

Desvió la mirada hacia la foto donde se le veía con Hardy y Anker, pasándose los brazos por los hombros unos a otros. Tres policías asombrosos, pensó. ¿Por qué no habían estado de acuerdo en su última visita? ¿Qué había querido decir con eso de que alguien estaba esperándolos en la casa de Amager?

Observó a Anker. Era el más bajo de los tres, pero también el que tenía la mirada más intensa. Su amigo llevaba muerto casi nueve meses y él seguía viendo esos ojos con toda claridad. ¿De veras pensaba Hardy que podía existir alguna relación entre Anker y los tipos que lo mataron?

Negó con la cabeza. Le costaba creerlo. Después recorrió con la mirada las fotografías enmarcadas que hablaban de instantes felices de un tiempo ya pasado con Vigga, cuando aún le encantaba meterle los dedos en el ombligo; la imagen de la granja de Brønderslev; la foto que le hizo Vigga el día que volvió a casa con su primer uniforme de gala.

Entornó los ojos. El rincón donde colgaba la foto estaba oscuro, pero aun así resultaba evidente que había algo fuera de lugar.

Soltó la almohada, se levantó mientras Jesper iniciaba una nueva orgía sonora terrorífica al otro lado de la pared y se acercó lentamente a la fotografía. Al principio las manchas parecían sombras, pero al llegar a su altura comprendió de qué se trataba.

Una sangre tan fresca que no dejaba lugar a dudas. Sólo entonces reparó en que se escurría por la pared en finas líneas. ¿Cómo demonios se le había pasado por alto? ¿Y qué demonios era?

Llamó a Morten a gritos, arrancó a Jesper de su plácido trance delante de la pantalla y les mostró las manchas. Ellos lo miraron con asco y resentimiento, respectivamente.

No, Morten no tenía absolutamente nada que ver con aquella porquería.

Y no, Jesper tampoco tenía ni puta idea de qué le estaba contando, ni su novia tampoco, si era lo que pensaba. ¿Es que tenía la cabeza llena de aserrín o qué?

Carl volvió a mirar la sangre y asintió.

Alguien con el equipo adecuado no tardaría ni tres minutos en entrar en la casa, encontrar algo que Carl observara con frecuencia, salpicarlo con un poco de sangre de algún animal y desaparecer, y no tenía que resultar muy difícil encontrar esos tres minutos teniendo en cuenta que Magnolievangen, en realidad toda la zona de Rønneholtparken, se quedaba prácticamente desierta de ocho a cuatro.

Si alguien pensaba que esos jueguecitos conseguirían apartarlo de la investigación, no sólo era extraordinariamente tonto.

Además era culpable, carajo.

15

Sólo soñaba cosas agradables cuando bebía. Ésa era una de las razones que la empujaban a hacerlo.

Si no le daba un buen par de tragos a la botella de *whisky*, el desenlace estaba asegurado. Tras varias horas de duermevela entre voces susurrantes, gracias al póster de los niños jugando que había en la puerta, lograba relajarse al fin y se sumergía en un mar de imágenes de pesadilla, las malditas imágenes que siempre la asaltaban cuando se dormía. Recuerdos de unos cabellos suaves y maternales y de un rostro duro como el granito. Imágenes de una pequeña intentando volverse invisible en un palacete. Momentos terribles. Destellos borrosos de una madre que la había abandonado. Abrazos gélidos, muy gélidos, de mujeres que ocupaban su lugar.

Cuando despertaba, con la frente bañada en sudor y el resto del cuerpo temblando de frío, los sueños solían haber llegado al punto de su vida en que volvía la espalda a las insaciables expectativas y al falso decoro de su clase. Todo cuanto deseaba olvidar. Eso y lo que vino después.

Había bebido mucho la víspera, de modo que la mañana fue relativamente sencilla. El frío, la tos y el estruendoso dolor de cabeza los podía manejar. Lo importante era que los pensamientos y las voces estuvieran en calma.

Se estiró, introdujo la mano bajo el camastro y sacó la caja de cartón. Ésa era su despensa y el sistema, muy sencillo. La comida que estaba a la derecha era la que había que consumir antes. Cuando ya no quedaba nada en ese lado, giraba la caja ciento ochenta grados y seguía comiendo de lo que había a la derecha. Así podía rellenar el lado izquierdo con nuevos artículos del Aldi. Siempre el mismo método y nunca para más de dos o tres días en la caja; de lo contrario, los alimentos se estropeaban, sobre todo si el sol recalentaba el tejado.

Se comió el yogur sin demasiado entusiasmo. Hacía ya muchos años que la comida no le decía nada.

Luego devolvió la caja a su sitio bajo la cama de un empujón, buscó a tientas hasta dar con el cofre, lo acarició unos instantes y susurró:

—Sí, mi vida. Ahora mamá tiene que salir. No tardaré.

Se husmeó las axilas y comprobó que ya iba siendo hora de darse un baño. Antes se bañaba de vez en cuando en la estación central, pero desde que Tine la había advertido de que andaban buscándola por allí, eso se había acabado. Cuando no le quedaba más remedio que ir, tomaba precauciones especiales.

Lamió la cuchara y tiró el envase de plástico a la basura que guardaba bajo la cama mientras intentaba decidir su siguiente paso.

La noche anterior había ido a casa de Ditlev. Se había pasado una hora sentada en la carretera contemplando el mosaico de ventanitas encendidas hasta que las voces le dejaron vía libre. Era una casa bien cuidada, pero aséptica y desprovista de sentimientos, como el propio Ditlev. ¿Qué otra cosa cabía esperar? Acababa de romper un cristal cuando de pronto se encontró con una mujer en *negligé* que observó atemorizada cómo sacaba una pistola. Su expresión se suavizó cuando supo que su objetivo era su marido.

Después de entregarle el arma le dijo que la usara como considerase oportuno. La mujer la estudió un instante, la sopesó y sonrió. Sí, se le ocurría algún que otro uso que darle. Tal como habían predicho las voces.

Kimmie regresó a la ciudad a buen paso, consciente de que el mensaje ya debía de haber quedado bien claro para todos. Iba por ellos. No podían sentirse seguros en ningún sitio. Estaba vigilándolos.

Si los conocía tan bien como ella creía, pronto habría más gente siguiéndole la pista por las calles, y eso la divertía. Cuantos más enviaran, más claro tendría ella que estaban alarmados.

Sí, los alarmaría tanto que no podrían pensar en nada más.

Lo peor para Kimmie cuando se bañaba al lado de otras mujeres no era ver cómo se ponían alerta. Tampoco los ojos curiosos con que las niñas observaban las largas cicatrices que le cubrían la espalda y el vientre, ni la ostensible alegría de madres e hijas al hacer algo juntas. Ni siquiera el bullicio y las risas despreocupadas que llegaban de la alberca.

Lo peor eran aquellos cuerpos femeninos rebosantes de vida. Alianzas en dedos que tenían a quién acariciar. Pechos que alimentaban. Vientres y regazos que esperaban dar fruto. Ese era el tipo de visiones del que se nutrían las voces.

Por eso se quitó la ropa a toda velocidad, la lanzó encima de las taquillas sin mirar a las demás y dejó en el suelo las bolsas de plástico con la ropa nueva. Tenía que salir de allí tan pronto como fuera posible, antes de que su mirada empezara a vagar por su cuenta y riesgo.

Mientras aún tenía el control.

Por eso tardó menos de veinte minutos en aparecer en el puente de Tietgen con un abrigo entallado, el pelo recogido y una insólita capa de perfume de clase alta sobre la piel. Desde allí contempló las vías que se deslizaban por debajo de la estación. Hacía ya mucho tiempo que no se vestía así y no se encontraba a gusto. En ese preciso instante era un reflejo de todo lo que combatía, pero había que hacerlo. Caminaría despacio por el andén, subiría por las escaleras mecánicas y recorrería el vestíbulo como cualquier otra mujer. Si no advertía nada de particular, se sentaría en la esquina del Train Fast Food a tomar un café y levantar la mirada hacia el reloj de cuando en cuando. Parecería una más esperando antes de ir a cualquier sitio. Aerodinámica, con las cejas bien perfiladas por encima de los lentes de cristales ahumados.

Una más de esas mujeres que sabían lo que querían en la vida.

Llevaba allí sentada una hora cuando vio a Tine la Rata avanzar bamboleante, con la cabeza caída y los ojos clavados en el espacio vacío que se abría medio metro por delante de sus pies. La enclenque mujer lanzaba sonrisas desangeladas a diestra y siniestra, era evidente que acababa de inyectarse una dosis de heroína. Tine jamás había ofrecido un aspecto tan vulnerable y transparente, pero Kimmie no se movió. Se limitó a seguirla con la mirada hasta que desapareció por detrás del McDonald's.

Esa larga panorámica le permitió descubrir al tipo flaco que había junto a la pared hablando con dos hombres vestidos con abrigos claros. Lo que le llamó la atención no fue el hecho de que tres hombres adultos estuviesen tan juntos, sino que se hablaran sin mirarse a los ojos y no perdieran de vista el vestíbulo de la estación. Eso y el hecho de que los tres llevasen prácticamente la misma indumentaria hizo que se le encendiese la luz de alarma.

Se levantó lentamente. Se colocó bien los lentes en el caballete de la nariz y echó a andar directamente hacia ellos con los pasos largos y briosos de sus zapatos de tacón de aguja. Al aproximarse, observó que rondaban los cuarenta. Las profundas arrugas que surcaban la comisura de sus labios hablaban de una vida dura. No eran como las que adquirían los hombres de negocios después de pasar hasta altas horas de la noche bajo sus lámparas enfermizas ante mesas inundadas de papeles; no, eran arrugas cinceladas por el viento, el frío y una eternidad de momentos aburridos. Eran hombres contratados para esperar y observar.

Cuando estaba a un par de metros de distancia, los tres la miraron al mismo tiempo y ella les sonrió evitando descubrir la dentadura. Después pasó a apenas unos centímetros de distancia y sintió que el silencio los unía. Aún no se había alejado ni dos pasos cuando retomaron la conversación. Se detuvo a revolver en su bolsa. Oyó que uno de ellos se llamaba Kim. Por supuesto, un nombre con K.

Hablaban de horas y lugares sin preocuparse por ella. Eso quería decir que podía moverse con libertad, la descripción que les habían dado no encajaba en absoluto con lo que aparentaba ahora. Claro que no.

Dio una vuelta por el vestíbulo acompañada por voces susurrantes, compró el último número del *Femina* en el quiosco de enfrente y regresó a su punto de partida. Ya sólo quedaba uno de los tres, apoyado en la pared de ladrillos y seguramente preparado para una larga espera. Todos sus movimientos eran lentos, los ojos eran la única parte de su cuerpo que parecía eficiente. Encajaba a la perfección con el tipo de hombres que solían rodear a Torsten, Ulrik y Ditlev. Mercenarios. Hijos de puta sin sentimientos. Hombres dispuestos a hacer prácticamente cualquier cosa por dinero.

Trabajos que no figuraban entre las ofertas de empleo.

Cuanto más lo miraba, más cerca le parecía estar de los cabrones con los que quería acabar y su excitación iba en aumento mientras las voces de su cabeza empezaban a contradecirse unas a otras.

—Basta ya —susurró bajando la mirada.

Tenía la sensación de que el hombre de la mesa de al lado había levantado la mirada del plato en un intento de localizar el blanco de sus iras.

No era asunto suyo.

Basta, pensó. Después se quedó mirando fijamente el titular de una de las páginas de la revista. «KARINA LUCHA

POR SU MATRIMONIO», decía en grandes letras. Pero ella solo reparó en la K.

Una K mayúscula de trazo sinuoso. Otra vez esa K.

Los alumnos de tercero lo llamaban sólo K, pero su nombre era Kåre, el chico que había conseguido casi todos los votos de segundo grado cuando eligieron delegado entre los estudiantes del último curso; el chico que parecía un dios; el chico que protagonizaba los cuchicheos de todas las chicas por los rincones del dormitorio, pero al que sólo Kimmie conquistó. Después de tres canciones en el baile le llegó el turno a ella, y Kåre sintió sus dedos en lugares que nadie había tocado. Porque Kimmie conocía su cuerpo y también el de los chicos. De eso se había encargado Kristian.

Quedó prendado.

La gente murmuraba que las notas del simpático delegado habían empezado a bajar desde aquel día, que era extraño que un alumno tan estudioso y aplicado perdiese pie de repente. Y Kimmie disfrutaba. Era obra suya, era su cuerpo el que sacudía los cimientos de aquel monstruo de virtud. Sólo su cuerpo.

Toda la vida de Kåre estaba planeada de antemano. Hacía ya mucho que su futuro había quedado decidido por unos padres que jamás habían sabido ver quién era su hijo en realidad. Lo único que importaba era mantenerlo en el buen camino, que hiciera honor a su casta de tragadores de filete.

Contentar a la familia y cosechar el éxito equivalía a encontrar el sentido de la vida. ¿Qué más daba lo que costara?

Eso creían ellos.

Por esa razón Kåre se convirtió en el principal objetivo de Kimmie. Le asqueaba todo lo que él representaba. Premio al alumno más aplicado. El mejor en tiro. El más rápido en la pista. Un extraordinario orador en cualquier celebración. El pelo mejor cortado, los pantalones mejor planchados.

Kimmie quería acabar con todo aquello, despojarlo de la capa exterior y ver qué escondía debajo.

Cuando terminó con él fue en busca de presas más complicadas. Había dónde escoger y no le temía a nada ni a nadie.

Kimmie sólo despegaba los ojos de la revista de vez en vez. Si el tipo de la pared se marchaba, se daría cuenta. Sus más de diez años en la calle aguzaban los instintos.

Transcurrida una hora le alertó la presencia de otro hombre que deambulaba por la estación con el paso aparentemente distraído de quien se deja llevar por unos pies que caminan sin cesar mientras clava la vista en todo lo que lo rodea. No era el carterista de atenta mirada que localiza la bolsa de una víctima o un abrigo solitario, ni tampoco el timador a punto de tender la mano mientras otro hacía el trabajo sucio por él. No, conocía a esos tipos como nadie y aquél no era uno de esos.

Se trataba de un hombrecillo robusto vestido con ropa raída. Un abrigo grueso de grandes bolsillos le envolvía el cuerpo como una piel de serpiente e indicaba una falta de medios que no acababa de encajar. También de eso sabía Kimmie más que nadie. Los hombres que vestían el uniforme de los marginados, los hombres que se habían dado por vencidos, no miraban así a la gente. Clavaban la vista en los botes de basura, en el suelo que pisaban, en los rincones que podían ocultar el casco de una botella, quizá en un escaparate o en las ofertas de la semana del *fast-food*. Jamás escrutaban las miradas de la gente ni sus movimientos, como hacía él desde debajo de sus cejas pobladas. Además, tenía la piel oscura, como un turco o un iraní, ¿y quién había visto que un turco o un iraní cayera tan bajo como para acabar vagando sin hogar por las calles de Copenhague? ¿Quién?

Lo siguió con la mirada hasta verlo pasar junto al tipo que esperaba apoyado en la pared; imaginó que se harían una seña, pero se equivocaba.

Permaneció inmóvil acechando por encima de la revista y rogando a las voces que no se metieran en aquello hasta que el hombrecillo regresó al punto de partida, pero tampoco entonces estableció contacto alguno con el otro.

Se levantó con calma, acercó la silla con cuidado a la mesa y empezó a seguirlo a una distancia prudencial.

Caminaba despacio. De vez en cuando salía a la calle a echar un vistazo, pero nunca se alejaba demasiado y Kimmie podía seguir sus movimientos desde las escaleras que pasaban por encima de las vías.

No cabía duda de que buscaba a alguien y ese alguien podía ser ella. Por eso se mantuvo oculta entre las sombras de los rincones y detrás de los letreros.

En su décimo paseo por delante de la oficina de Correos, el hombrecillo se volvió bruscamente y la miró a los ojos, algo que no entraba en los planes de Kimmie, que giró sobre sus altos tacones y puso rumbo hacia la parada de taxis. Tenía intención de llamar a uno y largarse de allí y ese hombre no se lo iba a impedir.

Con lo que no contaba era con que Tine la Rata apareciera justo detrás de ella.

—Hola, Kimmie —la saludó con la voz chillona y la mirada apagada—. Me habías parecido tú, cielo. Hoy te has puesto guapísima, ¿qué pasa?

Alargó las manos hacia su amiga como si pretendiera cerciorarse de que aquella visión era real, pero Kimmie la esquivó y la dejó abrazando la nada.

Por detrás se oían los pasos del hombre, que se acercaba a la carrera.

16

El teléfono había sonado tres veces aquella noche, pero cuando Carl lo descolgaba no oía más que silencio.

Durante el desayuno les preguntó a Jesper y a Morten Holland si habían observado algo fuera de lo normal, pero la única respuesta que obtuvo por su parte fueron unas mustias miradas mañaneras.

—¿No se les olvidaría cerrar alguna puerta o alguna ventana ayer? —insistió.

Tenía que haber alguna fisura que le permitiera acceder a aquellas fábricas de ideas paralizadas por el sueño.

Jesper se encogió de hombros. Sacarle algo a esas horas de la mañana era más complicado que ganar la lotería. Morten al menos gruñó una especie de respuesta.

Carl salió a dar la vuelta a la casa y no vio nada raro. La cerradura de la puerta continuaba intacta. Las ventanas estaban como tenían que estar. Los que habían entrado sabían lo que se hacían.

Tras diez minutos de pesquisas se sentó en el coche, que había dejado estacionado entre varios bloques de viviendas de concreto, y notó un intenso olor a gasolina.

—¡Carajo! —gritó.

En menos de una décima de segundo abrió de par en par la puerta delantera del Peugeot y se lanzó al suelo de costado. Rodó un par de metros hasta ponerse a resguardo detrás de una furgoneta y aguardó a que Magnoliavangen quedara iluminada por un estallido capaz de hacer saltar los cristales por los aires.

145

—¿Qué ocurre, Carl? —oyó que le preguntaba una voz serena.

Se volvió hacia su compañero de barbacoas, Kenn, que a pesar de lo fría que era la mañana no llevaba más que una camiseta y parecía muy a gusto.

—No te muevas, Kenn —le ordenó mientras lanzaba una mirada escrutadora hacia Rønneholt Parkvej.

El único movimiento que se registraba en toda la calle era el de las cejas de su vecino. Quizá pensaran activar la bomba con un control remoto en cuanto se acercara al vehículo. Quizá bastara con la chispa del encendido.

—Alguien ha estado hurgando en mi coche —explicó apartando la vista de los tejados de los edificios y sus cientos de ventanas.

Por un instante valoró la posibilidad de avisar a los peritos forenses, pero desechó la idea. Los tipos que pretendían asustarlo no iban por ahí dejando huellas dactilares y pistas. Lo mejor era aceptar las cosas como eran y tomar el tren.

¿Cazador o cazado? En esos momentos, poco importaba.

Aún no se había quitado el abrigo cuando Rose se plantó ante la puerta de su despacho con las cejas arqueadas y unas pestañas negras como el carbón.

—Nuestros mecánicos están en Allerød y dicen que a tu coche no le pasa nada especial. ¿O un circuito de alimentación que pierde gasolina te parece interesante?

Carl ignoró su caída de párpados resignada y a cámara lenta. Mejor ganarse una especie de respeto de inmediato.

—Me has asignado un montón de tareas, Carl. ¿Lo hablamos ahora o prefieres que espere a que se hayan disipado los vapores combustibles que te nublan la azotea?

El subcomisario encendió un cigarrillo y se sentó.

—Dispara —dijo con la esperanza de que los mecánicos tuviesen la suficiente presencia de ánimo para llevar el coche a Jefatura.

—Primero el accidente de la alberca de Bellahøj, del que no hay gran cosa que contar. El chico tenía diecinueve años y se llamaba Kåre Bruno.

Lo taladró con la mirada, con los hoyuelos de las mejillas en todo su esplendor.

—Bruno ¿qué te parece?

Ahogó algo parecido a una risita.

—Era buen nadador; la verdad es que era bueno en todos los deportes. Sus padres residían en Estambul, pero los abuelos vivían en Emdrup, muy cerca de la alberca de Bellahøj. Solía pasar los fines de semana con ellos.

Revisó sus papeles.

—El informe califica su muerte de accidental y añade que el propio Kåre Bruno tuvo la culpa. Por si no lo sabías, un descuido en un trampolín de diez metros de altura es una imprudencia enorme.

Se metió el bolígrafo entre los cabellos. No iba a durar allí mucho tiempo.

—Había llovido esa mañana; todo estaba mojado y seguramente resbaló cuando trataba de lucirse delante de alguien, diría yo. Estaba solo allí arriba y nadie vio lo que ocurrió exactamente. Lo encontraron tirado sobre las baldosas con la cabeza girada ciento ochenta grados.

Carl tenía una pregunta en la punta de la lengua, pero ella le cortó.

—Y sí, Kåre estudiaba en el mismo internado que Kirsten-Marie Lassen y el resto de la banda. Era alumno de tercer curso cuando ellos iban a segundo. Aún no he hablado con nadie del colegio, pero puedo hacerlo si es necesario.

Calló con la brusquedad de una bala al chocar contra un bloque de concreto. Su jefe tendría que irse acostumbrando a sus maneras.

—Muy bien, enseguida recapitulamos. ¿Qué me dices de Kimmie?

—La consideras muy importante para el grupo, ¿verdad? —preguntó ella—. ¿Por qué?

¿Cuento hasta diez?, pensó Carl.

—¿Cuántas chicas había en la banda del internado? —preguntó al fin—. ¿Y cuántas de esas chicas desaparecieron después? Solo una, ¿verdad? Y, además, una chica que es más que probable que tenga ciertas ganas de cambiar su situación actual. Por eso me interesa especialmente. Si Kimmie sigue con vida, podría ser la clave de muchas preguntas. ¿No te parece que es algo a tener en cuenta?

—¿Y quién dice que quiera salir de su situación actual? Para que te enteres: a muchos indigentes es imposible volver a meterlos entre cuatro paredes.

Si siempre le hablaba así, acabaría por volverlo loco.

—Te lo vuelvo a preguntar, Rose. ¿Qué has averiguado de Kimmie?

—¿Sabes lo que te digo, Carl? Que antes de pasar a ese punto quiero comunicarte que vas a tener que comprar una silla para que Assad y yo nos sentemos cuando vengamos a presentarte nuestros informes. Acaba una con dolor de espalda si hay que desmenuzarte hasta los más ínfimos detalles aquí, colgando de la puerta.

Pues vete a colgarte a otro lado, pensó el subcomisario mientras le daba una intensa chupada al cigarrillo. Pero lo que dijo fue:

—Y supongo que ya habrás localizado la silla perfecta en algún catálogo.

Rose no se dignó contestar. Carl supuso que al día siguiente aparecería con la silla.

—No hay gran cosa acerca de Kirsten-Marie Lassen en los registros públicos. Desde luego, subsidios sociales no ha cobrado nunca. La expulsaron del internado en tercero y continuó sus estudios en Suiza, pero no tengo nada más al respecto. El último domicilio que se le conoce es el de Bjarne Thøgersen, Arnevangen, en Brønshøj. No sé en qué momento lo abandonó físicamente, pero debió de ser hace mucho, antes de que Thøgersen se entregara, creo. Entre mayo y julio de 1996. Antes de eso, de 1992 a 1995, la dirección que figura es la de su madrastra, que vive en la calle Kirke-vej de Ordrup.

—Me darás el nombre completo y la dirección de esa se-ñora, ¿verdad?

Antes de que llegara a acabar la frase ella ya le había en-dosado un papelito amarillo.

Kassandra, se llamaba. Kassandra Lassen. Había oído ha-blar de *El puente de Casandra,* pero no sabía que hubiese gente con ese nombrecito.

—¿Y el padre de Kimmie? ¿Aún vive?

—Sí. Willy K. Lassen, pionero del *software.* Vive en Mon-tecarlo con su nueva mujer y un par de hijos seguramente igual de nuevos; lo tengo por mi mesa, en algún sitio. Nació alrededor de 1930, así que o bien andaba con la pistola bien provista de balas o la nueva mujer le ha salido algo zorra.

Le regaló una sonrisa que le cubría cuatro quintas partes de la cara y la acompañó de aquella carcajada gruñona que tarde o temprano llevaría a Carl a perder todo contacto con el dominio de sí mismo.

Dejó de reírse.

—No veo que Kirsten-Marie Lassen haya pasado la no-che en ninguno de los albergues donde solemos preguntar, pero podría haber alquilado una habitación en algún sitio que no lo declare. Qué demonios, así es como sobrevive mi hermana, tiene cuatro inquilinos en su casa. No es tan fácil mantener a tres hijos y cuatro gatos cuando el cabrón de tu marido te abandona, ¿no?

—Creo que no deberías darme muchos detalles, Rose. Al fin y al cabo, soy un guardián de la ley y el orden, por si se te había olvidado.

Lo fulminó con una mirada que decía claramente que si quería ponerse fino, por ella no había ningún problema.

—Pero tengo información sobre un ingreso de Kirsten-Marie Lassen en Bispebjerg en el verano de 1996. No he conseguido su historial porque en ese hospital los archivos son un caos en cuanto buscas algo de hace más de dos días.

Lo único que tengo es la fecha de ingreso y la de su desaparición.

—¿Desapareció del hospital? ¿Mientras estaba en tratamiento?

—Eso último no lo sé, pero hay una anotación que dice que se marchó en contra del consejo de los médicos.

—¿Cuánto tiempo estuvo ingresada?

—Nueve o diez días.

Rebuscó entre sus notas amarillas.

—Aquí está. Del 24 de julio al 2 de agosto de 1996.

—¿El 2 de agosto?

—Sí, ¿qué tiene de particular?

—Es el mismo día en que se cometió el crimen de Rørvig, pero nueve años después.

Rose hizo un gesto de contrariedad. Era más que evidente que le resultaba desagradable que se le hubiera pasado por alto ese detalle.

—¿En qué área estaba? ¿Psiquiatría?

—No, ginecología.

Carl tamborileó contra el borde de la mesa.

—Muy bien, intenta conseguir ese historial. Ve allí y ofréceles tu ayuda si es necesario.

Ella contestó con un rápido cabeceo de asentimiento.

—¿Y los archivos de los periódicos, Rose? ¿Has buscado ahí?

—Sí, y no hay nada. Las vistas de 1987 fueron a puerta cerrada y cuando detuvieron a Bjarne Thøgersen no mencionaron a Kimmie.

Carl tomó aire. Acababa de darse cuenta de que jamás se había hecho público el nombre de ninguno de los miembros de la banda. Habían salido impunes y continuado su escalada hacia lo más alto de la sociedad sin que nadie tuviera ocasión de pestañear siquiera. Claro que querían que las cosas siguieran como estaban, no te fastidia.

Pero entonces, ¿por qué demonios habían intentado asustarlo de aquel modo tan absurdo más propio de aficionados?

¿Por qué no habían acudido a él directamente y se habían explicado si sabían que estaba al frente de la investigación? Así, lo único que encontrarían era suspicacia y resistencia.

—Desapareció en 1996 —dijo—. ¿No enviaron la orden de búsqueda con su descripción a los medios?

—Nadie la buscó, ni siquiera la policía. Desapareció y ya está. Su familia no hizo nada.

Carl movió la cabeza. Qué familia tan encantadora.

—Es decir, que en los periódicos no hay nada sobre Kimmie. ¿Y recepciones y cosas por el estilo? ¿No iba a esos sitios? La gente de su clase suele hacerlo.

—Ni idea.

—Pues compruébalo, por favor. Pregunta en las revistas. Habla con los de la revista *Gossip*, tienen a todo el mundo en los archivos. Habrá algún pie de foto o algo, carajo.

Rose lo miró con cara de estar a punto de dejarlo por imposible.

—Me va a llevar tiempo dar con el historial. ¿Por dónde quieres que empiece?

—Por el hospital de Bispebjerg. Pero que no se te olvide lo de las revistas. La gente de su círculo es carnaza para esos buitres. ¿Tienes sus datos personales?

Le tendió un papel que no aportaba nada nuevo. Nacida en Uganda. Hija única. Una infancia con un nuevo domicilio cada dos años; en Inglaterra, Estados Unidos y Dinamarca. Tras su séptimo cumpleaños, sus padres se divorciaron y, por raro que parezca, fue él quien obtuvo la custodia. Cumplía años el día de Nochebuena.

—Se te ha olvidado preguntarme dos cosas, Carl, debería darte vergüenza.

Levantó la mirada hacia ella. Vista desde abajo parecía una versión achaparrada de Cruella de Vil justo antes de atrapar a los 101 dálmatas. Quizá no fuera tan mala idea eso de poner una silla al otro lado de la mesa para variar un poco la perspectiva.

—¿Vergüenza por qué? —preguntó sin ninguna gana de oír la respuesta.

—No me has preguntado por las mesas, las del pasillo. Ya han llegado, pero están metidas en cajas de cartón y hay que armarlas. Quiero que Assad me ayude.

—Por mí estupendo, si es capaz. Pero, como puedes ver, no está. Ha ido al campo a cazar un ratón.

—Ah. ¿Y tú?

Carl movió la cabeza de un lado a otro muy lentamente. ¿Armar mesas con ella? Debía de faltarle un tornillo.

—¿Y qué es lo otro que no te he preguntado, si puede saberse?

No parecía demasiado dispuesta a responder.

—Muy bien, pues si no armamos las mesas no te fotocopio lo que queda de la mierda esa que me has mandado. El que algo quiere...

El subcomisario tragó saliva. Una semana y no tendría que aguantarla más. Primero la pondría de niñera de esa banda de tragadores de bacalao que llegaba el viernes y luego una buena patada en el culo.

—Bueno, la otra cosa es que también he hablado con los de Hacienda y me han contado que Kirsten-Marie Lassen estuvo trabajando entre 1993 y 1996.

Carl interrumpió la fumada que estaba dando al cigarrillo.

—¿En serio? ¿Dónde?

—Dos de los sitios ya no existen, pero el último, sí. Además, es donde se quedó más tiempo. Una tienda de animales.

—¿Qué? ¿Trabajaba de dependiente en una tienda de animales?

—No lo sé, eso pregúntaselo a los de la tienda. Siguen en la misma dirección, Ørbækgade 62, en el barrio de Amager. Se llama Nautilus Trading.

Carl lo anotó. Tendría que esperar un poco.

Rose se inclinó hacia él con las cejas levantadas.

—Sí, Carl, eso era todo. De nada.

17

—Me gustaría saber quién ha parado mi investigación, Marcus.

El jefe de Homicidios lo miró por encima de los lentes. No tenía ganas de responder a esa pregunta, evidentemente.

—Siguiendo con lo mismo, creo que deberías saber que he tenido una visita no deseada en casa. Mira.

Sacó la foto donde aparecía con uniforme de gala y señaló hacia las manchas de sangre.

—Normalmente la tengo en mi dormitorio. Anoche la sangre estaba fresca.

Su jefe se recostó en el sillón y le prestó toda su atención. Lo que estaba viendo no le gustaba nada.

—¿Y tú a qué lo atribuyes, Carl? —preguntó tras una pausa.

—¿A qué lo voy a atribuir? Alguien pretende asustarme.

—Todos los policías van haciéndose enemigos poco a poco. ¿Por qué lo relacionas con el caso que llevas ahora? ¿Y qué me dices de tus amigos y tu familia? ¿No tendrás un bromista suelto por ahí?

Carl esbozó una sonrisa irónica. Buen intento.

—Anoche me llamaron por teléfono tres veces. ¿Y a que no te lo imaginas? No dijeron nada.

—¡Vaya por Dios! ¿Y qué quieres que haga yo?

—Quiero que me cuentes quién está frenando mi investigación, aunque a lo mejor prefieres que llame directamente a la directora de la policía.

—Va a venir esta tarde, luego veremos.

—¿Cuento con ello?

—Ya veremos.

Carl cerró la puerta del despacho de su jefe con un poco más de fuerza de lo normal y se topó de bruces con la mustia jeta mañanera de Bak. Se había quitado la chamarra de cuero negro de la que nunca se despegaba y la llevaba colgada al hombro con indiferencia. Vivir para ver.

—¿Qué pasa, Bak? He oído que nos dejas. ¿Has heredado o qué?

Bak lo observó en silencio unos instantes como si se preguntara si la suma total de todos sus años de vida laboral en común arrojaba un saldo positivo o negativo. Después volvió la cabeza apenas un milímetro y dijo:

—Ya sabes, o eres un policía genial o eres un padre de familia genial.

El subcomisario consideró la posibilidad de ponerle una mano en el hombro, pero se conformó con tendérsela y estrechar la suya.

—¡Tu último día! Te deseo buena suerte con la familia. Aunque eres un pedazo de imbécil, quiero que sepas que si decides volver después de la jubilación no sería el fin del mundo.

Aquel hombre cansado lo miró con aire de sorpresa. O quizá sería más indicado decir que lo miró abrumado. Las microscópicas efusiones sentimentales de Børge Bak eran incomprensibles.

—Nunca has sido un tipo agradable, Carl —dijo con aire contrariado—, pero no estás mal.

Qué conmovedora orgía de cumplidos.

Carl se volvió a saludar a Lis, que estaba al otro lado de un mostrador con tantos o más papeles de los que había en el suelo del sótano esperando un hueco en una de las mesas que Rose ya había armado.

—Carl —añadió Bak con la mano en la perilla de la puerta del despacho del jefe de Homicidios—. Si crees que Marcus te está frenando, te equivocas; es Lars Bjørn.

Y a continuación le advirtió con el índice levantado:

—Y yo no te he dicho nada.

Carl Mørck miró de reojo hacia el despacho del subinspector. Como siempre, las persianas de las ventanas que daban al pasillo estaban bajadas, pero la puerta permanecía abierta.

—Vuelve a las tres. Tengo entendido que hay reunión con la directora —fueron las últimas palabras de Bak.

Encontró a Rose Knudsen arrodillada en el suelo del pasillo del sótano. Cual oso polar adulto resbalando por el hielo, estaba despatarrada y con los codos apoyados en un cartón desplegado. A su alrededor se veían patas de mesa, piezas de metal, tornillos y herramientas variadas, y a diez centímetros de su nariz había un tropel de instrucciones de montaje.

Había encargado cuatro mesas ajustables, de modo que eso era lo que Carl esperaba que saliera de todos sus esfuerzos, cuatro mesas ajustables.

—¿No tenías que ir a Bispebjerg, Rose?

Sin moverse de donde estaba, Rose señaló hacia la puerta del despacho de su jefe.

—Tienes una copia encima de tu mesa —lo informó antes de volver a sumergirse en sus diagramas.

El hospital de Bispebjerg le había enviado por fax tres páginas que, efectivamente, estaban sobre la mesa del subcomisario. Selladas y fechadas, justo lo que necesitaba. Kirsten-Marie Lassen. Ingresada 24/7-2/8 1996. La mitad de los términos estaban en latín, pero su significado era más o menos comprensible.

—¡Ven un momento, Rose! —gritó.

Tras toda una retahíla de blasfemias y juramentos, ella fue.

—¿Sí? —preguntó con el rostro masacrado por el rímel y perlado de sudor.

—¡Han encontrado el historial!

Ella asintió.

—¿Lo has leído?

Volvió a asentir.

—Kimmie estaba embarazada y la ingresaron con una hemorragia tras una grave caída por unas escaleras —dijo Carl—. Recibió un buen tratamiento y se recuperó, pero aun así perdió el bebé. Presentaba indicios de nuevas lesiones, ¿también has leído eso?

—Sí.

—No dice nada del padre ni de ningún familiar.

—En Bispebjerg dicen que eso es todo lo que tienen.

—Muy bien.

Volvió a consultar el historial.

—O sea, que la ingresaron cuando estaba de cuatro meses, a los pocos días pensaron que el riesgo había pasado, pero al noveno día sufrió un aborto y cuando volvieron a explorarla le descubrieron nuevas señales de golpes en el vientre que ella explicó diciendo que se había caído de la cama en el hospital.

Buscó un cigarrillo a tientas.

—Cuesta bastante creérselo.

Rose retrocedió unos pasos con los ojos entornados al tiempo que agitaba frenéticamente una mano. Así que no le gustaba el humo. Genial. Ya tenía algo con que mantenerla a raya.

—No hubo denuncia —dijo ella—, nos habríamos enterado.

—No dice si le hicieron un legrado o algo así. Pero esto..., ¿qué dice aquí?

Señaló un par de líneas más abajo.

—Pone «placenta», ¿verdad?

—Los he llamado. Al parecer no expulsó toda la placenta durante el aborto.

—¿Qué tamaño puede tener una placenta en el cuarto mes?

Rose se encogió de hombros. Estaba claro que no formaba parte de su plan de estudios.

—¿Y no llegaron a hacerle un legrado?

—No.

—Por lo que tengo entendido, las consecuencias pueden ser fatales. Las infecciones en el útero no son ninguna broma. Además, estaba herida a consecuencia de los golpes. Muy malherida, supongo.

—Por eso se resistían a darle el alta. ¿Has visto esa nota?

Se trataba de una notita amarilla que estaba pegada al tablero de la mesa. ¿Cómo diantres quería que se fijara en algo tan pequeño? Al lado de eso, lo de la aguja en el pajar era de chiste.

«Llama a Assad», decía.

—Ha llamado hace media hora diciendo que probablemente ha visto a Kimmie.

A Carl le dio un vuelco el corazón.

—¿Dónde?

—En la estación. Quiere que lo llames.

El subcomisario arrancó el abrigo del perchero.

—Sólo está a cuatrocientos metros. Ya me marché.

La gente iba por la calle en mangas de camisa. Las sombras se habían vuelto repentinamente alargadas y puntiagudas y todo el mundo iba sonriendo. Estaban a finales de septiembre y había algo más de veinte grados. ¿Qué diablos les hacía tanta gracia? Lo que tenían que hacer era levantar la vista del suelo, mirar hacia la capa de ozono y espeluznarse. Se quitó el abrigo y se lo echó al hombro. Lo siguiente sería ir en enero con sandalias. Larga vida al efecto invernadero.

Sacó el celular, marcó el número de Assad y descubrió que se había quedado sin batería. Era la segunda vez en pocos días. Mierda de batería.

Entró en el vestíbulo de la estación y buscó a Assad entre el gentío. Parecía inútil. Después pasó a hacer una infructuosa ronda entre aquel océano de maletas.

Me llevan los demonios, pensó mientras atajaba hacia la comisaría que había junto a la escalinata de salida a Reventlowsgade.

No le quedaba más remedio que llamar a Rose para pedirle el teléfono de Assad; ya estaba oyendo sus gruñidos burlones.

Los agentes que había al otro lado del mostrador no lo conocían, de modo que sacó la placa.

—Carl Mørck, hola. Tengo el celular fuera de combate, ¿podría usar su teléfono?

Uno de ellos señaló hacia un objeto deslucido sin dejar de consolar a una niña ya mayorcita que se había perdido y no encontraba a su hermana mayor. Habían pasado siglos desde sus días de consolar criaturas patrullando a pie de calle, daba pena sólo de pensarlo.

Estaba marcando el número cuando vio a Assad al otro lado de las persianas que había junto a las escaleras de los baños. Quedaba semioculto tras un grupo de adolescentes exaltados con mochilas y allí plantado, envuelto en su mísero abrigo y lanzando miradas en todas direcciones, no tenía muy buen aspecto.

—Gracias —dijo Carl al tiempo que colgaba el auricular.

Salió de la comisaría dispuesto a llamar a voces a su ayudante, apenas los separaban cinco o seis metros, pero en ese preciso instante un hombre salió de detrás de Assad y le puso una mano en el hombro. Era un tipo de tez morena de unos treinta años o poco más y no parecía muy amable. Con un empujón obligó a su compañero a darse la vuelta y empezó a gritarle barbaridades en plena cara. Carl no entendía lo que decía, pero el semblante de Assad no dejaba lugar a dudas. Amigos no eran.

Varias chicas del grupo de adolescentes los miraron indignadas. ¡La plebe! ¡Menudos idiotas!, decían sus muecas de arrogancia.

El tipo le pegó a Assad y éste le devolvió el golpe con tal precisión que lo dejó paralizado en el acto. Se tambaleó unos segundos mientras los profesores de los adolescentes aprovechaban para discutir si debían intervenir o no.

Pero a Assad le tenía sin cuidado. Asió al hombre con rudeza y lo sujetó con fuerza hasta que empezó a gritar de nuevo.

Cuando el grupo se apartó, se percató de la presencia de su jefe y su reacción no se hizo esperar. Un empujón para apartar al tipo y un gesto con la mano para indicarle que más valía que se esfumase. Carl vio un instante la cara del hombre antes de que desapareciese por las escaleras que bajaban al andén. Patillas bien perfiladas y cabellos relucientes. Un hombre atractivo con una mirada llena de odio. Alguien con quien era mejor no tropezar por segunda vez.

—¿Qué pasaba? —preguntó el subcomisario.

Assad se encogió de hombros.

—Lo siento, Carl. No era más que un idiota.

—¿Qué le has hecho?

—Olvídalo, es un idiota.

Assad tenía cien ojos y miraba a todas partes. A la comisaría que había detrás de Carl, a los adolescentes, a Carl y a sus espaldas. No era el mismo Assad que hervía té con menta en el sótano, sino un hombre con algo turbio entre manos.

—Cuando estés listo me cuentas de qué se trató todo eso, ¿de acuerdo?

—No era nada, solo un tipo que vive cerca de mi casa.

Después sonrió. No era una sonrisa convincente, pero casi.

—¿Te han dado mi recado, entonces? Sabes que tu celular está *kaputt*, ¿verdad?

Carl asintió.

—¿Cómo sabes que la mujer que has visto era Kimmie?

—Una prostituta yonqui la llamaba gritando.

—¿Y ahora dónde está?

—No lo sé. Ha subido a un taxi y la he perdido.

—Carajo, Assad. La habrás seguido, ¿no?

—Sí. Mi taxi iba justo detrás del suyo, pero al llegar a Gasværksvej dobló la esquina y paró en la acera, y cuando llegué ella ya no estaba, entonces. Llegué un segundo tarde y ya no estaba.

Un éxito y al mismo tiempo un fracaso.

—Su taxista me dijo que le dio quinientas coronas. Que se subió al coche y gritó: «¡A Gasværkvej, volando! El dinero es tuyo.»

Quinientas coronas por quinientos metros. Había que estar muy desesperado.

—La busqué, claro. Entré en las tiendas a preguntar si habían visto alguna cosa. Llamé a la puerta en varias casas.

—¿Tienes el número del taxista?

—Sí.

—Que lo interroguen. Algo me huele mal.

Assad hizo un gesto afirmativo.

—Sé quién es la yonqui, tengo su dirección.

Le tendió un papel.

—Me lo han dado en la comisaría hace diez minutos. Se llama Tine Karlsen y vive en una habitación alquilada aquí cerca, en Gammel Kongevej.

—Muy bien, Assad. Pero ¿cómo has conseguido que los agentes te dieran esa información? ¿Quién les has dicho que eras?

—Les he enseñado mi identificación de Jefatura.

—Eso no te da derecho a que te faciliten esos datos, Assad, eres personal civil.

—Ya, pues me los dieron. Pero sería bueno, entonces, que me dieran una placa ahora que me mandas salir tanto, Carl.

—Lo lamento, pero es imposible. Dijiste que conocían a la mujer de la estación. ¿Es que ha estado detenida?

—Huy, sí, montones de veces. Ya están hartos de ella. Suele ponerse a pedir dinero junto a la entrada principal.

Carl contempló el edificio amarillo que se alzaba junto al pasaje del teatro. Un sinfín de habitaciones alineadas en los cuatro pisos de abajo y buhardillas en lo alto. No costaba adivinar dónde se hospedaba Tine.

La puerta del quinto se abrió dejando paso a un hombre de aspecto rudo vestido con una raída bata azul.

—¿Tine Karlsen, dice? Pues va a tener que buscarla usted.

Lo condujo por la escalera hasta un corredor con cuatro o cinco puertas y señaló hacia una de ellas con la mano enterrada en una barba gris.

—No nos hace mucha gracia tener a la policía merodeando por aquí —dijo—. ¿Qué ha hecho?

Carl entornó los ojos y le regaló una sonrisa avinagrada. El tipo les sacaba un buen pellizco a sus míseros cuartuchos, así que más le valía tratar a sus inquilinos con respeto.

—Es una testigo importante en un caso célebre y le ruego que le preste todo el apoyo que necesite. ¿De acuerdo?

El hombre se dejó tranquila la barba. ¿Que si estaba de acuerdo? No tenía la menor idea de qué le estaba contando. Qué más daba. Mientras funcionara...

Tine abrió cuando ya llevaban una eternidad golpeando la puerta. Un rostro estragado como pocos.

En cuanto entró en la habitación salió a su encuentro ese olor acre que desprenden las jaulas de las mascotas cuando no se limpian con frecuencia. Carl recordaba demasiado bien esa fase de la vida de su hijastro en que los hámsteres se apareaban día y noche en su escritorio. En un abrir y cerrar de ojos se multiplicaron por cuatro, una tendencia que habría continuado si Jesper no hubiera perdido el interés y las bestias no hubiesen empezado a devorarse unas a otras. Durante los meses que pasaron hasta que los regalaron, aquella peste se convirtió en parte integrante de la atmósfera de la casa.

—Veo que tienes una rata —dijo inclinándose hacia el monstruo.

—Se llama *Lasso* y está domesticada. ¿Quieres que la saque para que puedas acariciarla?

Carl trató de sonreír. ¿Acariciarla? ¿A un minicochinillo con el rabo escamoso? Antes se comería su alimento.

Llegados a ese punto, optó por mostrarle su placa.

Ella la miró con escaso interés y se tambaleó hacia la mesa para, con la destreza que dan los años, esconder más o menos discretamente una jeringuilla y un trozo de papel de aluminio debajo de un periódico. En su opinión, heroína.

—Me han dicho que conoces a Kimmie.

Si la hubieran sorprendido con la aguja clavada en una vena, robando en una tienda o haciendo sexo oral a un cliente en plena calle habría salido del paso sin mover una ceja, pero ante esa pregunta dio un respingo.

Carl se acercó a la ventana de la buhardilla y contempló los árboles, ya casi deshojados, que rodeaban el lago de Sankt Jørgen. Caray con las vistas de la yonqui.

—¿Es una de tus mejores amigas, Tine? Me han dicho que la pasan muy bien juntas.

Se asomó a la ventana y observó los dos paseos que flanqueaban el agua. De haber sido una chica normal, seguramente habría salido a correr alrededor del lago un par de veces a la semana, como la gente que estaba por allí abajo en ese momento.

Su mirada se desvió hacia la parada de autobús de Gammel Kongevej, desde donde un hombre con un abrigo de color claro observaba la fachada del edificio. En sus muchos años de servicio Carl había coincidido con aquel individuo en varias ocasiones. Se llamaba Finn Aalbæk, un espectro que en tiempos tenía la mala costumbre de andar siempre importunando a los agentes de la comisaría de Antonigade intentando sonsacarles información para su minúscula agencia de detectives. Ya habían pasado al menos cinco años de su último encuentro y seguía siendo igual de feo.

—¿Conoces a ese tipo del abrigo claro? —preguntó—. ¿Lo habías visto antes?

Tine se acercó a la ventana, dejó escapar un hondo suspiro y trató de enfocar al hombre con los ojos.

—He visto a alguien con el mismo abrigo en la estación, pero está demasiado lejos, no lo veo bien.

Carl observó sus enormes pupilas. No reconocería a ese sujeto ni aunque lo tuviera pisándole los dedos de los pies.

—Y ese que has visto en la estación, ¿quién es?

Ella se apartó de la ventana y tropezó con la mesita junto al sofá. El subcomisario tuvo que acudir en su auxilio.

—No sé si quiero hablar contigo —replicó Tine con voz gangosa—. ¿Qué ha hecho Kimmie?

La llevó hasta el diván y la dejó caer.

Se impone un cambio de estrategia, pensó Carl mirando a su alrededor. La habitación medía diez metros cuadrados y no podía estar más desprovista de personalidad. Aparte de la jaula de la rata y de la ropa que se veía amontonada por los rincones, había muy pocas cosas. Un par de revistas pringosas sobre la mesa. Montañas de bolsas del súper que apestaban a cerveza. Una cama cubierta con una tosca manta de lana. Un fregadero y un refrigerador viejo que tenía encima una jabonera sucia, un frasco de champú volcado y un montoncito de pasadores de pelo. Nada en las paredes ni en el alféizar de la ventana.

La observó.

—Te gustaría dejarte el pelo largo, ¿verdad? Yo creo que te quedaría estupendamente.

Tine se llevó las manos a la nuca de forma instintiva. De modo que había acertado, por eso estaban ahí los pasadores.

—También estás guapa así, con melena corta, pero creo que largo te sentaría mucho mejor. Tienes un pelo muy bonito, Tine.

Ella no sonrió, pero sus ojos brillaron de alegría. Fue sólo un instante.

—Me encantaría acariciar a tu rata, pero me he vuelto alérgico a los roedores y animales de ese tipo. La verdad es que lo siento un montón. Ya ni siquiera puedo tocar a nuestro gatito.

Ya era suya.

—Adoro a esa rata. Se llama *Lasso*.

Sonrió con lo que antaño fuera una hilera de dientes blancos.

—A veces la llamo Kimmie, pero eso a ella no se lo he dicho. El nombre de Tine la Rata me lo pusieron por *Lasso*. ¿No es simpático?

Carl intentó coincidir con ella.

—Kimmie no ha hecho nada, Tine —dijo—. Solamente la estamos buscando porque alguien la echa de menos.

La prostituta se mordió el interior de la mejilla.

—Mira, yo no sé dónde vive, pero dime cómo te llamas por si la veo y se lo puedo decir.

El subcomisario asintió. Años de bregar con las autoridades le habían enseñado a aquella mujer el arte de la cautela. Totalmente drogada, pero en guardia. Resultaba tan impresionante como molesto. No beneficiaría al caso que hablara de más con Kimmie, se arriesgaban a que ésta desapareciera del todo. Diez años y la persecución de Assad daban fe de que era capaz de hacerlo.

—Bien, voy a ser sincero contigo, Tine. El padre de Kimmie está gravemente enfermo y si ella se entera de que la busca la policía, su padre no volverá a verla, y sería una lástima. ¿No podrías decirle solamente que llame a este número? No le cuentes lo de la enfermedad y la policía, pídele sólo que llame.

Anotó el número de su celular en la libreta y le dio la hoja. Más le valía ir pensando en recargarlo.

—¿Y si me pregunta quién eres?

—Dile que no lo sabes, pero que dije que se trataba de algo que iba a darle una alegría.

Los párpados de Tine se fueron cerrando despacio. Sus manos descansaban plácidamente sobre sus tenues rodillas.

—¿Me has oído, Tine?

Ella asintió con los ojos cerrados.

—No te preocupes, lo haré.

—Eso está bien, me alegro mucho. Enseguida me marcho. Sé que un tipo ha estado preguntando por Kimmie en la estación, ¿sabes quién es?

Lo miró sin levantar la cabeza.

—Nadie, un tipo que me preguntó si la conocía. Supongo que él también querrá que se ponga en contacto con su padre, ¿no?

Al bajar a Gammel Kongevej sorprendió a Aalbæk por la espalda.

—¡Un viejo conocido por aquí, tomando el solecito! —exclamó al tiempo que le clavaba un puño en el hombro con contundencia—. ¿Cómo tú por aquí, muchachote? Cuánto tiempo, ¿no?

Los ojos de Aalbæk resplandecieron con un brillo que no era precisamente el de la alegría del reencuentro.

—Estoy esperando el autobús —contestó volviendo el rostro hacia otro lado.

—Muy bien.

Carl lo observó en silencio unos instantes. Curiosa reacción. ¿Por qué mentiría? ¿Por qué no limitarse a decir: «Estoy trabajando. Vigilo a alguien»? Porque en eso consistía su trabajo, ambos lo sabían. No lo estaba acusando de nada, ni siquiera tenía que decirle para quién era el trabajo.

Pero él mismo se había delatado. No había duda, era evidente que le estaba siguiendo la pista.

Esperando el autobús, decía. Valiente idiota.

—Te mueves mucho con tu trabajo, ¿verdad? Así, por casualidad, ayer no subirías a dar un paseo por Allerød y me mancharías una foto, ¿no? ¿Qué me dices, Aalbæk? ¿Fuiste tú?

El detective se volvió con calma y lo miró. Era el tipo de hombre capaz de dar patadas y puñetazos sin reaccionar. Carl conocía a un individuo que había nacido con los lóbulos frontales poco desarrollados y era incapaz de enojarse. Si las emociones y el estrés también residían en algún punto particular del cerebro, en el caso de Aalbæk ese punto debía de estar completamente hueco.

Lo intentó de nuevo. No tenía nada que perder.

—¿Qué estás haciendo aquí? ¿Vas a contármelo, Aalbæk? ¿No deberías estar en mi casa haciendo cruces esvásticas en la cabecera de mi cama? Porque existe algún tipo de relación entre nuestros dos casos, ¿verdad, Aalbæk?

El detective no era precisamente el vivo retrato de la amabilidad.

—Sigues siendo una mierda y un amargado, ¿eh, Mørck? La verdad es que no tengo la menor idea de qué me hablas.

—Entonces, ¿qué haces aquí plantado mirando al quinto piso con la boca abierta? No será que esperas que Kimmie Lassen se pase por aquí a hacerle una visita a Tine Karlsen, ¿verdad? Porque eres tú el que va por la estación haciéndole preguntas a todo el mundo, ¿no?

Se acercó más a Aalbæk.

—Hoy has relacionado a la tal Tine Karlsen que vive en el quinto con Kimmie, ¿me equivoco?

Al tipo se le marcaron los músculos de la mandíbula por debajo de la piel.

—No sé quién es esa gente de la que me estás hablando, Mørck. Estoy aquí porque un padre y una madre quieren saber qué hace su hijo en el departamento de la Iglesia de la Unificación, que está en el primero.

Carl asintió. Recordaba perfectamente que Aalbæk era un tipo escurridizo, capaz de inventar una tapadera para cada ocasión.

—Me encantará revisar tus últimos informes. ¿A que resulta que uno de tus clientes está muy interesado en dar con la tal Kimmie? Me parece a mí que sí. Lo que no acabo de saber es por qué. ¿Me lo vas a contar por las buenas o prefieres que requise esos informes?

—Puedes requisar lo que te salga de los huevos, pero acuérdate de traer una orden judicial.

—Aalbæk, muchachote...

Le dio una palmada en la espalda con tal fuerza que hizo que le entrechocaran los omóplatos.

—¿Querrás decirles a tus clientes que cuanto más se metan en mi vida privada menos pienso dejarlos en paz? ¿Me has entendido?

Aalbæk trataba de no jadear, pero no había duda de que lo haría en cuanto Carl se alejara.

—Lo que he entendido me basta para saber que se te ha ido la chaveta, Mørck. Déjame en paz.

Carl asintió. Ese era el inconveniente de estar al frente del grupo de investigación más diminuto de todo el país. De haber contado con más efectivos, le habría puesto un buen par de espías a Finn Aalbæk. Todo parecía indicar que valía la pena vigilar a aquel espectro, pero ¿quién iba a hacerlo? ¿Rose?

—Tendrás noticias nuestras —le advirtió antes de desaparecer Vodroffsvej abajo.

Cuando se cercioró de que el detective ya no lo veía, Carl echó a correr lo más rápido que pudo, dobló por una bocacalle, salió a la parte trasera del edificio Codan y fue a parar de nuevo a Gammel Kongevej, frente a Værnedamsvej. Varias zancadas entre jadeos le permitieron llegar al otro lado de la calle justo a tiempo para ver a Aalbæk hablando por teléfono junto al lago.

Quizá fuese difícil sacarlo de sus casillas, pero desde luego, contento no estaba.

18

Desde que había empezado a trabajar como analista de Bolsa, Ulrik había hecho ricos a más inversores que nadie, y las palabras clave de su éxito eran en primer lugar información y después información. En su profesión la riqueza no era producto de la casualidad y mucho menos de la suerte.

No existía gremio en el cual no tuviera contactos ni grupo mediático en el que no contara con intermediarios. Era un hombre seguro y cauteloso que investigaba a fondo y por todas las vías posibles las empresas que cotizaban en Bolsa antes de valorar la rentabilidad de sus acciones. A veces tan a fondo que las propias empresas le pedían que olvidara lo que había descubierto. Sus relaciones con gente que estaba en apuros o que conocía a alguien que a su vez conocía a alguien que necesitaba ayuda para salir de una situación difícil se extendían como ondas en el agua hasta cubrir por completo el mar sobre el que flotaban las mayores plataformas de la sociedad.

En un país con menos recursos, eso habría hecho de Ulrik un hombre extremadamente peligroso al que muchos preferirían ver muerto, pero allí las cosas no eran así. En la pequeña Dinamarca, tener algo contra alguien implicaba que ese alguien también tuviese algo igual de destructor en contra de uno; así de sabiamente estaba diseñado el sistema. Los pecados de una parte no tardaban en salpicar a la otra a no ser que se silenciaran, un principio tan práctico que impedía que nadie hablara de nadie, aunque lo hubieran sorprendido con las manos en la masa.

Y es que nadie quería ir seis años a la cárcel por operar con información privilegiada ni tirar piedras contra su propio tejado.

En lo más alto del tejado de su adorado edificio, Ulrik iba tejiendo lentamente su telaraña, lo que en mejores círculos se suele llamar red, maravilloso y paradójico término que sólo funciona como debería si la red deja pasar a más de los que atrapa.

Y Ulrik capturaba buenas piezas en su red. Gente que salía en los periódicos, gente respetable, la flor y nata. Gente que había logrado distanciarse de sus raíces y ahora flotaba en lo más alto, donde no había que compartir la luz del sol con la plebe.

Con ellos salía a cazar, con ellos se codeaba en las logias, con ellos se jugaba mejor y entre iguales.

En ese sentido era una pieza importante de la banda del internado, el tipo cordial al que todos conocían y que contaba con el respaldo de sus amigos de la infancia, Ditlev Pram y Torsten Florin. Era un grupo muy sólido y heterogéneo que, como un triunvirato, recibía invitaciones para asistir a todo evento que mereciera la pena.

Esa tarde habían comenzado la fiesta con una recepción en una galería del centro que tenía contactos con el mundo del teatro y con la Casa Real; después habían aterrizado en medio de un sinfín de uniformes de gala, medallas y condecoraciones en una grandiosa velada donde la gente pronunciaba elaborados discursos redactados por secretarios ninguneados –que no habían sido invitados–; mientras, un cuarteto de cuerda se esmeraba para que los asistentes se interesaran por el mundo de Brahms y el champán y la vanidad corrían a raudales.

–¿Es cierto eso que oigo, Ulrik? –preguntó el ministro que se sentaba a su lado intentando medir la distancia que lo separaba de la copa con los ojos velados por el alcohol–. ¿Es verdad que Torsten mató varios caballos con una ballesta en una cacería este verano? ¿Así, sin más, a campo abierto?

Volvió a intentar servirse otro chorrito en su altísima copa.

Ulrik alargó el brazo para ayudarlo en sus esfuerzos.

—¿Sabes lo que te digo? Que no tienes que creer todo lo que oigas. Y por cierto, ¿por qué no vienes alguna vez a una de nuestras cacerías? Así podrás ver tú mismo en qué consisten.

El ministro cabeceó. Eso era precisamente lo que quería, le iba a encantar. Ulrik sabía ver esas cosas. Otro hombre importante en la red.

Se volvió hacia su vecina de mesa, que llevaba largo rato tratando de llamar su atención.

—Esta noche estás preciosa, Isabel —le dijo poniéndole una mano en el brazo. En el plazo de una hora sabría lo que había conseguido.

Ditlev le había encomendado esa tarea. No siempre mordían el anzuelo, pero esta vez estaba completamente seguro: Isabel haría cuanto le pidieran. Parecía dispuesta a cualquier cosa. Al principio lloriquearía un poco, claro, pero sus años de aburrimiento e insatisfacción acabarían siendo un plus. Quizá la forma en que Torsten trataría su cuerpo se le haría un poco más atrevida que la de los demás, pero también había visto ejemplos de todo lo contrario: mujeres que se enganchaban precisamente por eso. Torsten conocía la sensualidad de las mujeres como nadie. En cualquier caso, Isabel no lo delataría. Violada o no, mantendría la boca cerrada. ¿Por qué arriesgarse a perder el acceso a los muchos millones del impotente de su marido?

Le acarició el antebrazo y continuó por la manga de seda. Le encantaba esa tela fría que solían elegir las mujeres de sangre más ardiente.

Le hizo un gesto a Ditlev, que ocupaba otra mesa algo más allá. Aunque era la señal convenida, el hombre que se había inclinado junto a su amigo acaparaba toda su atención. Le decía algo al oído que hacía que Pram, con la *mousse* de salmón en la punta del tenedor, desdeñase todo lo demás.

Tenía la mirada perdida en la nada y la frente surcada de arrugas. Las señales eran inequívocas.

Tras inventarse una disculpa, Ulrik se levantó y al pasar junto a Ditlev le dio un golpecito en el hombro.

Habría que dejar a la mujer necesitada para otra ocasión.

Oyó las disculpas que Torsten le presentaba a su compañera de mesa. No tardaría en besarle la mano, el tipo de cosas que se esperaba de un hombre como Torsten Florin. Era de suponer que un heterosexual que se dedicaba a vestir a las mujeres también sabría desvestirlas mejor que nadie.

Los tres se reunieron en el vestíbulo.

—¿Quién era ese tipo con el que hablabas? —preguntó Ulrik.

Ditlev se llevó la mano a la pajarita. Aún no se había repuesto de lo que acababan de contarle.

—Era uno de mis hombres de Caracas. Ha venido a advertirme de que Frank Helmond les ha contado a varias enfermeras que lo atacamos.

Ulrik detestaba ese tipo de alborotos. ¿No les había asegurado que tenía la situación bajo control? ¿Que Thelma había prometido que no abrirían la boca si el divorcio y las operaciones de Helmond iban como la seda?

—¡Mierda! —exclamó Torsten.

Ditlev observó primero a uno y luego al otro.

—Helmond seguía bajo los efectos de la anestesia, nadie lo tomará en serio.

Bajó la mirada.

—Todo irá bien. Pero hay algo más. Mi hombre también venía a darme un recado de Aalbæk. Por lo visto, los tres llevamos el celular apagado.

Les mostró el papel y Torsten lo leyó por encima del hombro de Ulrik.

—No entiendo lo del final —dijo este—. ¿Qué significa?

—A veces eres un poquito duro de la cabeza , Ulrik.

Torsten le lanzó una de esas miradas insolentes que tanto odiaba.

—Kimmie anda por ahí suelta —los frenó Ditlev—. Tú no lo sabes, Torsten, pero hoy la han visto en la estación central; uno de los hombres de Aalbæk ha oído a una drogadicta gritar su nombre. Sólo la ha visto de espaldas, pero ya se había fijado en ella unas horas antes. Se había puesto ropa cara y tenía buen aspecto. Llevaba una hora o una hora y media sentada en un café y la ha tomado por alguien que esperaba un tren. Antes había pasado a su lado mientras Aalbæk daba instrucciones a su gente.

—¡Me lleva el demonio! —exclamó Torsten.

Ulrik tampoco estaba al tanto de las últimas noticias. No pintaban nada bien. Era muy posible que supiera que la estaban buscando.

Carajo, claro que lo sabía. Estaban hablando de Kimmie.

—Va a desaparecer otra vez, lo sé —dijo.

Lo sabían todos.

La cara de zorro de Torsten se contrajo aún más.

—¿Sabe Aalbæk dónde vive esa drogadicta?

Ditlev asintió.

—Se encargará de ella, ¿verdad?

—Sí, la cuestión es si no será demasiado tarde. La policía también ha estado allí.

Ulrik se llevó la mano a la nuca y empezó a masajeársela. Lo más seguro era que Ditlev tuviese razón.

—Sigo sin entender la última línea de esa nota. ¿Significa eso que el que lleva el caso sabe dónde está Kimmie?

Ditlev negó con la cabeza.

—Aalbæk conoce a ese policía como si lo hubiera parido. Si lo supiera se habría llevado a la yonqui a la Jefatura después de ir a su casa. Puede hacerlo más adelante, por supuesto, así que también tenemos que estudiar esa posibilidad. Pero mejor fíjate en la línea de arriba, Ulrik. ¿Tú qué entiendes?

—Que Carl Mørck anda detrás de nosotros; eso siempre lo hemos sabido.

—Vuelve a leerla. Aalbæk ha puesto: «Mørck me ha visto. Anda detrás de nosotros».

172

—Ya; ¿y qué?

—Que en estos momentos nos ha metido a nosotros, con Aalbæk, Kimmie y ese viejo caso en un mismo saco. ¿Y por qué lo hace, Ulrik? ¿Cómo sabe lo del detective? ¿Has hecho algo que los demás no sepamos? Tú hablaste ayer con Aalbæk, ¿qué le dijiste?

—Pues lo de siempre cuando alguien se atraviesa en tu camino, que podía dejarle un aviso al policía.

—¡Pedazo de imbécil! —exclamó Torsten.

—¿Y cuándo pensabas hablarnos de ese aviso?

Ulrik observó a Ditlev. Desde lo de Frank Helmond le costaba salir de aquella espiral de excitación. Al día siguiente, en el trabajo, se había sentido invencible. Ver a aquel hombre aterrorizado y sangrando había sido como beber del elixir de la vida. Todos los negocios, todos los índices le eran favorables. Nada lo iba a parar, y mucho menos un policía de mierda que metía la nariz en cosas que no eran asunto suyo.

—Lo único que le dije a Aalbæk era que le apretara un poco las tuercas —se defendió—, que le dejara un par de avisos en algún sitio que lo impresionase.

Torsten se dio media vuelta y contempló la escalinata de mármol que atravesaba el vestíbulo. Sólo con verle la espalda bastaba para saber qué se cocía en su interior.

Ulrik se aclaró la voz y les contó lo que había sucedido, que no era nada especial, simplemente un par de llamadas y unos manchones de sangre de pollo en una foto. Un poquito de vudú haitiano. Lo dicho, nada especial.

Los dos se volvieron a mirarlo.

—Ve a buscar a Visby, Ulrik —gruñó Ditlev.

—¿Está aquí?

—La mitad del departamento está aquí. ¿Qué diablos te habías creído?

Visby, jefe de sección del Ministerio de Justicia, llevaba tiempo anhelando un puesto mejor. A pesar de sus evidentes aptitudes, no podía aspirar a ser consejero de Estado, y ya hacía tiempo que se había retirado de la trillada carrera de la jurisprudencia y renunciado a la posibilidad de ser juez de las altas instancias. Ahora se dedicaba a buscar con lupa nuevos huesos que roer antes de que la edad y sus fechorías acabaran dando al traste con sus esperanzas.

Había conocido a Ditlev en una cacería y habían acordado que, a cambio de ciertos servicios, él asumiría las funciones de su abogado el día, no muy lejano, en que Bent Krum se retirase para entregarse a los sempiternos placeres del ocio y el vino tinto. No era un trabajo de renombre, pero a cambio le aseguraba jornadas laborales breves y un salario más que excepcional.

A ellos, Visby les había resultado de utilidad en un par de ocasiones. Había sido una elección acertada.

—Necesitamos tu ayuda una vez más —lo informó Ditlev cuando Ulrik lo condujo hasta el vestíbulo.

El funcionario miró a su alrededor como si las arañas de cristal que colgaban del techo tuvieran ojos y las paredes, oídos.

—¿Aquí y ahora? —preguntó.

—Carl Mørck sigue investigando el caso. Hay que pararle los pies, ¿me entiendes? —dijo Ditlev.

Visby se llevó una mano a la corbata de conchas, el símbolo del internado, mientras paseaba la mirada por la habitación.

—He hecho todo lo que estaba en mi mano, pero no puedo escribir más documentos en nombre de otras personas sin que la ministra de Justicia empiece a meter las narices en el asunto. Hasta ahora habría podido pasar por un error.

—¿Es necesario que lo hagas a través de la directora de la policía?

Asintió.

—Indirectamente, sí. No puedo hacer más en este caso.

—¿Te das cuenta de lo que nos estás diciendo? —preguntó Ditlev.

Visby apretó los labios. Ya tenía su vida planeada, Ulrik lo leía en su rostro. Su mujer esperaba un cambio. Tiempo y viajes. El sueño de cualquiera.

—Quizá podríamos suspender a Morck —sugirió el funcionario—, al menos por un tiempo. No va a ser fácil, visto cómo resolvió el caso de Merete Lynggaard, pero hace un año tuvo un bajón enorme después de un tiroteo, podría sufrir una recaída. Al menos sobre el papel. Tendría que estudiarlo.

—Puedo hacer que Aalbæk lo denuncie por agresión en la vía pública —propuso Ditlev—; ¿qué te parece?

Visby cabeceó.

—¿Agresión? ¡No está nada mal! Pero harían falta testigos.

19

—Estoy prácticamente seguro de que quien entró en mi casa anteayer fue Finn Aalbæk, Marcus —dijo Carl—. ¿Pides tú la orden judicial para ver sus informes o la pido yo?

El jefe de Homicidios no apartaba la vista de las sangrientas fotografías que tenía delante. La mujer agredida en Store Kannikestræde tenía un aspecto horroroso, por decirlo suavemente. Los golpes le surcaban el rostro como senderos azules y tenía el contorno de los ojos terriblemente hinchado.

—¿Me equivoco al suponer que esto está relacionado con tu investigación del crimen de Rørvig, Carl?

—Sólo quiero saber quién ha contratado a Aalbæk, eso es todo.

—Ya no trabajas en ese caso, Carl. Ya lo hemos hablado.

¿Primera persona del plural? ¿Había dicho *hemos* ese cabeza hueca? ¿Acaso no conocía la primera persona del singular? ¿Por qué demonios no lo dejaban en paz?

Tomó aire.

—Por eso he venido a hablar contigo. ¿Qué pasa si resulta que alguno de los clientes de Aalbæk es sospechoso del crimen de Rørvig? ¿No te parecería raro?

Jacobsen dejó los lentes sobre la mesa.

—¡Carl! Para empezar, vas a hacer lo que ha dicho la directora de la policía. Ese caso se cerró con una condena, tenemos otras prioridades. Y, para continuar, no me vengas aquí haciéndote el tonto. ¿Tú crees que unos tipos como Pram, Florin y el financiero ese son tan idiotas como para contratar a Aalbæk al estilo tradicional? Si, y óyeme bien, si es que lo han contratado. Déjame tranquilo de una vez, tengo una reunión con la directora dentro de un par de horas.

—Creía que eso era ayer.

—Sí, y hoy también, así que vete, Carl.

—¡Carajo, Carl! —gritó Assad desde su oficina—. Ven a ver.

Carl se levantó como pudo. Desde que su ayudante había regresado no había notado nada raro en él, pero no podía olvidar la frialdad con que lo había mirado el hombre de la estación, una frialdad fruto de muchos años de odio. ¿Cómo podía decirle a un policía curtido como él que no tenía importancia? ¿La más mínima importancia?

Sorteó a duras penas las mesas a medio armar de Rose, que seguían desperdigadas por el sótano como ballenas varadas. Tendría que quitarlas, él no quería ninguna responsabilidad en el asunto si los de arriba bajaban y se tropezaban con uno de esos trastos.

Encontró a Assad con una sonrisa radiante.

—Sí, ¿qué pasa? —le preguntó.

—Tenemos una foto, Carl. Tenemos una foto, entonces.

—¿Una foto? ¿De qué?

Assad pulsó la barra espaciadora de la computadora y en la pantalla apareció una imagen. No era muy nítida, no era de frente, pero era Kimmie Lassen. Carl la reconoció de inmediato gracias a las fotos antiguas. Kimmie tal y como era ahora. Un fugaz destello de medio lado de una mujer de casi cuarenta años en el momento en que se giraba. Un perfil muy característico: la nariz recta con una leve curva respingona; el labio inferior muy carnoso; las mejillas descarnadas y unas pequeñas arrugas visibles a través de la capa de maquillaje. Con un poco de habilidad podrían manipular las fotos antiguas que tenían y añadirles esos cambios fruto de la edad. Seguía siendo atractiva, aunque estaba algo ajada.

Si ponían al personal de informática a jugar un poco con sus programas, tendrían un material efectivo.

Ya solo les faltaba una razón válida para emitir una orden de búsqueda. ¿Podría partir de alguien de su familia? Habría que investigarlo.

—Tengo un celular nuevo y no sabía si la foto había salido. Ayer, cuando huyó al verme, le di al botón. Reflejos, ya sabes. Anoche intenté verla, pero creo que hice algo mal.

¿De verdad que era capaz de hacer esas cosas?

—¿Qué dices, Carl? ¿No es estupendo?

—¡Rose! —gritó su jefe en dirección al pasillo con la cabeza echada hacia atrás.

—No está, ha ido a Vigerslev Allé.

—Vigerslev Allé. ¿Y qué diablos se le ha perdido allí?

—¿No le pediste que averiguara si las revistas habían publicado algo sobre Kimmie, entonces?

Carl observó la fotografía enmarcada de las viejas y avinagradas tías de Assad. Él tampoco tardaría en tener el mismo aspecto.

—Cuando vuelva, dale la foto para que la retoque combinándola con las que ya teníamos. Menos mal que la has sacado, Assad. Buen trabajo.

Le dio a su colega una palmadita en el hombro con la esperanza de que a cambio le ofreciera un poco del dulce de pistache que estaba masticando.

—Tenemos una cita en la prisión de Vridsløselille dentro de media hora. ¿Vamos para allá?

Carl venía percibiendo el evidente malestar de su compañero desde la avenida de Egon Olsen, como se llamaba ahora el antiguo Camino de la Cárcel. No sudaba ni se mostraba reacio, simplemente guardaba un silencio fuera de lo común y no perdía de vista las torretas que flanqueaban el portón de entrada como si fueran a desplomarse sobre él de un momento a otro.

Carl veía las cosas de otra manera. Para él, Vridsløslille era un cómodo cajón donde ir empaquetando a los mayores idiotas del país al otro lado de una puerta bien cerrada. Si se sumaran todas las condenas que cumplían sus no más de doscientos cincuenta internos se superaría la cifra de dos mil años. Un desperdicio de vidas y energías, eso era. El último sitio donde uno querría poner un pie, aunque la gran mayoría de los que estaban ahí dentro lo mereciera de sobra. Estaba firmemente convencido.

—Es aquí, a la derecha —dijo Carl una vez concluidas las formalidades.

Assad no había despegado los labios desde que habían entrado por la puerta y además, se había vaciado los bolsillos sin que nadie se lo indicara. Seguía las instrucciones ciegamente. Al parecer conocía los trámites.

Carl señaló hacia el patio de un edificio gris con un letrero blanco, en el que se leía: «Visitas».

Allí los esperaba Bjarne Thøgersen. Seguramente pertrechado con una buena remesa de evasivas. Le quedaban dos o tres años para salir, no quería cuentas pendientes con nadie.

Tenía mejor aspecto del que Carl había esperado. Once años en la cárcel suelen dejar su huella. Cierta expresión de amargura en las comisuras de los labios, la mirada oscura, el absoluto convencimiento de inutilidad que acaba impregnando la actitud de los presos. Lo que encontró fue a un hombre de ojos claros y burlones. Demacrado, sí, y también alerta, pero insólitamente entero.

Se levantó y le tendió la mano. Nada de preguntas ni explicaciones. Era evidente que alguien le había advertido del motivo de la visita. Eso le pareció a Carl.

—Carl Mørck, subcomisario de policía —se presentó de todos modos.

—Me cuestas diez coronas por hora —contestó aquel individuo con una sonrisa irónica—, espero que sea importante.

No saludó a Assad, pero él ya contaba con ello. Se limitó a arrastrar un poco una silla y sentarse algo apartado.

—¿Trabajas en el taller?

Carl le echó un vistazo al reloj. Las once menos cuarto. Era cierto, estaban en pleno horario de trabajo.

—¿De qué se trata? —preguntó Thøgersen sentándose en su silla una fracción de segundo más despacio de lo normal. Otra señal de sobra conocida. Conque estaba algo nervioso... Bien.

—No paso demasiado tiempo con los demás internos —continuó sin que nadie le preguntara—, así que no puedo darte información, si es lo que buscas. Aunque me encantaría poder hacer un trato para salir de aquí un poco antes.

Dejó escapar una risita en un intento de sondear las suaves maneras de Carl.

—Hace doce años mataste a dos jóvenes, Bjarne. Confesaste, de modo que de esa parte del caso no hay gran cosa que decir, pero a cambio tengo una persona desaparecida de la que me encantaría que me hablases.

Asintió alzando las cejas. Buena voluntad y asombro a partes iguales.

—Me refiero a Kimmie. Me han dicho que eran buenos amigos.

—Correcto; fuimos al mismo internado y también salimos juntos una temporada. —Sonrió—. Una mujer maravillosa.

Habría dicho lo mismo de cualquiera después de doce años sin sexo del bueno. Se lo había dicho el vigilante: Bjarne Thøgersen no recibía visitas. Nunca. La suya era la primera en muchos años.

—Vamos a empezar por el principio. ¿Te parece bien?

Thøgersen se encogió de hombros y bajó la mirada un instante. Claro que no le parecía bien.

—¿Por qué expulsaron a Kimmie del internado, lo recuerdas?

El preso echó la cabeza hacia atrás y se quedó mirando el techo.

180

—Salía con un profesor, o algo parecido. Estaba prohibido.

—¿Qué fue de ella después?

—Estuvo un año viviendo en un departamento alquilado en Næstved. Trabajaba en un restaurante de comida rápida.

Se echó a reír.

—Sí, por lo visto sus viejos no sabían nada del asunto; creían que seguía yendo al colegio. Pero al final se enteraron.

—¿Fue a un internado en Suiza?

—Sí, pasó allí cinco o seis años. No sólo en el internado, también fue a la universidad. ¿Cómo se llamaba? El que sea, el caso es que estudiaba Veterinaria. Ah, sí, era en Berna. La Universidad de Berna.

—Entonces, ¿hablaba perfectamente francés?

—No, alemán. Me contó que las clases eran en alemán.

—¿Terminó?

—No. No sé por qué, pero tuvo que dejarlo.

Carl miró a Assad, que lo anotaba todo en su libreta.

—¿Y después? ¿Dónde vivió después?

—Volvió a su casa. Pasó una temporada viviendo en Ordrup, en casa de sus padres; es decir, en casa de su padre y de su madrastra. Después se vino a vivir conmigo.

—Sabemos que durante algún tiempo trabajó en una tienda de animales. ¿No era un trabajo un poco por debajo de sus posibilidades?

—¿Por qué? Si no acabó Veterinaria.

—Y tú, ¿de qué vivías?

—Trabajaba en el negocio de maderas de mi padre. Está todo en el informe, ya lo saben.

—Lo heredaste en 1995 y poco después ardió en un incendio. Y después te quedaste desempleado, ¿verdad?

Por lo visto, también sabía hacerse el ofendido. Como siempre decía su viejo excolega Kurt Jensen, que ahora se dedicaba a holgazanear en el Parlamento, aunque el mono se vista de seda...

181

—Qué estupidez —protestó Thøgersen—. Jamás me acusaron de aquel incendio. ¿Qué sacaba yo con eso? El negocio de mi padre no estaba asegurado.

No, pensó Carl. Debería haberlo investigado antes.

Permaneció unos momentos en silencio con la mirada clavada en la pared. Había estado en aquel cuarto en un sinfín de ocasiones. Aquellas paredes habían oído toneladas de mentiras, montones de embustes y explicaciones en los que nadie creía.

—¿Qué tal se llevaba Kimmie con sus padres? —preguntó—. ¿Lo sabes?

Bjarne Thøgersen se desperezó. Ya estaba más tranquilo. Entraban en la zona de charla intrascendente. El centro de atención ya no era él y eso le gustaba. Se sentía seguro.

—De pena —contestó—. Sus padres eran unos idiotas. Creo que el padre nunca estaba en casa y la zorra con la que estaba casado era un asco.

—¿A qué te refieres exactamente?

—Ya sabes, de esas que solo piensan en el dinero. Una cazafortunas.

Paladeó la palabra. No era algo que soliera decirse en su círculo.

—¿Discutían?

—Sí, Kimmie me contaba que discutían como bestias.

—¿Y qué estaba haciendo ella mientras tú matabas a los chicos?

Aquel repentino salto atrás en el tiempo hizo que la mirada de Bjarne Thøgersen se congelara en el cuello de la camisa de Carl. De haber llevado electrodos, todos los sensores se habrían disparado.

Por un instante guardó silencio y pareció poco dispuesto a hablar. Después dijo:

—Estaba con los demás en la casa de campo del padre de Torsten. ¿Por qué me lo preguntas?

—¿No te notaron nada raro cuando volviste? Supongo que tendrías bastante sangre en la ropa.

Se arrepintió de lo que acababa de decir, no tenía intención de mostrarse tan concreto. Ahora el interrogatorio entraría en una fase de punto muerto. Thøgersen contestaría que les había contado que había intentado salvar a un perro atropellado. Lo decía en el informe, mierda.

—¿Y a Kimmie toda aquella sangre le pareció genial, entonces? —soltó de repente Assad desde su rincón antes de que el tipo llegara a responder a la pregunta de su jefe.

Thøgersen volteó confuso hacia el hombrecillo. Era de esperar que hubiese algo de desprecio en su mirada, pero no aquella actitud desnuda que revelaba que Assad había dado en el blanco. No necesitaban más. Independientemente de que su historia fuera verdad o no, ahora sabían que a Kimmie toda aquella sangre le había parecido genial, algo de lo más inapropiado para alguien que después decidió consagrar su vida a salvar animalitos.

Carl le hizo un breve gesto a Assad, en parte también para que Thøgersen supiera que su reacción no les había pasado inadvertida, que había sido excesiva, un error.

—¿Genial? —trató de arreglarlo—. No creo.

—De modo que se fue a vivir contigo —prosiguió el subcomisario—. Fue en 1995, ¿no, Assad?

Su ayudante asintió desde su rincón.

—Sí, el 29 de septiembre de 1995. Llevábamos algún tiempo saliendo juntos. Una mujer maravillosa.

Eso ya lo había dicho antes.

—¿Por qué recuerdas la fecha con tanta exactitud? Han pasado muchos años.

Thøgersen hizo un gesto de resignación.

—Sí; ¿y qué ha ocurrido en mi vida desde entonces? Para mí sigue siendo una de las últimas cosas que pasaron antes de que me encerrasen aquí dentro.

—Claro.

Carl trató de mostrarse cordial. Después cambió de expresión.

—¿Eras el padre de su hijo?

Thøgersen consultó el reloj. Su piel pálida enrojeció ligeramente. Era evidente que, de pronto, una hora se le hacía interminable.

—No lo sé.

Carl consideró la posibilidad de saltar, pero se contuvo. No era el momento ni el lugar.

—No lo sabes. ¿Qué quieres decir, Bjarne? ¿Es que estaba con otros cuando vivía contigo?

Él ladeó la cabeza.

—Por supuesto que no.

—Entonces fuiste tú el que la dejó embarazada.

—Se largó de casa, ¿no? ¿Cómo diablos quieres que sepa con quién se acostaba?

—Según los datos de los que disponemos, abortó un feto de unas dieciocho semanas, de modo que cuando se quedó embarazada aún vivían juntos.

Llegados a ese punto, el recluso se levantó dando un respingo e hizo girar su silla ciento ochenta grados. Ésa era la actitud astuta que se aprendía en la cárcel. Los andares despreocupados por el edificio principal; el movimiento relajado de los miembros para expresar indiferencia; el cigarrillo colgando mientras estaba en el campo de futbol; y ese giro de la silla para escuchar las siguientes preguntas con los brazos en el respaldo y las piernas separadas. Pregúntame lo que quieras, que me da lo mismo, decía con su actitud. No me vas a sacar una palabra, policía de mierda.

—¿Qué diablos importa quién fuera el padre? —preguntó—. Total, el niño está muerto.

Diez contra uno a que sabía que no era suyo.

—Además, luego ella desapareció.

—Sí, se largó del hospital. Qué estupidez.

—¿Era propio de ella?

Thøgersen se encogió de hombros.

—¿Y yo cómo diablos voy a saberlo? Era su primer aborto, que yo sepa.

—¿La buscaste? —preguntó Assad desde su rincón.

184

Bjarne Thøgersen lo miró como si no fuese asunto suyo.

—¿Lo hiciste? —preguntó Carl.

—Hacía ya algún tiempo que no estábamos juntos. No, no la busqué.

—¿Por qué ya no estaban juntos?

—Porque no. No funcionó.

—¿Te engañó?

El interno volvió a consultar el reloj. Había transcurrido menos de un minuto desde la última vez.

—¿Por qué piensas que fue ella y no yo? —preguntó mientras hacía un par de estiramientos con el cuello.

Dedicaron cinco minutos a darle vueltas y más vueltas al tema de su relación sin resultado alguno. El tipo era escurridizo como una anguila.

Mientras tanto, Assad había ido acercando su silla muy lentamente. Cada vez que formulaba una pregunta, un pasito más. Al final se encontraba prácticamente junto a la mesa. No cabía la menor duda de que a Thøgersen le molestaba.

—Has tenido bastante suerte en la Bolsa, por lo que se ve —dijo Carl—. Según tu declaración, te has convertido en un hombre acomodado, ¿no es así?

El interrogado curvó las comisuras de los labios. Satisfecho de sí mismo. Al fin un tema que le gustaba tocar.

—No me quejo —contestó.

—¿Quién te facilitó el capital de inversión?

—Lo tienes todo en las declaraciones.

—Como comprenderás, no llevo tus doce últimas declaraciones metidas en el bolsillo del pantalón, así que va a ser mejor que me lo digas tú, Bjarne.

—Pedí un préstamo.

—Bien hecho. Sobre todo teniendo en cuenta que estabas en la cárcel. Unos prestamistas amantes del riesgo, desde luego. ¿Algún narco de por aquí, quizá?

—Me lo prestó Torsten Florin.

¡Bingo!, pensó Carl. Le habría encantado ver la cara de Assad en esos momentos, pero a quien miró fue a Thøgersen.

—¿Ah, sí? ¿O sea que seguían siendo amigos a pesar de que le habías ocultado tu secreto y no le habías contado que habías matado a esos niños? Un crimen repugnante del que Torsten, entre otros, fue sospechoso. A eso lo llamo yo ser un amigo, sí señor. ¿Y no sería que Florin te debía algún favor?

Bjarne Thøgersen descubrió adónde quería ir a parar y enmudeció.

—¿Se te dan bien las acciones, entonces?

Assad ya había pegado su silla a la mesa. Había ido tomando posiciones con la cautela de un reptil.

Thøgersen se encogió de hombros.

—Mejor que a muchos, sí.

—Ya vas por quince millones de coronas —dijo Assad con expresión soñadora—. Y siguen creciendo. A lo mejor podrías hacernos alguna sugerencia. ¿Haces sugerencias?

—¿Cómo te mantienes al tanto de lo que pasa en el mercado, Bjarne? —añadió el subcomisario—. Tus posibilidades de acceso al mundo exterior y viceversa son bastante limitadas.

—Leo el periódico y envío y recibo cartas.

—Entonces conocerás la estrategia de comprar y mantener, ¿no? O la TA-7, ¿es algo así? —preguntó Assad con parsimonia.

Carl se volvió hacia él muy despacio. ¿Estaba diciendo disparates o qué?

Thøgersen esbozó una leve sonrisa.

—Me atengo a mi buen olfato y al índice KFX, así no hay peligro de que las cosas salgan demasiado mal.

Volvió a sonreír.

—Ha sido una buena época.

—¿Sabes lo que te digo, entonces? —preguntó Assad—. Que deberías tener una charla con mi primo. Empezó con cincuenta mil coronas y tres años después sigue teniendo cincuenta mil coronas. Creo que le gustarías.

—Tu primo no debería perder el tiempo con las acciones, me parece a mí —contestó molesto; luego se volvió hacia

Carl–. Oye, ¿no íbamos a hablar de Kimmie? ¿Qué tienen que ver mis acciones en todo esto?

–Es verdad; permíteme una última pregunta para mi primo –insistió Assad–. ¿Grundfos es una opción interesante dentro del KFX?

–Sí, no está nada mal.

–Muy bien, gracias entonces. Yo creía que Grundfos no cotizaba en Bolsa, pero tú estarás mejor informado, claro.

Touché, pensó Carl mientras Assad le hacía un guiño abiertamente. No era muy difícil adivinar lo que le estaba pasando por la cabeza a Bjarne Thøgersen en esos instantes. Así que Ulrik Dybbøl Jensen invertía por él. No cabía duda, Thøgersen no sabía una palabra de acciones, pero no le faltaría el sustento cuando saliera de allí. Favor por favor.

Eso era todo cuanto necesitaban saber.

–Nos gustaría que vieras una fotografía –dijo Carl dejando una copia impresa de la foto que Assad había sacado el día anterior. La habían retocado un poco y la imagen era nítida como el cristal.

Ambos aguardaron la reacción de Thøgersen. Esperaban que mostrara cierta curiosidad, siempre es especial ver en qué se ha convertido un viejo amor con el paso de los años, pero no contaban con la magnitud de su respuesta. Aquel tipo llevaba años viviendo entre los mayores criminales de Dinamarca, diez años de degradación entre lo peor de lo peor. Jerarquías, homosexualidad, agresiones, amenazas, chantajes, embrutecimiento. El mismo individuo que había sobrevivido a todo aquello con un aspecto cinco años más juvenil que otros hombres de su edad se puso gris. Su mirada se apartaba de Kimmie una y otra vez para volver a mirarla, como el asistente a una ejecución que no quiere verla, pero tampoco puede evitarlo. Era presa de una terrible emoción que Carl habría dado cualquier cosa por comprender.

–¿No te alegras de verla? Si está muy bien –dijo el subcomisario–. ¿No te parece?

Bjarne asintió lentamente mientras el movimiento de su nuez revelaba el ímpetu de la actividad en su garganta.

—Es que es raro —dijo.

Intentó sonreír como si lo dominara la melancolía, pero no era eso.

—¿Cómo es posible que tengan esa foto si no saben dónde está?

Era una pregunta bastante razonable, pero le temblaban las manos, la voz le sonaba a hueco y los ojos le bailaban.

Tenía miedo, así de sencillo.

Dicho en pocas palabras, Kimmie lo aterrorizaba.

—Tienes que subir al despacho del jefe de Homicidios —le informaron cuando pasó con Assad junto a la garita del vigilante que había a la entrada de la Jefatura.

—También está la directora de la policía.

Carl subió los escalones al ritmo que ordenaba sus argumentos. No pensaba quedarse de brazos cruzados. Todos conocían a la directora y sabían perfectamente que no era más que una abogada del montón que había caído un peldaño en el camino hacia la judicatura.

—¡Oh, oh! —lo alentó la señora Sørensen desde el otro lado del mostrador. Ya le daría él *oh-ohs* la próxima vez.

—Menos mal que ya estás aquí, Carl. Estábamos hablando de lo tuyo —dijo el jefe de Homicidios al verlo entrar en su despacho.

Le indicó una silla libre antes de continuar:

—La cosa no pinta nada bien.

El subcomisario frunció el ceño. ¿No se estaba pasando un poquito de la raya? Saludó con un gesto a la directora, que ocupaba su asiento vestida con el uniforme al completo y compartía tetera con Lars Bjørn. Té, vaya por Dios.

—Bueno, supongo que ya sabes de qué se trata —prosiguió Marcus Jacobsen—, lo que me sorprende es que no me lo mencionaras esta mañana.

—¿De qué estás hablando? ¿De que sigo con la investigación del crimen de Rørvig? Creía que estaba para eso, para escoger mis casos yo solo. ¿Qué tal si me dejaran tomar mis propias decisiones?

—Carl, caray... Pórtate como un hombre y déjate de rodeos de una vez.

Lars Bjørn acomodó su delgado cuerpo en el asiento para no desmerecer al lado del imponente corpachón de la directora.

—Estamos hablando de Finn Aalbæk, el propietario de Detecto al que ayer agrediste en Gammel Kongevej. Aquí está la versión de los hechos de su abogado, así podrás enterarte de lo que pasa.

¿Hechos? ¿De qué estaban hablando? Carl le arrancó el papel de las manos y le echó un vistazo. ¿Qué diablos pretendía Aalbæk? Carl lo había agredido, lo ponía bien clarito. ¿De verdad se habían tragado esa patraña?

Sjölund & Virksund, aparecía en el membrete. Una auténtica banda de bandidos de la alta sociedad para sacarle un poco de lustre a los embustes de ese lacayo.

La hora, eso sí, estaba bien: el momento exacto en que había sorprendido al detective en la parada del autobús. El diálogo coincidía más o menos, pero el empujón en la espalda se había convertido en una serie de fuertes puñetazos en la cara y la ropa desgarrada. Había fotografías de las lesiones y Aalbæk no tenía precisamente buen aspecto.

—Ese descerebrado está a sueldo de Pram, Dybbøl Jensen y Florin —se defendió—. Le han pedido que se dejara dar una paliza para apartarme del caso, palabra.

—Es muy posible que hable usted en serio, Mørck, pero aun así tenemos que tomar medidas. Ya conoce el procedimiento cuando se recibe una denuncia por abuso policial.

La directora lo miró con esa mirada suya que la había llevado a lo más alto.

—No queremos suspenderlo, Carl —prosiguió—. No había maltratado a nadie antes, ¿verdad? Pero la primavera pasada vivió una experiencia triste y traumática. Es posible que le afecte más de lo que cree y no quiero que piense que no cuenta con nuestra comprensión.

Carl le dedicó una sonrisa algo mohína. Que no había maltratado a nadie antes, decía. Menos mal que estaba convencida.

El jefe de Homicidios lo miró con aire pensativo.

—Abrirán una investigación, claro. Y mientras esté abierta vamos a aprovechar la ocasión para que te sometas a un tratamiento intensivo y puedas llegar hasta el fondo del asunto y saber qué te ha ocurrido este último medio año. Mientras tanto, sólo podrás realizar tareas administrativas. Puedes ir y venir como de costumbre, pero, como es natural, y no sabes cuánto lo lamento, voy a tener que pedirte que devuelvas tu placa y tu pistola temporalmente.

Extendió la mano. Era una suspensión en toda regla.

—La pistola la encontrarás arriba, en la armería —dijo el subcomisario mientras le entregaba la placa.

Como si no llevarla encima fuese a impedirle algo. Deberían saberlo. Pero quizá eso fuera lo que buscaban, que metiera la pata, sorprenderlo saltándose las normas. ¿Sería eso? ¿Querrían deshacerse de él?

—El abogado Tim Virkslund y yo nos conocemos, de modo que le explicaré que ya no sigue en el caso, Mørck. Supongo que eso le bastará. Conoce perfectamente las maneras de su cliente y sabe cuánto le gustan las provocaciones. A nadie le beneficiaría que este asunto acabara en los tribunales —dijo la directora—. Esto resuelve también su problema para seguir directrices, ¿verdad?

Extendió un dedo hacia él.

—Por esta vez tendrá que hacerlo. Y sepa además que en el futuro no aceptaré interferencias en las órdenes dadas, Mørck. Espero que lo entienda. Ese caso se cerró con una condena y ya le comunicamos que deseábamos que se ocupara de otros asuntos. ¿Cuántas veces vamos a tener que decírselo?

Carl miró hacia la calle. Odiaba esas cosas. Por él podían levantarse todos y tirarse por la ventana.

–¿Sería muy insensato por mi parte preguntar por qué hay que dejar el caso en realidad? –preguntó–. ¿Quién ha dado la orden? ¿Los políticos? ¿Y en qué se basan? Hasta donde yo sé, en este país todos somos iguales ante la ley, y supongo que eso también incluye a nuestros sospechosos, ¿me equivoco o es que lo he entendido mal?

Todas las miradas se clavaron en él como si se encontrara frente al tribunal de la Inquisición.

Lo siguiente sería que lo echaran al mar para ver si caminaba sobre las aguas y era el anticristo.

–¿A que no sabes lo que te traigo, Carl? –preguntó Rose entusiasmada.

Él echó un vistazo por el pasillo. Desde luego no era la buena noticia de que las mesas ya estaban armadas.

–Tu renuncia, espero –contestó secamente. Luego se sentó en su despacho.

Aquel comentario hizo que el rímel de las pestañas de la secretaria pareciera aún más espeso.

–No; dos sillas para tu despacho.

El subcomisario echó una ojeada al otro lado de su mesa sin poder dejar de preguntarse cómo demonios los diez centímetros cuadrados libres que quedaban iban a ser capaces de acoger dos sillas en lugar de una.

–Eso vamos a dejarlo para luego –dijo–. ¿Qué más?

–También tengo dos fotos, del *Gossip* y del *Ella y su vida* respectivamente –contestó sin variar el tono, pero tirándole las copias de los recortes con una agresividad fuera de lo normal.

Carl las observó con escaso interés. ¿Qué le iban a contar a él ahora que lo habían apartado del caso? En realidad, debería pedirle que empaquetara todos sus efectos y buscara un alma cándida que la ayudara a armar sus putas mesas y le diese unas palmaditas en la espalda.

Finalmente agarró las copias.

Uno de los recortes era sobre la niñez de Kimmie. *Ella y su vida* había publicado un reportaje sobre la vida en casa de los Lassen titulado «El éxito no es posible sin la seguridad del hogar», un tributo —decía— a la bellísima esposa de Willy K. Lassen, Kassandra Lassen, aunque lo que se veía en la foto era algo bien distinto. El padre con un traje gris de perneras estrechas y la madrastra con los colores chillones y el espeso maquillaje de finales de los setenta, dos personas bien cuidadas de entre treinta y cuarenta años. Con el rostro duro y orgulloso. La presencia de la pequeña Kirsten-Marie entre ambos no parecía afectarles lo más mínimo, pero sí afectaba a Kimmie, era evidente. Unos ojos enormes y asustados. Una niña que simplemente estaba ahí.

En la foto del *Gossip*, diecisiete años más tarde, su *look* era muy distinto.

«Enero de 1996», decía. Es decir, el año de su desaparición. La habían sacado una noche que hacían la ruta de los bares o algo por el estilo. Probablemente a las puertas del Det Elektriske Hjørne, aunque también podía tratarse del Sommersko o el Café Victor, tal vez. Una Kimmie de un humor inmejorable. Jeans ajustados, boa alrededor del cuello y una borrachera de campeonato. A pesar de que la acera estaba cubierta de nieve, ella iba muy escotada. Su rostro había quedado congelado en medio de un alarido de entusiasmo rodeado de otros rostros conocidos, entre ellos los de Kristian Wolf y Ditlev Pram, vestidos con amplios abrigos. El pie de foto era bastante suave: «El *jet set* le pisa a fondo. Una reina para la noche de Reyes. ¿Habrá encontrado a sus 29 años Kristian Wolf, el soltero más codiciado de Dinamarca, a la mujer de su vida?»

—Han sido simpatiquísimos, los del *Gossip* —explicó Rose—. A lo mejor nos encuentran más artículos.

Carl asintió brevemente. Si esos buitres del *Gossip* eran simpáticos, ella, en cambio, era una ingenua.

–Quiero que esas mesas estén armadas en los próximos días, ¿de acuerdo, Rose? Lo que encuentres de este caso me lo dejas encima de una de esas mesas y yo saldré a buscarlo cuando lo necesite, ¿entendido?

A juzgar por su cara, no.

–¿Qué ha pasado en el despacho de Jacobsen, jefe? –preguntó una voz desde la puerta.

–¿Que qué ha pasado? Pues que estoy suspendido, pero aun así pretenden que me quede aquí, de manera que si quieren algo de mí que tenga que ver con este caso, apúntenlo en un papel y déjenlo en la mesa que hay al lado de mi puerta. Si me hablan del tema me mandan para casa. Assad, ayuda a Rose a armar esas condenadas mesas –dijo señalando hacia el pasillo–. Y desplieguen bien las antenas: si quiero decirles algo del caso o darles instrucciones, se las pasaré en uno de estos papeles.

Les mostró sus hojas de contabilidad.

–Mientras esté aquí, sólo podré ocuparme de tareas administrativas, ya lo saben.

–Mierda de normas –protestó Assad. Estaba claro que no podía decirse con un lenguaje más florido.

–Además tendré que ir a terapia, así que es posible que no siempre esté en el despacho. A saber a qué imbécil me colocan esta vez.

–Sí, a saber –se oyó inesperadamente en el pasillo.

Miró hacia la puerta con los más negros presentimientos.

Efectivamente, era Mona Ibsen, que nunca fallaba cuando sonaban las sirenas antiniebla y siempre lo sorprendía a uno en el preciso instante en que tenía los pantalones más abajo.

–Esta vez va a ser un proceso más largo, Carl –anunció apartando a Assad de un empujón.

Le tendió una mano cálida y difícil de soltar.

Suave y sin alianza.

20

Tal y como habían acordado, encontró la nota de Tine en Skelbækgade, bajo el triste letrero de «Alquiler de vehículos – grandes ofertas». Estaba justo encima del último tornillo en la parte negra del cartel y la humedad había emborronado algunas palabras.

Había sido complejo para una chica sin estudios meter todas aquellas letras en un pedacito de papel tan pequeño, pero Kimmie estaba habituada a descifrar los despojos de los demás.

> «Hola.. La policia vino aller a mi casa – un tal Carl Mørke – tambien otro abajo en la calle qe te vusca – el mismo de la estacion. No se qien es – ten cuidado – nos vemos en nuestra banca. T.K.»

La leyó un par de veces, deteniéndose siempre en la K como un tren de mercancías en una barrera. Aquella letra se le helaba en la retina, se le grababa a fuego. ¿De dónde había salido esa K?

El policía se llamaba Carl, Carl con C. Una letra mucho mejor; mejor que la K, aunque sonaran igual. Él no le daba miedo.

Se apoyó en el Nissan de color rojo que llevaba una eternidad debajo de aquel cartel. Las palabras de Tine le provocaban un agotamiento incontrolable, eran como diablos pavoneándose en su interior y chupándole la vida.

No pienso irme de mi casa, se dijo. No me atraparán.

Pero ¿cómo podía estar segura? Tine estaba hablando con gente que andaba detrás de ella, gente que le preguntaba cosas, cosas de Kimmie que sólo Tine sabía, muchas cosas. Tine la Rata ya no sólo era un peligro para sí misma, también era un peligro para Kimmie.

No puede hablar con nadie, pensó. Tengo que decírselo. Cuando le dé mil coronas lo entenderá.

Se volvió instintivamente y vio al repartidor de periódicos con su chaleco celeste.

¿Le habrán pagado para que me vigile?, se preguntó. ¿Sería posible? Ya sabían dónde vivía Tine y, al parecer, también que ambas habían estado en contacto. ¿Qué les impedía seguir a su amiga hasta el letrero y ver dónde dejaba aquella nota? ¿Quién le decía a ella que los que andaban buscándola no la habían leído?

Intentó pensar con claridad. En ese caso se la habrían llevado, ¿no? Sí, claro que sí. ¿O no?

Volvió a mirar al repartidor. ¿Qué le impedía a aquel hombre de piel morena, que trataba de ganarse la vida con el ingrato trabajo de repartir pilas y pilas de periódicos entre viandantes ajetreados y caprichosos, aceptar unas monedas más? Todo cuanto tenía que hacer era seguirla con la mirada por Ingerslevsgade y la vía del tren. No le costaría mucho si se acercaba un poco a las escaleras que bajaban a la estación de Dybbølsbro. Desde allí el panorama era inmejorable. Desde lo alto sabría con toda exactitud por dónde iba y hasta dónde llegaba. Como mucho habría quinientos metros hasta su verja y su casita. Como mucho.

Se mordió el labio y se encogió en su abrigo de lana.

Después echó a andar hacia él.

—Toma —dijo poniéndole en la mano quince billetes de mil coronas—. Ahora ya puedes irte a casa, ¿verdad?

Sólo en las primeras películas sonoras se veían negros con unos ojos tan blancos y tan abiertos como los de aquel hombre. Era como si la mano delgada que le ofrecía ese montón de billetes fuese la materialización de un sueño que se

195

hacía realidad. El dinero para el alquiler del departamento. Para la tiendecita. Para el boleto de vuelta a casa. Para el regreso a una vida entre otros hombres negros bajo un sol abrasador.

—Hoy es miércoles. Digamos que llamas a tu jefe y le explicas que no vas a volver hasta final de mes. ¿Entiendes lo que quiero decir?

La niebla fue descendiendo como una borrachera sobre la ciudad y sobre el parque de Enghaven hasta envolverla también a ella. Los contornos de las construcciones fueron desapareciendo bajo una película blanca. Primero las columnas de las ventanas de Kongens Bryghus, después los bloques de delante, luego la cúpula del otro extremo del parque y por último, la fuente. Una neblina húmeda con aroma a otoño.

Esos hombres deben morir, decían las voces de su cabeza.

Esa mañana había abierto los escondrijos de la pared para sacar las granadas. Tras observar aquellos artefactos diabólicos lo había visto todo con claridad. Tenían que morir uno tras otro. De uno en uno, por turnos, para que el miedo y los remordimientos hicieran mella en los que fueran quedando.

Rio para sus adentros. Apretó los puños helados dentro de los bolsillos del abrigo. Miedo ya le tenían, estaba demostrado, y ahora esos cabrones harían lo imposible hasta encontrarla. Se irían acercando a ella costara lo que costase. Cobardes.

De pronto dejó de reír. Eso último no se le había ocurrido antes.

Eran unos cobardes, sí, y los cobardes no esperan; corren para salvar el pellejo mientras aún están a tiempo.

—Tengo que atraparlos a todos juntos —dijo en voz alta—. Tengo que pensar cómo hacerlo o desaparecerán. Tengo que pensar cómo hacerlo.

Sabía que podía, pero las voces de su interior pretendían otra cosa. Eran testarudas, sí. Podían hacer enloquecer a cualquiera.

Se levantó de la banca y apartó a patadas a las gaviotas que se habían reunido a su alrededor.

¿Hacia dónde ir?

Mille, Mille, mi pequeña Mille, resonaba su mantra interior hasta la saciedad. Era un mal día. Demasiado malo para tomar decisiones.

Bajó la mirada y al ver las huellas húmedas que la niebla dejaba en sus zapatos recordó de nuevo las letras de la nota de Tine. T. K. ¿De qué sería esa K?

Iban a dar comienzo las vacaciones previas a los exámenes de segundo curso y hacía pocas semanas que Kimmie había roto con Kåre Bruno, dejándolo hundido en la miseria y desconsolado al saber que lo encontraba mediocre en cuanto a talento y carisma.

Poco después Kristian empezó a incitarla.

—No te atreves, Kimmie —le susurraba todas las mañanas en las sesiones de coro.

Y todos los días la empujaba y le daba palmaditas en el hombro mientras el resto del grupo miraba.

—¡No te atreves, Kimmie!

Pero Kimmie se atrevía y ellos, que lo sabían, seguían muy de cerca todos sus movimientos. Su interés por las clases, su manera de separar las piernas entre las sillas con la falda levantada, su forma de sonreír al salir al pizarrón, sus finas blusas y su tono mimoso. Tardó catorce días en despertar el deseo del único profesor del colegio que le caía bien a casi todo el mundo, y lo hizo con tanto ímpetu que daba risa.

Era lo máximo. Tenía la piel tersa, pero sin dejar de ser todo un hombre, y decían los rumores que había sacado las notas más altas de su generación en la Universidad de Copenhague. Lo más alejado del prototipo del profesor de internado, desde luego. Su interpretación del entorno social del colegio tenía muchos matices y los textos que les mandaba leer eran de lo más variopinto.

Kimmie fue a hablar con él y le preguntó si quería prepararla para el examen final. Antes de acabar la primera lección estaba perdido, atormentado por la visión de las formas que su finísima blusita de algodón revelaba tan generosamente.

Se llamaba Klavs, con «v», hecho que solía atribuir a la falta de juicio de su padre y a su desmedido interés por el universo Disney.*

Nadie osaba llamarlo Klavs Krikke, pero no se podía negar que Kimmie supo sacar el caballo que llevaba dentro. Después de tres clases, dejó de ceñirse al horario acordado para las horas extra y empezó a recibirla en su departamento a medio desvestir y con los radiadores a plena potencia. Cubría su piel desnuda de besos descontrolados y de manos inquietas ardiendo de un deseo insaciable que le abrasaba el cerebro, indiferente a los oídos que se aguzaban, a las miradas de envidia, a los reglamentos y las sanciones.

Ella pretendía contarle al director que la había forzado, quería ver qué ocurría, si sería capaz de controlar la situación, como de costumbre.

Pero no pudo.

El director los convocó a ambos al mismo tiempo. Les hizo esperar nerviosos y en silencio uno junto a otro en la antesala de su despacho. La secretaria les sirvió de chaperona.

Klavs y Kimmie no volvieron a cruzar una palabra después de aquel día.

La suerte que corrió aquel hombre, a ella no le interesaba.

---

* Klavs Krikke es el nombre danés del personaje de Disney que en español conocemos como Horacio u Horace, el caballo sabihondo de Mickey Mouse. (N. de la T.)

En el despacho del director le comunicaron que podía recoger sus cosas. Faltaba media hora para que pasara el autobús que la llevaría a Copenhague. No hacía falta que se molestara en llevar puesto el uniforme; es más, era preferible que se abstuviera de mostrarse en público con él. A partir de ese momento podía considerarse expulsada.

Kimmie contempló largo rato las mejillas enrojecidas del director y después lo miró a los ojos.

—Es posible que *tú…* —hizo una pausa que perpetuó de por vida aquel tratamiento irrespetuoso e imperdonable— …que tú no creas que me obligó, pero ¿estás seguro de que esos periodicuchos sensacionalistas no van a ver las cosas de otro modo? ¿Te imaginas el escándalo? Profesor viola a alumna… ¿Te lo imaginas?

El precio de su silencio era razonable. Quería irse, recoger sus cosas y marcharse del colegio de inmediato. Lo demás le daba lo mismo, lo único que no quería era que avisaran a sus padres. Ése era el precio.

El director protestó, le explicó que era inmoral que el centro siguiera cobrando por un servicio que no iba a prestar, pero Kimmie arrancó con insolencia la esquina del primer libro que vio sobre la mesa y anotó un número.

—Toma —dijo—, aquí tienes mi número de cuenta. No tienes más que ingresarme las mensualidades del internado.

Él dejó escapar un hondo suspiro. Aquel pedacito de papel acababa de barrer de un plumazo varias décadas de autoridad.

Alzó la mirada hacia la niebla y sintió cómo la invadía la calma. El bullicio de las agudas voces que llegaban de la zona infantil apenas llegaba hasta ella.

Sólo había un niño y una niña con sus niñeras en todo el parque, dos pequeños de movimientos torpes que jugaban a «tú la traes» entre los columpios mudos del otoño.

Avanzó entre la niebla y contempló en silencio a la niña. Llevaba algo en la mano que el pequeño trataba de quitarle.

Ella también había tenido una criatura como ésa.

Se dio cuenta de que la niñera se había levantado y no la perdía de vista, de que las alarmas se habían disparado tan pronto había salido de la maleza con la ropa sucia y el pelo revuelto.

—Ayer no tenía este aspecto, tendrías que haberme visto —le gritó a la niñera.

De haber llevado puesto el traje de la estación la cosa habría sido bien distinta. Todo habría sido bien distinto. Puede que esa mujer hasta le hablara.

La escuchara.

Pero la niñera no escuchó. Saltó, le cerró el paso con decisión con los brazos extendidos y les gritó a los pequeños que volvieran de inmediato. Ellos se resistían. ¿Es que no sabía que algunos duendecillos no siempre obedecen? Kimmie se divertía.

De pronto echó la cabeza hacia delante y se echó a reír en plena cara de la niñera.

—¡Dije que vengan! —chilló histérica mirándola como si fuese una auténtica basura.

Por eso Kimmie dio un paso hacia ella y la golpeó. No tenía por qué tratarla como si fuera un monstruo.

La joven cayó al suelo sin parar de gritar que no le pegara y sin dejar de amenazarla con borrarla del mapa. Conocía a un montón de gente que podía hacerlo.

Kimmie le dio una patada en el costado. Primero una y después otra más, hasta que logró acallarla.

—Ven a enseñarme qué llevas en la manita, chiquitina —la atrajo—. ¿Llevas una ramita?

Pero los niños se habían quedado paralizados. Lloraban con los dedos crispados y llamaban a Camilla.

Kimmie se acercó más. Era una niña preciosa incluso cuando lloraba. Tenía el pelo muy largo y muy bonito. Castaño, como el de la pequeña Mille.

—Ven, bonita, enséñame lo que llevas en la mano —insistió mientras se aproximaba con cuidado.

Oyó un susurró por detrás, pero, aunque se volvió, no le dio tiempo a protegerse de aquel durísimo y brutal golpe en el cuello.

Cayó boca abajo sobre la grava y sintió en el vientre la aspereza de una de las piedras que marcaban el camino.

Mientras tanto, la tal Camilla saltó por encima de ella y se llevó a los dos niños, uno debajo de cada brazo. Una auténtica bravucona de barrio, de pantalones ajustados y pelo lacio.

Kimmie levantó la cabeza y alcanzó a ver los rostros de los niños que, deshechos en lágrimas, desaparecían por detrás de los arbustos.

Ella también había tenido una niña como aquella, pero ahora estaba en casa, en el cofre de debajo del diván. Aguardando pacientemente.

Pronto volverían a estar juntas.

21

—Quiero que hablemos de lo que ocurrió con total franqueza —dijo Mona Ibsen—. La última vez no llegamos demasiado lejos, ¿eh?

Carl contempló el mundo de la psicóloga. Carteles con hermosos escenarios naturales, palmeras, montañas y esas cosas; colores claros iluminados por el sol; sillas de maderas nobles, plantas ligeras como plumas; todo en perfecto orden, nada dejado al azar; ningún cachivache perturbador y, sin embargo, la enorme distracción que suponía tenderse en el diván con la mente abierta y no ser capaz de pensar en otra cosa que en quitarle la ropa.

—Lo intentaré —prometió. Estaba dispuesto a hacer cuanto ella le pidiera. Al fin y al cabo, no tenía nada mejor en que entretenerse.

—Ayer atacaste a un hombre. ¿Puedes explicarme por qué?

Él protestó como correspondía, proclamó su inocencia. Sin embargo, ella lo miraba como si mintiera.

—Me temo que en tu caso la única manera de avanzar va a ser retroceder un poco. Quizá te parezca desagradable, pero es necesario.

—Dispara —contestó el subcomisario con los ojos entornados, pero lo bastante abiertos como para seguir el efecto de la respiración en sus pechos.

—En enero de este año te viste involucrado en un tiroteo en Amager, ya hemos hablado de ello. ¿Recuerdas la fecha exacta?

—El 26 de enero.

Ella asintió como si fuese una fecha particularmente buena.

—Tú saliste bastante bien librado, pero uno de tus compañeros, Anker, murió y el otro está paralítico en el hospital. ¿Cómo has llevado estos ocho meses, Carl?

Levantó la mirada hacia el techo. ¿Que cómo los había llevado? La verdad es que no tenía la menor idea. No debería haber ocurrido, eso era todo.

—Siento que pasara, claro.

Imaginó a Hardy en la clínica. Su mirada triste, apagada. Sus ciento veinte kilos de peso muerto.

—¿Te atormenta?

—Sí, un poco.

Trató de sonreír, pero Mona estaba consultando sus papeles.

—Hardy me ha dicho que sospecha que los tipos que les dispararon los estaban esperando. ¿Te lo dijo a ti también?

Carl se lo confirmó.

—¿Y también que cree que sólo Anker o tú pudieron ponerlos sobre aviso?

—Sí.

—¿Y qué te parece la idea?

Lo estaba evaluando. Tal como él lo veía, la mirada de Mona Ibsen destilaba erotismo. A saber si era consciente de ello y de lo mucho que le distraía.

—Puede que tenga razón —respondió.

—Tú no fuiste, evidentemente, lo noto. ¿Me equivoco?

¿Qué podía esperar sino una negativa? ¿Lo tomaba por tonto? ¿Hasta dónde creía poder leer en un rostro?

—No, claro, no fui yo.

—Pero, si fue Anker, algo tuvo que salirle mal, ¿no?

Es posible que esté loco por ti, pensó, pero si pretendes que siga adelante con esto vas a tener que empezar a hacerme preguntas como Dios manda.

—Sí, claro —contestó.

Oía su propia voz como un susurro.

—Hardy y yo vamos a tener que considerar esa posibilidad. En cuanto deje de ser víctima de las mentiras de un payaso que se cree detective y de las zancadillas de ciertos potentados, podremos investigarlo.

—En la Jefatura lo llaman el caso de la pistola de clavos a causa del arma homicida. A la víctima le dispararon en la cabeza, ¿verdad? Parece una ejecución.

—Es posible. Yo, teniendo en cuenta la situación, no llegué a ver gran cosa, y no he vuelto a ocuparme del caso desde entonces. No ha sido la única víctima, pero supongo que ya lo sabes. En Sorø mataron a otros dos hombres con el mismo sistema. Creen que los asesinos son los mismos.

La psicóloga asintió. Por supuesto que lo sabía.

—Este caso te atormenta, ¿verdad, Carl? —le preguntó.

—No, yo no diría tanto.

—¿Qué te atormenta entonces?

Se aferró al lateral del diván de piel. Ahora tenía la oportunidad que estaba esperando.

—Lo que me atormenta es que cada vez que intento invitarte a salir me digas que no. Eso sí que me atormenta, carajo.

Salió del consultorio de Mona Ibsen con un burbujeo por todo el cuerpo. Cielo santo, qué bronca le había caído. Después, mientras ella lo acribillaba a preguntas que ya a varios kilómetros de distancia apestaban a acusaciones y dudas, había sentido el impulso de levantarse del diván hecho una furia y exigir que lo creyera, pero en lugar de hacerlo había permanecido echado contestando obedientemente. Al final, sin grandes aspavientos pero con una sonrisa apresurada, había accedido a que salieran a cenar juntos cuando, y solo cuando, terminara su relación con él como paciente.

Quizá se creyera segura con esa vaga promesa, quizá pensara que podría tenerlo eternamente bajo sospecha de no haber concluido el tratamiento, pero Carl lo sabía mejor que nadie: ya se encargaría él de que cumpliera su promesa.

Echó un vistazo calle abajo por la avenida Jægersborg Allé y contempló el maltratado núcleo urbano de Charlottenlund. Tras cinco minutos a pie hasta la estación de tren y otra media hora más de transporte, volvería a encontrarse mano sobre mano en su silla ajustable del rincón del sótano. No era precisamente el escenario más adecuado para su recién recuperado optimismo.

Tenía que ocurrir algo y allí dentro no había más que la nada.

Al llegar a la esquina de Lindegårdsvej miró a lo lejos. Sabía perfectamente que al final de la calle el pueblo pasaba a llamarse Ordrup y que no sería mala idea ir a dar un paseo por allí.

En cuanto marcó el número de Assad, su mirada se desvió automáticamente hacia el indicador de la batería. Acababa de cargarla y ya estaba a la mitad. Qué pesadez.

Assad parecía sorprendido. ¿Es que ya podían hablar?

—Déjate de idioteces, Assad. Basta con que no anunciemos a bombo y platillo por la Jefatura que seguimos en ello. Escucha, ¿por qué no averiguas con quién podemos hablar que fuera al internado? En la carpeta grande hay un anuario. Ahí podrás ver quién iba a clase con Kimmie. Eso o búscame a algún profesor que trabajara allí entre 1985 y 1987.

—Ya lo he mirado.

¿Por qué diablos no lo habría adivinado?

—Tengo unos nombres, entonces, pero no he terminado, jefe.

—Bien. Pásame a Rose, por favor.

Al cabo de un minuto oyó su voz jadeante.

—¡Sí!

Los títulos de sus superiores no formaban parte de su retórica.

—Armando las mesas, supongo.

—¡Sí!

Si con una palabra tan corta se podía expresar irritación, reproche, frialdad y un inmenso hartazgo ante un jefe que venía a interrumpir labores más importantes, decididamente Rose Knudsen era la persona más indicada para hacerlo.

—Necesito la dirección de la madrastra de Kimmie Lassen. Sé que me la pasaste en una nota, pero no la llevo encima. Tú dame la dirección y ya está, ¿de acuerdo? ¡Nada de preguntas, por favor!

Estaba a la puerta del Danske Bank, donde una larga fila de señoras y caballeros muy bien conservados aguardaban pacientemente en fila a que llegara su turno. Lo mismo ocurría en zonas menos exclusivas como Brøndby y Tåstrup cuando llegaba el día de cobrar, pero eso le parecía más comprensible. ¿Por qué demonios hacía cola en el banco gente tan acaudalada como los vecinos de Charlottenlund? ¿Es que no podían mandar a nadie a pagar los recibos? ¿No disponían de oficina virtual? ¿O había algo en los hábitos de los ricachones que se le escapaba? ¿Se gastarían la paga en acciones en cuanto la cobraban igual que los vagabundos de Vesterbro invertían la suya en tabaco y cerveza?

Sobre gustos no hay nada escrito, pensó. Al levantar la vista hacia la fachada de la farmacia descubrió el letrero del abogado Bent Krum en una ventana del edificio: «Licencia para ejercer ante el Tribunal Supremo». Con clientes como Pram, Dybbøl Jensen y Florin, no tardaría en verse obligado a echar mano de esa licencia.

Dejó escapar un hondo suspiro.

Pasar de largo por delante de aquel despacho sería como ignorar todas las tentaciones bíblicas. Casi podía oír la risa del diablo. Si llamaba al timbre, subía e interrogaba a Bent Krum, el abogado no tardaría ni diez minutos en tener a la directora de la policía al aparato. Y entonces, adiós Departamento Q y adiós Carl Mørck.

Por un momento se debatió entre el ocio involuntario y la posibilidad de dejar el enfrentamiento para mejor ocasión.

Lo más sensato es pasar de largo, se dijo mientras uno de sus dedos cobraba vida propia y pulsaba hasta el fondo el botón del interfón. Aún no había nacido la persona que le parara una investigación. Bent Krum tendría que pasar por el banquillo tarde o temprano.

Soltó el botón con aire contrariado. La misma situación que ya había vivido miles de veces: acababa de atraparlo la maldición de su juventud. Si alguien tenía que decidir, ése era él y solo él.

Una voz femenina algo grave le informó con desgana de que tendría que esperar. Al cabo de unos instantes oyó pasos en las escaleras y al otro lado de la puerta de cristal apareció una mujer muy bien vestida, con un pañuelo de marca echado por los hombros y un abrigo de piel igualito al que Vigga se había pasado al menos cuatro quintas partes de su vida en común adorando en el escaparate de la tienda de Birger Christensen que había en Strøget. Como si a Vigga fuera a sentarle así. De habérselo comprado, lo más probable era que el abrigo hubiese corrido la triste suerte de acabar destrozado a tijeretazos para que alguno de sus salvajes amantes artistas le hiciera un drapeado a sus cuadros psicodélicos.

La mujer abrió la puerta y le dedicó una de esas blanquísimas sonrisas que sólo se logran con dinero.

—No sabe cómo lo siento, pero me agarra usted saliendo. Mi marido no viene los jueves. Quizá pueda darle cita para otro día.

—No, yo...

Carl se llevó la mano al bolsillo por instinto en busca de su placa y no encontró más que pelusas. Pensaba decir que estaba llevando a cabo una investigación, algo así como que quería hacerle unas preguntas de rutina a su marido y que volvería dentro de una o dos horas si no les venía mal, algo breve, pero acabó preguntando:

—¿Está en el campo de golf?

Ella lo miró sin comprender.

—Que yo sepa, mi marido no juega al golf.

—Muy bien.

Inspiró antes de continuar:

—Lamento tener que decírselo, pero nos están engañando a los dos. Su marido y mi mujer están juntos y yo quisiera saber en qué situación me encuentro exactamente.

Trató de adoptar un aire abatido mientras observaba lo duro que había sido el golpe para aquella inocente mujer.

—Perdóneme —prosiguió—, lo siento muchísimo.

Le puso una mano en el brazo con delicadeza.

—Ha sido un error enorme por mi parte, le reitero mis disculpas.

Luego salió a toda prisa hacia Ordrup, algo impresionado al comprobar hasta qué punto se había contagiado de los impulsivos arrebatos de Assad. Un error por su parte. Sí, por decirlo suavemente.

Vivía enfrente de la iglesia, en Kirkevej. Tres cocheras, dos escaleras en forma de torreón, un pabellón de ladrillo en el jardín, centenares de metros de tapia recién arreglada y un palacete de cuatrocientos o quinientos metros cuadrados con más latón en las puertas que todo el *Dannebrog,* el barco de la reina. Decir que era una vivienda modesta y humilde habría sido equivocarse por completo en la descripción.

Observó con placer que unas sombras se movían tras los cristales de la planta baja. Tenía una oportunidad.

La muchacha de servicio parecía agotada, pero accedió a llevar a Kassandra Lassen hasta la puerta siempre que fuera posible.

La expresión «llevar hasta la puerta» resultó más acertada de lo que el subcomisario había previsto en un principio.

Los gritos de protesta que salían del salón no tardaron en ser sustituidos por una exclamación.

—¿Un joven, dices?

Era la quintaesencia de una estirada arrogante de clase alta que había conocido tiempos mejores y hombres mejores. Nada más lejos de la mujer delgada y sin una arruga del reportaje de *Ella y su vida*. La de cosas que podían ocurrir en treinta años. Llevaba puesto un kimono que le quedaba tan suelto que su ropa interior de satén había pasado a formar parte de la imagen de conjunto. Los grandes aspavientos de sus manos de larguísimas uñas salieron al encuentro del policía. Había comprendido de inmediato que era un hombre de verdad, una afición que al parecer no había perdido con la edad.

—Pero pase, pase —lo recibió.

El aliento le apestaba a alcohol añejo, pero del bueno. *Whisky* de malta, diría él. La densidad de la nube era tal que un entendido habría podido incluso determinar la cosecha.

Entró del brazo de su anfitriona, o quizá sería más correcto decir dirigido por el abrazo de sus garras, y fue a parar a una zona de la planta baja a la que ella, en un tono de voz más cavernoso, se refirió como *My room*.

Allí lo sentó en un sillón muy arrimadito al suyo con vistas frontales a sus caídos párpados y a sus aún más caídos pechos. Memorable.

También allí la amabilidad, o quizá sería mejor decir el interés, acabó en el instante en que le comunicó el motivo de su visita.

—¿Dice que quiere información sobre Kimmie?

La mujer se llevó la mano al pecho en un gesto que daba a entender que si no se marchaba se desplomaría en el suelo.

En ese momento, Carl notó cómo su temperamento de Vendsyssel pasaba a la acción.

—He venido porque me han dicho que esta casa es la quintaesencia de los buenos modales y aquí siempre lo tratan a uno bien, independientemente de lo que le haya traído —intentó. Sin resultado.

Agarró la botella de cristal y le rellenó el vaso de *whisky*. Tal vez eso la ablandara.

—¿Sigue viva esa niña? —preguntó Kassandra Lassen en un tono completamente desprovisto de empatía.

—Sí, vaga por las calles de Copenhague. Tengo una foto suya, ¿quiere verla?

Ella cerró los ojos y apartó el rostro como si acabaran de ponerle una mierda de perro delante de las narices. Cielo santo, mejor que le evitara esa experiencia.

—¿Podría explicarme qué pensaron usted y el que entonces era su marido en 1987 cuando se enteraron de las sospechas que recaían sobre Kimmie y sus amigos?

Volvió a llevarse la mano al pecho, esta vez para concentrarse mejor, al parecer. Después le cambió la expresión. La sensatez y el *whisky* empezaban a cooperar.

—¿Sabe una cosa, querido? La verdad es que no seguimos muy de cerca aquel asunto. Viajábamos mucho, ¿me comprende?

Se volvió bruscamente hacia él y tardó unos instantes en recobrar el sentido de la orientación.

—Dicen que viajar es el elixir de la vida. Mi marido y yo hicimos amistades maravillosas. El mundo es un lugar fantástico, ¿no le parece, señor...?

—Mørck, Carl Mørck.

Asintió. Un ser tan obtuso no lo encontraba uno ni en los cuentos de los hermanos Grimm.

—Sí, tiene usted toda la razón.

No tenía por qué saber que —aparte de un viaje en autocar a la Costa Brava, donde Vigga tenía trato con los artistas locales mientras él se cocía en una playa abarrotada de jubilados— jamás se había alejado mucho más de novecientos kilómetros de Valby Bakke.

—¿Cree usted que esas sospechas podrían tener fundamento? —preguntó Carl.

Ella curvó las comisuras de los labios hacia abajo. Quizá fuera un intento de parecer seria.

—¿Sabe una cosa? Kimmie era un asco de niña. A veces pegaba. Sí, ya desde pequeñita. Empezaba a mover los brazos como los palos de un tambor en cuanto alguien le llevaba la contraria. Así.

Intentó ilustrarlo mientras los jugos de malta salían disparados en todas direcciones.

¿Qué criatura con un desarrollo medianamente normal no habría hecho lo mismo?, se preguntó Carl. Sobre todo con semejantes padres.

—¿Y también se comportaba así de mayor?

—¡Ja! Era odiosa. Me decía cosas horribles, no se puede hacer una idea.

Sí podía.

—Además, era muy ligera de cascos.

—¿Puede explicarse un poco mejor?

La señora Lassen se frotó las finas venillas azules del dorso de la mano. Sólo entonces advirtió su invitado lo afectadas que tenía las articulaciones por la artritis. Observó el vaso de *whisky* casi vacío y pensó que el alivio del dolor tenía muchos rostros.

—Cuando volvió de Suiza se traía a casa a cualquiera y... sí, las cosas como son... cogía con ellos como un animal, con la puerta abierta, cuando yo estaba en casa. No era nada fácil estar sola, señor Mørck.

Agachó la cabeza y lo observó con seriedad.

—Sí, Willy, el padre de Kimmie, ya había hecho las maletas y se había largado.

Bebió un sorbito del vaso.

—Como si quisiera que se quedara. Ridículo...

Luego volvió a mirarlo con la dentadura teñida de vino tinto.

—¿Está usted solo en la vida, señor Mørck?

Su caída de hombros y su más que evidente invitación eran de melodrama.

—Así es —contestó él recogiendo el guante. La miró a los ojos y le sostuvo la mirada hasta que ella enarcó las cejas lentamente y bebió otro sorbo. Sus cortas pestañas eran lo único que asomaba por el borde del vaso. Hacía mucho que un hombre no la miraba de ese modo.

—¿Sabía que Kimmie se había quedado embarazada? —la interrogó el policía.

Ella tomó aire y por un momento pareció ausente, aunque con las huellas del pensamiento grabadas en la frente, como si lo que le doliera fuera más la palabra *embarazada* que el recuerdo de una inmensa frustración. Hasta donde Carl sabía, ella no había sido capaz de engendrar vida.

—Sí —contestó con la mirada fría—, eso hizo la señorita. No fue una sorpresa para nadie.

—¿Qué pasó después?

—Después vino pidiendo dinero, claro.

—¿Y se lo dieron?

—¡Yo no!

Renunció al coqueteo para dar paso al mayor de los desprecios.

—Pero su padre le dio doscientas cincuenta mil coronas y le pidió que no volviera a ponerse en contacto con él.

—¿Y usted? ¿Volvió a saber de ella?

Negó con la cabeza. Su mirada decía: mejor así.

—¿Quién era el padre del niño? ¿Lo sabe usted?

—Ah, sería ese retrasado que le prendió fuego al negocio de su padre.

—¿Se refiere a Bjarne Thøgersen, el hombre al que encerraron por el crimen?

—Seguramente. La verdad es que ya no me acuerdo de cómo se llamaba.

—¡Claro, claro!

Era mentira, seguro. Con *whisky* o sin él. Esas cosas no se olvidan así como así.

—Kimmie vivió aquí una temporada y me dice usted que no fue nada fácil.

Ella lo observó con aire de incredulidad.

—¿No pensará que aguanté en este gallinero mucho tiempo? No, preferí trasladarme a la costa.

—¿A la costa?

—A la Costa del Sol, claro. A Fuengirola. Tenía una terraza estupenda frente al paseo marítimo. Un sitio maravilloso. ¿Conoce Fuengirola, señor Mørck?

Él asintió. Seguramente ella iba por la artritis, pero era el destino favorito de todos los inadaptados con algo de dinero y trapos sucios. Si hubiera dicho Marbella lo habría entendido mejor. Al fin y al cabo, tenía un capital considerable.

—¿Sabe usted si queda algo de Kimmie en la casa? —le preguntó.

En ese preciso instante la mujer se vino abajo. Se quedó en silencio y continuó bebiendo a su ritmo, con calma; una vez vacío el vaso, se le vació también el cerebro.

—Me parece que Kassandra necesita descansar —dijo la muchacha, que hasta ese momento se había mantenido en *standby* en un segundo plano.

Carl levantó una mano para detenerla. Acababa de tener una sospecha.

—¿Podría ver la habitación de Kimmie, señora Lassen? Tengo entendido que sigue tal como ella la dejó.

Lo dijo sin pensar. Era una de esas frases que los policías curtidos llevan en el cajón de «Vale la pena probar». Siempre empiezan por: «Tengo entendido que...».

En caso de apuro nunca está de más un buen comienzo.

Carl dedicó los dos minutos escasos que la muchacha de servicio tardó en acostar a la reina de la casa en su lecho dorado a curiosear por ahí. Aquella casa podía ser el lugar donde Kimmie había pasado su infancia, pero le pareció el sitio menos adecuado para criar a un niño. No había un solo rincón donde jugar, todo estaba repleto de adornos, jarrones chinos y japoneses, y al estirar los brazos se corría el riesgo de que la aventura acabara en un siniestro con seis ceros. Un ambiente de lo más desagradable, que seguramente no había cambiado mucho con los años. A su modo de ver, una cárcel para niños.

—Sí —le explicó la muchacha de camino hacia el segundo piso—, en realidad Kassandra sólo vive aquí, la casa es de la hija. Por eso toda la segunda planta está tal como ella la dejó la última vez que vino.

De modo que Kassandra Lassen vivía de la misericordia de Kimmie y si ésta regresaba a la sociedad, el refugio de Kassandra podía pasar a la historia. Qué capricho del destino. La mujer rica vagando por las calles y la pobre reinando sobre el parnaso. Por eso iba a Fuengirola y no a Marbella. No era por propia voluntad.

—Le advierto que está desordenado —dijo la muchacha al abrir la puerta—, pero lo hemos preferido así. Kassandra no quiere que la hija vuelva y la acuse de hurgar en sus cosas, y no me parece mala idea.

Carl, que esperaba al final de la alfombra roja, asintió. ¿De dónde sacaban una servidumbre tan leal y tan ciega? Y ni siquiera tenía acento extranjero.

—¿Conocías a Kimmie?

—¡No, por Dios! ¿Tengo aspecto de llevar aquí desde 1995? Se echó a reír de buena gana.

Pero el caso era que sí lo tenía.

Aquello era prácticamente otra vivienda. Esperaba encontrar un par de habitaciones, pero, desde luego, no aquella reproducción de una buhardilla del Barrio Latino de París. No faltaba ni el balcón de estilo francés. Los cristales de las ventanas con travesaños de los miradores que habían abierto en las paredes inclinadas estaban sucios, pero por lo demás todo era perfecto. Si eso era lo que la muchacha entendía por desorden, al ver el cuarto de Jesper le daría un síncope.

Había algo de ropa sucia desperdigada, pero nada más. Ni siquiera papeles en la mesa ni nada delante de la tele, en la mesita del sofá, que revelara que allí había vivido una joven.

—Puede echar un vistazo, señor Mørck, pero antes me gustaría ver su placa. Se suele hacer así, ¿verdad?

Él asintió y empezó a rebuscar en todos sus bolsillos. Maldita entrometida. Al final encontró una tarjeta de visita medio doblada que llevaba allí guardada hacía siglos.

—Lo siento, pero mi placa está en la Jefatura, lo lamento mucho. Verás, como soy el jefe del departamento no salgo muy a menudo, pero ésta es mi tarjeta, toma. Así sabrás quién soy.

Ella leyó el número y la dirección y después palpó la tarjeta como si fuera una experta en falsificaciones.

—Un momento —dijo.

A continuación levantó el auricular de un teléfono Bang & Olufsen que había sobre la mesa. Se presentó como Charlotte Nielsen y preguntó si conocían a un comisario llamado Carl Mørck. Esperó un momento dando golpecitos con el pie mientras le pasaban la llamada a otra persona.

Volvió a preguntar lo mismo y pidió una descripción del tal Mørck.

Lo miró de arriba abajo entre risas y colgó con una sonrisa en los labios.

¿Qué diablos le haría tanta gracia? Diez contra uno a que había hablado con Rose.

Sin entrar en detalles acerca de sus risitas, salió de la habitación y lo dejó solo con sus preguntas en aquel departamento abandonado que, aparentemente, no tenía nada que contar.

Revisó todo varias veces y otras tantas apareció la muchacha de servicio en el umbral. Había decidido asumir el papel de guardiana y creía hacerlo mejor si lo observaba como quien mira a una hormiga hambrienta que se le ha subido a la mano. Pero no fue a mayores. Carl no había revuelto las cosas ni se había guardado nada en el bolsillo.

Parecía una empresa arriesgada. Kimmie se había marchado de un modo apresurado, pero no a lo loco. Lo más probable es que tirase lo que no quería que viera nadie a los botes de basura situados a la entrada del jardín que se veían por el balcón.

Lo mismo se podía decir de su ropa. Había un montoncito en la silla de al lado de la cama, pero no ropa interior. Había zapatos tirados por los rincones, pero no calcetines sucios. Se había detenido a pensar qué podía dejar y qué era demasiado íntimo, y ése era precisamente el quid de la cuestión, que nada era íntimo.

No había siquiera decoración en las paredes, normalmente tan reveladora de ideologías y gustos. Ni cepillos de dientes en su pequeño cuarto de baño de mármol, ni tampones en el armario, ni bastoncillos de algodón en el bote de basura junto al inodoro. No se veía ni rastro de excrementos en la taza ni de pasta de dientes en el lavabo.

Kimmie había dejado aquel lugar tan asépticamente desprovisto de personalidad que era evidente que su moradora sólo podía haber sido una fémina, pero por lo demás, podía tratarse de una *mezzosoprano* de Jutlandia del Ejército de Salvación o de una niña rica *fashion* de barrio bien.

Apartó las sábanas e intentó captar algún olor. Levantó la carpeta del escritorio para ver si había alguna nota olvidada. Revisó el fondo del bote de basura vació, miró por detrás de los cajones de la cocina, asomó la cabeza por el armario. Nada.

—Ya no falta mucho para que anochezca —observó Charlotte dando a entender que ya iba siendo hora de que se buscara otro sitio donde seguir jugando a los policías.

—¿Hay un desván o algo así ahí encima? —preguntó él esperanzado—. Una trampilla o una escalera que no se vea desde aquí.

—No; lo que ve es lo que hay.

Carl levantó la mirada. Muy bien, o sea, que el desván de arriba era inexistente.

—Voy a hacer una última revisión —dijo.

Levantó todas las alfombras en busca de tablas sueltas. Buscó por detrás de los carteles de especias de la cocina para ver si ocultaban un escondrijo. Golpeó los muebles y el fondo de los armarios con los nudillos. No había nada de nada.

Sacudió la cabeza de un lado a otro burlándose de sí mismo. ¿Y por qué tendría que haber algo?

Cerró la puerta al salir y se detuvo un instante en el rellano, primero para ver si allí había algo de interés y después, en vista de que no era el caso, para acabar con la molesta sensación de que se le estaba pasando por alto algún detalle.

De pronto, su teléfono empezó a sonar y lo devolvió a la realidad.

—Soy Marcus. ¿Por qué no estás en tu despacho, Carl? ¿Y por qué tiene el aspecto que tiene? Todo el pasillo está lleno de piezas de yo qué sé cuántas mesas y en tu despacho hay notitas amarillas por todas partes. ¿Dónde estás? ¿Es que ya no te acuerdas de que mañana llega la visita de Noruega?

—¡Mierda! —exclamó algo más alto de la cuenta. Ya tenía aquel asunto felizmente olvidado.

—¿De acuerdo? —se oyó al otro lado de la línea.

Conocía los *de acuerdo* del jefe de Homicidios; mejor no coleccionarlos.

—Estaba saliendo hacia la Jefatura.

Consultó el reloj. Eran más de las cuatro.

—¡¿Ahora?! No, tú no te preocupes por nada —dijo en un tono que no admitía discusiones; parecía enfadado—. Ya me ocupo yo de la visita de mañana, así no tendrán que ver ese desbarajuste que tienes ahí montado.

—¿A qué hora llegaban?

—A las diez, pero tú no te molestes, Carl, que ya me ocupo yo. Tú limítate a estar localizable por si, llegado el caso, necesitamos alguno de tus comentarios.

El subcomisario se quedó contemplando el celular un rato después de que Marcus Jacobsen colgara. Hasta ese momento, los jeques del bacalao lo habían llevado por cierto sitio, pero de repente veía las cosas de otro modo. Si al jefe

217

de Homicidios se le había antojado quedarse con su visita, ya podía ir cambiando de idea.

Lanzó un par de juramentos y se asomó a la claraboya que remataba la impresionante escalinata. El sol seguía alto e irrumpía por los cristales. Aunque su jornada laboral ya había terminado, no deseaba volver a casa.

No tenía la cabeza para hacer el recorrido a través de los sembrados que flanqueaban Hestestien ni para enfrentarse a los pucheros de Morten.

Al reparar en la nitidez de la sombra del recuadro de la ventana sintió que se le dibujaba una arruga en la frente.

En las casas antiguas, los marcos de las claraboyas solían tener un grosor de treinta centímetros, pero este tenía más fondo, mucho más fondo. Al menos cincuenta centímetros. De modo que el aislamiento de la vivienda se hizo después de su construcción.

Echó la cabeza hacia atrás y descubrió un resquicio en el punto de unión del techo y el tabique oblicuo. Lo siguió por toda la habitación hasta regresar al punto de partida. Sí, las paredes se habían movido un poquitín; en su origen, la casa no estaba tan bien aislada, era evidente. Habían añadido una capa de por lo menos quince centímetros rematada con placas de yeso. Un trabajo de primera con la espátula y el pincel, pero siempre acaban apareciendo grietas, eso lo sabe todo el mundo.

A continuación giró sobre sus talones, volvió a abrir la puerta del departamento de Kimmie, se dirigió directamente al lateral que daba al exterior y examinó todas las paredes inclinadas. Allí también había grietas, pero eso era todo.

Algún tipo de oquedad existía, pero al parecer era imposible acceder a ella para esconder algo. Al menos desde dentro.

Repitió esas palabras para sus adentros. ¡Al menos desde dentro! Miró hacia la puerta del balcón, asió la perilla, abrió y salió al exterior, donde las tejas inclinadas componían un fondo pintoresco.

Ha pasado mucho tiempo, que no se te olvide, se dijo en un susurro mientras recorría con la mirada las hileras de tejas.

Era el lado norte de la casa y unas algas, nutridas de agua de lluvia, cubrían casi todo el tejado como un fondo de atrezo. A continuación se volvió a observar las tejas que había al otro lado de la puerta y descubrió la irregularidad de inmediato.

Las hileras de esa parte estaban bien dispuestas y también tenían hierbas por todas partes; la única diferencia era que una de las tejas, justo por encima del punto donde el pretil se unía al tejado, asomaba un poco con respecto a las demás. Se trataba de una de esas tejas acanaladas que se superponen unas a otras y llevan un pequeño tacón de apoyo en la cara inferior para que no se escurran del ristrel. Se apoyaba suelta entre las demás como si le hubiesen quitado ese tacón.

Cuando trató de levantarla, se soltó sin problemas.

Carl aspiró una buena bocanada del aire frío de septiembre.

Se sintió embargado por la extraña sensación de encontrarse frente a algo único. Algo parecido debió de sentir Howard Carter cuando, tras practicar una pequeña abertura en la puerta de la cámara mortuoria, se topó con la tumba de Tutankamon, porque ante el policía, en un hueco en el aislamiento que había bajo la teja, había una caja de metal sin pintar del tamaño de una caja de zapatos envuelta en plástico transparente.

Con el corazón latiendo a cien por hora, llamó a gritos a la muchacha.

—¡Mira esa caja!

Ella se inclinó a regañadientes para mirar por debajo de las tejas.

—Hay una caja. ¿Qué es?

—No lo sé, pero puedes dar fe de que la has visto ahí metida.

Lo miró con aire arisco.

—Ni que no tuviera ojos en la cara.

El subcomisario acercó su teléfono celular al agujero y sacó varias fotos. Después se las enseñó.

—¿Estamos de acuerdo en que este es el hueco que acabo de fotografiar?

La muchacha colocó los brazos en jarras. Mejor sería no hacerle más preguntas.

—Ahora voy a sacarla para llevarla a comisaría.

No era una pregunta, sino una afirmación. De lo contrario, la empleada habría salido corriendo escaleras abajo para despertar a Kassandra Lassen y él habría acabado metido en un lío.

Cuando le indicó que podía retirarse la vio alejarse sacudiendo la cabeza y con una grave fisura en su confianza en la inteligencia de las autoridades.

Por un momento consideró la posibilidad de llamar a los forenses, pero la idea de verlo todo lleno de kilómetros y kilómetros de cinta de plástico y hombres vestidos de blanco por todas partes lo hizo desistir. Ellos ya tenían bastante con lo suyo y él estaba algo apurado, de modo que se puso los guantes, levantó la caja con cuidado, volvió a colocar la teja, llevó la caja a la habitación, la dejó sobre la mesa, la desempaquetó y la abrió sin dificultad. Todo ello en una larga secuencia inconsciente.

Lo primero que vio fue un osito de trapo. No era mucho mayor que una caja de cerillos. De color claro, casi amarillento, con la felpa desgastada por la cara y los brazos. Quizá en su día fuera el bien más preciado de Kimmie, su único amigo. Quizá el de otra persona. Después levantó el papel de periódico que había debajo del oso. *Berlingske Tidende*, 29 de septiembre de 1995, se leía en una esquina. Era el día que se había ido a vivir con Bjarne Thøgersen. No tenía otro interés, el resto no era más que una larga lista de ofertas de empleo.

Siguió buscando en la caja con la esperanza de encontrar un diario o unas cartas que sacaran a la luz pensamientos y hechos del pasado, pero lo que vio fueron cinco fundas de plástico de las que se emplean para clasificar sellos, tarjetas o recetas de cocina. Su instinto lo impulsó a llevarse la mano al bolsillo interior del saco, sacar unos guantes blancos de algodón y ponérselos antes de vaciar la caja de metal.

¿Por qué ocultar tan bien todas aquellas cosas? Supo la respuesta al ver las dos últimas fundas.

—¡Dios! —exclamó.

Eran dos tarjetas de Trivial Pursuit. Cada una de ellas en su funda.

Tras cinco minutos de intensa concentración, sacó su libreta y anotó cuidadosamente la posición de cada una de las fundas de plástico en relación con las demás.

Después pasó a estudiarlas con detalle de una en una.

Había una funda con un reloj de pulsera de caballero, otra con un arete, otra con lo que parecía ser una cinta de goma y, por último, un pañuelo.

Cuatro fundas de plástico, aparte de las dos con las tarjetas del Trivial.

Se mordió el labio.

Eso hacía un total de seis.

22

Ditlev subió todas las escaleras de Caracas en cuatro zancadas.

—¿Dónde está? —le aulló a la secretaria.

Después salió en la dirección que indicaba su dedo.

Frank Helmond estaba completamente solo, en ayunas y dispuesto para su segunda operación.

Cuando Ditlev entró en la habitación no encontró respeto en su mirada.

Qué extraño, se dijo el médico mientras sus ojos recorrían la sábana hasta llegar al rostro inmovilizado del paciente. Aquí está el muy cretino, mirándome sin el menor respeto. ¿Es que no ha aprendido la lección? ¿Quién lo ha dejado hecho un cromo y quién ha vuelto a acicalarlo?

A fin de cuentas, habían estado de acuerdo en todo. El tratamiento de los numerosos desgarrones del rostro de Helmond iría acompañado de un suave *lifting* facial y una intervención para reafirmar la zona del cuello y el pecho. Liposucción, cirugía y unas manos diestras, eso le estaba ofreciendo. Teniendo en cuenta que, además, añadía al trato a su mujer y su fortuna, no le parecía mucho pedir, si no un poco de gratitud por parte de Helmond, al menos sí que mantuviera su palabra y mostrara un mínimo de humildad.

Pero Helmond no había cumplido con su parte porque había hablado de más. Algunas enfermeras tenían que estar asombradas con lo que habían oído y ahora habría que hacerlas entrar en razón.

Independientemente de lo atontado por la anestesia que estuviera el paciente, lo dicho, dicho estaba. «Han sido Ditlev Pram y Ulrik Dybbøl Jensen.»

Eso había dicho.

Ditlev se ahorró los preámbulos, el tipo parecía preparado para oír lo que fuera.

—¿Sabes lo fácil que es matar a un hombre durante la anestesia sin que nadie lo descubra? —le preguntó—. ¿Ah, no? Pues ahora que te están preparando para la operación de esta tarde, Frank, espero que a los anestesistas no les tiemble el pulso. Al fin y al cabo, les pago para que hagan bien su trabajo, ¿verdad?

Levantó el dedo índice a modo de advertencia.

—Una cosa más. Supongo que ahora estamos de acuerdo y piensas cumplir tu parte del trato y tener la boca cerrada, porque de lo contrario te arriesgas a que tus órganos terminen como piezas de repuesto para personas más jóvenes y mejores que tú, y eso sería muy molesto, ¿verdad que sí?

Ditlev rozó levemente el gotero, que ya estaba conectado.

—No te guardo rencor, Frank, así que tú tampoco me lo guardes a mí, ¿entendido?

Apartó la cama de un buen empujón y dio media vuelta. Si eso tampoco funcionaba, él se lo habría buscado.

Al salir cerró con tal violencia que un celador que pasaba por allí se acercó a comprobar que la puerta seguía entera cuando lo vio alejarse.

Después fue directamente a la lavandería. Hacía falta algo más que un desahogo verbal para sacarle del cuerpo la desagradable sensación que la sola presencia de Helmond le provocaba.

Su más reciente adquisición, una jovencita de Mindanao —donde te cortaban la cabeza si te acostabas con quien no debías—, seguía sin estrenar. La veía con muy buenos ojos. Era justo como le gustaban. La mirada huidiza y una enorme conciencia de su escaso valor. Eso, combinado con la accesibilidad de su cuerpo, encendía un volcán en su interior. Un volcán cuyo único anhelo era que lo extinguieran.

—Tengo el tema de Helmond bajo control —informó algo más tarde.

Ulrik asintió satisfecho tras el volante. Se le veía aliviado.

Ditlev contempló el paisaje, el bosque que empezaba a dibujarse a lo lejos, y se sintió lleno de calma. Al fin y al cabo, aquella semana tan descontrolada estaba teniendo un final bastante razonable.

—¿Y la policía? —preguntó su amigo.

—Eso también. Han apartado del caso al tal Carl Mørck.

Se detuvieron junto a la finca de Torsten, a unos cincuenta metros de la entrada, y volvieron sus rostros hacia las cámaras. Diez segundos más y el portón que había entre los abetos carretera adelante empezaría a levantarse.

Cuando entraron en el patio, Ditlev marcó el número de Torsten en el celular.

—¿Dónde estás? —preguntó.

—Bajen por delante del criadero y estaciónense. Estoy en la casa de fieras.

—Está en la casa de fieras —le explicó a Ulrik.

Empezaba a sentir una creciente excitación. Ésa era la parte más intensa del ritual y, sin lugar a dudas, la favorita de Torsten.

Habían visto a Torsten Florin deambular entre modelos semidesnudas en infinidad de ocasiones, lo habían visto bañado por la luz de los focos recibiendo el tributo del público más selecto, pero jamás lo habían visto disfrutar tanto como cuando visitaban la casa de fieras antes de una cacería.

La siguiente se celebraría un día laborable aún por determinar, pero sería en el plazo de una semana. Esta vez sólo participaría gente que se hubiera ganado el derecho a abatir la presa especial de la jornada alguna vez; gente para la que esas cacerías hubieran supuesto una experiencia importante y unos bienes materiales; gente digna de su confianza; gente como ellos.

Ulrik aparcó el Rover en el preciso instante en que Torsten salía del edificio con un delantal de plástico ensangrentado.

—Sean bienvenidos —los saludó sonriendo sin reservas.

De modo que venía de hacer una carnicería.

Habían ampliado el recinto desde su última visita. Ahora era más largo y más luminoso, con miríadas de cristales. Cuarenta obreros letones y búlgaros habían contribuido a que Dueholt empezara a parecerse al hogar que Torsten Florin ambicionaba desde que quince años atrás, a la edad de veinticuatro años, ganara sus primeros millones.

Había cerca de quinientas jaulas con animales en el interior, todas ellas iluminadas por lámparas halógenas.

Para un niño, un recorrido por la casa de fieras de Florin sería una experiencia mucho más exótica que una visita al zoológico. Para un adulto medianamente interesado en el bienestar de los animales resultaría impactante.

—Miren —les indicó Torsten—, un dragón de Komodo.

Su placer era ostensible, como si le sacudiera el cuerpo un orgasmo, y Ditlev lo entendía. Un animal peligroso y protegido como aquél no se podía cazar todos los días.

—Creo que vamos a llevarlo a la finca de los Saxenholdt cuando haya nieve. Estos cabrones se esconden mejor que nadie, y allí el coto es más o menos controlable. ¿Se lo imaginan?

—He oído que su mordedura es la más venenosa del planeta —dijo Ditlev—, así que habrá que dar en el blanco antes de que acabemos en sus fauces.

Observaron que Florin se estremecía en lo que parecía un escalofrío. Desde luego, les había buscado una pieza estupenda. ¿Cómo lo habría conseguido?

—¿Y qué me dices de la próxima? —preguntó un curioso Ulrik.

Torsten extendió los brazos para dar a entender que él ya tenía una idea, pero les correspondía a ellos descubrir cuál era.

—Ahí están las opciones —dijo señalando por encima de un mar de jaulas repletas de animalillos de grandes ojos.

Todo estaba asépticamente limpio. Si todos aquellos animales, que juntos sumaban varios kilómetros de sistemas digestivos con sus correspondientes metabolismos, no lograban que el olor acre de su orina y sus excrementos dominara aquel espacio era gracias al magnífico equipo de empleados negros que Torsten tenía a sus órdenes. Tres familias somalíes vivían en sus terrenos. Barrían, cocinaban, quitaban el polvo y limpiaban primorosamente, pero eran invisibles cuando había invitados. Había que evitar las habladurías.

En la última fila, unas junto a otras, había seis jaulas altas en cuyo interior se distinguían unas siluetas encogidas.

Ditlev sonrió al observar las dos primeras. El chimpacé tenía una constitución armónica, pero también unos ojos agresivos clavados en su vecino, un dingo salvaje que temblaba con el rabo entre las piernas, mostrando unos dientes chorreantes de saliva.

Torsten era increíblemente creativo y sobrepasaba con mucho la barrera de lo que la gente común consideraba aceptable. Si los protectores de animales llegaran a conocer una mínima parte de su mundo, el futuro que lo aguardaba era una pena de prisión y unas multas millonarias. Su imperio se desmoronaría de un día para otro. Para las mujeres con clase y dignidad no suponía ningún problema llevar abrigos de piel, pero dejar a un chimpancé medio muerto de miedo o forzar a un dingo a correr por un bosque danés para defender su vida, eso no, gracias.

Las últimas cuatro jaulas contenían criaturas más corrientes. Un gran danés, un gigantesco macho cabrío, un tejón y un zorro. Todos los observaban echados en la paja como si ya conocieran su destino, todos menos el zorro, que temblaba en un rincón.

—Se estarán preguntando qué ocurre aquí. Se los voy a explicar.

Florin metió las manos en los bolsillos del delantal e hizo un gesto en dirección al gran danés.

—Ahí donde lo ven, tiene un pedigrí que se remonta al siglo pasado. Me ha costado la bonita suma de doscientas mil coronas, pero yo creo que no debería transmitir sus feos genes, con esos horribles ojos torcidos que tiene.

Era previsible que Ulrik se echara a reír.

—Y ese animal también es muy especial, para que lo sepan —continuó señalando hacia la jaula número dos—. Como recordarán, mi gran ídolo es Rudolf Sand, el abogado de la Audiencia Nacional, que registró minuciosamente sus trofeos a lo largo de un periodo de casi sesenta y cinco años. Fue un cazador legendario.

Asintió sumido en sus propias reflexiones y dio unos golpecitos en los barrotes que hicieron que el animal se retirara con la cabeza gacha y los cuernos amenazantes.

—Sand se cobró exactamente 53,276 piezas. Un macho cabrío como éste fue su mayor y más importante trofeo. Se trata de una cabra de cuernos retorcidos o marjor paquistaní. Les diré que Sand estuvo buscando un marjor macho por las montañas de Afganistán durante casi veinte años hasta que un día, tras ciento veinticinco duras jornadas de búsqueda, consiguió abatir uno enorme y viejísimo. Pueden leerlo todo en internet, se los recomiendo. No abundan los hombres como él.

—¿Y esto es un marjor?

La sonrisa de Ulrik era en sí asesina.

Torsten estaba disfrutando de lo lindo.

—Claro, caray, y no pesa mucho menos que el de Rudolf Sands. Dos kilos y medio menos, para ser exactos. Una bestia magnífica. Es lo que tiene disponer de contactos en Afganistán. Larga vida a la guerra.

Todos rieron antes de pasar al tejón.

—Este llevaba años viviendo al sur de mis tierras, pero el otro día se acercó demasiado a una de las trampas. ¿Saben? Me une una relación muy personal a este amiguito.

Ditlev pensó que en tal caso no sería esa la pieza que abatir. Ya se encargaría el propio Torsten de despacharlo algún día.

—Y luego tenemos a este de aquí, el inconfundible zorro. ¿A que no adivinan por qué es tan especial?

Estudiaron largo rato al convulso animal. Parecía asustado, pero permaneció erguido y con la cabeza orientada hacia ellos hasta que Ulrik dio una patada en los barrotes.

Su reacción fue tan rápida que sus mandíbulas se cerraron en torno a la punta del zapato de Ulrik. Ditlev y él se sobresaltaron. Luego advirtieron la espuma que le salía por la boca, la locura de sus ojos y la muerte que ya empezaba a hacer presa en él.

—¡Caray, Torsten, esto es diabólico! Es éste, ¿verdad? Éste es el animal que vamos a cazar la próxima vez, ¿me equivoco? Vamos a soltar un zorro que tiene una rabia galopante.

Rio de tan buena gana que Ditlev no pudo hacer otra cosa que unirse a él.

—Has encontrado un bicho que conoce el bosque de arriba abajo y encima tiene rabia. No veo el momento de que se lo cuentes a los demás. Caray, Torsten, ¿por qué no se nos había ocurrido antes?

Florin se sumó a las risas de sus amigos y el edificio se llenó de gemidos y susurros de animales que se agazapaban dentro de sus jaulas.

—Menos mal que llevas unas botas resistentes, Ulrik —observó entre carcajadas mientras señalaba la dentadura que seguía marcada en la Wolverine especialmente confeccionada para su amigo—, si no, habríamos acabado en el hospital de Hillerød y no hubiera sido muy fácil de explicar, ¿no crees? Una cosa más —añadió conduciéndolos hacia la parte del recinto donde la luz era más potente—. ¡Miren!

Les mostró el campo de tiro que había construido como prolongación de la casa de fieras, un tubo de unos dos metros de altura y al menos cincuenta de longitud marcado metro por metro. Tres dianas. Una para tiro con arco, otra para disparar con rifle y, por último, otra con revestimiento de acero para calibres más gruesos.

Recorrieron las paredes con la mirada, impresionados. Al menos cuarenta centímetros de aislamiento acústico. Si alguien oía los disparos desde el exterior, tenía que ser un murciélago.

—He mandado instalar salidas de aire por todas partes para poder simular diferentes condiciones atmosféricas.

Apretó un botón.

—Con un viento de esta intensidad, la desviación del tiro exige una corrección de entre un dos y un tres por ciento en los disparos con arco.

Señaló hacia la pantalla de una minicomputadora que había en la pared.

—Se puede programar cualquier tipo de arma y hacer una simulación de viento.

Entró en el dispositivo.

—Pero primero hay que probar lo que se siente en la piel, no vamos a llevarnos todo el equipo al bosque, ¿no?

Ulrik pasó después. Sus fuertes cabellos no se movieron un milímetro. En ese sentido, Torsten disponía de un indicador de cuero cabelludo algo mejor.

—Vamos allá —prosiguió Torsten—. El caso es que vamos a soltar un zorro rabioso en el bosque. Como han visto, es enormemente agresivo, de modo que los ojeadores llevarán las piernas protegidas hasta las ingles.

Les indicó la altura con las manos.

—Los más expuestos seremos los cazadores. Me encargaré, por supuesto, de que haya vacunas a mano, pero las heridas que puede hacer un animal en su estado bastarían para matar a un hombre. ¡Una arteria arrancada del muslo y ya saben lo que pasa!

—¿Cuándo piensas anunciárselo a los demás? —preguntó Ulrik con voz emocionada.

—Justo antes de empezar. Pero miren esto, amigos.

Desapareció detrás de un fardo de paja y sacó un arma. A Ditlev le entusiasmó su elección. Era una ballesta, y para colmo, con mira telescópica. Completamente ilegal en Dinamarca tras la reforma de la ley de armas de 1989, pero letal como pocas e insuperable a la hora de apuntar. Si era posible, claro. Además, sólo se podía tirar una vez, porque volver a cargarla llevaba su tiempo. Sería una cacería repleta de riesgos enormes y desconocidos. Como tenía que ser.

—Van a llamarla Relayer Y25. Es el modelo especial con el que piensan celebrar el aniversario de Excalibur esta primavera. Solamente han fabricado mil unidades y estas dos de aquí. No se puede pedir más.

Las sacó de su escondrijo y le entregó una a cada uno.

Ditlev sopesó la suya con el brazo extendido. Era ligerísima.

—Las hemos introducido en el país desmontadas, cada parte se ha enviado por separado. Creía que habíamos perdido una pieza, pero al final apareció ayer.

Se echó a reír.

—Hemos tardado un año, ¿qué les parece?

Ulrik pellizcó la cuerda. Sonaba como un arpa. Un tono agudo y afinado.

—Dicen que puede con doscientas libras, pero yo creo que se han quedado cortos. Y con una flecha 2219, ningún animal, por grande que sea, sobrevivirá a un disparo a menos de ochenta metros. Ahora verán.

Torsten tomó una ballesta, apoyó el estribo en el suelo, introdujo el pie y pisó. Luego tiró con fuerza, la tensó y la bloqueó. Lo había hecho un millón de veces, los tres lo sabían.

Extrajo una flecha de la aljaba y la colocó con cuidado. Un movimiento prolongado, ágil y sosegado que contrastó con la fuerza explosiva que se desencadenó segundos más tarde, cuando la flecha salió despedida hacia la diana situada a cuarenta metros.

Contaban con que Torsten diera en el blanco; lo que no esperaban era el enorme arco que la flecha describió en el aire ni que perforase la diana y la destrozara.

—Cuando le disparen al zorro, intenten hacerlo desde arriba para que la flecha no dé a uno de los ojeadores, porque es lo que ocurrirá si se descuidan; y no hieran al zorro en el omóplato, no queremos que pase eso, ¿verdad? Porque así no se muere, sale corriendo.

Les entregó un papel.

—Aquí tienen un enlace a una web donde explican cómo armar y utilizar la ballesta. Les recomiendo que vean todos los videos con la máxima atención.

Ditlev leyó la dirección. Ponía: http://www.excaliburcrossbow.com.

—¿Por qué? —preguntó.

—Porque el sorteo lo van a ganar ustedes dos.

23

Cuando regresó al sótano, Carl sólo encontró una mesa armada tambaleándose sobre sus patas. Al lado estaba Rose de rodillas echando pestes de un desarmador de estrella. Un trasero muy bonito, pensó mientras pasaba por encima de ella sin mediar palabra.

Lanzó una mirada de reojo a la mesa y observó con recelo los cerca de veinte papelitos amarillos repletos de las características mayúsculas de Assad. Cinco de ellos correspondían a llamadas de Marcus Jacobsen. Los despegó de inmediato y los convirtió en una bolita. Los demás, los amalgamó en una masa pegajosa y se los guardó en el bolsillo de atrás.

Echó un vistazo en la incubadora que su ayudante tenía por oficina, pero todo lo que encontró fue la alfombrilla de oración en el suelo y una silla vacía.

—¿Dónde está? —le preguntó a Rose.

No se dignó responderle. Se limitó a señalar hacia un punto por detrás de él.

El subcomisario miró en su propio despacho y vio a Assad con los pies plantados en la maraña de papeles que cubría la mesa, entregado a la lectura y ajeno por completo a la realidad. Su cabeza se movía al compás de una música zumbona de origen incierto que salía por sus auriculares. Encima del montón de casos que Carl denominaba de categoría 1, es decir, sin culpable, había un humeante vaso de té. Una agradable atmósfera de trabajo.

—¿Pero qué diablos estás haciendo, Assad? —le preguntó con tal brusquedad que el desdichado pataleó como un títere al tiempo que lanzaba por los aires las hojas del expediente y desparramaba por toda la mesa el contenido del vaso de té, con el consiguiente efecto dilatador para el papel.

Desconcertado, se abalanzó sobre la mesa y empezó a usar las mangas de su suéter a modo de paño. Cuando Carl le puso una mano en el hombro para tranquilizarlo, su expresión de sorpresa dejó paso a su habitual sonrisa pícara, con la que daba a entender que lo sentía, que no había sido culpa suya y que, además, tenía estupendas novedades que contarle. Sólo en ese momento se quitó los auriculares.

—Perdona que me haya metido aquí, Carl, pero es que dentro en mi oficina la oía siempre.

Señaló con el pulgar hacia el pasillo, donde las maldiciones y los juramentos de Rose fluían en una corriente tan continua como las variadas y agradables sustancias que bullían en las toneladas de tuberías de saneamiento que pasaban por el techo del sótano.

—¿No deberías estar ayudándola a armar esas mesas, Assad?

Su ayudante se llevó un dedo silenciador a sus carnosos labios.

—Quiere hacerlo ella; lo he intentado.

—Ven un momento, Rose —gritó el subcomisario mientras lanzaba al suelo el montón de papeles más empapado en té del mundo.

Rose se quedó frente a ellos con una mirada maligna y aferrando el desarmador de estrella con tanta fuerza que tenía los nudillos blancos.

—Tienes dos minutos para hacer un hueco para tus dos sillas —le comunicó Carl—. Assad, ayúdala a desembalarlas.

Se sentaron frente a él como dos escolares expectantes. Las sillas no estaban mal, aunque él no habría escogido esas patas de acero verdes. Otra cosa más a la que tendría que empezar a acostumbrarse.

233

Les habló de su hallazgo en la casa de Ordrup y después colocó sobre la mesa la caja de metal abierta.

Rose ni se inmutó, pero los ojos de Assad parecían a punto de salirse de sus órbitas.

—Algo me dice que si encontramos huellas dactilares de alguna de las víctimas de Rørvig en esas tarjetas, los demás objetos también tendrán huellas de otras personas que vivieron experiencias terribles —dijo Carl.

Después aguardó a que dieran alguna señal de haber entendido sus palabras.

Alineó el osito y las seis fundas de plástico frente a ellos. El pañuelo, el reloj, el arete, la cinta de goma y las dos tarjetas del Trivial.

Huy, qué monada, decía la mirada de Rose clavada en el osito. Era de esperar.

—¿Qué es lo más llamativo de estas fundas? —preguntó su jefe.

—Las dos tarjetas del Trivial —contestó ella sin vacilar.

De modo que seguía con ellos. No se habría atrevido a jurarlo.

—Exactamente, Rose. ¿Y eso qué significa?

—Bueno, lógicamente quiere decir que cada bolsita representa una persona y no un hecho —dijo Assad—. Si no las dos tarjetas, entonces, habrían estado metidas en la misma bolsa de plástico, ¿no? En el crimen de Rørvig hubo dos víctimas, o sea, dos bolsitas de plástico.

Extendió los brazos en un gesto tan amplio y panorámico como su sonrisa.

—O sea, una bolsita de plástico para cada persona, entonces.

—Exactamente —afirmó Carl. Con Assad se podía contar.

Una vez en ese punto, Rose unió las palmas de las manos y se las llevó lentamente hacia la boca. Comprensión, impresión o ambas cosas a la vez, ella sabría.

—¿Me están diciendo que podríamos estar ante seis asesinatos? —preguntó.

Carl dio un golpe en la mesa.

—Seis asesinatos. ¡Eso es! —exclamó.

Los tres estaban pensando lo mismo.

Rose volvió a contemplar el simpático osito. No lograba que encajara con lo demás, y es que no era tarea fácil.

—Sí —corroboró el subcomisario—, es evidente que este amiguito va por otros derroteros, porque no está empaquetado como todo lo demás.

Lo observaron en silencio unos momentos.

—No sabemos si todos los efectos guardan relación con un asesinato, claro, pero es una posibilidad.

Alargó la mano por encima de la mesa.

—Assad, pásame la lista de Johan Jacobsen. La tienes ahí detrás, en el pizarrón.

La dejó sobre la mesa para que pudiesen verla los dos y luego señaló hacia los veinte hechos que Jacobsen había anotado.

—No tenemos ninguna seguridad de que estos casos guarden relación alguna con el caso de Rørvig y es posible que tampoco tengan nada que ver entre ellos, pero si los revisamos uno por uno quizá encontremos algo que podamos relacionar con alguno de estos objetos, y eso sería bastante. Buscamos otro delito en el que pueda estar involucrada la banda del internado. Si damos con él, es que estamos en la buena pista. ¿Qué me dices, Rose? ¿Te encargas tú?

Ella bajó las manos y dejó al descubierto una expresión que no era precisamente de entusiasmo.

—Tus señales me confunden, Carl. Primero no podemos hablar contigo y un momento después estamos a toda máquina. Me dices que tengo que armar las mesas y ahora que no. ¿Qué hago? ¿Qué me vas a decir dentro de diez minutos?

—Eh, alto ahí. No me estás entendiendo, Rose. Las mesas las tienes que armar, tú las has encargado.

—No es muy bonito que dos hombres me dejen hacerlo sola.

En ese punto intervino Assad:

—Bueno, yo sí quería, ¿no te lo dije? —intentó.

Pero Rose seguía en su empecinamiento.

—Carl, ¿tú sabes el daño que hacen todos esos palos de hierro? Siempre me estoy tropezando con algo.

—Las pediste tú y las quiero a primera hora en el pasillo. ¡Armadas todas! Mañana vienen los noruegos. ¿Se te había olvidado?

Ella echó la cabeza hacia atrás como si a Carl le oliera el aliento.

—Ya estamos otra vez. ¿Los noruegos? ¿Qué es eso de los noruegos? Esto está que parece un cuchitril, y como entren en la oficina de Assad se van a desmayar.

—Pues haz algo al respecto, Rose.

—Anda, ¿también? Ya son unas cuantas cosas. También querrás que pase aquí la noche, ¿no?

Su jefe la observó con aire de estar considerándolo. Era una posibilidad.

—No, pero siempre podemos venir a las cinco de la madrugada —replicó al fin.

—¡A las cinco!

Casi se cae de espaldas.

—¡Por favor! ¡Lo tuyo es muy grave, hombre! —le gritó mientras Carl trataba de recordar a quién podía dirigirse en la comisaría del centro para averiguar cómo habían podido soportar a ese espantajo más de una semana.

—Pero Rose —trató de mediar Assad—, es sólo porque entonces el caso va hacia delante, o sea.

Eso la hizo saltar como un resorte.

—Assad, haz el favor de no meterte a arruinar una buena discusión. Y deja ya de soltar todos esos *entonces* y esos *o sea*. Quítate esa costumbre de una vez, hombre, que tú puedes. Te he oído hablar por teléfono y ahí no se te escapa uno.

Después se volvió hacia Carl.

—Las mesas —prosiguió señalando a Assad—, que las arme ése. Del resto me ocupo yo. Y mañana no pienso venir hasta las cinco y media, porque antes no hay autobuses.

Luego agarró el osito y se lo metió a su jefe en el bolsillo de la camisa.

—Y a este, el dueño se lo buscas tú, ¿entendido?

Cuando salió por la puerta como un torbellino, Assad y Carl se quedaron cabizbajos. Qué carácter.

—¿Entonces...?

Assad hizo una breve pausa para reflexionar acerca de la pertinencia de su *entonces*.

—Entonces, ¿volvemos a ocuparnos del caso oficialmente, Carl?

—No, todavía no. Mañana se verá.

Levantó el puñado de notitas amarillas.

—Veo que has estado atareado, Assad. Has encontrado a alguien del internado con quien podemos hablar. ¿De quién se trata?

—En eso estaba entonces cuando has llegado, Carl.

Se estiró un poco para alcanzar unas fotocopias de la revista de la asociación de antiguos alumnos.

—He llamado al colegio, pero no les ha hecho gracia que quisiera hablar de Kimmie y los otros. Creo que no les gustó mucho lo de los crímenes. También creo que cuando empezó la investigación pensaron echar a Pram, a Dybbøl Jensen, a Florin y a Wolf. No he conseguido sacarles mucho del tema, o sea. Pero después he tenido la idea de que podía buscar a alguien de la clase de aquel chico que se cayó en la alberca y se murió. Además creo que he encontrado a un profesor que trabajó en el internado cuando estudiaban allí Kimmie y los demás. A lo mejor no le importa hablar con nosotros ahora que lo dejó hace tanto tiempo.

Eran casi las ocho de la tarde cuando Carl se presentó en la clínica y, al encontrarse con la cama de Hardy vacía, detuvo a la primera persona de blanco que pasó por allí.

—¿Dónde está? —preguntó con un mal presentimiento.

—¿Es usted familiar?

—Sí —mintió como buen gato escaldado.

—A Hardy Henningsen le entró líquido en los pulmones y lo hemos trasladado para poder atenderlo mejor.

Señaló hacia una puerta coronada por un letrero que decía «Terapia intensiva».

—Sea breve —le rogó—. Está agotado.

Una vez dentro, no le cupo la menor duda: Hardy había empeorado. El respirador funcionaba a plena potencia y su amigo estaba ligeramente incorporado en la cama con el torso desnudo, los brazos por encima de la manta, una máscara que le cubría todo el rostro, la nariz llena de tubos, un gotero y aparatos conectados por todas partes.

Tenía los ojos abiertos, pero cuando vio a Carl estaba demasiado cansado para sonreír.

—Hola, viejo —lo saludó el subcomisario.

Le apoyó una mano en el brazo con delicadeza. Hardy no sentía nada, pero qué importaba.

—¿Qué ha pasado? Dicen que te entró líquido en los pulmones.

El enfermo contestó algo, pero su voz quedó ahogada por la máscara y el zumbido constante de los aparatos. Carl acercó un poco más el oído.

—Dilo otra vez —pidió.

—Se me metió un poco de jugo gástrico en los pulmones —repitió Hardy con voz cavernosa.

Puf, qué asco, pensó Carl al tiempo que estrechaba aquel brazo paralizado.

—Tienes que recuperarte, Hardy. ¿Estamos?

—Ese punto del antebrazo ahora es más grande —susurró—. A veces me quema como el fuego, pero no le he comentado nada a nadie.

El subcomisario sabía por qué y no le hacía ni pizca de gracia. Hardy esperaba poder recuperar el movimiento del brazo lo suficiente para levantarlo, empuñar las tijeras de cortar gasa y clavárselas en la aorta. La cuestión era si compartir con él esa esperanza o no.

—Tengo un problema, Hardy, y necesito tu ayuda —dijo Carl mientras acercaba una silla—. Tú conoces a Lars Bjørn mucho mejor que yo, de la época de Roskilde. Quizá tú puedas contarme qué está pasando con mi departamento.

Le explicó a grandes rasgos cómo habían detenido su investigación, que Bak pensaba que Lars Bjørn estaba metido en el ajo y que contaban con el respaldo de la directora de la policía.

—Ahora me han quitado la placa —concluyó.

Hardy tenía la vista clavada en el techo. Si hubiera sido el de antaño, habría sacado un cigarro.

—Lars Bjørn siempre lleva una corbata azul marino, ¿verdad? —dijo al cabo de un instante y no sin grandes dificultades.

Carl cerró los ojos. Efectivamente, la corbata era una parte indispensable del propio Lars Bjørn; y, efectivamente, era azul.

Hardy intentó toser, pero sólo pudo emitir un sonido que recordaba a una tetera a punto de quedarse sin agua.

—Es un antiguo alumno del internado, Carl —se oyó débilmente—. Lleva cuatro pequeñas conchas en la corbata. Es la del internado.

Carl se quedó sin habla. Años atrás, una violación en el colegio había estado a punto de acabar con el renombre del centro. ¿Qué consecuencias traería un caso como el suyo?

Mierda. Lars Bjørn era un antiguo alumno del internado. Si estaba interviniendo activamente en todo aquello, ¿lo hacía como defensor y paladín del colegio o en calidad de qué? Interno una vez, interno siempre, decían.

Asintió lentamente. Por supuesto. Así de sencillo.

—Muy bien, Hardy —dijo dando unos golpecitos en la sábana—. Eres genial, ¿quién podría ponerlo en duda?

Le pasó una mano por el pelo a su antiguo compañero. Tenía un tacto húmedo y sin vida.

—¿No estás enojado conmigo, Carl? —salió de pronto de detrás de la máscara.

—¿Por qué me lo preguntas?

—Ya lo sabes. El caso de la pistola de clavos. Lo que le dije a la psicóloga.

—Hardy, carajo. Cuando estés mejor resolveremos juntos ese caso, ¿sí? Comprendo perfectamente que estando tumbado aquí se te ocurran ideas raras. Lo entiendo, Hardy.

—No son raras, Carl. Algo ocurría, y ese algo tiene que ver con Anker. Cada vez estoy más seguro.

—Ya lo resolveremos juntos cuando llegue el momento, ¿de acuerdo?

Hardy permaneció un rato en silencio dejando que el respirador realizara su trabajo mientras Carl no podía hacer otra cosa que observar cómo subía y bajaba el pecho de su amigo.

—¿Querrías hacerme un favor?

La pregunta interrumpió de repente el movimiento monótono del cuerpo del paciente.

El subcomisario retrocedió un poco en el asiento. Ése era el momento que más temía de aquellas visitas a Hardy, su eterno deseo de que lo ayudara a morir. La eutanasia, por usar una bonita palabra; un homicidio por compasión, dicho de otra manera. Terribles ambas.

Lo que le asustaba no era el castigo ni las consideraciones éticas. Simplemente, no podía.

—No, Hardy. No me pidas eso nunca más. No creas que no lo he pensado, pero no. Lo siento muchísimo, amigo, pero no puedo.

—No es eso, Carl.

Se humedeció los labios resecos como si con eso fuese a costarle menos transmitir el mensaje.

—Quería preguntarte si no podría vivir en tu casa en lugar de estar aquí.

El silencio que siguió fue desgarrador. Carl se sentía paralizado. Todas las palabras se le agolpaban en la garganta.

—He estado pensando una cosa —prosiguió Hardy lentamente—. Ese tipo que vive en tu casa, ¿no podría ocuparse de mí?

Su desesperación era como una sucesión de puñaladas.

Carl sacudió la cabeza de manera imperceptible. ¿Morten Holland de enfermero? ¿En su casa? Era para echarse a llorar.

—Esas cosas están subvencionadas, Carl, me he informado. Te mandan una enfermera varias veces al día, eso no es problema. No tienes que preocuparte.

El subcomisario bajó la vista.

—Hardy, en casa no tenemos las condiciones necesarias para algo así, es un sitio pequeño. Y tengo a Morten viviendo en el sótano, que está prohibido.

—Podría instalarme en el salón.

Su voz se había vuelto ronca, como si luchara desesperadamente por no llorar, aunque quizá fuese su estado normal.

—El salón es grande, ¿verdad? En una esquinita. Nadie tiene por qué enterarse de lo de Morten en el sótano. ¿No hay tres habitaciones arriba? Pueden poner una cama en una y que él siga viviendo en el sótano, ¿no?

Aquel hombretón le estaba suplicando. ¿Cómo podía ser tan grande y tan pequeño al mismo tiempo?

—Ay, Hardy...

A Carl le costaba decirlo. La idea de meter aquel armatoste de cama y todos esos aparatos en su salón le parecía terrorífica. Los problemas acabarían destrozando su hogar. Lo poco que quedaba de él. Morten se iría. Jesper se pasaría el día despotricando de todo y de todos. Era completamente imposible por más que él quisiera... en teoría.

—Hardy, estás demasiado enfermo. Si no estuvieras tan mal...

Hizo una larga pausa con la esperanza de que su amigo lo dispensara de aquel tormento, pero éste no dijo nada.

—Tú primero recupera un poco más de sensibilidad, vamos a darle tiempo al tiempo.

Miró a Hardy a los ojos y vio cómo se cerraban lentamente. Las esperanzas rotas habían apagado el brillo de su mirada.

Darle tiempo al tiempo, había dicho.

Como si Hardy tuviera otra cosa que hacer.

Desde sus primeros días en el departamento de Homicidios, Carl no había vuelto a levantarse tan temprano como lo hizo a la mañana siguiente. Aunque era viernes, la autopista de Hillerød era una larga cinta sin coches. Los del garaje cerraban las puertas de los vehículos con movimientos pausados. El puesto de guardia olía a café. Había tiempo de sobra.

En el sótano le esperaba lo más parecido a una sorpresa: una rectísima hilera de mesas convenientemente elevadas hasta la altura del codo le dio la bienvenida a los dominios del Departamento Q; los océanos de papel estaban alineados en pequeños montones, al parecer clasificados de acuerdo con un sistema que sin duda iba a ser fuente de un sinfín de quebraderos de cabeza; tres tablones de anuncios pegados a la pared mostraban diversos recortes relativos al caso; y, al final de la fila, en la última mesa y sobre una diminuta y muy ornamentada alfombra de oración, ronroneaba Assad en posición fetal entregado al más profundo de los sueños.

De la oficina de Rose salía algo que, en el mejor de los casos, se podía descifrar como la *Suite no. 3* de Bach en un arreglo para silbido desenfrenado. Vamos, un concierto de órgano para nivel avanzado.

Diez minutos después los tenía a ambos sentados frente a sendas tazas humeantes en el mismo despacho al que la víspera se había referido como suyo y que ahora le costaba reconocer.

Rose observó cómo se quitaba el saco y lo colgaba del respaldo de su silla.

—Bonita camisa, Carl —dijo—. Ya veo que no te has olvidado del osito. ¡Muy bien!

Señaló hacia el bulto que se le marcaba en la pechera.

Él asintió. Era para acordarse de trasladar a Rose a algún departamento nuevo e indefenso en cuanto se presentara la ocasión.

—¿Qué te parece entonces, jefe? —preguntó Assad recorriendo con un amplio movimiento de la mano todo el local, en el que nada perturbaba la visión. Una auténtica delicia para los del *feng shui*. Limpieza de líneas y también de suelos.

—Johan ha bajado a echarnos una mano, volvió al trabajo ayer —le explicó Rose—. Al fin y al cabo, el que empezó todo esto fue él.

Carl intentó poner algo de chispa en su helada sonrisa. Estaba contento, pero un poco abrumado.

Cuatro horas más tarde los tres ocupaban sus asientos a la espera de la llegada de la delegación noruega. Cada uno tenía un papel que desempeñar. Habían comentado la lista de agresiones y verificado que las huellas halladas en las tarjetas del Trivial coincidían con dos huellas fácilmente identificables de una de las víctimas, Søren Jørgensen, y otra peor conservada de su hermana. Ahora la cuestión era quién se había llevado esas tarjetas del lugar de los hechos. Si había sido Bjarne Thøgersen, ¿por qué se encontraban entonces en la caja de Kimmie en su casa de Ordrup? La presencia de alguien más que Thøgersen en la cabaña habría supuesto un cambio radical para la interpretación del tribunal en el momento de dictar sentencia.

La euforia se había apoderado de la oficina de Rose Knudsen. Superado el atentado a Bach, ahora se la oía hacer los más furiosos intentos de desenterrar el material relativo a la muerte de Kristian Wolf mientras Assad trataba de averiguar dónde trabajaba y vivía el tal K. Jeppesen, que en tiempos dio clases de literatura a Kimmie y compañía.

Tenían mucho que hacer antes de que llegaran los noruegos.

243

Al dar las diez y veinte, Carl supo que algo andaba mal.

—No van a bajar si no subo a buscarlos —dijo agarrando su carpeta.

Hizo a la carrera el largo recorrido de subida por las redondas escaleras de piedra hasta el segundo piso.

—¿Están ahí dentro? —les gritó a un par de compañeros exhaustos que estaban enfrascados en la tarea de deshacer nudos gordianos. Asintieron.

En el comedor había al menos quince personas. Además del jefe de Homicidios, estaban Lars Bjørn —el subjefe—, Lis con una libreta, un par de tipos jóvenes y resueltos vestidos con aburridos trajes, que supuso que serían del Ministerio de Justicia, y cinco individuos de atuendos coloridos que, al contrario que el resto de los presentes, acogieron su llegada mostrando unas dentaduras de lo más sonrientes. Al menos un punto a favor para los invitados de Oslostán.

—Pero a quién tenemos aquí, si es Carl Mørck. ¡Qué sorpresa tan agradable! —exclamó su jefe, que opinaba exactamente lo contrario.

El subcomisario les estrechó la mano a todos, incluida Lis, y se presentó con extremada claridad a los noruegos, a los que no entendía ni media palabra.

—Enseguida continuaremos la visita por las salas inferiores —dijo ignorando la torva mirada de Bjørn—, pero antes me gustaría exponer brevemente mis principios como jefe del Departamento Q, nuestra brigada de más reciente creación.

Se colocó delante del panel que estaban viendo antes de su intromisión y preguntó:

—¿Me entienden todos, chicos?

Tomó buena nota de sus entusiastas cabeceos y de las cuatro conchas de la corbata azul marino de Lars Bjørn.

Dedicó los siguientes veinte minutos a exponer a grandes rasgos el esclarecimiento del caso de Merete Lynggaard, que a juzgar por su expresión los noruegos conocían bien, y concluyó con una breve exposición del caso que los ocupaba en aquellos momentos.

Era evidente que los del Ministerio de Justicia estaban desorientados. Supuso que era la primera noticia que tenían del caso.

Luego se volvió hacia Marcus Jacobsen.

—En el curso de nuestras investigaciones acaban de llegar a nuestras manos pruebas inequívocas de que al menos uno de los integrantes del grupo, Kimmie Lassen, está directa o indirectamente vinculada al caso.

Explicó las circunstancias del hallazgo y les aseguró a todos que había un testigo fidedigno presente en el momento de la retirada de la caja, sin perder de vista en ningún momento a Lars Bjørn, cuyo rostro se iba ensombreciendo por momentos.

—¡Esa caja de metal podría habérsela dado Bjarne Thøgersen, con quien convivía en esa época! —observó con acierto el jefe de Homicidios.

Ya habían estudiado esa posibilidad en el sótano.

—Sí, pero no lo creo. Mira la fecha del periódico. Es del día que, según Bjarne Thøgersen, Kimmie se instaló en su casa. Yo diría que lo empaquetó todo y lo guardó porque no quería que él lo viese. Pero puede haber otras explicaciones. Esperemos que podamos localizar a Kimmie Lassen e interrogarla. A ese respecto me gustaría solicitar una orden de búsqueda, así como un par de hombres de refuerzo para vigilar la zona de la estación central y para seguir a Tine, la toxicómana, y sobre todo a los señores Pram, Dybbøl Jensen y Florin.

Al llegar a este punto le lanzó una mirada envenenada a Lars Bjørn para volverse a continuación hacia los noruegos.

—Tres de los alumnos del internado, hombres muy conocidos en Dinamarca que hoy son respetables ciudadanos y ocupan lo más alto de la escala social; en su día fueron sospechosos de estar detrás del doble asesinato de Rørvig —les aclaró.

La frente del jefe de Homicidios empezó a poblarse de arrugas.

–Verán –continuó Carl dirigiéndose directamente a los noruegos, que bebían café como si acabaran de sobrevivir a un vuelo de sesenta horas sin comer ni beber o vinieran de un país cuyas reservas de moca llevaran agotadas desde la invasión de los alemanes–, como saben gracias a la fabulosa labor que ustedes y su Kripos llevan a cabo en Oslo, estos golpes de suerte suelen poner al descubierto otros delitos que en su momento o bien no se resolvieron, o bien no llegaron a clasificarse como tales.

De pronto uno de los noruegos levantó la mano y le disparó una cantarina pregunta que Carl le hizo repetir un par de veces hasta que uno de los funcionarios acudió en su ayuda.

–Lo que el comisario Trønnes desea saber es si han elaborado una lista de posibles delitos que puedan estar relacionados con el crimen de Rørvig –tradujo.

Carl asintió cortésmente. ¿Cómo demonios era capaz de extraer una frase tan coherente de semejantes gorjeos?

Sacó de la carpeta la lista de Johan Jacobsen y la fijó al pizarrón.

–El jefe de Homicidios ha colaborado en esta parte de la investigación.

Le dedicó una mirada de gratitud a Marcus, que sonrió amablemente a los demás con cara de no estar entendiendo una palabra.

–Ha puesto a disposición del Departamento Q las pesquisas que había hecho por cuenta propia un miembro del personal civil. Sin compañeros como él y su gente, y sin una cooperación interdepartamental como la nuestra, no habría sido posible llegar a estos resultados en tan poco tiempo. No olvidemos que este caso, que tiene más de veinte años de antigüedad, sólo hace catorce días que es objeto de nuestro interés. De modo que gracias, Marcus.

Alzó hacia él una copa imaginaria a sabiendas de que aquello, tarde o temprano, volvería como un bumerán.

A pesar de los desesperados intentos —sobre todo por parte de Lars Bjørn— de cambiar la agenda de Carl, resultó enormemente sencillo bajar a los noruegos al sótano.

El funcionario intentaba hacer partícipe al subcomisario de los comentarios de los visitantes de la nación hermana. Estaban admirados de la sobriedad danesa y de que los resultados siempre fueran muy por delante de sus recursos y beneficios personales, le explicó. Esa interpretación no iba a ser muy bien recibida arriba cuando se extendiera el rumor.

—Me persigue un tipo que no para de hacerme preguntas y no le entiendo ni pío. ¿Sabes noruego? —le susurró a Rose mientras Assad se deshacía en elogios y no dejaba de poner medallas a la policía danesa por su política de integración. Al mismo tiempo les ofrecía una asombrosa visión de conjunto de por qué en esos momentos estaban trabajando como esclavos.

—Aquí tenemos la clave de nuestro departamento —dijo Rose.

Después empezó a repasar una montaña de casos que había ordenado por la noche. Hablaba en el noruego más comprensible y cercano a la belleza que Carl había oído en su vida.

Por mucho que le costara admitirlo, no estaba nada, pero nada mal.

Una vez en su despacho, se encontraron con que en la pantalla grande los esperaba una soleada visita guiada a Holmenkollen. Había sido idea de Assad poner un DVD acerca de las maravillas de Oslo que había conseguido en la librería de Politiken tan sólo diez minutos antes y no quedó un ojo cerrado. Al cabo de una hora, cuando se fueran a comer, la ministra de Justicia lanzaría destellos de entusiasmo.

Un noruego que farfulló su nombre y parecía el jefe invitó a Carl a Oslo con unas cordiales palabras sobre la hermandad de los pueblos. Y si no podía, al menos tenía que acompañarlos en el almuerzo, y si para eso tampoco disponía de tiempo, por lo menos podría darle un buen apretón de manos, porque se lo había ganado.

Cuando se marcharon, Carl contempló a sus dos ayudantes con algo que por un momento se podría haber interpretado como cariño y gratitud. No porque los noruegos hubieran pasado con éxito por el sistema, sino porque era muy probable que no tardaran en convocarlo a una reunión en el segundo piso para devolverle su placa. Y si se la devolvían, la suspensión sería cosa del pasado casi antes de entrar en vigor. Y si era cosa del pasado, ya no tendría que ir a terapia con Mona Ibsen. Y si no tenía que ir, entonces saldrían a cenar. Y si salían a cenar, quién sabe.

Se disponía a decirles unas bonitas palabras –tampoco a ponerlos por las nubes, pero sí, quizá, a hacerles la promesa de que, con motivo de lo especial del día, podrían irse a casa una hora antes– cuando una llamada telefónica lo cambió todo.

Un catedrático, un tal Klavs Jeppesen, llamaba en respuesta al mensaje que le había dejado Assad en el instituto de Rødovre.

Sí, claro, podía reunirse con Carl, y sí, había trabajado en el internado a mediados de los ochenta. Recordaba perfectamente aquella época.

No había sido nada buena.

24

Encontró a Tine acurrucada bajo las escaleras de un portal de Dybbølsgade, cerca de la plaza Enghave Plads. Estaba sucia, magullada, muriéndose por una dosis de heroína. Uno de los vagabundos de la plaza le contó que llevaba así veinticuatro horas y que se negaba a moverse.

Estaba pegada a la pared del fondo del hueco de la escalera, oculta en la oscuridad.

Cuando Kimmie asomó la cabeza, se sobresaltó.

—Dioooos, si eres tú, Kimmie, cielo —exclamó aliviada lanzándose a sus brazos—. Hola, Kimmie. Hola. Eres justo la persona a quien quería ver.

Temblaba como una hoja y le castañeteaban los dientes.

—¿Qué ha pasado? —preguntó Kimmie—. ¿Por qué estás ahí metida? ¿Por qué tienes este aspecto?

Le acarició la mejilla hinchada.

—¿Quién te ha pegado, Tine?

—Viste mi nota, ¿verdad?

Se echó hacia atrás y la miró con los ojos amarillos e inyectados en sangre.

—Sí, claro que la vi. Bien hecho, Tine.

—Entonces, ¿vas a darme las mil coronas?

Kimmie asintió y le secó el sudor de la frente. Tenía la cara llena de golpes. Un ojo casi cerrado. La boca torcida. Cardenales y marcas por todas partes.

—No vayas a los sitios por donde sueles moverte, Kimmie.

Cruzó los brazos temblorosos por delante del pecho en un intento de calmar las sacudidas de su cuerpo, sin éxito.

—Esos hombres estuvieron en mi casa. No fue nada agradable, pero ahora me quedo aquí, ¿verdad, Kimmie?

Iba a preguntarle qué había ocurrido cuando oyó el chasquido de la puerta del portal. Uno de los habitantes de la casa regresaba con los tintineantes trofeos del día en una bolsa del Netto. No era de los que habían colonizado el barrio últimamente, no. Llevaba montones de tatuajes caseros en los brazos.

—No pueden estar aquí —dijo en tono agrio—. Largo, a la calle, zorras.

Kimmie se incorporó.

—Creo que harías bien en subir a tu casa y dejarnos en paz —replicó, avanzando unos pasos hacia él.

—¿Y si no?

El tipo dejó la bolsa en el suelo, entre sus piernas.

—Si no, te parto la cabeza.

Le encantó, era evidente.

—Vaya, zorra, pareces lista. Puedes largarte con esa yonqui asquerosa o subir conmigo. ¿Qué te parece? Por mí, esa cerda puede quedarse pudriéndose donde quiera si subes.

Estaba intentando tocarla cuando su grasiento barrigón recibió el duro impacto del puño de Kimmie que se hundió en la carne fofa. El segundo golpe eliminó la expresión de sorpresa de su rostro. El golpe de sus pies contra el suelo de madera del portal sonó como una estampida.

—Ahhhh —gimoteó con la frente en el suelo mientras Kimmie se sentaba en el hueco de la escalera.

—¿Quién fue? ¿Dices que unos hombres? ¿Adónde dices que van a ir?

—Eran los de la estación. Subieron a mi casa y, como no quise decirles nada de ti, me pegaron.

Intentó sonreír, pero la hinchazón del lado izquierdo se lo impidió. Después encogió las piernas.

—Yo me quedo aquí. Esos tipos me dan miedo.

—Pero ¿quiénes son? ¿De la policía?

Hizo un gesto negativo.

—¿Ésos? ¡Para nada! El policía era agradable. No, son unos idiotas que te buscan porque les pagan para encontrarte. Ten cuidado.

Aferró a Tine por un brazo esquelético.

—¡Te pegaron! ¿Les dijiste algo? ¿Te acuerdas?

—Kimmie, es que... necesito una dosis.

—Tendrás tus mil coronas, Tine, no te preocupes. ¿Les dijiste algo de mí?

—Yo no me atrevo a salir a la calle, vas a tener que traérmelo. Kimmie, por favor. Y una botella de Cocio y unos cigarrillos. Y un par de cervezas, ya sabes.

—Sí, sí, yo te lo traigo. Pero ahora contéstame. ¿Qué les dijiste?

—¿No podrías traérmelo antes?

Kimmie la observó. Era evidente, le aterrorizaba la idea de que cuando le contara lo que había ocurrido no quisiera darle eso que tanto necesitaba.

—¡Vamos, Tine, suéltalo de una vez!

—¡Me lo has prometido, Kimmie!

Las dos asintieron.

—Es que me pegaron. No paraban, Kimmie. Les conté que nos veíamos en la banca de vez en cuando y también les dije que te había visto bajar por Ingerslevsgade muchas veces y que creía que vivías en algún sitio cerca de allí.

La miró con ojos suplicantes.

—No es verdad; ¿verdad que no, Kimmie?

—¿Dijiste algo más?

La voz de Tine era cada vez más pastosa y sus espasmos, más marcados.

—No, Kimmie, te lo prometo. Nada más.

—¿Y se largaron?

—Sí. Puede que vuelvan, pero no voy a decirles nada más. Yo no sé nada.

Sus ojos se encontraron en la penumbra. Intentaba que su amiga volviera a confiar en ella, pero esas últimas palabras habían sido un error.

De modo que sabía algo más.

—¿Qué más sabes, Tine?

Sus piernas eran presas del síndrome de abstinencia y sufrían espasmos a pesar de la quietud de su postura.

—Bueno, solamente lo del parque de Enghave. Que sueles ir a ver jugar a los niños. Sólo eso.

Había tenido los ojos y las orejas más abiertos de lo que creía Kimmie. Por lo visto, también iba a buscar clientes más allá de Skelbækgade y del tramo de Istedgade que iba de la estación a Gasværkvej. A lo mejor se la chupaba a los hombres en el parque, aún había arbustos suficientes.

—¿Y qué más, Tine?

—Ah, Kimmie. No me acuerdo de todo ahora mismo. Ya sabes que no puedo pensar en nada más que en la mierda que me voy a meter.

—¿Y después? Cuando ya tengas tu mierda ¿recordarás más cosas sobre mí? —le preguntó con una sonrisa.

—Sí, creo que sí.

—¿A qué sitios voy y dónde me has visto? ¿Cómo soy? ¿Dónde compro? ¿A qué hora salgo a la calle? ¿Que no me gusta la cerveza? ¿Que me gusta mirar los escaparates de Strøget? ¿Que siempre estoy por el centro? ¿Esas cosas?

Tine parecía aliviada al ver que la ayudaba a salir del paso.

—Sí, esas cosas, Kimmie. Ésas son las cosas que no voy a contarles.

Kimmie avanzaba con extrema cautela. Istedgade era un caos de recovecos y escondrijos. Era imposible bajar esa calle y tener la certeza de que no había nadie a diez metros siguiéndote con la mirada.

Ahora ya sabía de lo que eran capaces. Lo más probable era que a esas alturas ya hubiera bastante gente buscándola.

Por eso, en aquel preciso instante comenzaba el año cero. Una vez más había llegado el momento de dejar todo atrás y lanzarse a explorar nuevos caminos.

¿Cuántas veces le había sucedido en esta vida? El cambio irrevocable. La ruptura total.

No me atraparán, pensó mientras paraba un taxi.

—Llévame a la esquina de Dannebrogsgade.

—¿De qué se trata?

Con el brazo moreno que llevaba apoyado en el respaldo del asiento del copiloto le hizo un gesto para que no subiera.

—Fuera —dijo mientras ella abría—. ¿Crees que voy a llevarte a trescientos metros?

—Toma, doscientas coronas. No pongas en marcha el taxímetro.

Funcionó.

Se bajó en Dannebrogsgade como una exhalación y subió por Letlandsgade a la velocidad del rayo. No parecía haber nadie vigilándola. Después rodeó la plaza Litauens Plads y caminó pegada a los muros de los edificios hasta llegar otra vez a Istedgade, donde se quedó mirando la frutería que había en la acera de enfrente.

Un poco más y ya estoy, se dijo.

—Hola. ¿Otra vez por aquí? —la saludó el frutero.

—¿Mahmoud está dentro? —preguntó.

Estaba con su hermano al otro lado de la cortina viendo un canal árabe. Siempre el mismo estudio y siempre el mismo decorado descolorido.

—¡Vaya! —exclamó Mahmoud, el más bajo de los dos—. ¿Ya has hecho estallar todas las granadas? Y la pistola era buena, ¿verdad?

—No lo sé, se la di a otra persona. Ahora necesito una nueva, esta vez con silenciador. Y también quiero un par de dosis de heroína de la buena. Pero buena de verdad, ¿eh?

—¿Ahora mismo? Estás loca, mujer. ¿Crees que puedes venir así, de la calle, a comprar esas cosas? ¡Un silenciador! ¿Tienes idea de lo que me estás pidiendo?

Ella se sacó un puñado de billetes del pantalón. Sabía que había más de veinte mil coronas.

—Te espero en la tienda dentro de veinte minutos. No volverás a verme, ¿de acuerdo?

Un minuto después, el televisor estaba apagado y no había ni rastro de los dos hombres.

Le sacaron una silla a la tienda y le dieron a elegir entre té frío y refresco de cola, pero ella no quiso nada.

Al cabo de media hora apareció un tipo que debía de ser de la familia y no era muy amigo de correr riesgos.

—¡Ven aquí, tenemos que hablar! —le ordenó.

—Les he dado veinte mil. ¿Tienes la mercancía?

—Un momentito —dijo él—. No te conozco, así que levanta los brazos.

Kimmie hizo lo que le pedía y lo miró a los ojos cuando él empezó a tocarle las pantorrillas y a subirle la mano por los muslos hasta llegar a la entrepierna, donde se detuvo un instante. Después continuó con destreza por el pubis, la espalda, vuelta al estómago, los pechos, en los pliegues que se formaban por debajo, alrededor y hasta arriba, por el cuello y los cabellos. Luego aflojó un poco la presión y le palpó los bolsillos y la ropa una vez más para finalizar poniéndole las manos en los pechos.

—Me llamo Khalid —dijo—. Bien, no llevas micrófonos. Y tienes un cuerpazo increíble.

Kristian Wolf fue el primero en descubrir el enorme potencial de Kimmie y decirle que tenía un cuerpazo increíble. Eso fue antes de la agresión a Kyle Basset, antes de que sedujera al delegado, antes de la expulsión y del escándalo con el profesor. Después de tantearla un poco —en sentido figurado y también en el literal—, se dio cuenta de que aquella jovencita era capaz de convertir sus sentimientos en impulsos sexuales de gran efectividad.

No tenía más que acariciarla en el cuello y declararse loco por ella para ganarse los más apasionados besos con lengua o cualquier otra delicia que pudiera formar parte de los sueños de un adolescente de dieciséis o diecisiete años.

Kristian aprendió que si quería sexo con Kimmie no había que preguntárselo, bastaba con pasar a la acción.

Torsten, Bjarne, Florin y Ditlev no tardaron en seguir sus pasos. Ulrik era el único que no captaba el mensaje. Atento y cortés como era, creía seriamente que primero debía ganarse sus favores; por eso no los tenía.

Kimmie era consciente de todo, también de que cuando empezó a buscar chicos fuera de aquel pequeño círculo, Kristian perdió los papeles.

Algunas chicas decían que la espiaba.

No le habría sorprendido lo más mínimo.

Cuando el profesor y el delegado desaparecieron del mapa y la joven consiguió con su propio departamento en Næstved, los cinco pasaban con ella todo el tiempo que podían los fines de semana que tenían que dormir en el colegio. Sus rituales estaban definidos: ver videos violentos, fumar hachís y charlar sobre agresiones. Los fines de semana libres, cuando en teoría iban a casa a ver a sus insensibles familias, en realidad montaban en el Mazda rojo pálido de Kimmie y se alejaban hasta no saber dónde estaban. Se movían al azar. Buscaban un parque o algún bosque, se ponían guantes y máscaras y se quedaban con el primero que pasara. La edad y el sexo eran secundarios.

Si se trataba de un hombre con aspecto de poder defenderse, Kimmie se quitaba la máscara y se situaba la primera con el abrigo y la blusa desabrochados y las manos enguantadas en los pechos. ¿Quién no se iba a detener desorientado?

Después siempre sabían qué presas tendrían la boca cerrada y a quién había que hacer callar.

Tine miró a Kimmie como si acabara de salvarle la vida.

—¿Es de la buena?

Encendió un cigarrillo y metió un dedo.

—Asombrosa —dijo tras ponerse un poco en la punta de la lengua.

Estudió la bolsa.

—Tres gramos, ¿verdad?

Kimmie asintió.

—Dime primero para qué me buscaba la policía.

—Pues era algo de tu familia, no era como lo otro, eso seguro.

—¿Cómo que mi familia?

—Sí, algo de que tu padre estaba enfermo y si te lo decían no ibas a querer ponerte en contacto con él. Siento que te enteres así.

Intentó tocarle el brazo, pero no fue capaz.

—¿Mi padre?

Sólo pronunciar esa palabra era como tener el cuerpo lleno de veneno.

—¿Sigue vivo? Para nada. Y si no, que se muera.

De haber continuado allí la bola de sebo de antes con su bolsa de las compras, le habría pateado las costillas. Una a la salud de su padre y otra de postre.

—El policía me pidió que no te lo dijera. Perdóname, Kimmie.

Observó ansiosa la bolsita de plástico que su amiga sostenía en la mano.

—¿Cómo has dicho que se llamaba el policía?

—No me acuerdo, ¿qué más da? ¿No te lo escribí en la nota?

—¿Cómo sabes que era un policía?

—Vi su placa; le pedí que me la enseñara.

Dentro de Kimmie, las voces le susurraban qué debía creer y no creer. Dentro de poco ya no podría confiar en nadie. ¿Un policía buscándola porque su padre estaba enfermo? Ni de locos. ¿Qué quería decir una placa? Florin y los demás podían conseguirla sin problemas.

—¿Cómo conseguiste tres gramos con mil coronas? ¿Será que está muy cortada? No, qué tonta soy.

Miró a su amiga con una sonrisa suplicante y los parpados entrecerrados, pálida y temblorosa a causa del síndrome de abstinencia.

Kimmie correspondió a su sonrisa y le entregó la botella de batido, unas papas fritas, las cervezas, la bolsa de heroína, una botellita de agua y la jeringuilla.

El resto era cosa suya.

Aguardó a que empezara a oscurecer y echó a correr hacia la verja. Sabía lo que iba a ocurrir y estaba muy nerviosa.

Dedicó varios minutos a sacar el efectivo y las tarjetas de crédito de sus escondrijos y a continuación dejó dos granadas sobre la cama y se guardó una en la bolsa.

Después metió en la maleta lo estrictamente necesario, quitó los pósteres de la puerta y la pared y los colocó encima de lo demás, y por último, sacó el cofre de debajo de la cama y lo abrió.

El pequeño bulto de tela se había vuelto casi café y no pesaba nada. Tomó la botella de *whisky,* se la llevó a los labios y bebió hasta vaciarla. Esta vez las voces no desaparecieron.

—Sí, sí, ya voy —dijo mientras colocaba el bulto con mucho cuidado encima del resto del contenido de la maleta y lo cubría con la manta.

Luego acarició la tela con dulzura y cerró.

Arrastró la maleta hasta Ingerslevsgade. Ya estaba preparada.

Una vez en el umbral, echó un vistazo a la casa para grabarse bien en la memoria aquel arrollador *intermezzo* en su vida.

—Gracias por prestarme cobijo —se despidió.

Después salió por la puerta de espaldas mientras le quitaba el seguro a una de las granadas y la lanzaba hacia la cama, junto a la otra.

Cuando la casa saltó por los aires, ya hacía rato que ella había cruzado la valla.

De lo contrario, aquellos pedazos de ladrillo que salieron disparados en todas direcciones habrían sido lo último que sintiera en esta vida.

25

El estallido sonó como un golpe sordo en los cristales del despacho del jefe de Homicidios.

Carl y él intercambiaron una mirada. No eran precisamente petardos de Año Nuevo tempraneros.

—Por mil demonios —exclamó—. Esperemos que no haya ningún muerto.

Un ser amable y lleno de empatía que, dada la situación, quizá pensara un poco más en sus efectivos que en las posibles víctimas.

Se volvió de nuevo hacia el subcomisario.

—Carl, el numerito de ayer ni se te ocurra volver a repetírmelo. Entiendo tu postura, pero la próxima vez habla conmigo primero y no me hagas quedar como un idiota, ¿estamos?

Carl asintió. Muy razonable. Entonces le habló de sus sospechas acerca de Lars Bjørn y sus posibles motivos personales para intervenir en la investigación.

—Vamos a tener que pedirle que pase, ¿no?

Marcus Jacobsen lanzó un suspiro.

Puede que supiera que la suerte ya estaba echada o quizá creyese que aún podía evitar el problema sin que lo salpicara; el caso es que por primera vez en su vida, Bjørn no llevaba su corbata de siempre.

El jefe de Homicidios fue directo al asunto.

—He sabido que has sido nuestro contacto con el ministerio y la directora de la policía en este caso, Lars. Me gustaría que tuvieras la honradez de contarme cómo han ocurrido las cosas antes de que saquemos nuestras propias conclusiones.

Bjørn se restregó el mentón unos segundos. Un hombre de formación militar con un currículo clásico e intachable en la policía; la edad adecuada; una carrera en la Universidad de Copenhague sacada en sus ratos libres, Derecho, por supuesto; dotes para la administración; una enorme capacidad de contacto con otras personas y una buena dosis de experiencia en las labores policiales básicas; y de repente, este patinazo. Había politizado su trabajo, había atacado por la espalda a sus compañeros y contribuido a detener una investigación con la que en principio no tenía relación alguna. ¿Y por qué? ¿Por solidaridad con un internado que había abandonado hacía siglos? ¿Por una vieja amistad? ¿Qué carajos iba a decir? Una sola palabra fuera de lugar y estaba acabado, los tres lo sabían.

—Quería que nos ahorrásemos un fracaso que nos iba a costar muchos recursos —dijo.

Se arrepintió de inmediato.

—A menos que se te ocurra algo mejor, puedes considerarte despedido.

El subcomisario comprendió lo difícil que estaba siendo para Marcus. Por muy desesperante que Carl encontrara a Bjørn, lo cierto es que él y su jefe formaban un dúo estupendo.

Bjørn suspiró.

—Como habrán visto, hoy me he puesto otra corbata.

Ambos asintieron.

—Sí, yo también fui a ese internado en su día.

Lo que habían imaginado; Bjørn lo comprendió.

—Hace un par de años hicieron comentarios muy negativos al respecto con motivo de una violación en el internado, y lo último que necesita el colegio es que se vuelva a airear ese asunto.

Eso también lo sabían.

—Además, Ditlev Pram es el hermano mayor de un compañero mío. Hoy en día forma parte de la junta directiva.

Eso, en cambio, se le había escapado. Carl se sintió abochornado.

—Y su mujer es hermana de un funcionario, un alto cargo del Ministerio de Justicia, un excelente adversario para la directora de la policía durante las labores de la reforma.

Me lleva el diablo, esto parece una telenovela, pensó Carl. Un poco más y acabarían todos siendo hijos ilegítimos de un rico hacendado.

—Me han estado presionando desde dos frentes. Los antiguos alumnos del internado formamos una especie de hermandad y en eso también me he equivocado, pero creía que el funcionario obedecía órdenes de la ministra de Justicia y que por eso no estaba metiendo la pata. Pensé que si no quería que el caso siguiera adelante era, por un lado, porque los implicados, que no son precisamente unos don nadie, no fueron acusados de nada en la época del crimen, y por otro porque ya se había dictado una sentencia y el condenado estaba a punto de cumplir su pena. Me pareció que intentaban evitar tener que entrar a juzgar si se había cometido un error judicial y todo ese rollo. No sé por qué no lo confirmé con la ministra, pero en nuestro almuerzo de ayer comprendí que no sabía absolutamente nada de la investigación, así que no podía haber tenido nada que ver con el asunto. Ahora lo sé.

Marcus Jacobsen asintió. Ya estaba listo para enfrentarse a la parte más dura de su trabajo.

—Lars, no me has informado de nada de esto; te limitaste a decirme que la directora de la policía había dado órdenes de que el Departamento Q abandonara la investigación. Tal y como lo veo ahora, más bien fuiste tú el que le aconsejó a ella que diera esas órdenes después de ocuparte personalmente de informarla mal. ¿Se puede saber qué le dijiste? ¿Que no había caso? ¿Que Carl Mørck lo había reabierto para entretenerse un poco?

—Fui a verla con el funcionario del Ministerio de Justicia. Fue él quien la informó.

—¿Y él también es un antiguo alumno del internado? Asintió con expresión dolorida.

—En realidad, quienes han puesto todo en marcha han debido de ser Pram y el resto de la banda, Lars, ¿es que no lo entiendes? ¡El hermano de Ditlev Pram te lo pidió y luego llegó el funcionario con su más que censurable conspiración!

—Sí, me doy cuenta.

El jefe de Homicidios estrelló el bolígrafo contra la mesa. Estaba hecho una furia.

—Quedas suspendido a partir de este momento. Haz el favor de escribir un informe para que se lo presente a la ministra. Y que no se te olvide incluir el nombre de ese funcionario.

Carl jamás había visto a Lars Bjørn con un aspecto tan lamentable. De no haber sido porque, a su modo de ver, el tipo era como un forúnculo purulento en el trasero, le habría llegado a dar pena.

—Tengo una proposición, Marcus —intervino de pronto.

En la mirada de Bjørn se encendió una chispa diminuta. Siempre se habían entendido como buenos enemigos.

—¿Por qué no nos olvidamos de esa suspensión? Andamos cortos de efectivos, ¿no? Si armamos un escándalo con todo esto, acabará saliendo a la luz. La prensa y toda esa mierda. Vas a tener a todos los periodistas pregonándolo a los cuatro vientos, Marcus. Además, pondríamos sobre aviso a la gente a la que investigamos, y eso es lo último que necesito.

Lars Bjørn asentía inconscientemente a cada una de sus frases. Animalito.

—Quiero a Bjørn en el caso. Que se ocupe de parte del trabajo por unos días, sólo eso. Búsquedas, seguimientos, el trabajo de calle habitual. Nosotros no damos abasto y ahora al fin tenemos algo, Marcus. ¿Es que no lo ves? Si nos esforzamos un poco, podemos resolver varios asesinatos más.

Repasó con el dedo la lista de agresiones de Johan Jacobsen.

—Estoy convencido, Marcus.

Aunque nadie había resultado herido en la explosión de la caseta ferroviaria de Ingerslevsgade, los de las noticias de la segunda cadena y su molesto helicóptero ya se cernían sobre el lugar de los hechos como si diecisiete columnas de células terroristas acabaran de hacer gala de todo su poderío.

El presentador estaba exaltadísimo, eso seguro, pero no se le movía un pelo. Las mejores noticias eran, sin duda, las que se servían con gesto grave y preocupado. Ante todo, noticias sensacionalistas; una vez más, los periodistas presionando a la policía.

Carl lo seguía todo desde su pantalla del sótano. Menos mal que aquello no tenía nada que ver con él.

Rose entró en la habitación.

—Lars Bjørn ha puesto en marcha a los de Desaparecidos de la policía de Copenhague. Les he enviado la foto de Kimmie y Assad les ha contado todo lo que ha averiguado después de seguirla. También están buscando a Tine Karlsen. De todas formas, está en el ojo del huracán, sí señor.

—¿A qué te refieres?

—Pues a que los de Desaparecidos tienen la oficina en Skelbækgade. ¿No es por donde suele moverse ella?

Su jefe asintió y bajó la vista hacia sus notas.

La lista de tareas pendientes parecía interminable. La cuestión era establecer una serie de prioridades y hacerlo bien.

—Éstas son tus tareas, Rose. Hazlas en este orden.

Ella tomó el papel que le tendía y leyó en voz alta:

1) Localizar policías que intervinieran en la investigación de Rørvig en 1987.
   Contactar con la policía de Holbæk y la Brigada Móvil en Artillerivej.

2) Localizar compañeros de clase de los miembros de la banda. Conseguir testimonios oculares de su comportamiento.
3) Volver al hospital de Bispebjerg. Buscar un médico o una enfermera que trabajasen en Ginecología cuando ingresaron a Kimmie.
4) Detalles de la muerte de Kristian Wolf.
¡Para hoy, gracias!

Esperaba que la última palabra tuviera un efecto conciliador, pero se equivocaba.

—Pues dármelo a las cuatro de la mañana en vez de ahora a las cinco y media de la tarde, no te hacía daño —protestó ella levantando bastante la voz—. Tú estás mal de la cabeza, hombre. Si nos habías dicho que hoy podíamos irnos una hora antes.

—Sí, pero eso era hace dos horas.

Rose extendió los brazos, algo encogida.

—Ya, ¿¿¿y???

—Y ahora las cosas han cambiado un poco. ¿Es que tienes algo que hacer este fin de semana?

—¿Qué?

—Rose, al fin tienes la posibilidad de demostrarnos de qué pasta estás hecha y aprender a llevar a cabo una auténtica búsqueda. Y piensa en las horas libres con las que te compensaremos.

Ella ahogó una risita. Si quería oír chistes, se los buscaría solita.

El teléfono empezó a sonar en el mismo instante en que Assad entraba en el despacho. Era el jefe de Homicidios.

Carl echaba espumarajos por la boca.

—¿Me estás diciendo que ibas a mandarme cuatro hombres del aeropuerto y que ya no me los mandas? ¿Es eso lo que me estás diciendo?

Marcus Jacobsen se lo confirmó.

—No es posible que no podamos conseguir que nos ayuden a vigilar a los implicados. ¿Y si se filtra que al final no se ha paralizado la investigación? ¿Dónde crees que estarán mañana los señores Pram, Florin y Dybbøl Jensen? Desde luego que por los alrededores no. Brasil, tal vez.

Tomó aire.

—Ya sé que no hemos encontrado ninguna prueba de su participación, Marcus, pero ¿y los indicios? Ésos sí los tenemos, carajo.

Carl se quedó en su despacho mirando al techo y repasando los vocablos más soeces que le había enseñado un adolescente de Frederikshavn en un encuentro internacional de *boy-scouts* allá por 1975. Baden-Powell no se habría sentido especialmente orgulloso.

—¿Qué ha dicho Marcus entonces, Carl? ¿Nos mandan refuerzos entonces? —preguntó Assad.

—¿Que qué ha dicho? Ha dicho que primero tienen que resolver la agresión de Store Kannikestræde y que luego ya habrá más medios disponibles para todo lo demás. Y también tienen que ocuparse de la explosión en las vías del tren.

Lanzó un suspiro; cada día se le daba mejor suspirar. Si no era por una cosa, era por otra.

—Siéntate, Assad —dijo de pronto—. A ver si conseguimos averiguar si la lista de Johan Jacobsen sirve para algo.

Se acercó al pizarrón y escribió:

14/6/1987 Kåre Bruno, alumno del internado, cae de un trampolín y muere.
2/8/1987 Crimen de Rørvig.
13/9/1987 Agresión, playa de Nyborg. Cinco jóvenes/una chica en las inmediaciones.
           La víctima, mujer, en estado de shock. No declara.
8/11/1987 Gemelos, campo de juego, Tappernøje. Dos dedos cortados. Apaleados.
24/4/1988 Matrimonio, Langeland. Desaparecen. Diversos objetos de su propiedad hallados en Rudkøbing.

Tras anotar los veinte casos, miró a Assad.

—¿Cuál es el demominador común de todos estos hechos, Assad? ¿Tú qué piensas?

—Todos fueron en domingo.

—Eso me parecía. ¿Estás seguro?

—¡Sí!

Muy lógico. Claro que lo hacían los domingos. Estudiando en un internado, no les quedaba otra. La vida en esos colegios era de lo más restrictiva.

—Además, todos los casos pasaron a no más de dos horas en coche de Næstved —añadió—. No hay ninguna agresión en Jutlandia, por ejemplo.

—¿Qué más te llama la atención? —preguntó el subcomisario.

—En el periodo que va de 1988 a 1992 no desaparece ninguna víctima, entonces.

—¿Qué quieres decir?

—Lo que he dicho. Sólo eran agresiones. Palizas y esas cosas. Nadie apareció muerto ni desapareció.

Carl observó la lista largo rato. La había elaborado un empleado civil de la Jefatura que estaba involucrado sentimentalmente en el caso. ¿Quién podía asegurarles que no había sido demasiado selectivo? Al fin y al cabo, había cientos de agresiones en Dinamarca todos los años.

—Tráeme a Johan, Assad —le ordenó mientras revisaba sus papeles.

Mientras tanto, él llamaría a la tienda de animales donde había trabajado Kimmie. Ellos le permitirían acercarse un poco más a su perfil, conocer sus sueños, sus valores. Quizá pudieran atenderlo por la mañana; por la tarde tenía una cita con el profesor en el instituto de Rødovre. Celebraban una fiesta con antiguos alumnos. Ulsasep, la llamaban. Último sábado de septiembre, 28/9/2007. Mucho movimiento en un clima de lo más acogedor, había dicho.

—Johan ya viene —lo informó Assad, que seguía procesando la lista del pizarrón.

Al cabo de un rato dijo con un hilo de voz:

—Se acabó cuando Kimmie estuvo en Suiza.

—¿Qué?

—1988-1992, ese periodo. Nadie murió ni desapareció mientras ella estaba en Suiza. Al menos en esta lista, entonces.

Johan no tenía muy buen aspecto. En otros tiempos, correteaba por la Jefatura como un ternerillo que acabara de descubrir la infinita lozanía del prado, pero ahora parecía una res criada en cautiverio. Sin posibilidad alguna de esparcimiento ni libertad de acción.

—¿Sigues yendo a la psicóloga, Johan? —le preguntó Carl. En efecto.

—Ella es muy buena, lo que pasa es que yo no estoy bien —contestó.

El subcomisario levantó la vista hacia la fotografía de los dos hermanos que había en el tablón de anuncios. No era de extrañar.

—¿Cómo escogiste los casos de tu lista, Johan? ¿Cómo puedo saber que no se te han pasado por alto cientos y cientos?

—Pues recogí todos los delitos violentos cometidos en domingo entre 1987 y 1992 en los que la agresión no hubiera sido denunciada por las propias víctimas y que hubiesen tenido lugar a menos de 150 kilómetros de distancia de Næstved.

Escrutó el rostro de Carl Mørck. Se le iba la vida en que estuvieran con él al cien por cien.

—Miren, he leído muchísimo acerca de ese tipo de internados. Los deseos y las necesidades individuales de cada alumno, allí no cuentan. Los obligan a vivir a un ritmo donde lo primero son los deberes y las obligaciones y todo tiene un horario fijo. Durante toda la semana. Los objetivos son la disciplina y el espíritu de grupo. Por eso deduje que no valía la pena ocuparse de los delitos cometidos en días laborables durante el curso escolar y los fines de semana antes del desayuno o después de la cena. En pocas palabras: la banda tenía otras cosas que hacer a esas horas. Por eso escogí esos casos. Los domingos, después del desayuno y antes de la cena, ahí era donde había que buscar las agresiones.

—Dices que actuaban los domingos durante el día.

—Sí, eso creo.

—Y en ese intervalo de tiempo podían recorrer un máximo de doscientos kilómetros si además tenían que encontrar a las víctimas y agredirlas.

—Durante el curso, sí. Las vacaciones ya eran otra cosa.

Johan bajó la vista.

Carl consultó su calendario perpetuo.

—Pero el crimen de Rørvig también ocurrió un domingo. ¿Fue una casualidad o era la marca de la banda?

—Yo creo que fue una casualidad —contestó Johan con aire abatido—. Las clases estaban a punto de empezar. Quizá se quedaran con la sensación de que las vacaciones les habían sabido a poco, qué sé yo. Estaban mal de la cabeza.

Después les explicó que la lista de los años siguientes la había confeccionado a base de intuición. No es que a Carl le pareciera mal, pero si había que trabajar por intuición prefería que fuese la suya, de modo que decidieron centrarse exclusivamente en los años anteriores a la estancia de Kimmie en Suiza.

Cuando Johan volvió a subir a ocuparse de sus obligaciones cotidianas, el subcomisario permaneció un buen rato en su despacho estudiando la lista antes de llamar a la policía de Nyborg. Allí le informaron que hacía ya muchos años que los gemelos que habían sufrido la agresión en la playa en 1987 habían emigrado a Canadá. El oficial de guardia le explicó con su voz de octogenario que, tras heredar cierta cantidad de dinero, habían fundado un centro de maquinaria agrícola. Al menos, ésas eran las noticias que habían llegado a la comisaría. Los detalles de la vida de los chicos no los conocían. Al fin y al cabo, hacía ya mucho tiempo de aquello.

A continuación, Carl consultó la fecha de la desaparición de la pareja de ancianos de Langeland y le echó un vistazo al expediente que había solicitado Assad. Se trataba de dos maestros de Kiel que habían ido en barco hasta Rudkøbing y luego habían estado yendo de *Bed & Breakfast* en *Bed & Breakfast* hasta recalar en Stoense.

El informe decía que se les había visto en el puerto de Rudkøbing el día de su desaparición y que todo parecía indicar que después habían zarpado rumbo a Smålandshavet y zozobrado. Sin embargo, algunos testigos habían visto a la pareja en Lindelse Nor ese mismo día y después alguien había reparado en la presencia de unos jóvenes en el puerto, en las inmediaciones del lugar donde estaba amarrada su embarcación. Unos jóvenes muy elegantes, no esos chicos del pueblo con gorra de Castrol o de BP, no; llevaban las camisas planchadas y el pelo bien cortado. Había quien decía que ellos se habían llevado el barco, y no sus propietarios, pero no pasaban de ser especulaciones de los lugareños.

Lo que sí mencionaba el informe era una serie de efectos hallados en la playa de Lindelse Nor; los familiares de los desaparecidos creían que podían pertenecerles, aunque no estaban en condiciones de asegurarlo.

Carl repasó la lista por primera vez. Una hielera portátil vacía y sin marca, un pañuelo de señora, un par de calcetines y un arete. De plata y amatista. En dos piezas. De los que atraviesan el lóbulo y sin cierre. Sólo un gancho de plata.

No era una descripción demasiado exhaustiva, todo lo que daba de sí un policía de sexo masculino, pero a Carl le pareció idéntico al arete que tenía delante metido en una bolsita de plástico al lado de dos tarjetas de Trivial Pursuit.

En ese apabullante momento entró Assad con cara de ser la encarnación de un golpe de suerte.

Señaló hacia la cinta de goma que estaba en la bolsita de al lado del arete.

—Acabo de enterarme de que en la alberca Bellahøj utilizaban esas cintas para saber cuánto tiempo llevaba cada bañista en el agua.

Carl intentó volver a la superficie. Seguía sumido en sus pensamientos. ¿Qué podía compararse a su increíble descubrimiento del arete?

—Esas cintas las usan en todas partes, Assad.

—Sí —contestó su ayudante—, pero cuando encontraron a Kåre Bruno aplastado en el suelo había perdido la suya, entonces.

26

—Está esperando arriba en el control, Carl —dijo Assad—. ¿Quieres que me quede aquí entonces cuando baje?

—No.

Assad ya tenía bastante que hacer.

—Pero puedes traernos dos cafés. Eso sí, que no estén muy cargados, por favor.

Mientras los silbidos de su ayudante interrumpían el silencio de aquel sábado en que hasta las cañerías atronaban a medio gas, el subcomisario echó un rápido vistazo a los datos que figuraban en *El libro azul* para averiguar qué clase de invitado venía de camino.

Mannfred Sloth, se llamaba. Cuarenta años. Compartía cuarto con Kåre Bruno, el delegado de los alumnos del internado que perdió la vida. Acabó el bachillerato en 1987. Guardia real. Teniente de la reserva. Licenciado en Económicas. MBA, director de empresas desde los treinta y tres años, había liderado cinco compañías. Seis puestos en consejos de administración, uno de ellos de una empresa pública. Promotor y patrocinador de varias exposiciones de arte contemporáneo portugués. Desde 1994 casado con Agustina Pessoa. Excónsul de Dinamarca en Portugal y Mozambique.

No sería de extrañar que hubiera que añadirle a todo ello una cruz de caballero y alguna que otra condecoración internacional.

—Sólo dispongo de un cuarto de hora —dijo a modo de presentación con un apretón de manos. Las piernas cruzadas, el saco ligero abierto hacia los lados y las perneras algo levantadas para que las rodillas no dejaran marca. Era fácil imaginárselo en el ambiente del internado, pero costaba algo más verlo metido en un cajón de arena jugando con sus hijos.

—Kåre Bruno era mi mejor amigo y me consta que no sentía la menor afición por nadar al aire libre, de modo que fue muy extraño que lo encontraran en Bellahøj. Es uno de esos sitios donde dejan entrar a cualquiera, ya sabe. Además, jamás lo vi hacer saltos de trampolín, y mucho menos desde una altura de diez metros.

—¿No cree que fuera un accidente?

—¿Cómo va a ser un accidente? Kåre era un chico inteligente, él nunca se habría puesto a hacer el payaso allí arriba, todo el mundo sabe que semejante caída es mortal.

—¿Y no podría tratarse de un suicidio?

—¡Un suicidio! ¿Por qué? Acabábamos de terminar el bachillerato, su padre le había regalado un Buick Regal Limited. El modelo cupé, ya sabe.

Carl asintió con cautela porque no, no sabía. Estaba al corriente de que un Buick era un coche y hasta ahí.

—Estaba a punto de marcharse a Estados Unidos para estudiar Derecho. A Harvard, ya sabe. ¿Por qué iba a hacer algo tan estúpido? No tiene ningún sentido.

—¿Mal de amores? —tanteó el policía.

—Bah, podía conseguir a quien quisiera.

—¿Recuerda a Kimmie Lassen?

Se le alteró el semblante. No era un buen recuerdo.

—¿Se sintió herido cuando rompió con él?

—¿Herido? Estaba furioso. No le gustó que lo dejara, ¿a quién le gusta que lo dejen?

Descubrió una sonrisa blanca como la nieve y se echó el flequillo hacia atrás. Con reflejos y recién cortado, cómo no.

—¿Y qué pensaba hacer al respecto?

Mannfred Sloth se encogió de hombros y se sacudió unas motas de polvo del saco.

—He venido aquí porque creo que los dos compartimos la sospecha de que lo asesinaron. Lo empujaron. ¿Por qué si no iban a molestarse en localizarme al cabo de veinte años? ¿Estoy en lo cierto?

—No podemos saberlo con seguridad, pero evidentemente hay una razón que nos ha llevado a reabrir el caso. ¿Quién cree que lo empujó?

—No tengo la menor idea. Kimmie tenía un montón de amigos perturbados que iban a su clase. Mariposeaban a su alrededor como satélites. Ella los manejaba a su antojo. Una buena delantera, ya sabe. Más consiguen dos tetas..., ¿no?

Dejó escapar una carcajada seca que no le iba en absoluto.

—¿Sabe si él intentó retomar la relación?

—Ella ya estaba con otro, un profesorcito de pueblo que no tenía lo que hay que tener para saber que es necesario mantener las distancias con los alumnos.

—¿Recuerda su nombre?

Negó con la cabeza.

—No llevaba allí mucho tiempo. Daba clases de literatura a un par de cursos, creo. No llamaba demasiado la atención si no era tu profesor. Era...

De pronto levantó un dedo con una mirada en la que se leían el esfuerzo y la concentración.

—Sí, ya me acuerdo. Se llamaba Klavs. Con «v», madre mía.

Se oyó una risita. Sólo el nombre ya daba una idea.

—¡Klavs! ¿Klavs Jeppesen?

Levantó la vista.

—Sí, Jeppesen. Eso creo.

Asintió.

Pellízcame el brazo, que estoy soñando, pensó Carl. Iba a reunirse con él esa misma tarde.

—Deja ahí los cafés, Assad. Gracias.

Esperaron a que volviera a salir de la habitación.

—Caramba —exclamó el invitado de Carl con una sonrisa irónica—, el local es modesto, pero saben cómo manejar a la servidumbre.

Volvió a soltar la misma risa de antes. Al subcomisario no le costó demasiado imaginar su actitud frente a los mozambiqueños.

Probó el café y el primer sorbo fue más que suficiente.

—Bueno —continuó—, pues sé que seguía loco por la chica y que no era el único. Por eso cuando la expulsaron y se fue a vivir a Næstved intentó quedársela para él solo.

—Entonces lo que no entiendo es cómo acabó Kåre perdiendo la vida en Bellahøj.

—Cuando terminamos los exámenes él se instaló en casa de sus abuelos. Ya había estado con ellos otras veces. Vivían en Emdrup. Unas personas muy agradables, yo iba mucho por allí.

—¿Sus padres no estaban en Dinamarca?

Mannfred Sloth se encogió de hombros. Seguro que sus hijos también iban al internado, así él podía dedicarse a sus negocios. Cabrón.

—¿Sabe si alguien de segundo curso vivía cerca de la alberca?

Sloth miró a su alrededor y sólo entonces comprendió la gravedad de la situación. Las carpetas con los casos antiguos. Las fotografías del tablón. La lista de víctimas encabezada por su amigo Kåre Bruno.

Mierda, pensó el policía al volverse y descubrir el objeto de su atención.

—¿Qué es eso? —preguntó Mannfred Sloth señalando hacia la lista con una seriedad amenazante.

—Oh —contestó Carl—, son casos que no tienen nada que ver unos con otros. Estamos colocando los expedientes por orden cronológico, nada más.

Qué explicación más idiota, se dijo. ¿Para qué demonios iban a escribirlo en el pizarrón, si se veía igual de bien en las carpetas alineadas en el estante?

Pero Sloth no hizo preguntas. Él nunca se encargaba de ese tipo de trabajos de chinos, así que desconocía los procedimientos más elementales.

—Pues tienen tarea por delante —comentó.

Carl hizo un gesto de impotencia.

—Por eso es tan importante que conteste a mis preguntas con la mayor exactitud posible.

—¿Qué me había preguntado?

—Sólo si alguien del grupo vivía en las inmediaciones de Bellahøj.

Asintió sin vacilar.

—Sí, Kristian Wolf. Sus padres tenían un edificio funcionalista fantástico a orillas del lago y Kristian se lo quedó cuando echó a su padre de la empresa. Sí, me parece que su mujer sigue viviendo allí con su nuevo marido.

Más no hubo forma de sacarle, pero no estaba nada mal.

—Rose —la llamó una vez desvanecido el duro eco de las pisadas de los zapatos Lloyd que calzaba Mannfred Sloth—. ¿Qué has averiguado de la muerte de Kristian Wolf?

—¿Holaaa? ¡Caarl!

Se pegó en la cabeza con el bloc de notas.

—¿Te dio Alzheimer o qué? Me has encargado cuatro tareas y ésa era la número cuatro en tu lista de prioridades. Así que ¿a ti qué te parece que he averiguado?

Lo había olvidado.

—Entonces, ¿cuándo podrás decirme algo? ¿Por qué no cambias el orden?

Rose colocó los brazos en jarras como una *mamma* italiana a punto de reprender al sinvergüenza que tenía tumbado en el sofá, pero luego le regaló una sonrisa.

—Bueno, al cuerno, no puedo disimular más.

Se chupó los dedos y empezó a pasar las páginas de su libreta.

—¿Qué te crees, que vas a decidirlo todo tú? Pues claro que he empezado por esa tarea. ¡Era la más fácil!

Cuando murió, Kristian Wolf sólo tenía treinta años y estaba podrido de dinero. La naviera la había fundado su padre, pero Kristian no paró hasta que lo echó y lo arruinó. Todo el mundo dijo que le estaba bien empleado; había criado un hijo sin sentimientos y ésa era su recompensa cuando las cosas se ponían cuesta arriba.

Podrido de dinero y soltero, y por eso mismo causó sensación cuando un día de junio contrajo matrimonio con una joven condesa, Maria Saxenholdt, tercera hija del conde de Saxenholdt. «Apenas cuatro meses duró su dicha», escribieron las revistas; a Kristian Wolf lo mató un disparo accidental durante una cacería el 15 de septiembre de 1996.

Parecía un sinsentido, quizá por eso llenó páginas y páginas de los periódicos, muchas más que la polémica construcción de la terminal de autobuses en plena plaza del Ayuntamiento y casi tantas como la victoria de Bjarne Riis en la Tour de Francia pocos meses antes.

A primera hora de la mañana había salido solo de la finca de recreo que poseía en la isla de Lolland. Su intención era reunirse con el resto de los cazadores media hora más tarde, pero al cabo de algo más de dos horas lo encontraron con una fea herida de bala en el muslo y completamente desangrado. El informe de la autopsia determinaba que no podía haber transcurrido mucho tiempo entre el momento del disparo y el de su muerte.

Era posible. Carl lo había visto antes.

Sorprendió a propios y extraños que un cazador tan experimentado tuviera un final tan trágico, pero varios compañeros de cacerías aseguraron que Wolf tenía la costumbre de ir con el arma cargada y lista para abrir fuego porque en una ocasión se le había escapado un oso polar en Groenlandia. Tenía los dedos tan agarrotados por el frío que había sido incapaz de quitarle el seguro al arma y no quería que aquello se repitiese.

Fuera como fuese, el caso es que era un misterio cómo había acabado disparándose en el muslo; la conclusión fue que había tropezado con un surco, arrastrando en su caída la escopeta con el dedo en el gatillo. La reconstrucción del accidente que se llevó a cabo demostró que era difícil, pero posible.

En cuanto a la joven viuda, no armó demasiado revuelo al respecto, hecho que de manera más o menos extraoficial se atribuyó a que a esas alturas ya se había arrepentido de su matrimonio. Al fin y al cabo, se trataba de un hombre mucho mayor que ella y además eran muy distintos; la herencia fue un estupendo bálsamo para la llaga.

El chalé prácticamente se alzaba sobre el lago. No había demasiados de semejante calibre por allí. Una de esas casas que aumentan de manera considerable el valor de cuantas la rodean.

Cuarenta millones de coronas antes de que el mercado se desplomara, diría Carl. En esos momentos, una vivienda como aquella era poco menos que invendible. ¿Seguirían votando sus habitantes al gobierno que había propiciado aquella situación? Pero, qué carajos, a fin de cuentas no eran más que palabras. Una orgía de consumo desenfrenado y el consiguiente recalentamiento de la economía; ¿a quién podían preocuparle esas cosas por esos lares?

Ellos se lo habían buscado.

El niño que salió a abrirle no pasaría de ocho o nueve años. Tenía un resfriado de campeonato y la nariz roja como un tomate e iba en bata y pantuflas, de lo más inesperado en medio de aquel inmenso vestíbulo donde hombres de negocios y financieros llevaban generaciones recibiendo a su corte.

—No me dejan abrir la puerta —explicó con grandes dificultades a causa de las enormes burbujas de mocos que le asomaban de la nariz—. Mi madre no está en casa, no tardará en llegar. Ha ido a Lyngby.

—¿No podrías llamarle por teléfono y decirle que la policía quiere hablar con ella?

—¿La policía?

Observó a Carl con aire escéptico. En ocasiones como aquella, una larga chamarra de cuero negro a lo Bak o como la del jefe de Homicidios le habría ayudado mucho a ganarse su confianza.

—Mira —dijo el subcomisario—, ésta es mi placa. Pregúntale a tu madre si puedo esperar dentro.

El niño le cerró la puerta en las narices.

Pasó media hora en la escalera de la entrada contemplando a la gente que pululaba por los senderos del otro lado del lago, personas coloradas que se movían de un sitio a otro. Era sábado por la mañana y la Dinamarca del Bienestar salía a la caza de bienestar.

—¿Busca a alguien? —le preguntó una mujer al salir de su vehículo. Estaba en guardia. Un solo movimiento fuera de lugar por su parte y saldría disparada hacia la puerta de atrás dejando sus compras tiradas en la escalera.

Escarmentado, dijo de inmediato.

—Carl Mørck, del Departamento Q. ¿No la ha llamado su hijo?

—Mi hijo está enfermo, está en la cama.

De repente pareció sobresaltada.

—¿O no?

Conque no había llamado, el muy bribón.

Cuando se presentó una vez más, la señora de la casa lo dejó pasar a regañadientes.

—¡Frederik! —gritó hacia el primer piso—. Hay salchichas.

Parecía simpática y espontánea, no era exactamente lo que habría cabido esperar de la hija de un conde de pura cepa.

El correteo que se oía por las escaleras se detuvo en seco cuando el niño descubrió al policía en el vestíbulo. Mil ideas infantiles sobre el castigo que debería cumplir por no seguir al pie de la letra las órdenes de las fuerzas del orden contrajeron aquel rostro lleno de mocos en una mueca acongojada. Decididamente, no estaba listo para afrontar las consecuencias de su fechoría.

Carl le hizo un guiño. Todo iba bien.

—Supongo que estarías acostado, ¡¿verdad, Frederik?!

El pequeño asintió muy despacio antes de desaparecer con su hot dog. Ojos que no ven, corazón que no siente, pensaría. Chico listo.

El subcomisario fue directo al grano.

—No sé si voy a poder servir de mucho —se excusó ella con cordialidad—. La verdad es que Kristian y yo no nos conocíamos demasiado bien, así que ignoro lo que tendría en mente por aquel entonces.

—¿Volvió usted a casarse?

—Trátame de tú, por favor —dijo con una sonrisa—. Sí, conocí a Andrew, mi marido, el mismo año que murió Kristian. Tenemos tres hijos: Frederik, Susanne y Kirsten.

Unos nombres de lo más normalito. Quizá fuera siendo hora de revisar un poco sus prejuicios en cuanto a los símbolos externos de la clase dominante.

—¿Y Frederik es el mayor?

—No, el más pequeño. Las gemelas tienen once años.

Se adelantó a la pregunta que estaba a punto de formular respecto a su edad:

—Sí, son hijas biológicas de Kristian, pero mi actual marido siempre ha sido como un padre para ellas. Las niñas van a un internado femenino maravilloso que hay muy cerca de la finca que tienen mis suegros en Eastbourne.

Lo dijo con toda la dulzura, el desparpajo y la desvergüenza del mundo. Una mujer joven con la vida resuelta. ¿Cómo demonios tenía el valor de hacerles algo así a sus propias hijas? Once años y ya exportadas a la Inglaterra profunda, el amaestramiento eterno.

La observó con los cimientos de su conciencia de clase fortalecidos.

—Durante tu matrimonio con Kristian, ¿le oíste hablar alguna vez de una tal Kirsten-Marie Lassen? Sí, es curiosa la coincidencia con tu nombre y el de una de tus hijas, pero

Kristian conocía a esa mujer particularmente bien. La llamaban Kimmie. Fueron juntos al colegio. ¿Te dice algo?

El rostro de su anfitriona quedó oculto por un velo.

El policía aguardó a que dijera algo, pero ella permaneció en silencio.

—Muy bien, ¿qué ocurre? —le preguntó.

La mujer se defendió con las palmas de las manos extendidas.

—No deseo hablar de ese tema, así de sencillo.

No hacía falta que lo dijera, era más que evidente.

—¿Crees que tenía una aventura con ella? ¿Es eso? A pesar de que por aquel entonces tú estabas embarazada.

—No sé qué tenía con ella ni quiero saberlo.

Se levantó con los brazos cruzados por debajo del pecho. No tardaría ni un segundo en pedirle que se fuera.

—Ahora es una pordiosera, vive en la calle.

El dato no pareció consolarla.

—Cada vez que hablaba con ella, Kristian me pegaba. ¿Satisfecho? No sé por qué has venido, pero es mejor que te marches.

Era inevitable.

—He venido porque estoy investigando un crimen —intentó.

La respuesta no se hizo esperar.

—Si piensas que yo maté a Kristian ya puedes ir cambiando de idea. Y no es que me faltaran ganas.

Sacudió la cabeza y desvió la mirada hacia el lago.

—¿Por qué te pegaba tu marido? ¿Era sádico? ¿Bebía?

—¿Sádico? ¿Que si era sádico?

Volvió la vista hacia el pasillo para asegurarse de que no apareciera una cabecita de pronto.

—Eso lo puedes dar por seguro.

Permaneció inmóvil un instante reconociendo el terreno antes de subir al coche. La atmósfera de la casona lo había asqueado. La mujer de Wolf le había ido revelando lo que un hombre de treinta años puede llegar a hacer con una chica de veintidós; cómo una luna de miel puede acabar transformándose en una pesadilla, primero insultos y amenazas y después una escalada de violencia. Era muy cuidadoso y procuraba no dejar marcas, porque por las noches la necesitaba figurando a su lado y de punta en blanco. Por eso se había casado con ella. Sólo por eso.

Kristian Wolf, el tipo del que se enamoró en un segundo y al que tardaría el resto de su vida en olvidar. Él, lo que hacía, su manera de ser, las personas de las que se rodeaba. Había que borrarlo todo.

Una vez dentro del coche, Carl olisqueó en busca de olor a gasolina. Después llamó al Departamento Q.

—¿Sí? —se limitó a contestar Assad. Nada de «Departamento Q, Hafez el-Assad, ayudante del subcomisario», ni cosas por el estilo. Un simple *sí*.

—Assad, cuando contestes al teléfono tienes que identificarte y decir de qué departamento eres —dijo sin identificarse él.

—¡Hola, Carl! Rose me ha dejado su dictáfono. Es genial. Y luego quiere hablar contigo, entonces.

—¡Rose! ¿Pero ha vuelto ya?

Se oían gritos y unas pisadas poderosas con eco, de modo que sí, había vuelto.

—Te he encontrado una enfermera de Bispebjerg —le informó secamente.

—Muy bien. Qué rapidez.

Ella se abstuvo de hacer comentarios al respecto.

—Trabaja en una clínica privada en la zona de Arresø.

Le dio la dirección.

—No me ha costado dar con ella una vez que he averiguado su nombre. Cuidado que es rarito.

—¿Dónde lo has averiguado?

—En el hospital de Bispebjerg, claro. He estado por allí revolviendo archivos antiguos. Trabajaba en ginecología cuando ingresaron a Kimmie. La he llamado y se acordaba del caso. Dice que cualquiera que trabajara allí por aquel entonces se acordaría.

«El hospital más bonito de Dinamarca», había leído Rose en su página web.

Carl contempló los blanquísimos edificios y no pudo evitar estar de acuerdo. Hasta bien entrado el otoño conservaban un césped digno del torneo de Wimbledon en medio de un entorno magnífico del que pocos meses atrás habían disfrutado la reina y su consorte.

No tenía nada que envidiarle al palacio de Fredensborg.

La enfermera jefe Imgard Dufner desentonaba un poco en medio de todo aquello. Sonriente e inmensa como un acorazado rumbo a tierra, zarpó a su encuentro. Todos cuantos la rodeaban se hacían imperceptiblemente a un lado a su paso. El pelo cortado a lo paje, unas pantorrillas como estacas y unos zapatos que atronaban el suelo a cada paso como si pesaran varios quintales.

—¡El señor Mørck, supongo! —rio mientras le zarandeaba la mano como si pretendiera vaciar el contenido de sus bolsillos.

En honor a la verdad, había que reconocer que tenía una memoria de elefante, acorde con la inmensidad de su cuerpo. El sueño de cualquier policía.

Había trabajado como enfermera en la planta de Kimmie y, aunque no estaba de guardia en el momento de su desaparición, las circunstancias del caso habían sido tan trágicas y particulares que no las olvidaría mientras viviera, como ella misma aseguró.

—Esa mujer llegó muy maltrecha, así que supusimos que perdería a la criatura, pero no, lo cierto es que se recuperó bastante bien. Era un bebé muy deseado. Al cabo de una semana de tenerla ingresada con nosotros nos dispusimos a darle el alta.

Frunció los labios.

—Sin embargo, una mañana, cuando estaba a punto de terminar mi guardia, sufrió un aborto fulminante. El médico decía que parecía habérselo provocado ella misma porque tenía el vientre lleno de moratones, pero costaba creerlo después de haberla visto tan ilusionada. Aunque con estas cosas nunca se sabe. Son muchos los sentimientos que se entremezclan cuando una criatura llega por azar.

—¿Con qué podría haberse hecho los moratones? ¿Lo recuerda?

—Hubo quien dijo que podría haber sido con la silla de la habitación, que la había subido a la cama y la había utilizado para golpearse el vientre. Lo que sí es cierto es que cuando entraron a buscarla y la encontraron inconsciente con el feto entre las piernas en medio de un charco de sangre, la silla estaba tirada en el suelo.

Carl se imaginó la escena. Triste espectáculo.

—¿Y el feto era lo bastante grande como para que se viera?

—Uf, ya lo creo. A las dieciocho semanas ya parece una personita de verdad de unos catorce o quince centímetros.

—¿Con brazos y piernas?

—Todo. Los pulmones no están desarrollados por completo y los ojos tampoco, pero, a grandes rasgos, todo.

—¿Y lo tenía entre las piernas?

—Había expulsado el niño y la placenta sin contratiempos, sí.

—La placenta, dice. ¿Y no le ocurría nada fuera de lo normal?

La enfermera asintió.

—Ésa es una de las cosas que todo el mundo recuerda. Eso y que robó el feto. Mis compañeros lo habían cubierto mientras intentaban detener la hemorragia. Después se tomaron un pequeño descanso y cuando regresaron habían desaparecido, la paciente y el feto. La placenta seguía allí. Uno de nuestros médicos comprobó que estaba rota. Partida en dos, por decirlo de algún modo.

—¿Sucedió durante el aborto?

—Ocurre a veces, pero es muy, muy raro. Quizá fueran los golpes en el vientre. El caso es que si no se hace un legrado puede ser muy grave.

—¿Se refiere a infecciones?

—Sí, antes sobre todo, eran un problema enorme.

—¿Y si no hay legrado?

—La paciente puede morir.

—Muy bien. Pero el caso es que no fue así. Sigue viva. No está en su mejor momento, porque ahora vive en la calle; pero vive.

Ella se llevó sus gruesas manos al regazo.

—Lo lamento. Muchas mujeres no llegan a recuperarse jamás de algo así.

—¿Quiere decir que el trauma de perder un hijo de esa manera podría ser suficiente para llevar a la madre a apartarse de la sociedad?

—Bueno, en una situación como ésa puede pasar cualquier cosa, ¿sabe? Lo vemos una y otra vez. Las mujeres quedan afectadas psíquicamente y se hacen reproches que no pueden superar.

—Creo que voy a intentar hacer una breve recapitulación del caso en su totalidad, ¿qué les parece, chicos?

Una sola mirada a Assad y a Rose le bastó para saber que los dos habían hecho averiguaciones que estaban deseando contarle. Tendrían que esperar.

—Tenemos un grupo de niños compuesto por una serie de individuos muy fuertes en el sentido de que siempre llevan a cabo lo que se proponen, cinco chicos de caracteres muy diferentes y una chica que, al parecer, es el eje central de la banda.

»Es audaz y guapa e inicia una relación con un alumno modelo del colegio, Kåre Bruno, que tengo serias sospechas de que pierde la vida con ayuda de la banda. Al menos uno de los efectos ocultos en la cajita de metal de Kimmie Lassen apunta en esa dirección. El móvil pueden ser los celos o una pelea, pero, por supuesto, también podría tratarse de un accidente corriente y moliente y la cinta de goma no ser más que una especie de trofeo. La goma en sí, al menos, no dice nada definitivo en cuestión de culpabilidades, aunque sí levanta sospechas.

»La banda se mantiene unida aun cuando Kimmie se marcha del colegio, y esa unión se concreta en el asesinato de dos jóvenes, quizá elegidos al azar, en Rørvig. Bjarne Thøgersen ha confesado el crimen, pero presumiblemente para cubrir a uno o más miembros de la banda. Todo apunta a que le prometieron una importante suma a cambio. Venía de una familia relativamente mal situada y su relación con Kimmie había terminado, de modo que podría haber sido una salida medianamente aceptable a su particular situación. El caso es que ahora que hemos encontrado objetos con huellas de las víctimas entre las cosas de Kimmie, sabemos que alguien del grupo estuvo involucrado.

»De modo que el Departamento Q toma cartas en el asunto a causa de las sospechas de varios particulares que creen que condenar a Thøgersen fue una equivocación. Lo más importante a este respecto es que Johan Jacobsen nos ha facilitado una lista de agresiones y desapariciones con las que la banda podría estar relacionada. A partir de esa lista, también hemos podido comprobar que durante el periodo en que Kimmie vivió en Suiza sólo se trató de agresiones físicas y no hubo asesinatos ni desapariciones. Puede haber cierta subjetividad en lo que a la lista se refiere, pero la base de la que Johan Jacobsen ha partido para su análisis parece bastante razonable.

»Llega a oídos de la banda que estoy investigando el caso, ignoro cómo, pero seguramente a través de Aalbæk, y se intenta obstaculizar la investigación.

Llegados a ese punto, Assad levantó la mano.

—¿Obstaculizar? ¿Has dicho eso?

—Sí, se intenta frenar, Assad. Obstaculizar significa frenar. Y eso me demuestra que detrás de este caso hay algo más que la preocupación de unos ricachones por su buena reputación.

Sus dos ayudantes asintieron.

—El resultado ha sido que he recibido amenazas en mi casa, en mi coche y ahora en mi trabajo, y los autores de estas amenazas son, con toda probabilidad, miembros de la banda. Han recurrido a antiguos alumnos del internado como intermediarios para sacarnos del caso y ahora la cadena se ha roto.

—Entonces, más vale que nos andemos con pies de plomo —gruñó Rose.

—Exactamente. Ahora podemos trabajar en paz y es mejor que la banda no lo sepa. Sobre todo porque creemos que en la actual situación de Kimmie podemos interrogarla y gracias a ella esclarecer de una vez lo que hizo el grupo.

—No va a decirnos nada, Carl —objetó Assad—. No sabes cómo me miró en la estación.

El subcomisario adoptó un aire pensativo.

—Bueno, bueno, ya veremos. Me parece que Kimmie Lassen no anda muy bien de la azotea, si no, ¿por qué vagar por las calles por voluntad propia teniendo un palacete en Ordrup? Es evidente que se ha visto presionada por un aborto en extrañas circunstancias que incluyen varias agresiones violentas contra ella.

Consideró la posibilidad de sacar un cigarrillo, pero lo descartó al sentir en las manos todo el peso de la negrísima mirada de rímel de Rose.

—También sabemos que Kristian Wolf, uno de los miembros de la banda, perdió la vida pocos días después de la desaparición de Kimmie Lassen, pero ignoramos si existe alguna relación entre ambos hechos. Hoy, sin embargo, he sabido por su viuda que Wolf tenía inclinaciones sádicas y se me ha insinuado que era posible que mantuviese una relación con Kimmie.

Sus dedos se aferraron a la cajetilla. Hasta ahí, todo bien.

—Pero la pista más importante que tenemos es que ahora sabemos que uno o más miembros de la banda son responsables de varios ataques, aparte de los de Rørvig. Kimmie Lassen ocultaba una serie de objetos que, con toda seguridad, nos indican que hubo tres agresiones que acabaron con la muerte de las víctimas, y hay otras tres fundas de plástico con objetos que hacen sospechar que pudo haber más.

»De manera que ahora vamos a tratar de atrapar a Kimmie, seguir los movimientos de los demás implicados y ponernos con el resto de las tareas pendientes. ¿Tiene algo que añadir?

En ese momento encendió el cigarro.

—Veo que sigues llevando el osito en el bolsillo de la camisa —observó Rose con los ojos clavados en el pitillo.

—Sí. ¿Algo más?

Los dos hicieron sendos gestos de negación.

—De acuerdo; Rose, ¿qué me dices? ¿Qué has averiguado?

Ella siguió con la mirada el serpenteo del humo que se le aproximaba. En un segundo empezaría a agitar la mano para apartarlo.

—No gran cosa y bastante al mismo tiempo.

—Suena algo críptico, a ver qué tienes.

—Aparte de Klaes Thomasen, sólo he encontrado un policía que interviniera en la investigación; su nombre es Hans Bergstrøm y por aquel entonces formaba parte de la Brigada Móvil. Hoy en día está metido en otras cosas y es completamente imposible hablar con él.

Apartó el humo.

—No es imposible hablar con nadie —la interrumpió Assad—, lo que pasa es que está enfadado contigo porque lo llamaste imbécil.

Esbozó una amplia sonrisa ante las protestas de su compañera.

—Sí, Rose, te oí.

—Tapé el auricular con la mano, no lo oyó. Yo no tengo la culpa de que no haya querido hablar. Se ha forrado con las patentes y además, he descubierto otra cosa sobre él.

Otra vez los pestañeos y los manotazos.

—¿Y es...?

—Que él también estudió en el internado. No le vamos a sacar ni una palabra.

Carl cerró los ojos y arrugó la nariz. Una cosa era cerrar filas, pero aquel hermetismo empezaba a ser un asco. Un auténtico asco.

—Lo mismo pasa con los antiguos compañeros de los miembros de la banda, ninguno quiere hablar con nosotros.

—¿A cuántos has localizado? Tienen que estar muy desperdigados por el mundo. Y las chicas habrán cambiado de apellido.

Esta vez los manotazos fueron tan elocuentes que hasta Assad se apartó un poco. Parecían peligrosos.

—Aparte de los que viven en la otra punta del planeta y ahora mismo están roncando sus ocho horitas para estar guapos mañana, he hablado con casi todos. Creo que ya podemos dejarlo, no van a decirnos nada. Sólo uno me ha dejado entrever un poco qué clase de gente eran.

Esta vez fue el propio Carl el que le apartó el humo de un resoplido.

—Vaya. ¿Y qué ha dicho el tipo en cuestión?

—Sólo ha dicho que eran unos locos de atar que se dedicaban a burlarse del colegio. Fumaban hachís en el bosque y en las instalaciones del internado. A él le parecía muy bien. Oye, Carl, ¿no podrías prescindir de ese destilador de nicotina mientras estamos reunidos?

Dio diez caladas más. Tendría que resignarse.

—Ojalá pudiésemos hablar directamente con alguno de la banda, Carl —dijo de pronto Assad—. Pero supongo que no puede ser.

—Me temo que si nos ponemos en contacto con alguien del grupo, nos quedaremos sin nada.

Apagó el cigarro en la taza para indignación de Rose.

–No, para eso habrá que esperar. Pero ¿tú qué nos traes, Assad? Tengo entendido que has estado revisando la lista de Johan Jacobsen. ¿Has llegado a alguna conclusión?

El ayudante arqueó sus cejas oscuras. Había dado con algo, se veía a leguas. Y se había permitido el inmenso placer de guardárselo hasta el final.

–Suéltalo de una vez, bizcochito moreno –lo invitó Rose con un par de guiños de sus negrísimas pestañas.

Assad consultó sus notas con sonrisa soñadora.

–Sí, entonces he encontrado a la mujer agredida en Nyborg el 19 de septiembre de 1987. Tiene cincuenta y nueve años y se llama Grete Sonne. Tiene una tienda de ropa en Vestergade, Mrs. Kingsize. No he hablado con ella porque he pensado entonces que sería mejor que fuéramos a verla en persona. Tengo aquí el informe y no dice demasiado que no sepamos ya.

Pero bastante, a juzgar por su expresión.

–Aquel día de otoño tenía treinta y dos años y había ido a la playa de Nyborg a pasear a su perro. El animal se soltó y salió disparado hacia una clínica para niños diabéticos, un sitio que se llama Skærven, así que ella echó a correr detrás de él. Me parece que he entendido que era un perro que mordía. Entonces unos chicos lo atraparon y se acercaron a devolvérselo. Eran cinco o seis en total. No recordaba más.

–¡Carajo, qué asquerosidad! –exclamó Rose–. La tuvieron que maltratar de forma terrible.

Sí. O quizá la mujer hubiera perdido la memoria por otros motivos, pensó Carl.

–Sí, fue terrible. El informe dice que la desnudaron, la azotaron y le rompieron varios dedos y que el perro apareció muerto a su lado. Había montones de pisadas, pero en general las pistas no conducían a ningún sitio. Se habló de un coche mediano de color rojo estacionado junto a una casa café que había a la orilla del mar.

Consultó sus notas.

—Era el número 50. Estuvo allí varias horas, y también hubo algunos conductores que declararon haber visto a unos jóvenes corriendo por la carretera en el momento de la agresión, entonces.

»Después también comprobaron los trayectos de los *ferries* y la venta de pasajes, claro, pero eso tampoco llevó a nada.

Se encogió de hombros con aire apesadumbrado, como si el responsable de las pesquisas hubiera sido él.

—Luego, tras cuatro largos meses internada en el departamento de psiquiatría del hospital universitario de Odense, Grete Sonne recibió el alta y el caso quedó archivado sin resolver. ¡Eso es todo!

Lució su más hermosa sonrisa.

Carl descansó la cabeza entre las manos.

—Bien hecho, Assad, pero sinceramente, ¿qué es lo que te parece tan maravilloso?

Vuelta a encogerse de hombros.

—Que la he encontrado. Y que podemos estar allí dentro de veinte minutos. Las tiendas aún no han cerrado.

Mrs. Kingsize estaba a unos sesenta metros de Strøget; era una boutique con muchas aspiraciones dedicada a la creación de vestidos de fiesta reafirmantes, en seda, tafetán y otros tejidos igualmente costosos, aptos hasta para el más informe de los seres.

Grete Sonne era la única persona de la tienda con una hechura normal. Pelirroja natural, en medio de aquel grandioso decorado resultaba ágil y elegante y resplandecía más si es posible.

La discreta entrada de Carl y Assad en la boutique no la dejó indiferente. Saltaba a la vista que había tenido que tratar con muchas *dragqueens* y con travestis sofisticados y que aquel sujeto tan normal y su pequeño y redondito, pero sin llegar a gordo, acompañante, no pertenecían a esa categoría.

—Bueno —dijo consultando su reloj—, estamos a punto de cerrar, pero si puedo hacer algo por ustedes, podemos retrasarlo un poco.

Carl se situó entre dos hileras de suntuosidades que colgaban de sus ganchos.

—Esperaremos a que cierre, si no tiene inconveniente. Nos gustaría hacerle unas preguntas.

Ella observó la placa que le mostraba y adoptó un aire grave, como si los recuerdos estuviesen listos en la recámara de su pensamiento.

—En ese caso cerraré de inmediato —replicó. Y con un par de directrices para el lunes y un «buen fin de semana» despachó a sus dos rellenitas dependientas.

—Es que el lunes voy a ir de compras a Flensborg, así que...

Intentaba sonreírles temiéndose lo peor.

—Disculpe que no hayamos anunciado nuestra visita, pero teníamos mucha prisa y además, sólo se trata de unas preguntas.

—Si es por los robos que ha habido en el barrio es mejor que vayan a hablar con los comerciantes de Lars Bjoernsstræde, ellos están más al tanto —aclaró a sabiendas de que se trataba de otro asunto.

—Mire, sé que le cuesta hablar de la agresión que sufrió hace veinte años y que seguramente no tendrá nada que añadir a lo que ya declaró en su momento, por eso sólo quiero que conteste sí o no a nuestras preguntas, ¿le parece bien?

Palideció, pero se mantuvo erguida.

—Si lo prefiere, puede limitarse a responder moviendo la cabeza —prosiguió en vista de que ella no hablaba. Miró a Assad. Ya había sacado la libreta y el dictáfono.

—Después de la agresión no recordaba usted nada. ¿Sigue siendo así?

Tras una pausa breve, pero no por ello menos interminable, asintió. Assad refirió su movimiento en el dictáfono con un susurro.

—Creo que sabemos quiénes fueron. Se trataba de seis alumnos de un internado de Selandia. ¿Puede confirmarme que eran seis, Grete?

No reaccionó.

—Cinco muchachos y una chica, de entre dieciocho y veinte años. Bien vestidos, creo. Voy a enseñarle una foto de la chica.

Le tendió una copia de la fotografía del *Gossip* en la que se veía a Kimmie Lassen frente a un café con otros dos miembros de la banda.

—Es de unos años más tarde y la moda era algo distinta, pero...

Comprendió que Grete Sonne no lo estaba escuchando. Con los ojos clavados en la imagen paseaba la mirada de uno a otro de aquellos jóvenes del *jet* que hacían la *tour* de Copenhague *la nuit*.

—No recuerdo nada y no quiero darle más vueltas a aquel asunto —replicó haciendo un esfuerzo por controlarse—. Les agradecería mucho que me dejaran en paz.

De pronto Assad avanzó hacia ella.

—He visto en unas declaraciones antiguas que consiguió dinero muy de repente entonces, en 1987. Había estado trabajando en la central lechera de... —consultó su libreta— ...de Hesselager y de repente apareció un dinero, setenta y cinco mil coronas, ¿no es así? Entonces abrió la tienda, primero en Odense y después aquí, en Copenhague.

Carl notó cómo una de las cejas se le subía sola de asombro. ¿De dónde diablos había sacado aquella información? Y encima, en sábado. ¿Y por qué no le había comentado nada por el camino? Habían tenido tiempo de sobra.

—¿Podría decirnos cómo consiguió ese dinero, Grethe Sonne? —preguntó reorientando la ceja hacia ella.

—Yo...

Trató de recordar su vieja explicación, pero las fotos de la revista habían provocado un cortocircuito en lo más hondo de su ser.

—¿Cómo demonios sabías lo del dinero, Assad? —le preguntó mientras bajaban al trote por Vester Voldgade—. Hoy no has estado repasando ninguna declaración vieja, ¿verdad?

—No. Me he acordado de un refrán que mi padre se inventó un día. Decía: si quieres saber qué robó el camello ayer de la cocina no lo abras en canal, mírale por el ojo del culo. Sonrió de oreja a oreja.

El subcomisario lo rumió un rato.

—¿Y qué significa? —preguntó al fin.

—Que por qué hay que hacer las cosas más difíciles de lo que son, entonces. He buscado en Google si en Nyborg había alguien que se llamaba Sonne.

—¿Y luego has llamado para preguntarles si querían desembuchar lo que supieran de la situación económica de Grete?

—No, Carl. No entiendes el refrán. Hay que darle la vuelta a la historia, ¿no?

Seguía sin entenderlo.

—¡Pues eso! Primero he llamado al que vivía al lado de la persona que se llamaba Sonne. ¿Qué era lo peor que podía pasar? ¿Que no fuera la Sonne que buscábamos? ¿Que el vecino fuera nuevo en el barrio?

Se encogió de hombros.

—Sinceramente, Carl...

—¿Y has encontrado al antiguo vecino que buscábamos de la Sonne que buscábamos?

—¡Sí! Sí, bueno, enseguida no, pero viven en un bloque y había otros cinco teléfonos.

—¿Y?

—Entonces he hablado con una señora Balder que vivía en el segundo piso y me ha dicho que llevaba cuarenta años en la casa y que conocía a Grete desde que iba con falda de tabas.

—De tablas, Assad, de tablas. ¿Y luego qué?

—Pues luego la señora me lo contó todo. Que Grete tuvo la suerte de recibir un dinero de un hombre rico anónimo que vivía en Fionia y que se compadeció de ella. Setenta y cinco mil coronas, suficiente para abrir el negocio que quería. Entonces la señora Balder estaba muy contenta, como todos los del edificio. Lo de la agresión había sido una desgracia.

—Buen trabajo, Assad.

El caso acababa de dar un giro importante, estaba claro.

Cuando la banda maltrataba a sus víctimas, había dos posibilidades: si las víctimas eran accesibles —seguramente las que se quedaban aterradas de por vida como Grete Sonne— compraban su silencio, y si no lo eran, se quedaban sin nada.

Desaparecían sin más.

27

Carl masticaba el trozo de pastel que Rose le había estampado en la mesa mientras veía un reportaje sobre el régimen militar de Birmania. Los mantos de color púrpura de los monjes ejercían un efecto similar al rojo del capote en el toro, atrayendo todas las miradas, de modo que las tribulaciones de los soldados daneses en Afganistán acababan de bajar en la escala de importancia.

Seguro que el primer ministro no lo sentía demasiado.

Faltaban sólo unas horas para que el subcomisario se reuniera en el instituto de Rødovre con un exprofesor del internado, un tipo con el que Kimmie había tenido una aventura, según Mannfred Sloth.

Carl se sentía invadido por una extraña sensación irracional que muchos policías conocían en el curso de sus investigaciones.

A pesar de haber hablado con la madrastra de Kimmie, que la conocía desde niña, nunca se había sentido tan cerca de ella como en ese preciso instante.

Se quedó con la mirada perdida. A saber dónde estaría.

La imagen de la pantalla volvió a cambiar y emitieron por enésima vez el reportaje de la caseta que había estallado junto a las vías del tren. El tráfico ferroviario estaba paralizado porque habían saltado por los aires un par de cadenas. También se veían algo más adelante unas señales de carril amarillas de Banedanmark, de modo que debían de haber volado varios rieles.

Cuando apareció en pantalla el inspector jefe, Carl subió el volumen.

—Lo único que sabemos es que, al parecer, la caseta le ha servido de refugio a una indigente por algún tiempo. Algunos trabajadores del ferrocarril la vieron salir furtivamente del edificio durante algunos meses, pero no hemos encontrado rastro de ella ni de ninguna otra persona.

—¿Podría tratarse de un crimen? —preguntó la reportera con ese estilo exageradamente empático que se emplea para lograr que un reportaje de ínfima calidad parezca revolucionario.

—Lo que puedo asegurarle es que, hasta donde sabemos en la Dirección General de Ferrocarriles, en la caseta no había nada capaz de causar una explosión y mucho menos de esta magnitud.

La reportera se volvió hacia la cámara.

—Expertos en explosivos del Ejército llevan varias horas trabajando en la zona.

Se volvió de nuevo.

—¿Qué han encontrado? ¿Se sabe en estos momentos?

—Bueno... Aún no sabemos con certeza si ésa es la única explicación, pero el caso es que han localizado fragmentos de una granada del mismo tipo que las que usan nuestros soldados.

—¿Quiere eso decir que han volado la caseta con granadas de mano?

Se le daba como a nadie estirar el tiempo.

—Posiblemente, sí.

—¿Se sabe algo más de esa mujer?

—Sí, solía moverse por el barrio. Hacía sus compras en el Aldi de ahí arriba —dijo señalando hacia Ingerlevsgade— y de vez en cuando iba ahí a bañarse.

Se volvió hacia la alberca del centro de entrenamiento.

—Por supuesto, queremos invitar a cualquier persona que tenga algún dato sobre ella a que se ponga en contacto con la policía. La descripción aún no es muy exacta, pero creemos que se trata de una mujer blanca de entre treinta y cinco y cuarenta y cinco años de edad y alrededor de un metro setenta de altura, algo ajada a consecuencia de la vida a la intemperie.

Carl se quedó petrificado con el trozo de pastel colgando de la boca.

—Viene conmigo —anunció al llegar para atravesar junto a Assad el cordón de policías y soldados.

Había muchísimo movimiento en las vías y las preguntas también eran muy numerosas. ¿Sería un intento de sabotaje? ¿Querrían, en ese caso, atentar contra un tren concreto? ¿Habría alguien importante entre los pasajeros del tren que pasaba junto a la caseta en el momento de la explosión? Sí, todo era un lío de preguntas y rumores de ese tipo y los periodistas pululaban por allí con las antenas desplegadas.

—Tú empieza por ese lado, Assad —le indicó Carl señalando hacia la parte de atrás de la caseta.

Había trozos de ladrillo por todas partes, grandes y pequeños, en el más completo caos. Astillas de madera procedentes de la puerta y del tejado, cartones y canalones hechos pedazos. Parte de los escombros había derribado la verja de acero, y en esos huecos esperaban al acecho los periodistas, por si alguien encontraba restos humanos.

—¿Dónde están los trabajadores que la han visto? —le preguntó Carl a uno de sus compañeros de la Jefatura. El hombre señaló hacia un grupo de individuos que, con sus uniformes fosforescentes, parecían de un equipo de emergencias.

Cuando les mostró la placa, dos de ellos empezaron a quitarse las palabras de la boca.

—¡Alto! Un momento, por favor.

A continuación señaló a uno de ellos.

—A ver, ¿cómo era?

El tipo parecía sentirse en su elemento. Una hora más y acabaría su turno. Qué día tan movidito.

—Nunca le vi la cara, pero solía llevar una falda larga y un saco acolchado, aunque a veces de repente se ponía algo que no tenía nada que ver.

Su compañero asintió.

—Sí, y cuando iba por la calle solía llevar a rastras una maleta.

—¡Ajá! ¿Qué maleta? ¿Negra? ¿Café? ¿Con ruedas?

—Una de esas con ruedas. Grande. El color iba cambiando, me parece.

—Sí —coincidió el otro—, es verdad. Yo, al menos, la he visto con una negra y otra verde, creo.

—Siempre miraba a todas partes como si la persiguieran —añadió el primero.

Carl asintió.

—Y así era. ¿Cómo es posible que siguiera viviendo en la casa una vez que la descubrieron?

El primero escupió en los escombros que había a sus pies.

—Carajo, si no la usábamos. Tal y como va el país, hay que aceptarlo: hay gente que no consigue salir adelante.

Sacudió la cabeza de un lado a otro.

—Yo decidí no irle con el chisme a nadie. ¿Qué iba a sacar con eso?

El otro se mostró de acuerdo.

—Tenemos por lo menos cincuenta casetas como ésa de aquí a Roskilde. Imagínese la de gente que podría vivir en ellas.

Carl prefirió abstenerse. Un par de vagabundos borrachos y las vías acabarían sumidas en el caos.

—¿Cómo pasó la valla?

Los dos se echaron a reír.

—Pues abriendo la puerta —repuso señalando hacia lo que fuera la entrada de la valla.

—Ajá. ¿Y de dónde sacó la llave? ¿Alguien ha echado la suya en falta?

Los dos se encogieron de hombros de manera exagerada, casi hasta la altura de sus cascos amarillos, y volvieron a reír hasta contagiar las carcajadas al resto del grupo. ¿Cómo demonios iban a saberlo? Como si ellos controlaran aquellas puertas.

—¿Algo más? —preguntó recorriendo al grupo con la mirada.

—Sí —dijo otro—. A mí me pareció verla el otro día en la estación de Dybbølsbro. Era ya un poco tarde y yo volvía a casa en uno de esos.

Señaló hacia una de las máquinas que levantaban los rieles.

—Ella estaba en el andén mirando hacia las vías, como si fuera Moisés y pensara separar las aguas. Creí que iba a tirarse cuando pasara la máquina, pero no lo hizo.

—¿Le vio la cara?

—Sí, yo fui el que le contó a la policía cuántos años podía tener.

—Entre treinta y cinco y cuarenta y cinco, ¿no es eso?

—Sí, pero ahora que lo pienso creo que estaba más cerca de los treinta y cinco. Lo que pasa es que estaba muy triste y eso avejenta, ¿verdad que sí?

Carl asintió mientras se sacaba del bolsillo la foto de Kimmie que había hecho Assad. Poco a poco la impresión láser se iba estropeando. Los dobleces ya estaban muy marcados.

—¿Es ella? —preguntó plantándosela al tipo en las narices.

—Caray, sí.

Parecía sorprendidísimo.

—No estaba como en la foto, pero que me cuelguen si no era ella. Reconozco las cejas. Las mujeres no suelen tenerlas tan anchas. Caray, está mucho mejor en esta foto.

Todos se arremolinaron alrededor de la fotografía y empezaron a comentarla mientras el subcomisario volvía la vista hacia la caseta en ruinas.

¿Qué diablos ha pasado aquí, Kimmie?, se preguntó. Si hubiera conseguido localizarla veinticuatro horas antes, para entonces ya habrían logrado llegar mucho más lejos.

—Sé quién es —les comunicó instantes después a sus compañeros. Enfundados cada uno en su chamarra de cuero parecían estar esperando a que alguien fuera a decirles aquella frase.

—¿Pueden llamar a Skelbækgade y decirles a los de Desaparecidos que la mujer que vivía ahí es una tal Kirsten-Marie Lassen, conocida como Kimmie Lassen? Ellos tienen su número de identidad y el resto de los datos. Si averiguan algo nuevo, quiero ser el primero en enterarme, ¿entendido?

Estaba a punto de irse, pero se detuvo.

—Una cosa más. A esos buitres —señaló hacia los periodistas—, ni hablar de darles su nombre, por Dios. ¿Estamos? Interferiría en otra investigación que estamos llevando a cabo. Y que corra la voz, ¿de acuerdo? Ni una palabra.

Reparó en Assad, que estaba prácticamente de rodillas en el suelo y hurgaba entre los escombros. Curioso que los forenses lo dejaran en paz. Al parecer ya se habían hecho una idea de la situación y habían descartado cualquier sospecha de terrorismo. Ya sólo faltaba convencer a aquellos periodistas exaltados.

Menos mal que no era tarea suya.

Pasó de un salto por encima de lo que había sido la puerta de la caseta, una cosa verde, ancha y pesada con más de la mitad de su superficie cubierta de grafitis, y se abrió paso a través de la valla hasta la calle de un empujón. No le costó dar con el letrero, que seguía fijado al poste galvanizado. «Gunnebo, Vallas Løgstrup», decía; y a continuación, un sinfín de números de teléfono.

Sacó el celular y llamó a un par de ellos sin mayor fortuna. Puto fin de semana. Siempre había odiado los fines de semana. ¿Cómo se podía trabajar de policía si todo el mundo entraba en hibernación?

Ya hablará Assad con ellos el lunes, se dijo. A lo mejor alguien podía explicarles cómo había conseguido esa llave.

En vista de que no había encontrado nada que se les hubiese pasado por alto a los forenses, iba a hacerle señales a su ayudante de que se acercara cuando oyó un frenazo y vio que el jefe de Homicidios bajaba del coche en el mismísimo instante en que lo estacionaba medio subido en la acera. Como todos los demás, vestía chamarra negra de cuero, aunque la suya era algo más larga, algo más reluciente y seguramente también algo más cara.

¿Qué coño pinta este aquí?, pensó Carl siguiéndolo con la mirada.

—No han encontrado ningún muerto —le gritó mientras Marcus Jacobsen saludaba con un cabeceo a unos compañeros que se encontraban al otro lado de la valla derribada.

—¡Oye! ¿No puedes acompañarme al coche para variar? —le preguntó cuando estuvieron frente a frente—. Ha aparecido la drogadicta que andabas buscando. Y está más muerta que muerta.

No era ninguna novedad. Un cadáver en el hueco de una escalera, pálido y tristemente acurrucado. El pelo grasiento extendido por encima de los restos de papel de aluminio y de porquería. Una existencia echada a perder y un rostro hinchado por los golpes. Apenas veinticinco años.

Una botella de Cocio rodaba de un lado a otro en el interior de una bolsa de plástico blanca.

—Sobredosis —informó el médico levantando el dictáfono. Habría que hacerle la autopsia, por supuesto, pero el forense conocía bien su oficio. La jeringuilla aún colgaba de la maltratada vena del tobillo.

—De acuerdo —dijo el jefe de Homicidios—, perooo...

Carl y él intercambiaron un gesto. Los dos pensaban lo mismo. Sobredosis, sí. Pero ¿por qué? ¿Una yonqui curtida como ella?

—Tú estuviste en su casa, Carl. ¿Cuándo?

El subcomisario se volvió hacia Assad, que lucía su habitual sonrisa muda. Parecía extrañamente ajeno a la atmósfera opresiva que se respiraba en el portal.

—Fue el martes, jefe.

Ya no tenía ni que consultar su libreta, daba miedo.

—El martes 25 por la tarde —añadió.

No tardaría en informarlo de que había sido a las 15:32, a las 15.59 o algo semejante. Si no lo hubiera visto sangrar, Carl pensaría que era un robot.

—Hace ya mucho de eso, pueden haber ocurrido montones de cosas desde entonces —comentó el jefe de Homicidios.

Luego se arrodilló y ladeó la cabeza sin perder de vista las marcas moradas que surcaban el rostro y el cuello de la mujer.

Eran posteriores a su encuentro con Carl, eso seguro.

—Esas lesiones no son inmediatamente anteriores al momento de su muerte, ¿verdad?

—Veinticuatro horas antes, diría yo —corroboró el forense.

Después de un ligero estruendo en lo alto de la escalera, uno de los chicos del antiguo equipo de Bak apareció con uno de esos personajes que nadie desearía ver dentro de su familia.

—Este es Viggo Hansen. Acaba de contarme algo que seguro que les interesa.

Aquel hombre corpulento miró de reojo a Assad, que le correspondió con una mirada arrogante.

—¿Es necesario que esté él delante? —preguntó directamente al tiempo que dejaba al descubierto un par de brazos tatuados. Varias anclas, esvásticas y un KKK. Qué chico tan maravilloso.

Al pasar junto a Assad lo apartó de un empujón con la barriga, haciendo que Carl abriera los ojos desmesuradamente. Por Dios, que su compañero no entrara al juego.

Assad asintió y se contuvo. Mejor para el marinero.

—Ayer vi a la perra esa con otra zorra.

Mientras la describía, el subcomisario sacó su desastrada impresión láser.

—¿Era ésta? —preguntó conteniendo la respiración. El olor a sudor rancio y orines era casi igual de penetrante que el tufo a alcohol que salía de entre los dientes podridos de aquel borracho.

El tipo se restregó las cuencas de sus ojos adormilados y repugnantes y asintió; los pliegues de su papada empezaron a hacer carambola unos con otros.

—Estaba golpeando a la yonqui, ya ven las marcas, pero entonces intervine y la eché de aquí. Vaya boquita tenía, la muy zorra —dijo sin dejar de esforzarse inútilmente por mantener la vertical.

Vaya payaso. ¿Por qué mentía?

De pronto se acercó otro compañero y le susurró algo al oído a Jacobsen.

—Muy bien —contestó él, y se quedó un rato observando a aquel idiota con las manos en los bolsillos y esa mirada suya que en un instante se podría traducir en unas esposas.

—Viggo Hansen, acaban de comunicarme que eres un viejo conocido. Sumas un total de al menos diez años encerrado por violencia y agresiones sexuales contra mujeres y pretendes que nos traguemos que viste a esa mujer golpeando a la muerta. Qué falta de inteligencia. ¿Cómo se te ocurre salir con semejante idiotez, conociendo a la policía como la conoces?

Respiró hondo. Como si tratase de rebobinar hasta un punto de partida más adecuado. Como si estuviera a punto de lograrlo.

—Vamos, hombre; las cosas como son. Las viste hablando y ya está. ¿Algo más?

El tipo bajó la vista. Su humillación era más que palpable. Quizá se debiera a la presencia de Assad.

—No.

—¿Qué hora era?

Se encogió de hombros. La embriaguez había distorsionado su percepción del tiempo. Hacía años, seguramente.

—¿Has estado bebiendo desde entonces?

—Sólo para entretenerme.

Intentó sonreír. No era una visión muy agradable.

—Viggo admite que ha robado unas cuantas cervezas que había en el hueco de la escalera —intervino el agente que había subido a buscarlo—. Unas cervezas y una bolsa de papas fritas.

Lo que es a la pobre Tine ya no iban a servirle de gran cosa.

Le pidieron que no saliera de casa en lo que quedaba del día y que dejase de darle a la bebida. Al resto de los vecinos no les sacaron nada nuevo.

En resumidas cuentas: Tine Karlsen había muerto, aparentemente sola y sin que nadie la echase de menos; nadie aparte de *Lasso,* una enorme rata hambrienta a la que de vez en cuando llamaba Kimmie. No era más que otro número en las estadísticas y, de no ser por la policía, al día siguiente nadie la recordaría.

Al darle la vuelta a su cuerpo rígido, los forenses no encontraron más que una mancha oscura de orina.

—Quién sabe lo que habría podido contarnos —murmuró Carl.

Marcus asintió.

—Sí, hay que reconocer que esta muerte no es un mal estímulo para seguir con la búsqueda de Kimmie Lassen.

Sólo quedaba la cuestión de si serviría de algo.

Dejó a Assad en el lugar de la explosión y le pidió que hiciera algunas averiguaciones para ver si la investigación había aportado novedades. Después tenía instrucciones de volver a la Jefatura a ver si Rose necesitaba algo.

—Yo voy primero a la tienda de animales y luego al instituto de Rødovre —le gritó mientras Assad emprendía una carrera decidida hacia los expertos en explosivos y los peritos de la policía que aún seguían infestando el terreno del ferrocarril.

Con sus enormes árboles de hojas amarillo chillón plantados en jardineras de roble y sus carteles de animales exóticos por toda la fachada, Nautilus Trading parecía un verde oasis en medio de los edificios de antes de la guerra que poblaban la tortuosa callejuela, seguramente la próxima en desaparecer para dejar paso a un montón de casonas de lujo completamente invendibles. Era una empresa considerablemente mayor de lo que esperaba y quizá también bastante más grande de lo que era cuando Kimmie trabajaba allí.

Y, por supuesto, estaba cerrada. La paz sabatina lo había invadido todo.

Rodeó los edificios hasta dar con una puerta que no estaba cerrada con llave. «Entrega de mercancías», decía.

La abrió y, tras recorrer diez metros, se encontró en medio de un infierno de humedad tropical que de inmediato lo dejó con las axilas chorreando.

—¿Hay alguien? —gritaba cada veinte segundos en su peregrinar a través de acuariolandia y sauriolandia hasta un paraíso de trinos procedentes de cientos y cientos de jaulas colocadas en una nave que tenía el tamaño de un supermercado.

No logró localizar a un ser humano hasta la cuarta nave de jaulas llenas de mamíferos grandes y pequeños; estaba enfrascado en limpiar un recinto de unas dimensiones suficientes para albergar a un león o dos.

Al aproximarse, percibió un olor acre, a fiera, en medio de aquella peste nauseabunda y dulzona, de modo que era posible que, efectivamente, fuese una jaula para leones.

—Perdone. —Se presentó con delicadeza, aunque al tipo de la jaula casi le da un infarto y se le cayeron el cubeta y el trapeador.

En medio de un charco de agua jabonosa, y enfundado en unos guantes que le llegaban hasta los codos, observaba al policía como si hubiera ido allí a despellejarlo, literalmente.

—Perdone —repitió Carl, esta vez con la placa a la vista—. Carl Mørck, del Departamento Q de la Jefatura de Policía. Tendría que haber llamado antes de venir, pero es que estaba aquí al lado.

Tendría entre sesenta y sesenta y cinco años, el pelo canoso y multitud de pequeñas arrugas alrededor de los ojos, seguramente cinceladas a lo largo de años de entusiasmo entre suaves cachorros peludos. En ese preciso instante parecía algo menos entusiasmado.

—Una jaula muy grande para limpiarla —intentó ablandarlo el policía mientras palpaba los lisos barrotes de acero.

—Sí, pero tiene que quedar perfecta. Mañana se la llevan al dueño de la empresa.

Pasaron a una nave contigua donde la presencia de los animales era algo menos intensa.

—Sí —dijo el hombre—, claro que me acuerdo de Kimmie. Ella ayudó a levantar todo esto. Creo que estuvo con nosotros unos tres años, justo cuando ampliamos el negocio y nos convertimos en importadores y central de intermediación.

—¿Central de intermediación?

—Sí. Cuando un agricultor de Hammer quiere cerrar una explotación con cuarenta llamas o diez avestruces, ahí es donde aparecemos nosotros. O cuando un criador de visones quiere pasarse a la chinchilla. Los zoológicos pequeños también recurren a nuestros servicios. Tenemos contratados a un zoólogo y a un veterinario.

La sonrisa le marcó las arrugas.

—Además, somos el principal mayorista de todo tipo de animales con certificado del norte de Europa. Podemos conseguir cualquier cosa, desde camellos hasta castores. En realidad, todo fue idea de Kimmie. Ella era la única que tenía la experiencia necesaria por aquel entonces.

—Se licenció en Veterinaria, ¿me equivoco?

—Bueno, sí, casi. Y tenía buena base comercial, así que se le daba bastante bien estudiar el origen de los animales, las rutas por las que nos llegaban y ocuparse además de todo el papeleo.

—¿Por qué lo dejó?

El empleado movió la cabeza de un lado a otro.

—Uf, ya hace mucho de eso, pero algo pasó cuando Torsten Florin empezó a comprar aquí. Por lo visto se conocían de antes, y ella luego conoció a otro a través de él.

Carl observó un momento al vendedor. Parecía fiable. Buena memoria. Organizado.

—Torsten Florin; ¿se refiere al diseñador?

—Sí. Le interesan muchísimo los animales; de hecho es nuestro mejor cliente.

Volvió a ladear la cabeza muy despacio.

—Bueno, hoy por hoy decir eso es quedarse corto, porque ahora es el accionista mayoritario de Nautilus, pero entonces venía como cliente. Un joven muy apuesto y exitoso.

—Caramba, pues sí que tienen que interesarle los animales, sí.

Carl levantó la mirada por encima de aquel bosque de barrotes.

—Y dice que ya se conocían de antes. ¿Y en qué lo notó?

—Bueno, yo no estaba delante la primera vez que vino Florin, supongo que se saludarían cuando iba a pagar. Ella era la que se ocupaba de esas cosas en aquella época. Al principio no parecía muy entusiasmada con el reencuentro. Lo que ocurriera después, no sé decirle.

—Ese hombre que ha dicho antes que era amigo de Florin, ¿no sería Bjarne Thøgersen? ¿Se acuerda?

Se encogió de hombros. Al parecer, no lo recordaba.

—Kimmie se había ido a vivir con él un año antes, ¿sabe? —le explicó el policía—. Con Bjarne Thøgersen. Ya debía de estar trabajando aquí por esas fechas.

—Mmm, sí. A lo mejor. La verdad es que nunca hablaba de su vida privada.

—¿Nunca?

—No. Yo no sabía ni dónde vivía. Ella misma se ocupaba de sus papeles, así que en eso no puedo ayudarlo.

Se situó delante de una jaula desde la que dos diminutos ojos oscuros lo observaban con confianza ciega.

—Éste es mi favorito —dijo sacando un monito del tamaño de un dedo pulgar—. Mi mano es su árbol.

La dejó en suspenso mientras el liliputiense se aferraba a un par de dedos.

—¿Por qué se fue de Nautilus? ¿Lo dijo?

—Yo creo que quería seguir adelante con su vida, eso es todo. No hubo nada en especial. ¿Nunca le ha pasado?

Carl lanzó un resoplido y observó cómo el mono buscaba cobijo por detrás de los dedos. Al diablo con la preguntita y al diablo con el interrogatorio.

Decidió ponerse la máscara de enfadado.

—Yo creo que sí sabe por qué se fue, así que haga el favor de contármelo.

El vendedor metió la mano en la jaula y dejó que el monito desapareciera en su interior.

Después se volvió hacia Carl. De repente, todo aquel pelo blanco y aquella barba no le daban un aire precisamente cordial, sino que lo rodeaban como un aura de desgana y terquedad. Su rostro seguía siendo delicado, pero en sus ojos se concentraba una fuerza enorme.

—Creo que debería marcharse —dijo—. Yo he intentado ser amable, así que haga el favor de no insinuar que he estado contándole un montón de falsedades.

Conque esas tenemos, pensó el subcomisario mientras esbozaba la sonrisa más condescendiente de su repertorio.

—Se me está ocurriendo una cosa —dijo—. ¿Cuándo ha pasado la empresa su última inspección? ¿No están demasiado juntas esas jaulas? ¿Y qué me dice de la ventilación? ¿Está todo en regla? ¿Cuántos animales se les mueren durante los traslados? ¿Y una vez aquí?

Empezó a inspeccionar una por una todas las jaulas, en cuyos rincones se acurrucaban unos cuerpecillos asustados que respiraban a toda máquina.

El hombre le mostró una sonrisa de bonitos dientes postizos. Resultaba evidente que por él podía decir y hacer lo que se le antojara. Nautilus Trading lo tenía todo bajo control.

—¿Quiere saber por qué se fue? Pues creo que va a tener que preguntárselo a Florin. ¡Después de todo, él es el jefe!

28

Era una apática tarde de sábado y la radio dividía las noticias a partes iguales entre el nacimiento de un tapir en Randers y la amenaza del presidente de la derecha de acabar con el sistema de regiones que él mismo había exigido que se creara.

Carl marcó un número en su celular y al contemplar el reflejo del sol en la superficie del agua pensó: Gracias a Dios aún queda algo que no pueden andar toqueteando.

Assad contestó al otro lado de la línea.

—¿Dónde estás, jefe?

—Acabo de cruzar el puente de Selandia y voy de camino al instituto de Rødovre. ¿Hay algo en especial que deba saber sobre Klavs Jeppesen?

Cuando su ayudante pensaba, casi se le oían las ideas.

—Está frus, Carl, es lo único que puedo decir.

—¿Frus?

—Sí, frustrado. Habla muy despacio, pero deben de ser los sentimientos, que le cortan la libre palabra.

¿La libre palabra? Ya solo le faltaba sacar a colación las sutiles alas del pensamiento.

—¿Sabe de qué se trata?

—Casi todo sí. Rose y yo nos hemos pasado toda la tarde aquí con la lista, Carl. Le gustaría hablar un momento contigo, entonces.

Se disponía a protestar, pero Assad ya no estaba al otro lado.

Él tampoco estaba del todo presente cuando Rose puso en marcha el soplete que tenía por garganta.

—Pues sí, aquí seguimos —le gritó hasta arrancarlo del curso de sus pensamientos—. Llevamos todo el día con la lista y creo que hemos dado con algo que puede servirnos. ¿Quieres oírlo?

¿Qué diablos esperaba?

—Sí, por favor —contestó él a punto de dejar atrás la desviación a la izquierda que conducía a Folehaven.

—¿Recuerdas que en la lista de Johan Jacobsen había un caso de un matrimonio que desapareció en Langeland?

¿Creía que tenía demencia senil o qué?

—Sí —respondió.

—Bien. Eran de Kiel y desaparecieron. En Lindelse Nor encontraron varios objetos que podrían haber sido suyos, pero no se llegó a probar nada. Yo he estado enredando un poco y las cosas han cambiado.

—¿Qué quieres decir?

—He localizado a su hija. Vive en la casa que tenían sus padres en Kiel.

—¿Y...?

—Tómatelo con calma, Carl, que después de hacer un trabajo increíble, una tiene todo el derecho del mundo a hacerse un poco de rogar, ¿no te parece?

Esperó que Rose no oyera su hondísimo suspiro.

—Se llama Gisela Niemüller y lo cierto es que le resulta extraño cómo se llevó el caso en Dinamarca.

—¿Eso cómo se come?

—El arete; ¿te acuerdas de él?

—Carajo, Rose, si hemos estado hablando de él esta misma mañana.

—Hace al menos once o doce años que esta mujer se puso en contacto con la policía de Dinamarca para decirles que ya podía identificar con toda seguridad el arete hallado en Lindelse Nor. Era de su madre.

Carl estuvo tentado de torpedear un Peugeot 106 con cuatro escandalosísimos mancebos a bordo.

—¿Qué? —chilló al tiempo que pisaba el freno hasta el fondo—. Un momento.

Subió el coche a la acera y le preguntó:

—Si no pudo identificarlo en su momento, ¿por qué después sí?

—Durante una reunión familiar en Albersdorff, Schleswig, vio unas fotografías antiguas de sus padres en otra fiesta. ¿Y tú qué crees que llevaba la madre en esas fotos, así, por preguntar?

Se oyeron varios gruñidos alborozados al otro lado de la línea.

—Sí, los aretes. ¡Es increíble!

Carl cerró los ojos y apretó los puños. *Yes!*, gritaba por dentro. Algo parecido debió de sentir el piloto de pruebas Chuck Jaeger la primera vez que rompió la barrera del sonido.

—Carajo.

Vaya revelación.

—Qué fuerte, Rose, qué fuerte. ¿Te dio una copia de la foto de la madre con el arete?

—No, pero insiste en que se la envió a la policía de Rudkøbing hacia 1995. He hablado con ellos y dicen que ahora los archivos están en Svendborg.

—No les mandaría la foto original, ¿verdad?

Rezó para que no fuera así.

—Pues sí.

Mierda puta.

—Pero se quedaría una copia, un negativo, o alguien lo tendrá, ¿no?

—Ella cree que no. Por eso estaba tan enojada. No ha vuelto a tener noticias desde entonces.

—Llama en este momento a Svendborg, ¿me oyes?

Rose emitió un sonido que sonó a desdén.

—Qué poco me conoce usted, señor subcomisario de policía.

Y le colgó.

No habían pasado ni diez segundos cuando volvió a llamarla.

—Hola, Carl —lo saludó la voz de Assad—. ¿Qué le has dicho? Está muy rara.

—Da igual. Tú dile que estoy orgulloso de ella.

—¿Ahora?

—Sí, ahora, Assad.

Si, y solo si, la fotografía de la mujer del arete aparecía en los depósitos de la policía de Svendborg, y si, y sólo si, un experto era capaz de determinar con seguridad que el arete hallado en la playa de Lindelse Nor era la pareja del que habían encontrado en la caja que había escondido Kimmie y que, además, era el mismo de la foto, podrían reabrir oficialmente el caso. Tendrían base para iniciar un nuevo proceso. Caray, iban por el buen camino. Habían tardado veinte años, pero en fin... Los Florin, Dybbøl Jensen y Pram recorrerían la larga, dura y embarrada senda de la maquinaria judicial. Sólo tenían que encontrar a Kimmie, porque, al fin y al cabo, la caja de metal la habían hallado en su casa. No era tan fácil como parecía, y menos aún después de la muerte de la drogadicta, pero tenían que encontrarla.

—Sí —se oyó de pronto a Assad al otro lado del teléfono—, se ha puesto muy contenta. Me ha llamado gusanito de arena.

Una carcajada estalló en el auricular.

¿Quién sino Assad podía tomarse a bien una ofensa tan manifiesta?

—Pero, Carl, yo no tengo tan buenas noticias como Rose —lo informó cuando acabó de reírse—. O sea, no cuentes con que Bjarne Thøgersen quiera volver a hablar con nosotros. Así que, ¿qué, entonces?

—¿Me estás diciendo que se ha negado a recibirnos?

—Y su forma es imposible de no entender, entonces.

—Da lo mismo. Dile a Rose que tiene que dar con esa foto. Mañana descansamos, esta vez va en serio.

Carl consultó el reloj mientras giraba por Hendriksholms Boulevard. Llegaba pronto, pero quizá mejor así. El tal Klavs Jeppesen parecía de ese tipo de personas que prefieren llegar demasiado pronto antes que demasiado tarde.

El instituto de Rødovre era un conjunto de cajones aplanados que surgían del asfalto, un caos de edificios empotrados unos en otros a consecuencia de las sucesivas ampliaciones de los años en que las gorras de bachiller empezaron a echar raíces entre la clase trabajadora. Un pasillo por aquí, un gimnasio por allá, caserones amarillos nuevos y viejos llamados a modernizar a los chicos de la zona oeste proporcionándoles privilegios que los de la costa norte se habían adjudicado mucho tiempo antes.

Siguiendo las flechas en dirección a la fiesta de antiguos alumnos, la Ulsasep, se encontró a Klavs Jeppesen a la puerta del aula con el regazo lleno de paquetes de servilletas de papel y en plena conversación con dos estudiantes mayores del sexo opuesto que parecían muy simpáticas. Un tipo atractivo, pero con un aburrido *look* profesional, con su saco de pana y su barba. Era Profesor de Instituto, con mayúsculas.

Tras liberar a sus oyentes con un «Nos vemos luego» dicho en un tono que lo identificaba claramente como miembro del grupo de los solteros disponibles, acompañó a Carl por el pasillo de los profesores, donde varios exalumnos pasaban el rato entregados a la nostalgia.

—¿Sabe por qué estoy aquí? —preguntó el subcomisario, a lo que Jeppesen contestó que su colega lo había puesto al tanto con algún que otro comentario.

—¿Qué quiere saber? —se interesó mientras lo invitaba a tomar asiento en una de las añosas sillas de diseño de la sala de profesores.

—Quiero saberlo todo de Kimmie y de cuantos la rodeaban.

—Su colega ha dejado entrever que habían reabierto el caso de Rørvig. ¿Es eso cierto?

Carl asintió.

—Y tenemos motivos fundados para creer que uno o varios miembros del grupo también son culpables de otras agresiones.

A Jeppesen se le dilataron las fosas nasales como si le faltara oxígeno.

—¡¿Agresiones?!

Se quedó con la mirada extraviada y fue incapaz de reaccionar cuando entró una de sus compañeras.

—¿Te ocupas tú de la música, Klavs? —preguntó.

Él levantó la mirada como si estuviera en trance y asintió sin verla.

—Yo estaba locamente enamorado de Kimmie —confesó cuando volvieron a quedarse a solas—. La deseaba como jamás he deseado a nadie. Era la perfecta combinación de ángel y demonio. Guapa, joven, cariñosa y totalmente dominante.

—Ella tenía diecisiete o dieciocho años cuando iniciaron su relación. ¡Y era alumna del colegio! No es muy ortodoxo que digamos.

El profesor observó a Carl sin levantar la cabeza.

—No estoy orgulloso de ello —aclaró—. Sencillamente, no pude evitarlo. Aún siento su piel, ¿lo entiende? Y ya hace veinte años.

—Sí, y también hace veinte años que ella y unos cuantos más estuvieron bajo sospecha de asesinato. ¿Usted qué cree? ¿Podrían haberlo hecho todos juntos?

Klavs Jeppesen contrajo la mitad del rostro en una mueca.

—Pudo hacerlo cualquiera. ¿Es que usted no podría matar a alguien? Quizá ya lo haya hecho.

Apartó la mirada y bajó la voz.

—Antes y después de mi relación con Kimmie hubo un par de episodios que me resultaron raros. Recuerdo sobre todo a un chico del colegio, un pequeñajo completamente idiota y engreído, quizá sólo le dieran lo que se merecía. Pero todo ocurrió en circunstancias muy extrañas. De repente, un buen día dijo que quería marcharse. Contó que se había caído en el bosque, pero sé reconocer las marcas que dejan los golpes.

—¿Qué tiene eso que ver con el grupo?

—Yo no sé qué tiene que ver con el grupo, lo que sí sé es que cuando se fue, no pasó un día sin que Kristian Wolf preguntara por él. Que dónde estaba, que si teníamos noticias suyas, que si iba a volver.

—Es posible que se tratase de un interés real, ¿no cree?

Se volvió de nuevo hacia Carl. Lo que tenía delante era un profesor de instituto a cuyas manos expertas las personas honradas confiaban el desarrollo de sus hijos, una persona que pasaba años y años con sus alumnos. ¿Era posible que el semblante que le estaba mostrando en esos momentos fuera el mismo que veían esos padres cuando iban a hablar con él? En tal caso, tendrían buen cuidado de sacar a sus hijos de ese centro a toda prisa. No, gracias a Dios no era frecuente toparse con un rostro tan amargado por la sed de venganza, el odio y el asco a la humanidad como el suyo.

—Kristian Wolf no mostraba interés real por nadie más que por sí mismo —replicó henchido de desprecio—. Era capaz de todo, créame. Pero tengo la sensación de que le aterrorizaba enfrentarse a sus propios actos. Por eso quería asegurarse de que aquel niño se había ido para siempre.

—¿Puede darme algún ejemplo?

—Él formó el grupo, créame. Le apasionaba el mal y no tardó en esparcir su veneno. Él fue quien nos delató a Kimmie y a mí, el culpable de que tuviera que irme del internado y de que ella se marchara, el que la empujaba hacia los chicos a los que quería golpear. Una vez que los atrapaba en sus redes, la obligaba a retirarse. Ella era su araña hembra y él manejaba los hilos.

—Murió, imagino que ya lo sabe. En un accidente de caza.

Asintió.

—Quizá piense que me alegro. Ni mucho menos. Salió muy bien parado de todo.

Se oyeron unas risas en el pasillo que parecieron sacarlo del trance por un momento. Después la rabia volvió a descomponerle el rostro y a arrastrarlo.

—Atacaron a aquel chiquillo en el bosque y tuvo que irse, pregúnteselo a él si quiere. Puede que lo conozca, se llama Kyle Basset. Ahora vive en España. No le costará encontrarlo porque es dueño de una de las mayores empresas del país, KB Construcciones S.A.

Carl anotó el nombre.

—Y mataron a Kåre Bruno. Créame —añadió.

—Ya se nos había ocurrido, pero ¿qué le lleva a usted a pensar eso?

—Bruno fue a buscarme cuando me despidieron. Habíamos sido rivales, pero de pronto éramos aliados. Él y yo contra Kristian y el resto del grupo. Me confesó que tenía miedo de Wolf, que se conocían de antes. Vivía cerca de la casa de sus abuelos y nunca dejaba pasar la oportunidad de amenazarlo. No sé gran cosa, pero con eso me basta. Wolf amenazó a Kåre Bruno, así estaban las cosas. Y luego, Bruno murió.

—Al oírlo hablar, parece que conoce los hechos con certeza, pero en realidad usted ya no estaba con Kimmie ni cuando murió Bruno ni cuando ocurrió el crimen de Rørvig.

—No, pero antes de todo eso ya veía cómo los demás alumnos se apartaban al paso del grupo, veía lo que le hacían a la gente. A los de su clase no, que en ese colegio lo primero que se aprende es la unión del equipo, pero sí a todos los demás. Y atacaron a ese niño, lo sé.

—¿Cómo lo sabe?

—Kimmie pasó la noche conmigo varios fines de semana. Dormía mal, como si ocultara algo que no la dejaba tranquila. Decía su nombre en sueños.

—¿Qué nombre?

—¡El del chico! ¡El de Kyle!

—¿Parecía asustada o atormentada?

Se echó a reír. Una risa que le salía de lo más hondo, de donde salen las carcajadas que son una defensa y no una mano tendida.

—No, no parecía atormentada. En absoluto. Kimmie no era así.

El policía iba a mostrarle el osito cuando el silbido de las cafeteras que se alineaban en la barra distrajo su atención. Si pensaban dejarlas ahí hasta que acabara la cena, no encontrarían más que brea.

—¿Podemos tomar una taza? —preguntó sin aguardar la respuesta. Tal vez un buen café compensara las cien horas que llevaba sin comer como Dios manda.

Jeppesen le indicó por señas que él no quería.

—¿Kimmie era mala? —preguntó Carl mientras se llenaba la taza aspirando el aroma del café.

A su espalda no se oyó respuesta alguna.

Cuando se volvió con la taza en los labios y las aletas de la nariz estimuladas por el aroma del sol que en su día brillara sobre los cafetales de algún campesino colombiano, la silla de Klavs Jeppesen estaba vacía.

La audiencia había concluido.

29

Había hecho el recorrido de ida y vuelta del planetario a Vodroffsvej de diez modos diferentes. Por las escaleras y los caminos que comunicaban el lago con Gammel Kongevej y Vodroffsvej, siempre de un lado a otro y tratando de no acercarse demasiado a la parada de autobús del pasaje del Teatro, donde imaginaba que estarían esos hombres.

De vez en cuando se sentaba en la terraza del planetario con la espalda contra los cristales y los ojos clavados en el jugueteo del sol en la fuente del lago. Alguien por detrás de ella alabó las vistas, pero a Kimmie le tenían totalmente sin cuidado. Hacía años que no se dejaba llevar por esas cosas. Lo único que le interesaba era ver a los tipos que habían reventado a Tine, husmear a sus perseguidores, averiguar quién les hacía el trabajo sucio a esos cabrones.

No dudó ni un instante de que volverían. Eso era lo que más miedo le daba a Tine, y seguramente no se equivocaba. Querían atraparla a ella, Kimmie, y no iban a darse por vencidos así como así.

Tine era el nexo de unión. Pero Tine ya no estaba.

Cuando se oyó aquel estruendo y la caseta saltó por los aires, se alejó rápidamente. Tal vez la vieran unos niños al pasar a toda velocidad por delante de la alberca, pero eso era todo. Al llegar al otro lado de los edificios de Kvægtorvsgade se arrancó el abrigo y lo metió en la maleta. Después se puso una chamarra de ante y se colocó un pañuelo negro en la cabeza.

Al cabo de diez minutos estaba delante del mostrador luminoso del Hoten Ansgar mostrando un pasaporte portugués que había encontrado años atrás en una de las maletas que robaba. No estaba cien por cien igual que en la foto, pero ya habían pasado seis años..., ¿y quién no cambia en ese tiempo?

—*Do you speak english, Mrs. Teixeira?* —le preguntó el amable conserje. El resto fue una pura formalidad.

Por espacio de una hora se acomodó bajo una de las chimeneas de gas del jardín interior con un par de copas. Así la iban conociendo.

A continuación durmió casi veinte horas seguidas con la pistola bajo la almohada y la imagen de una temblorosa Tine en la retina.

Así empezó su nueva vida, cuando echó a andar hacia el planetario; allí, y tras ocho horas de espera, encontró al fin lo que buscaba.

Era un tipo flaco, casi escuálido, cuyos ojos se clavaban alternativamente en la ventana de Tine del quinto piso y en la entrada del pasaje del Teatro.

—Vas a tener que esperar un buen rato, desgraciado —murmuró Kimmie desde la banca que había en Gammel Kongevej a la altura del planetario.

Alrededor de las once de la noche vinieron a relevarlo. No cabía duda de que el recién llegado tenía un estatus más bajo que el que se iba. La cuestión era ver cuánto se acercaba el nuevo. Como un perro que quiere la comida, pero antes debe husmear para saber si es bien recibido.

Por eso era él y no el otro quien tenía que ocuparse del turno del sábado por la noche. Y por eso Kimmie decidió irse también.

Siguió al tipo flaco a una distancia prudencial y llegó al autobús en el mismo instante en que se iban a cerrar las puertas.

Al subir se fijó en cómo tenía la cara. El labio inferior partido, una herida en una ceja y cardenales que iban siguiendo el nacimiento del pelo desde la oreja hasta el cuello como si se hubiera teñido con *henna* y no se hubiese aclarado bien el exceso de tinte.

Iba mirando por la ventanilla, acechando la acera con la esperanza de encontrar a su presa en el último instante. Sólo al llegar a Peter Bangs Vej empezó a relajarse.

Está libre y no tiene prisa, pensó Kimmie. Nadie lo esperaba, se veía en su actitud. En su indiferencia. De haber tenido una niña, un cachorro o una sala acogedora donde tomar de la mano a alguien con quien compartir risas y suspiros, habría respirado más hondo, más libre. No, no podía ocultar la angustia que le acongojaba el alma y el cuerpo. Nadie lo esperaba en casa. No tenía prisa.

Como si ella no supiera lo que era eso.

Se bajó al llegar al Damhuskroen y no preguntó por el espectáculo de la noche. Llegaba tarde, y al parecer lo sabía. Muchos ya se habían reunido con sus ligues de una noche e iban rumbo a su aventura. Colgó el abrigo y entró en el enorme local sin mayores ambiciones. ¿Cómo era posible que su estado de ánimo fuera tan deplorable como su aspecto? Pidió una cerveza de barril y se sentó en la barra a observar de reojo hacia las mesas y hacia la multitud para ver si una mujer, daba igual cuál, le devolvía la mirada.

Kimmie se quitó el pañuelo y la chamarra y le pidió a la empleada del guardarropa que le cuidara bien la bolsa. Después se adentró en el local con gesto seguro, los hombros echados hacia atrás y emitiendo discretas señales con los pechos a cualquiera que aún pudiese centrar la mirada. Sobre el escenario, una orquesta de cuarta que armaba un estruendo de primera acompañaba a las parejas de baile que se tanteaban con cautela. Ninguno de los que bailaban bajo el firmamento cristalino de tubos de vidrio parecía haber dado con su media naranja.

Sintió la punzada de los ojos que se clavaban en ella y la inquietud que se extendía por las mesas y en los asientos de la barra.

Comprobó que llevaba menos maquillaje que las demás mujeres. Menos maquillaje y menos grasa en las costillas.

¿Me reconocerá?, se preguntó mientras paseaba lentamente la mirada por todos aquellos ojos suplicantes hasta llegar al flaco. Allí estaba, como todos los demás, listo y pronto a actuar a la mínima señal. El flaco se acodó en la barra con indiferencia y alzó un poco la cabeza. Sus ojos expertos evaluaron si esperaba a alguien o si era una presa disponible.

Cuando ella le regaló una sonrisa por entre las mesas, el tipo respiró hondo una sola vez. Le costaba creerlo, pero caray, qué ganas tenía.

Al cabo de no más de dos minutos, Kimmie recorría la pista de baile con un idiota sudoroso al mismo ritmo calmado que todo el mundo.

Pero el flaco había tomado nota de su miradita y sabía que había elegido. Se irguió, luego se arregló el nudo de la corbata y trató como pudo de que su rostro maltrecho y demacrado resultara más o menos atractivo a aquella luz ahumada.

La abordó en mitad de una canción y la tomó por el brazo. Le pasó el suyo por la espalda con cierta torpeza y la atrajo hacia sí. Kimmie advirtió que no eran dedos expertos. El corazón de aquel tipo le latía desbocado contra el hombro.

Era una presa fácil.

—Bueno, pues aquí vivo —la invitó tímidamente a pasar a un saloncito del quinto piso con unas tristes vistas a la estación de tren de Rødovre y a un montón de estacionamientos y carreteras.

En la entrada, junto a un elevador morado, le había mostrado el letrero de la puerta. «Finn Aalbæk», decía. Después había afirmado que el edificio era seguro a pesar de que no tardarían demasiado en derribarlo. La había tomado de la mano y, cual caballero ayudándola a cruzar el puente colgante sana y salva por encima del bramido de las aguas, la había conducido por la galería exterior del quinto piso. Eso sí, bien pegadito a su presa para evitar que se diera a la fuga si cambiaba de idea. Su fecunda imaginación, ayudada por un entusiasta y recién adquirido aplomo, ya lo había situado entre las sábanas con las manos inquietas y el ánimo bien levantado.

La invitó a que saliera al balcón a disfrutar de las vistas mientras él recogía la mesita del sofá, encendía las lámparas de lava, ponía un CD y le quitaba el tapón a la botella de ginebra en menos que canta un gallo.

Kimmie recordó que hacía diez años de su último encuentro con un hombre a puerta cerrada.

—¿Qué te ha pasado? —le preguntó tocándole el rostro.

Él arqueó sus cejas marchitas. Seguramente un gesto estudiado ante el espejo. Creería que era encanto. No lo era ni de broma.

—Ah, eso... Me topé con unos tipos que iban provocando en una guardia. No salieron muy bien parados.

Una sonrisita irónica. Otro cliché. Estaba mintiendo, nada más.

—¿A qué te dedicas, Finn? —se decidió a preguntarle.

—¿Yo? Soy detective privado.

Su manera de decir *privado* le daba a la palabra un tufillo a fisgoneo escabroso e intrusión en secretos de alcoba muy alejado del exótico brillo de misterio y peligro que él había pretendido conferirle.

Al observar la botella que blandía su anfitrión, Kimmie sintió un nudo en la garganta.

Calma, Kimmie, le susurraban las voces. *No hay que perder el control.*

—¿Un *gin-tonic?* –le ofreció Aalbæk.

Ella hizo un gesto negativo.

—¿No tendrás *whisky?*

Pareció sorprendido, pero no disgustado. Las mujeres que le daban al *whisky* no eran muy delicadas que digamos.

—Vaya, pues sí que tenías sed —exclamó al verla vaciar el vaso de un solo trago. Le sirvió otro y se puso uno él también, en un intento de seguirle el ritmo.

Cuando Kimmie hubo dado cuenta de otros tres seguidos él ya estaba fuera de juego y borracho.

Su invitada se interesó abiertamente por el caso que llevaba en esos momentos sin dejar de observar cómo se iba aproximando por el sofá a pesar de su torpeza etílica. La miró con una sonrisa embotada mientras sus dedos le iban subiendo por el muslo.

—Estoy buscando a una mujer que puede hacer mucho daño a muchas personas —contestó.

—Caramba, qué interesante. ¿Es una espía industrial, una *call-girl* o algo así? —preguntó ella al tiempo que ilustraba su embelesada admiración poniendo una mano sobre la de él y guiándola con decisión hacia la cara interna del muslo.

—Un poco de todo —contestó el detective mientras intentaba que separara las piernas un poquitín.

Al mirarle la boca, Kimmie supo que si intentaba besarla vomitaría.

—¿Y quién es? —se interesó.

—Eso es secreto profesional, cielo; no puedo decírtelo.

¡La había llamado *cielo*! De nuevo el mismo malestar.

—Pero ¿quién te encarga ese tipo de trabajo?

Lo dejó avanzar un poco más. Su aliento alcoholizado le abrasaba el cuello.

—Gente que está en lo más alto del sistema —susurró él como si eso fuera a situarlo en un escalón más alto en la lista de aspirantes al apareamiento.

—¿Qué, otro traguito? —preguntó Aalbæk mientras se abría camino con los dedos por su pubis.

Se echó un poco hacia atrás y la contempló con la mitad hinchada de la cara contraída en una sonrisa. Tenía un plan, era evidente. Quería hacerla beber y seguiría sirviéndole hasta tenerla bien lubricada y dispuesta.

Por él probablemente daría lo mismo que se quedara inconsciente. No era importante que a ella le gustara o no. Esa no era la cuestión, estaba segura.

—Esta noche no podemos hacerlo —dijo de pronto; el detective enarcó las cejas e hizo un gesto contrariado con los labios—. Tengo la regla, pero lo dejamos para otro día, ¿sí?

Era mentira, claro, pero en el fondo deseaba que fuese cierto. Ya hacía once años de su última menstruación. Tan sólo le quedaban las convulsiones, y no se trataba de un problema de origen físico. Le había costado años de rabia y sueños rotos.

Había sufrido un aborto y estuvo muy cerca de morir. Y se había quedado estéril. Eso era.

Si no, tal vez las cosas no hubieran llegado hasta ese punto.

Le pasó el índice con cuidado por la ceja partida sin lograr mitigar la rabia y la frustración que estaban ya en camino.

Adivinaba sus pensamientos. Se había traído a casa a la zorra que no tocaba, y no tenía intención de resignarse. ¿A qué diablos iba a un club para solteros si estaba con la regla?

Cuando Kimmie advirtió cómo se le iban endureciendo las facciones, agarró la bolsa, se levantó y se acercó a la ventana a contemplar el sombrío desierto de adosados y rascacielos lejanos. Casi no había luz, tan sólo el frío resplandor de los faroles a cierta distancia.

—Has matado a Tine —dijo con calma mientras metía la mano en la bolsa.

Lo oyó saltar del sofá como un resorte. En menos de un segundo lo tendría encima. Estaba algo confuso, pero el instinto cazador que llevaba dentro acababa de despertar.

Se volvió muy lentamente y sacó la pistola con el silenciador.

Él vio el arma cuando intentaba desembarazarse de la mesita del sofá y se quedó inmóvil, perplejo ante su propia conducta y lo que aquello suponía para su orgullo profesional. Tenía gracia. A Kimmie le encantaba esa mezcla de mudo asombro y miedo.

—Sí —dijo—, mal asunto. Te has traído el trabajo a casa sin saberlo.

Cabizbajo, estudió sus facciones. Era evidente que estaba añadiendo nuevas capas a la imagen que se había formado de una mujer devastada de la calle, que rebuscaba, confuso, en su memoria. ¿Cómo podía haber caído tan bajo? ¿Cómo era posible que se dejara engañar por el envoltorio y encontrase atractiva a una pordiosera?

Vamos, susurraron las voces. *Ve por él, ¡es su lacayo y nada más! ¡Aprovecha!*

—Si no fuera por ti, mi amiga estaría viva —afirmó con el alcohol abrasándole las entrañas. Miró hacia la botella. Dorada y medio llena. Otro traguito más, y las voces y el fuego se extinguirían.

—Yo no he matado a nadie —se defendió él paseando la mirada del dedo que Kimmie tenía en el gatillo al seguro de la pistola. Lo que fuera con tal de hacer que albergase dudas y creyera que había pasado algo por alto.

—¿No te sientes como una rata arrinconada? —le preguntó. Era una pregunta intrascendente, pero el detective se negó a responder. Odiaba reconocerlo, ¿quién no?

Aalbæk había pegado a Tine. Aalbæk la había zarandeado hasta hacerla vulnerable. Aalbæk la había vuelto peligrosa para Kimmie. Sí, tal vez Kimmie fuera el arma, pero Aalbæk había sido la mano que la empuñaba. Por eso ahora tenía que pagar.

Él y los que daban las órdenes.

—Detrás de todo esto están Ditlev, Ulrik y Torsten, ya lo sé —dijo absorta ante la proximidad de la botella y su reparador contenido.

No lo hagas, susurró una de las voces. Pero no le hizo caso. Cuando alargó la mano hacia la botella, primero vio el cuerpo de Aalbæk como una vibración en el espacio y después un tembloroso montón de ropa y brazos y una lucha cuerpo a cuerpo.

La derribó ciego de ira. Kimmie había aprendido que quien pisotea la sexualidad de un hombre se gana un enemigo de por vida, y era verdad. Sus miradas famélicas, sus serviles esfuerzos por llevarla a la cama y el haberse mostrado franco y vulnerable tenían un precio y él se lo iba a cobrar.

La arrojó contra el radiador y las láminas atravesaron el colchón del pelo y se le hundieron en el cuero cabelludo. Levantó una figura de madera que había en el suelo y se la estrelló en la cadera. La aferró por los hombros y la retorció boca abajo. Le aplastó el torso contra el suelo y le dobló el brazo con el que sostenía la pistola, pero ella no la soltó.

Le taladró el antebrazo con los dedos. Para Kimmie el dolor no era nada nuevo, hacía falta algo más para obligarla a chillar.

—¿Crees que vas a venir aquí a ponerme cachondo? Tú a mí no me pegas —exclamó mientras le daba puñetazos en el costado. Después consiguió mandar la pistola a un rincón y agarrarla por debajo del vestido hasta hacer que cedieran las medias y los calzones.

—Me lleva el diablo, zorra, ¡si no tienes la regla! —gritó. Después la asió con fuerza, le dio la vuelta y la golpeó en la cara.

Se miraron a los ojos mientras la aprisionaba con las rodillas y le daba puñetazos al azar. Los muslos que se tensaron sobre ella enfundados en unos pantalones de tergal eran fibrosos. Las venas que le latían en los antebrazos estaban llenas de sangre.

La golpeó hasta que sus paradas defensivas empezaron a decaer y toda resistencia parecía inútil.

—¿Has acabado ya, zorra? —le gritó mostrándole un puño preparado a repetir el castigo—. ¿O quieres acabar como tu amiguita?

¿Que si había acabado?

Acabaría cuando ya no respirase, antes no.

Lo sabía mejor que nadie.

Kristian era quien mejor la conocía. Solo él percibía el vuelco que le daba el estómago a causa de la emoción, la sensación química de estar flotando mientras su vientre enviaba señales de deseo a todas sus células.

Y cuando veían *Naranja mecánica* a oscuras, él le enseñaba hasta dónde podía llevar el deseo.

Kristian Wolf era el experto. Ya había estado con chicas, conocía la contraseña que conducía a sus más íntimos pensamientos y sabía cómo hacer girar la llave de sus cinturones de castidad. Y ella se encontraba de repente en medio del grupo con las miradas voluptuosas de todos ellos clavadas en su cuerpo desnudo a la luz parpadeante de las terroríficas imágenes que iban apareciendo en la pantalla. Les enseñó, a ella y a los demás, que se podía disfrutar de varias cosas a la vez. Que violencia y deseo iban de la mano.

Sin Kristian, nunca habría aprendido a usar su cuerpo como reclamo sólo por el placer de la caza. Lo que él no había calculado era que Kimmie también iba a aprender a tener el control de cuanto la rodeaba por primera vez en su vida. Tal vez al principio no, pero después sí.

Cuando regresó de Suiza, dominaba aquel arte a la perfección.

Se acostaba con unos y con otros. Los enamoraba y luego rompía con ellos. Así pasaba las noches.

Durante el día todo era rutina. El frío glacial de su madrastra, los animales de Nautilus Trading, el contacto con los clientes y los fines de semana con la banda. Las agresiones esporádicas.

Hasta que Bjarne se acercó a ella y despertó unos sentimientos nuevos. Le dijo que tenía un concepto muy malo de sí misma, que podía hacerle ser mejor a él y a otras personas, que no tenía culpa alguna de lo que había hecho, que su padre era un cabrón y que tuviera cuidado con Kristian, que el pasado estaba muerto.

Tras cerciorarse de la resignación de su víctima, Aalbæk pasó a manosearse torpemente los pantalones. Kimmie esbozó una leve sonrisa. Quizá él pensara que así era como le gustaba, que todo había salido según sus planes, que era más retorcida de lo que había supuesto, que los golpes formaban parte del ritual.

Pero Kimmie sonrió porque sabía que estaba vendido. Sonrió al ver que sacaba su verga. Sonrió cuando la sintió contra sus muslos desnudos y notó que no estaba lo bastante dura.

—Túmbate un momento y si quieres, lo hacemos —le susurró mirándolo a los ojos—. La pistola era un juguete, sólo pretendía asustarte. Pero tú ya lo sabías, ¿verdad?

Separó un poco los labios para hacer que parecieran más carnosos.

—Creo que te voy a encantar —dijo mientras se restregaba contra él.

—Yo también —contestó el detective al tiempo que le echaba una mirada sesgada al escote.

—Qué fuerte eres. Qué hombre.

Al acercarle los hombros con coquetería notó que él aflojaba las piernas para permitirle sacar el brazo. Ella le condujo la mano a su entrepierna y Aalbæk la liberó del todo para que pudiera cogerle la verga con la otra mano.

—No vas a contarles nada de esto a Pram y a los demás, ¿verdad? —le preguntó mientras se lo trabajaba hasta hacerle jadear.

Si había algo que no pensaba comunicarles en su informe era esto.

Era mejor no provocarlos. Había tenido ocasión de comprobarlo en carne propia.

Kimmie y Bjarne llevaban viviendo juntos medio año cuando Kristian decidió que no estaba dispuesto a consentirlo.

Un día, Kimmie se dio cuenta de que él había reunido a la banda para llevar a cabo otra de sus agresiones, que tuvo un desenlace insólito. Kristian perdió el control y al intentar recuperarlo volvió a los demás contra ella.

Ditlev, Kristian, Torsten, Ulrik y Bjarne. Uno para todos y todos para uno.

Esas eran las cosas que recordaba con toda claridad cuando Aalbæk, a horcajadas sobre ella, no pudo esperar más y decidió tomarla, por las buenas o por las malas.

Kimmie lo odiaba y lo adoraba al mismo tiempo. Nada daba más energía que el odio; nada aclaraba tanto las cosas como la sed de venganza.

Retrocedió con todas sus fuerzas hacia la pared y, apoyada en la durísima figura de madera con que la había golpeado, volvió a agarrar su miembro flácido. Eso bastó para hacerlo titubear. Bastó para que le permitiera frotárselo y acariciárselo hasta dejarlo al borde de las lágrimas.

Cuando se vino en sus muslos, aún no había soltado todo el aire que aguantaba en los pulmones. Era un hombre que había vivido una noche de sorpresas, un hombre que había conocido tiempos mejores y que ya había olvidado la diferencia que puede llegar a haber entre una masturbación solitaria y la proximidad de una mujer. Estaba irremisiblemente perdido. Tenía la piel empapada, pero los ojos secos clavados en un punto del techo que se negaba a explicarle cómo era posible que se le hubiese podido escurrir de entre las manos y ahora estuviera allí, tumbada,

330

apuntándole con la pistola hacia el vientre que aún tenía palpitante.

—Saborea bien la sensación porque va a ser la última vez, hijo de puta.

Cuando se levantó, su esperma le chorreaba por la pierna y se sentía sucia y despreciable.

Exactamente igual que cuando la traicionaban las personas en quienes confiaba.

Como los golpes de su padre cuando no se comportaba correctamente. Como los sorprendentes insultos y bofetones de su madrastra cuando hablaba con entusiasmo de alguien. Igual que los dedos ásperos de una madre desvaída y borracha que no sabía hacia dónde ni por qué pegar. Empleaba palabras como corrección, discreción y urbanidad, palabras de las que una niña aprendió su importancia antes que su significado.

Luego estaba lo que le habían hecho Kristian, Torsten y los demás. Las personas en las que más confiaba en este mundo.

Sí, sabía lo que era sentirse sucia y le gustaba. La vida la había hecho dependiente. Era la única forma de seguir adelante. Sólo así podía actuar.

—Levántate —le ordenó. Luego abrió la puerta del balcón.

Era una noche serena y húmeda. Los gritos en lenguas ininteligibles que salían de los adosados vecinos se cernían sobre el paisaje de concreto como un eco vibrante.

—Levántate.

Agitó la pistola y advirtió que una sonrisa se extendía por el rostro tumefacto del detective.

—¿No era de mentiras? —preguntó mientras avanzaba lentamente hacia ella subiéndose el cierre del pantalón.

Kimmie se volvió hacia la figura de madera que estaba en el suelo y disparó. Era asombroso lo poco que sonó el tiro cuando la bala se le incrustó en la espalda.

Incluso para Aalbæk.

Retrocedió, pero ella volvió a hacerle señas para que se acercase al balcón.

—¿Qué pretendes? —preguntó una vez fuera con un tono grave muy distinto al anterior y las manos aferradas a la barandilla.

Kimmie miró hacia abajo. La oscuridad se abría a sus pies como un pozo sin fondo capaz de engullirlo todo. El detective, consciente de ello, se echó a temblar.

—Cuéntamelo todo —le ordenó ella; después retrocedió hasta quedar a cubierto entre las sombras de la pared.

Él hizo lo que le decía. Despacio, pero desde el principio. Las documentadas observaciones de un profesional. Llegados a ese punto, no había nada que ocultar. Al fin y al cabo no era más que un trabajo. Ahora había más cosas en juego.

Kimmie iba viendo a sus viejos amigos a medida que Aalbæk hablaba para salvar la vida. Ditlev, Torsten, Ulrik. Dicen que los hombres poderosos se aprovechan de la impotencia de la gente. Incluida la suya propia. La historia no se cansaba de demostrarlo.

Cuando al tipo que tenía delante no le quedó nada más que añadir, le dijo fríamente:

—Tienes dos posibilidades. Salta o disparo. Son cinco pisos, saltando tienes la oportunidad de sobrevivir. Por los arbustos, ya sabes. ¿No es por eso por lo que los plantan tan cerca de las casas?

Él negó moviendo la cabeza de un lado a otro. Si había algo imposible, era eso. Había tenido que pasar tanto... Esas cosas no ocurrían.

Se armó de valor y esbozó una sonrisa lastimosa.

—Ahí abajo no hay arbustos, solo césped y concreto.

—¿Esperas que me apiade de ti? ¿Es que te apiadaste tú de Tine?

Él no dijo nada. Permaneció callado como un muerto con la frente surcada de arrugas y trató de convencerse de que no hablaba en serio. Acababan de hacer el amor. O algo parecido.

—Salta o te pego un tiro en el vientre. A eso no sobrevivirás, te lo aseguro.

Dio un paso hacia ella y observó con gesto de terror cómo bajaba la pistola y doblaba el dedo.

De no haber sido por el alcohol que le corría pesadamente por las venas, todo habría acabado con un disparo, pero, en un alarde de temeridad, se aferró a la barandilla y saltó por encima, y habría logrado descolgarse hasta el piso de abajo si Kimmie no le hubiese machacado las falanges con la culata hasta hacerlas crujir.

Sólo se oyó un ruido sordo cuando aterrizó en el suelo. Ni siquiera un grito.

Luego Kimmie se volvió, regresó al salón y lanzó una ojeada hacia la maltrecha figura de madera que sonreía sobre la alfombra. Le devolvió la sonrisa, se agachó a recoger el casquillo y se lo guardó en la bolsa.

Al cerrar la puerta a su espalda estaba satisfecha. Había pasado una hora limpiando a conciencia los vasos, la botella y un sinfín de cosas más. La figura de madera la había dejado colocada junto al radiador con una bonita tela alrededor.

Como un chef listo para recibir a los siguientes invitados del establecimiento.

30

Del salón salían chasquidos, estruendo y un alboroto de mil demonios, como si todos los elefantes del mundo hubiesen arremetido en estampida contra los más que gastados muebles de Ikea del subcomisario.

Vamos, que Jesper daba otra fiesta.

Carl se restregó las sienes y se preparó para soltarle una perorata.

Cuando al fin abrió la puerta en medio de un escándalo ensordecedor, se encontró con la luz de un televisor parpadeante y con Morten y Jesper, cada uno en una punta del sofá.

—¿Qué diablos está pasando aquí? —exclamó despistado por la omnipresencia del ruido y el vacío de la habitación.

—*Surround sound* —lo informó Morten con cierto orgullo tras bajar el volumen al máximo, con el control remoto.

Jesper señaló hacia la hilera de altavoces ocultos tras los sillones y la estantería con una mirada que quería decir: Alucinante, ¿eh?

Adiós a la paz en el hogar de la familia Mørck.

Le pasaron una Tuborg templada e intentaron alisarle las arrugas del ceño explicándole que el equipo era un regalo de los padres de un amigo de Morten, que no sabían qué hacer con él.

Sabias personas.

Llegados a ese punto, cedió al impulso de pasar al contraataque.

—¡Tengo algo que comunicarte, Morten! Hardy me ha preguntado si te gustaría cuidar de él aquí, en casa. Cobrando, claro. Pondremos su cama ahí mismo, donde está ese altavoz de graves tan increíble que han traído. Lo instalaremos detrás de la cama, así la bolsa de orina puede ir encima.

Bebió un sorbito, deseoso de comprobar los efectos de la noticia una vez digerida por sus lentos cerebros de los sábados.

—¿Cobrando? —repitió su inquilino.

—¿Y tiene que venir precisamente aquí? —protestó Jesper con una mueca de disgusto—. Bueno, a mí me da lo mismo. Si no me dan un departamento subvencionado en Gammel Amtsvej, cualquier día me voy a vivir con mamá a la cabaña.

Tendría que verlo con sus propios ojos para creérselo.

—¿Cuánto crees que puede ser? —continuó Morten.

Esta vez sí que se le puso la cabeza como un bombo.

Al cabo de dos horas y media despertó con los ojos clavados en un despertador que decía «SUNDAY 01:39:09» y la mente repleta de pendientes de plata y amatista y nombres como Kyle Basset, Kåre Bruno y Klavs Jeppesen.

En el cuarto de Jesper había resucitado el Nueva York del *gangsta rap* y Carl se sentía como si hubiese inhalado una sobredosis de alguna mutación del virus de la gripe. Las mucosas secas, las cuencas de los ojos que parecía que iban a romperse y una agotadora pesadez por el cuerpo y las extremidades.

Pasó largo rato echado luchando consigo mismo antes de decidirse a sacar las piernas de la cama y considerar la posibilidad de darse un baño humeante que achicharrara a unos cuantos bichos infectos.

Descartada la idea, encendió la radio despertador y oyó la noticia de que había aparecido otra mujer apaleada y medio muerta en un contenedor de basura. Esta vez en Store Søndervoldstræde, pero en circunstancias idénticas al caso de Store Kannikestræde.

335

Curiosa la coincidencia, dos nombres compuestos que empiezan por «Store» y terminan en «stræde», se dijo mientras trataba de recordar si había más calles por el estilo en el distrito del Departamento A.

Por eso le lo agarró despierto la llamada de Lars Bjørn.

—No sería mala idea que te vistieras y vinieras a Rødovre a reunirte conmigo —le sugirió.

Carl estaba a punto de darle una respuesta demoledora, por ejemplo que Rødovre no era su zona, y hablarle de los contagios y las enfermedades infecciosas cuando Bjørn le cerró la boca con la noticia de que habían encontrado el cadáver del detective Finn Aalbæk en el césped cinco pisos por debajo de su balcón.

—La cabeza está intacta, pero el cuerpo le ha encogido por lo menos medio metro. Debe de haber aterrizado de pie. Tiene la columna vertebral incrustada en el cráneo —fue su pintoresca descripción de la escena.

Inopinadamente, funcionó contra la jaqueca. Al menos se le olvidó.

Carl encontró a Lars Bjørn delante de la fachada del edificio. El inmenso grafiti que asomaba tras él, «Kill your Mother and fuck your fucking dog!», no le daba precisamente un aire más alegre.

Todo en Bjørn decía que no pertenecía para nada al oeste de Valby Bakke, y que si estaba allí sólo era para expiar su culpa.

—¿Qué haces aquí, Lars? —preguntó el subcomisario mirando hacia las ventanas iluminadas de unos edificios que había tras unos árboles casi desnudos a menos de cien metros de distancia. Era el instituto de Rødovre del que prácticamente acababa de salir. La fiesta de antiguos alumnos se estaba alargando.

Qué extraña sensación. Hacía apenas seis horas había estado allí hablando con Klavs Jeppesen y ahora, Aalbæk yacía muerto a sus pies al otro lado de la calle. ¿Qué diablos estaba pasando?

Bjørn le lanzó una mirada sombría.

—Como recordarás, acaban de interponer una denuncia contra uno de los hombres de confianza de la Jefatura aquí presentes por agredir brutalmente al finado, así que Marcus y yo hemos pensado que no estaría de más acercarnos por aquí a ver de qué se trataba todo esto. Tú no sabrás nada al respecto, ¿verdad, Carl?

Vaya tonito empleado para una oscura y fría noche de septiembre.

—Si lo hubieran seguido, como les pedí, estaríamos un poco menos perdidos, ¿verdad que sí? —contestó entre dientes mientras trataba de descifrar dónde empezaba y dónde terminaba aquel bulto que se había incrustado en el césped a diez metros de distancia.

—Lo han encontrado esos descerebrados —lo informó Bjørn señalando hacia la barda de una escuela infantil y después hacia una mezcolanza de jóvenes inmigrantes con pantalones deportivos de rayas y pálidas adolescentes danesas de jeans ultraajustados. Estaba claro que no todos lo encontraban igual de genial.

—Iban a entrar a la zona de columpios de la guardería, el colegio o lo que sea eso, diablos, pero no han llegado tan lejos.

—¿Cuándo ha sido? —le preguntó Carl al forense, que ya estaba recogiendo sus cosas para marcharse.

—Bueno, ya ha empezado a refrescar, pero estaba al abrigo del edificio, así que yo diría que hará unas dos horas o dos y media —contestó con unos ojos cansados que anhelaban su edredón y el trasero calentito de su mujer.

El subcomisario se volvió hacia Bjørn.

—Yo estaba en el instituto de enfrente a eso de las siete, para que lo sepas. Hablando con un antiguo novio de Kimmie. Es totalmente casual, pero escribe en el informe que te lo he dicho yo mismo.

337

Bjørn sacó las manos de los bolsillos de su chamarra de cuero y se subió las solapas.

—Vaya, ¡no me digas!

Lo miró directamente a los ojos.

—¿Nunca has subido a su casa, Carl?

—No, te puedo asegurar que no.

—¿Estás seguro?

Con la mano en el corazón, pensó mientras sentía la molestia adicional de su jaqueca desde su escondrijo.

—Con la mano en el corazón —contestó al fin a falta de algo mejor—, esto ya es demasiado. ¿Han subido?

—Los chicos de la policía de Glostrup están arriba.

—¿Samir?

—Samir Ghazi, el que nos han mandado para sustituir a Bak. Es de la policía de Rørovre.

¿Samir Ghazi? En ese caso, Assad ya tenía un congénere con el que compartir su sopa de engrudo.

—¿Se han tropezado con alguna carta de despedida? —preguntó Carl tras estrechar una manaza áspera que cualquier policía de Selandia con años de servicio a sus espaldas identificaría como la del comisario Antonsen. Unos segundos en su tenaza y nadie volvía a ser el mismo. Algún día se decidiría a decirle que podía ahorrarse las demostraciones de fuerza.

—¿Una carta de suicidio? No, no había nada. Y que me demuestren si no había alguien echándole una mano.

—¿Qué quieres decir?

—Que aquí dentro no hay ni una puta huella. Nada en la perilla del balcón, nada en la primera fila de vasos del armario de la cocina, nada al borde del sofá. En cambio sí había unas huellas bien visibles en la barandilla, seguramente de Aalbæk. Y ¿por qué agarrarse a la barandilla si había decidido saltar?

—Arrepentimiento. No sería la primera vez.

Antonsen soltó una risita. Siempre lo hacía cuando encontraba a algún investigador fuera de su jurisdicción. Una modalidad de condescendencia bastante llevadera, si no había más remedio.

—Hay sangre en la barandilla. No mucha, un ligero roce. Y presiento que ahora, cuando bajemos a echarle un vistazo, le vamos a encontrar marcas de golpes en las manos. Uf, esto apesta.

Acababa de enviar a un par de peritos al cuarto de baño cuando, de pronto, delante de Carl y de Bjørn apareció un tipo apuesto y moreno.

—Uno de mis mejores hombres y van ustedes y me lo levantan. Mírennos a los ojos y digan que están avergonzados.

—Samir —se presentó el recién llegado tendiéndole una mano enorme a Bjørn. Así que no se conocían.

—Que sepan que si no tratan bien a Samir tendrán que vérselas conmigo —dijo Antonsen dándole una palmadita en el hombro.

—Carl Mørck —lo saludó el subcomisario, que recibió un apretón de manos que no tenía nada que envidiar al que acababa de darle el comisario.

—Sí, es él —asintió Antonsen ante la mirada inquisitiva de Samir—. El tipo que resolvió el caso de Merete Lyngaard y que, por lo que cuentan, le soltó un par de golpes a Aalbæk.

Se echó a reír. Al parecer, Finn Aalbæk tampoco había sido precisamente popular en la zona oeste.

—Estas astillas de la alfombra —apuntó uno de los peritos mientras señalaba hacia unas cosas diminutas que había delante de la puerta del balcón— no deben de llevar ahí demasiado tiempo. Están encima de toda la porquería.

Ataviado con su overol blanco, Carl se arrodilló a estudiarlos más de cerca. Una raza curiosa, esos forenses. Pero competente, había que reconocérselo.

—¿Podrían ser de un bate o algo así? —quiso saber Samir.

El subcomisario echó un vistazo por la estancia y no encontró nada digno de atención aparte de la gruesa figura de madera que había junto al balcón con una tela atada a la cintura. Un Oliver Hardy muy bien tallado, con su bombín y todo. Su compañero Stan estaba arrinconado con un aire mucho menos activo. Era extraño.

Carl se agachó a quitarle la tela y echó la estatuilla un poco hacia delante. Prometedor, muy prometedor.

—Ya le darán ustedes la vuelta, pero me parece que esta figurita no anda muy bien de la espalda, que digamos.

Todos se arremolinaron a su alrededor y empezaron a analizar las dimensiones del orificio y la masa de la madera incrustada.

—Un calibre relativamente pequeño. El proyectil no ha llegado a atravesarla, continúa ahí dentro —dijo Antonsen ante la mirada aprobadora de los peritos.

Carl estaba de acuerdo. Seguramente una 22. Pequeña, pero letal, si era lo que se pretendía.

—¿Han oído algo los vecinos? Me refiero a gritos o disparos —preguntó olisqueando el agujero.

Gestos de negación.

Le extrañaba y no le extrañaba. El edificio estaba en pésimo estado y prácticamente abandonado; quedarían poco más de un par de vecinos por piso. Seguramente no habría nadie ni debajo ni encima. Aquel caserón rojo tenía los días contados. Poco importaría que se viniera abajo con la próxima tormenta.

—Huele a reciente —comentó al tiempo que echaba la cabeza hacia atrás—. Disparada a un par de metros de distancia, ¿no les parece? Y esta noche.

—Desde luego —dijo el perito.

Carl se asomó al balcón y miró hacia abajo. Vaya con la caidita.

Contempló el mar de luces de los edificios bajos del otro lado. Había rostros en todas las ventanas. No tenían problemas de curiosidad ni en una noche tan negra como aquella.

De repente su celular empezó a sonar.

La persona que llamaba no se presentó, pero no era necesario.

—No te lo vas a creer, Carl —dijo Rose—, pero los del turno de noche de Svendborg han encontrado el arete. El tipo que hacía la guardia sabía exactamente dónde estaba. ¿No es increíble?

Consultó su reloj. Lo más increíble de todo era que ella creyese que él estaba para ese tipo de noticias a esas horas de la noche.

—No estarías durmiendo, ¿no? —le preguntó; y sin esperar respuesta, continuó—: Salgo hacia la Jefatura ahora mismo. Van a mandar una foto.

—¿Y no puedes esperar a que amanezca, o al lunes?

Otra vez aquellos martillazos en la cabeza.

—¿Se te ocurre quién ha podido obligarlo a tirarse? —le preguntó Antonsen cuando colgó.

Hizo un gesto negativo. Que quién podía haber sido, le preguntaba. Seguramente alguien a quien Aalbæk le había jodido la existencia al meter las narices en su vida, alguien que quizá pensara que sabía demasiado. Pero también podría tratarse de la banda. Ocurrírsele, se le ocurrían montones de posibilidades, sólo que ninguna de ellas era una prueba que pudiera pregonarse a los cuatro vientos.

—¿Han registrado su despacho? —preguntó—. Su cartera de clientes, su agenda de reuniones, los mensajes de la contestadora, el correo electrónico...

—Hemos mandado gente para allá y dicen que no es más que un viejo cuartucho vacío con un buzón.

Carl echó un vistazo a su alrededor con el ceño fruncido. Después se acercó al escritorio que había junto a la pared del fondo, se agenció una de las tarjetas de visita de Aalbæk que había bajo la carpeta y marcó el número de la agencia.

No habían pasado ni tres segundos cuando empezó a sonar un celular en el recibidor.

—¡Bueno! Ya sabemos dónde estaba su despacho en realidad —exclamó—. Aquí mismo.

No resultaba nada evidente. No había un solo archivero, ni una carpeta con recibos a la vista. Solo libros baratos, cachivaches dispersos y varias pilas de CD de Helmut Lotti y otros tipos de ese pelaje.

—No dejen ni un solo centímetro sin revisar —ordenó Antonsen.

La cosa iba a llevar su tiempo.

No llevaba ni tres minutos metido en la cama con todos los síntomas de la gripe lanzándose con energías renovadas a un nuevo asalto contra su organismo, cuando Rose volvió a llamarlo. Esta vez con las cuerdas vocales a pleno rendimiento.

—Es El Arete, Carl. La pareja del que apareció en Lindelse Nor. Ahora podemos relacionar el que encontramos en la funda de Kimmie con las desapariciones de Langeland con total seguridad, ¿no es increíble?

Sí lo era, pero costaba un poquito seguirle el ritmo.

—Y no sólo eso, Carl. Ha llegado la respuesta a unos mensajes que mandé el sábado por la mañana. Puedes ir a hablar con Kyle Basset, ¿no es un niño aplicado?

Carl se encogió de hombros y reptó, cansado, hacia la cabecera de la cama. ¿Kyle Basset? El chico al que habían acosado en el internado. Sí, claro; era... un aplicado, eso.

—Puede recibirte a mediodía. Hemos tenido suerte, porque no suele pasar por su despacho, pero los domingos sí. Se van a ver a las dos, así puedes tomar el vuelo de vuelta a las 16:20.

El torso se le enderezó él solito como si le hubiera saltado un resorte en la espalda.

—¡VUELO! ¿De qué diablos estás hablando, Rose?

—Sí, es en Madrid. Ya sabes que tiene la empresa en Madrid.

Carl abrió los ojos desmesuradamente.

342

–¡MADRID! Yo no pienso ir a Madrid así me maten. Vete tú, a ti no te molesta.

–Ya te reservé los boletos, Carl. Sales con SAS a las 10:20. Nos vemos en el aeropuerto una hora y media antes. Ya te he hecho el *check-in*.

–No, no y no; yo no pienso ir en avión a ningún sitio.

Intentó tragar una masa viscosa que se le había quedado en la campanilla.

–¡Ni de broma!

–¡Guau, Carl! ¿Te da miedo volar?

Se echó a reír con una de esas risas que imposibilitaban cualquier respuesta plausible.

Vaya si le daba miedo volar. Al menos hasta donde él sabía, porque la única vez que lo había intentado –para ir a Aalborg a una fiesta–, había hecho la ida y la vuelta con tal embriaguez preventiva que Vigga había estado a punto de partirse la espalda arrastrándolo de un lado a otro. Al cabo de quince días, seguía agarrándose a ella en sueños. ¿A quién diablos se iba a agarrar ahora?

–No tengo pasaporte y no pienso sacarlo, Rose. Cancela esos boletos.

Otra vez esa risa. Una mezcla realmente desagradable, esa combinación de dolor de cabeza, pavor y aquellos gorgoritos taladrándole los tímpanos.

–Del pasaporte ya me he encargado yo con la policía del aeropuerto –le explicó–. Puedes recogerlo mañana. Tranquilo, Carl, te daré unos Frisium. Tú lo único que tienes que hacer es presentarte en la terminal tres con hora y media de antelación. El metro te lleva directamente y no hace falta que traigas el cepillo de dientes. Pero que no se te olvide la tarjeta de crédito, ¿de acuerdo?

Luego colgó y lo dejó solo en la oscuridad. Era del todo incapaz de recordar en qué momento habían empezado a torcerse las cosas.

31

–Ten, tómate dos de éstas –le dijo mientras le embuchaba dos minipastillas y le metía dos más en el bolsillo de la camisa con el osito.

Él lanzó una mirada desesperada por el vestíbulo y los mostradores en busca de un alma autoritaria que tuviera algo que censurarle. Problemas de vestuario, de carisma, lo que fuera con tal de verse libre de la abominable escalera mecánica que estaba a punto de conducirlo a la perdición.

Lo había provisto de una exhaustiva hoja de ruta impresa, la dirección del despacho de Kyle Basset, un pequeño diccionario de conversación y órdenes terminantes de no ingerir las otras dos pastillas hasta que estuviera sano y salvo en el vuelo de vuelta. Eso y un montón de cosas más. En el plazo de cuatro minutos no sería capaz de repetir ni la mitad. Pero ¿qué se podía esperar después de una noche en blanco y con aquella sensación de diarrea inminente con riesgo de explosión que iba en aumento en la región inferior de su cuerpo?

–Tal vez te amodorren un poco –le explicó para finalizar–, pero funcionan, hazme caso. Ahora no te dará miedo nada. Podría estrellarse el avión sin que te inmutaras.

Carl comprendió que lamentaba no haberse tragado ese último comentario y se sintió impelido hacia la escalera mecánica con su pasaporte provisional y su recibo de embarque en la mano.

A mitad de camino por la pista de despegue empezó a sudar la gota gorda, su camisa se volvió visiblemente más oscura y los pies le empezaron a resbalar en los zapatos. Aunque ya notaba los efectos de las pastillas, en aquellos momentos el corazón le latía con tal violencia que no le habría sorprendido morirse de un infarto fulminante.

—¿Se encuentra bien? —le preguntó su compañera de asiento tendiéndole la mano.

Después le pareció que dejaba de respirar durante los primeros diez mil metros de ascensión por el éter. Lo único que notaba eran las sacudidas y unos inexplicables chasquidos y traqueteos en el fuselaje.

Abrió el aireador y volvió a cerrarlo. Echó el respaldo hacia atrás. Palpó bajo el asiento para asegurarse de que su chaleco salvavidas estaba en su sitio y rechazó los diversos ofrecimientos de la azafata cada vez que se acercaba.

Después cayó dormido como un tronco.

—Mire, ahí abajo está París —le dijo su vecina en un momento dado desde algún lugar muy, muy lejano. En cuanto abrió los ojos se reencontró con la pesadilla, el cansancio, los espasmos gripales en todos los miembros y, por último, una mano que señalaba hacia la sombra de algo que, en opinión de su propietaria, eran la torre Eiffel y la Place de l'Étoile.

Asintió con la mayor indiferencia. A París podían darle por cierto sitio. Él lo único que quería era bajarse.

Al darse cuenta, la mujer de al lado volvió a darle la mano. Cuando se despertó con un respingo al aterrizar en Barajas, Carl seguía estrechándola entre las suyas.

—Se ha quedado usted aturdido —comentó mientras le mostraba el cartel del metro.

El subcomisario le dio unas palmaditas al pequeño talismán que llevaba en la pechera, varias más al bolsillo interior donde llevaba la cartera y se preguntó a sí mismo con fatiga si aceptarían Visa.

—Es muy fácil —le explicó su vecina—. Compra un boleto de metro ahí y luego se baja por esas escaleras. Vaya hasta

Nuevos Ministerios, haga transbordo a la línea 6 y vaya hasta Cuatro Caminos, luego tome la línea 2 hasta Ópera y después es sólo una estación por la línea 5 hasta Callao. El sitio donde tiene su reunión no está ni a cien metros.

Carl buscó con la mirada una banca donde dar un merecidísimo descanso a su cerebro abotargado y a sus piernas.

—Yo le indico el camino, voy en la misma dirección que usted. Ya he visto lo mal que la pasó en el avión —se ofreció un alma caritativa en un danés de pura cepa.

Al mirar a un lado se encontró con un individuo de indudable procedencia asiática.

—Me llamo Vincent —se presentó; y echó a andar con su equipaje de mano rodando tras de sí.

Ésa no era exactamente su idea de un apacible domingo cuando se desplomó en su edredón apenas diez horas antes.

Tras un fugaz traqueteo semiinconsciente en el metro, al emerger de los laberínticos pasillos de la estación de Callao contempló pasmado el iceberg de edificios monumentales de la Gran Vía. Colosos neoimpresionistas, de corte funcionalista y clasicistas, si tocaba describirlos. Jamás había visto nada igual. Ruido, olores, calor y un auténtico hervidero de gente con mucha prisa. Sólo encontró una persona con la que solidarizarse, un mendigo desdentado que se había sentado en el suelo con un sinfín de tapaderas de plástico de colores destinadas a diferentes donaciones. Había monedas y billetes en todas ellas. De todas las nacionalidades. No acababa de entender lo que decía, pero sí la ironía que acechaba en los ojos chispeantes del mendigo. Tú eliges, decía su mirada. ¿Una donación para cerveza, para vino, para aguardiente o para tabaco? Tú eliges.

Los viandantes sonreían al pasar y uno sacó una cámara y le preguntó si podía hacerle una foto. El mendigo soltó una carcajada desdentada y le mostró un letrero.

«Fotos, 280 euros», se leía.

Funcionó. No sólo con los circunstantes, también con los petrificados músculos de la risa de Carl. Su risotada fue una agradable sorpresa cuya nota predominante era la ironía. El mendigo le puso en la mano nada menos que una tarjeta de visita; tenía hasta página web, www.lazybeggars.com. Meneando la cabeza entre risas, el policía se la guardó en el bolsillo interior del saco a pesar de que la gente que pedía en la calle no solía despertar sus simpatías.

En ese instante regresó a la realidad, ardiendo en deseos de machacar a cierta empleada del Departamento Q.

Allí estaba, a tomar viento en un país desconocido, atiborrado de pastillas que le dejaban el cerebro en punto muerto, con todos los miembros doloridos por la reacción de su sistema inmunitario y el bolsillo más vacío que vacío. Se había pasado la vida oyendo historias de turistas descuidados con la sonrisa en los labios y ahora le ocurría a él, un subcomisario de policía que veía peligros e individuos de dudosa catadura por todas partes. ¿Cómo podía ser tan imbécil? Y encima, en domingo.

Statu quo: adiós cartera. Ni siquiera pelusillas. Veinte minutos como sardinas en lata en un vagón de metro atestado tenían su precio. Adiós tarjeta de crédito, adiós pasaporte provisional, adiós licencia de conducir, adiós relucientes billetes de cincuenta, adiós boletos de metro, adiós lista de teléfonos, adiós seguro de viaje, adiós pasaje de avión.

No se podía caer más bajo.

Le sirvieron un café en un despachito de KB Construcciones, S.A. y lo dejaron amodorrado frente a un montón de ventanas polvorientas. Quince minutos antes lo había detenido en el vestíbulo el portero de Gran Vía 31, que, en vista de que no podía presentar identificación alguna, se negó a verificar su cita durante un buen rato. Hablaba como una metralleta y no paraba de soltar palabras incomprensibles. Al final Carl optó por escupirle a la cara unas diez veces su mejor trabalenguas en danés.

Funcionó.

—Kyle Basset —oyó que decía una voz a varios kilómetros de allí sacándolo de su modorra.

Le dolían tanto el cuerpo y la cabeza que abrió los ojos con cautela, temiendo haber ido a parar al purgatorio.

Una vez ante los blancos y gigantescos ventanales del despacho de Basset le sirvieron otro café y, con la mente más o menos despejada, observó un rostro de treinta y tantos años que sabía perfectamente lo que representaba. Riqueza, poder y un ego desmesurado.

—Su empleada me ha puesto al corriente de la situación —dijo Basset—. Están investigando una serie de asesinatos que podrían estar relacionados con las personas que me agredieron en el internado en su momento. ¿Me equivoco?

Hablaba danés con acento. Carl echó un vistazo a su alrededor. Era un despacho inmenso. Abajo, en la Gran Vía, la gente salía en tropel de tiendas como Sfera y Lefties. En medio de aquel entorno era casi un milagro que Basset aún entendiera una sola palabra en su idioma.

—Podría tratarse de una serie de asesinatos, todavía no lo sabemos.

Carl se bebió el café de un trago. Muy cargado; no era precisamente lo mejor para sus intestinos en ebullición.

—Me dice sin más rodeos que lo agredieron. Entonces, ¿por qué no dio señales de vida cuando se abrió el proceso contra ellos?

Su anfitrión se echó a reír.

—Ya me quejé en su momento ante la autoridad competente.

—¿Que era...?

—Mi padre. Compañero de internado del padre de Kimmie.

—Ya veo. ¿Y consiguió algo?

Se encogió de hombros y abrió una pitillera labrada en plata. De modo que seguían existiendo objetos así. Le ofreció un cigarrillo a Carl.

—¿Cuánto tiempo tiene?

—Mi vuelo sale a las 16:20.

Consultó el reloj.

—Vaya, no es mucho. Imagino que tomará un taxi.

El policía aspiró el humo y lo retuvo. Mucho mejor, caray.

—Tengo un pequeño problema —admitió sin orgullo.

Puso a Basset al tanto de su situación. Un carterista en el metro. Sin dinero, sin pasaporte y sin boleto de vuelta.

Kyle Basset pulsó el botón del intercomunicador. Sus órdenes no sonaron muy amables, parecían más bien de las que se dan a la gente que se desprecia.

—Le haré un resumen —dijo.

Contempló el edificio blanco que había enfrente. Tal vez hubiera reminiscencias de dolor en su mirada, era difícil saberlo en medio de su dureza.

—Mi padre y el de Kimmie decidieron darle su merecido a su debido tiempo. Podía esperar. A mí no me pareció mal. Conocía a su padre, Willy K. Lassen; bueno, lo sigo conociendo. Tiene un departamento en Mónaco a dos minutos del mío y es un hombre que no hace concesiones. Alguien a quien no conviene desafiar, me atrevería a decir. Al menos antes. Ahora está muy enfermo, no le queda demasiado.

Sonrió al decirlo. Extraña reacción.

Carl apretó los labios. De modo que el padre de Kimmie estaba enfermo de veras, tal como le había dicho a Tine. Los años le habían enseñado que la realidad y la ficción tenían la costumbre de enredarse.

—¿Por qué Kimmie? —preguntó—. Habla solo de ella. ¿No intervinieron también los demás? ¿Ulrik Dybbøl Jensen, Bjarne Thøgersen, Kristian Wolf, Ditlev Pram y Torsten Florin? ¿No estaban todos juntos?

Basset entrelazó las manos con el cigarro humeante colgándole de los labios.

—No creerá que me escogieron conscientemente.

—No lo sé. No conozco el episodio con gran detalle.

—Pues entonces se lo digo yo. Estoy convencido de que me dieron aquella paliza por casualidad, igual de casualidad que lo que pasó después.

Se llevó una mano al pecho y se echó un poco hacia delante.

—Tres costillas rotas. El resto se había desprendido de la clavícula. Estuve varios días orinando sangre. Podían haberme matado. Eso también fue casualidad, se lo aseguro.

—Ajá; lo que no entiendo es adónde quiere ir a parar. Eso no explica por qué solo quiso vengarse de Kimmie Lassen.

—¿Sabe una cosa, Mørck? El día que esos cabrones me atacaron aprendí algo. En realidad, les estoy muy agradecido.

La siguiente frase la acompañó de un golpe en la mesa a cada palabra.

—Aprendí que cuando se presenta la ocasión hay que aprovecharla. Tanto si es casual como si no. Sin importar si es justo o si los demás son culpables o inocentes. Es el abecé del mundo de los negocios, ¿sabe? Afila tus armas y no dejes de usarlas. Aprovecha. Mi arma en este caso fue que teníamos influencia sobre el padre de Kimmie.

Carl inspiró a fondo. A sus oídos de chico de campo no les sonaba demasiado bien. Entornó los ojos.

—Creo que sigo sin entenderlo del todo.

Basset sacudió la cabeza. Tampoco lo esperaba. Venían de planetas distintos.

—Lo que estoy diciendo es que, como podía atacar a Kimmie sin problema, mi venganza tenía que recaer sobre ella.

—¿Y los demás le tenían sin cuidado?

Se encogió de hombros.

—Ya iría por ellos en otro momento si se presentaba la ocasión. Lo que pasa es que no he podido. Se podría decir que nos movemos en cotos de caza diferentes.

—De manera que Kimmie no era especialmente más activa que los demás, ¿no? ¿Quién diría entonces que era el motor de esa gentuza?

—Kristian Wolf, por supuesto. Pero si soltaran a todos esos hijos de puta al mismo tiempo, creo que de quien me mantendría más alejado sería de ella.

—¿A qué se refiere?

—Al principio se mostraba muy neutral, fueron sobre todo Florin, Pram y Kristian Wolf. Pero cuando ellos pasaron un poco a un segundo plano porque me sangraba el oído y se asustaron, apareció ella.

Se le dilataron las aletas de la nariz como si aún sintiese su proximidad.

—La azuzaron, ¿entiende? Sobre todo Kristian Wolf. Él y Pram la incitaron y me la echaron encima —recordó con los puños levemente apretados—. Al principio sólo fueron unos golpecitos, pero luego fue aumentando más y más. Cuando descubrió el daño que me hacía, abrió mucho los ojos y empezó a dar más y más fuerte con una respiración cada vez más acelerada. Fue ella la que me pateó el estómago. Con la punta del pie, hasta el fondo.

Apagó el cigarrillo en un cenicero igualito a la escultura de bronce que remataba el tejado de enfrente. Su rostro estaba arrugado; Carl lo observó a la intensa luz del sol que le daba de perfil. Demasiadas arrugas para ser tan joven.

—Si no hubiera intervenido Wolf, habría continuado hasta matarme. Estoy seguro.

—¿Y los demás?

—Sí, los demás —asintió ensimismado—. Yo diría que no veían el momento de repetirlo. Eran como los espectadores de una corrida de toros. Y créame, sé de qué estoy hablando.

La secretaria que había servido el café entró en el despacho con paso ágil y muy bien vestida. Morena, como su pelo y sus cejas. Traía en una mano un sobrecito que le tendió a Carl.

—*Now you have some euros and a boarding pass for the trip home* —le explicó con una cordial sonrisa.

Después se volvió hacia su jefe y le entregó un papel que él leyó por encima en un segundo. La ira que desencadenó le recordó a Carl la imagen de la Kimmie de ojos muy abiertos que Basset acababa de pintarle.

El tipo rompió el papel sin vacilar y cubrió a su secretaria de improperios. Tenía una expresión terrible. Las arrugas de la cara se le veían sin dificultad. Una reacción que obligó a la mujer a bajar la vista avergonzada y echarse a temblar. No era un espectáculo agradable.

Una vez que la secretaria salió y cerró la puerta, Basset se volvió impertérrito hacia Carl con una sonrisa en los labios.

—No es más que una oficinista boba y sin importancia, no se preocupe por ella. ¿Podrá volver ahora a casa sin problemas?

Asintió en silencio tratando de mostrar algún tipo de gratitud, pero le costaba. Kyle Basset era igualito que los tipos que lo habían atacado. Carecía de empatía. Acababa de demostrarlo delante de sus narices. A la mierda él y todos los de su calaña, pedazo de cabrón.

—¿Y el castigo? —preguntó al fin—. ¿El castigo de Kimmie? ¿Cuál fue?

Basset se echó a reír.

—Bueno, eso sí que fue una casualidad. Acababa de sufrir un aborto y estaba bastante maltrecha y muy enferma y fue a pedirle ayuda a su padre.

—Y él no se la dio, supongo.

La estaba viendo; una joven rechazada por su padre en el momento de mayor necesidad. ¿Sería esa carencia de amor la que había marcado su rostro ya de niña en aquella foto del *Gossip* donde aparecía entre su padre y su madrastra?

—Uf, me han dicho que fue muy desagradable. Su padre vivía en el Hotel D'Angleterre por aquel entonces, siempre se aloja allí cuando va a Dinamarca, y ella se presentó en recepción. ¿Qué diablos esperaba?

—¿Hizo que la echaran?

—De cabeza, se lo aseguro —rio—. Pero primero la hizo arrodillarse por la alfombra a recoger unos billetes de mil coronas que le tiró, así que con las manos vacías no se fue. Pero después *goodbye and farewell for good*.

—Pero es dueña de la casa de Ordrup. ¿Por qué no fue allí? ¿Lo sabe?

—Lo hizo, y recibió el mismo trato.

A Basset no podía serle más indiferente.

—Bueno, Carl Mørck, si quiere saber más cosas tendrá que tomar un avión que salga más tarde. Aquí hay que facturar con tiempo, así que si quiere salir a las 16:20 va a tener que irse ya.

Carl respiró hondo. Ya empezaba a notar el efecto de las sacudidas del avión al propagarse por la amígdala. De pronto, al recordar las pastillas que llevaba en el bolsillo sacó el osito, las tomó, dejó el osito al borde de la mesa y le dio un sorbo al café para hacer que pasaran los tranquilizantes.

Por encima de la taza y al otro lado del infierno de papeles, calculadora, pluma y cenicero medio lleno del escritorio, distinguió los puños apretados de Kyle Basset con los nudillos completamente blancos. Sólo entonces levantó la mirada hacia su rostro y se encontró con un hombre que por primera vez en siglos tenía que enfrentarse al recuerdo del terrible dolor que los seres humanos son únicos para hacerse entre ellos y a sí mismos.

Basset tenía los ojos clavados en aquel inocente, diminuto y regordete animalito de peluche. Era como si en ese mismo instante acabara de traspasarlo un rayo de sentimientos reprimidos.

Después se desplomó en su sillón.

—¿Conoce este osito? —le preguntó Carl con las pastillas atravesadas en algún punto entre la faringe y las cuerdas vocales.

El empresario asintió y trató de concentrarse en la rabia que acudió en su auxilio.

—Sí, Kimmie siempre lo llevaba colgando de la muñeca cuando iba al internado, no sé por qué. Sujeto con una cinta roja que le había atado al cuello.

El subcomisario pensó por un instante que aquel hombre iba a venirse abajo y romper a llorar, pero el rostro de Basset se endureció y regresó el jefe capaz de aplastar a una oficinista como si tal nada.

—Sí, lo recuerdo perfectamente. Lo llevaba colgando de la muñeca el día que me pegó. ¿De dónde diablos lo sacó?

32

Eran casi las diez de la mañana del domingo cuando despertó en su habitación del Hotel Ansgar. El televisor seguía encendido a los pies de la cama, esta vez con la repetición de los acontecimientos de la noche en las noticias de la segunda cadena. Aunque no habían escatimado esfuerzos, aún no había grandes progresos en el esclarecimiento de la explosión de la estación de Dybbølsbro, de modo que la noticia había pasado a un segundo plano. Ahora la actualidad se centraba en el bombardeo estadounidense contra los rebeldes de Bagdad y la candidatura a la presidencia de Kasparov, pero sobre todo en el cadáver hallado a los pies de un destartalado edificio de ladrillo rojo de Rødovre.

Al parecer, según el portavoz de la policía, varios factores apuntaban a que se trataba de un asesinato, en particular el hecho de que la víctima se hubiera colgado de la barandilla y sus dedos mostraran señales de haber sido golpeados con un objeto contundente, probablemente la pistola con la que esa misma noche habían abierto fuego contra una estatua de madera que se encontraba en la vivienda. La policía no había facilitado demasiada información y aún no había sospechosos.

O eso decían.

Estrujó el pequeño bulto entre sus brazos.

—Ya lo saben, Mille. Los chicos ya saben que voy por ellos.

Intentó sonreír.

—¿Tú crees que estarán juntos? ¿Tú crees que Torsten, Ulrik y Ditlev estarán decidiendo qué hacer cuando llegue mamá? ¿Estarán asustados?

Acunó el bulto.

—A mí me parece que deberían estarlo, después de lo que nos hicieron a las dos, ¿no crees? ¿Y sabes una cosa, Mille? No les faltan motivos.

En la pantalla, el camarógrafo trataba de hacer un *zoom* para mostrar un primer plano del personal de la ambulancia retirando el cadáver con dificultad, pero estaba demasiado oscuro.

—¿Sabes una cosa, Mille? No debería haberles contado lo de la caja de metal, no estuvo bien.

Se secó los ojos. Las lágrimas empezaron a brotar de manera repentina.

—No debería habérselo contado. ¿Por qué lo hice?

Cuando se fue a vivir con Bjarne Thøgersen fue un sacrilegio. Si quería tener relaciones con él tenía que hacerlo a escondidas o con la banda al completo, no había vuelta de hoja, así que aquello fue una fatídica violación de todas las reglas. No sólo había preferido a un miembro de la banda por encima de los demás, sino que, para colmo, había ido a escoger al que ocupaba el escalón más bajo en la jerarquía.

No podía ser.

—¿Bjarne? —había bramado Kristian Wolf—. ¿Qué diablos pretendes hacer con ese gusano?

Él quería que todo siguiera como de costumbre, que continuaran con sus expediciones de castigo y ella siempre estuviese disponible para ellos y sólo para ellos.

A pesar de las amenazas de Kristian y de su presión, Kimmie se mantuvo firme. Había elegido a Bjarne, y los demás deberían resignarse a vivir de los recuerdos.

Durante algún tiempo siguieron adelante con sus sesiones. Cada cuatro domingos más o menos se reunían para inhalar cocaína y ver películas violentas y luego salían en uno de los enormes 4x4 de Torsten o de Kristian a la caza de alguien a quien acosar y apalear. Unas veces llegaban a un acuerdo con sus víctimas y pagaban su dolor y su humillación con dinero manchado de sangre, otras las asaltaban por la espalda y las dejaban inconscientes antes de que los descubrieran. En contadas ocasiones, como aquella en que localizaron a un anciano pescando solo en el lago de Esrum, sabían que su víctima no saldría de allí con vida.

Este último tipo de agresión era el que más les gustaba. Cuando se daban las circunstancias propicias y podían llegar hasta el final. Cuando todos representaban su papel hasta sus últimas consecuencias.

Pero en el lago de Esrum las cosas se torcieron.

Kimmie se había dado cuenta de que Kristian estaba cada vez más excitado. Bien es verdad que siempre le ocurría lo mismo, pero en esa ocasión tenía un semblante especialmente sombrío y concentrado. Nada de labios entreabiertos y ojos entornados. Se encerró en su frustración y permaneció inmóvil y pasivo observando los movimientos de los demás al arrastrar al anciano hacia el agua y la ropa de Kimmie, que se le pegaba al cuerpo.

—Vamos, Ulrik; cógetela —gritó de pronto al verla sentada en cuclillas con las rodillas separadas y el vestido veraniego goteando sobre los juncos, observando cómo el cadáver se iba alejando hasta hundirse.

A Ulrik le brillaban los ojos de excitación al pensar en la posibilidad, y al mismo tiempo de miedo ante la idea de no ser capaz. En tiempos, antes de que Kimmie se fuera a Suiza, había tenido que renunciar a penetrarla en muchas ocasiones y ceder su turno a los demás. Era como si aquel coctel de violencia y sexo no encajara tan bien con él como con ellos, como si necesitara bajar las pulsaciones para que volviera a levantársele.

—¡Vamos, Ulrik! —le gritaron los demás.

Bjarne, mientras tanto, les chillaba que parasen. En ese momento lo sujetaron entre Ditlev y Kristian.

Kimmie vio que Ulrik se bajaba los pantalones y, por una vez en su vida, parecía muy dispuesto. Lo que no vio fue que Torsten se abalanzaba sobre ella por la espalda y la derribaba.

De no haber sido porque las maldiciones de Bjarne y sus esfuerzos por liberarse hicieron que a Ulrik se le marchitara la hombría, aquel día la habrían violado delante del bosque de espadaña.

Sin embargo, Kristian no tardó en empezar a acosarla. Le daba lo mismo Bjarne, le daban lo mismo los demás. Mientras pudiera hacerla suya, estaría satisfecho.

Bjarne cambió. Cuando hablaba con Kimmie parecía distraído. Ya no correspondía a sus caricias como antes y cuando ella salía del trabajo casi nunca lo encontraba en casa. Gastaba un dinero que no debería haber tenido. Hablaba por teléfono cuando la creía dormida.

Kristian intentaba ganarse sus favores en cualquier sitio. En la tienda de animales Nautilus, de camino al trabajo o en casa de Bjarne cuando los demás lo mandaban a hacer algún recadito de los suyos.

Y Kimmie se burlaba de él. Se burlaba de Kristian Wolf por su dependencia y su falta de sentido de la realidad.

Enseguida pudo comprobar que la ira empezaba a dominarlo y su mirada de acero se hacía más afilada y la taladraba.

Pero ella no le tenía miedo. ¿Qué podía hacerle que no le hubieran hecho ya mil veces?

Finalmente ocurrió un día de marzo en que el cometa *Hyakutake* surcó el firmamento danés. Bjarne llevaba un telescopio que le había prestado Torsten, y Ditlev había puesto su velero a su disposición. La idea era que embarcara con unas cuantas cervezas y una sensación de grandeza mientras Kristian, Ditlev, Torsten y Ulrik se colaban en su casa.

Kimmie jamás averiguó cómo habían conseguido la llave de la puerta, pero de repente se los encontró allí, con las pupilas contraídas y la nariz irritada por la cocaína. No dijeron nada, se limitaron a arremeter contra ella, empujarla contra la pared y arrancarle la ropa necesaria para que fuera accesible.

No lograron sacarle ni una palabra. Sabía que eso sólo los enloquecería aún más. Lo había visto demasiadas veces cuando maltrataban a alguien entre todos.

Los chicos de la banda odiaban los lloriqueos. Tanto como ella.

La echaron sobre la mesita del sofá sin despejarla primero y la violación comenzó con Ulrik sentado a horcajadas sobre su estómago obligándola a abrir las piernas con las manazas en sus rodillas. Al principio ella intentó darle en la espalda, pero la capa de grasa que la recubría y la cocaína amortiguaban los golpes. Además, era inútil. Sabía perfectamente que a Ulrik le encantaba. Los golpes, las humillaciones, la fuerza. Cualquier cosa que fuese un reto contra la moral dominante. Para él nada era tabú. No había juguete sexual con el que no hubiese experimentado. Ninguno. Y aun así no lograba que se le levantara sin más como a los otros.

Kristian se colocó en posición entre sus piernas y se abrió camino a golpes hasta que se le quedaron los ojos en blanco y la satisfacción le crispó los labios. Ditlev fue el número dos y acabó en un santiamén, con sus extraños espasmos de siempre; después le tocó a Torsten.

Aquel poca cosa la estaba penetrando como una aplanadora cuando Bjarne apareció de pronto en la puerta. Al mirarlo a la cara Kimmie vio que reconocía su sentimiento de inferioridad y que el espíritu de grupo le provocaba sentimientos enfrentados para acabar ganando la partida. Le gritó que se marchara, pero Bjarne no se fue.

Cuando Torsten se apartó, los jadeos de la banda se convirtieron en gritos de júbilo al ver que Bjarne se unía a ellos.

Kimmie escrutó sus facciones retraídas y enrojecidas y comprendió al fin adónde la había conducido su vida.

Luego se resignó, cerró los ojos y fue alejándose de allí muy lentamente.

Lo último que oyó antes de sumirse completamente en las brumas protectoras de la inconsciencia fueron las risas del grupo cuando la nueva intentona de Ulrik acabó en retirada forzosa.

Fue la última vez que los vio a todos juntos.

–Ya verás lo que te ha traído mamá, mi vida.

Sacó a la diminuta personita de entre las telas y se quedó contemplándola con la mayor de las ternuras. Era un milagro de Dios, con sus deditos en las manos y en los pies, con sus uñitas.

Luego abrió un paquete y sostuvo el contenido por encima del cuerpo disecado.

–Fíjate, Mille. ¿Has visto alguna vez algo parecido? Es justo lo que nos hace falta un día como hoy.

Le rozó una manita con el dedo.

–¿Qué? ¿Está calentita mamá? –preguntó–. Sí, mamá está calentita.

Rompió a reír.

–Siempre le pasa cuando está tensa, ya lo sabes.

Miró por la ventana. Era el último día de septiembre, igual que cuando se fue a vivir con Bjarne doce años atrás. Sólo que aquel día no llovía.

Hasta donde ella recordaba.

Después de violarla la dejaron tirada en la mesita del sofá y se sentaron en círculo en el suelo a inhalar cocaína hasta que perdieron el norte. En medio de las risas locas del resto del grupo, Kristian le propinó un par de fuertes azotes en los muslos desnudos. Presumiblemente a modo de reconciliación.

—Venga, Kimmie —le gritó Bjarne—. No te hagas la remilgada, que somos nosotros.

—Esto se acabó —contestó ella entre dientes—. Se acabó.

Se daba cuenta de que no le creían, de que dependía demasiado de ellos, de que no tardaría en volver a las andadas. Pero no quería. Jamás. En Suiza se las había arreglado sin ellos y volvería a hacerlo.

Le costó un poco levantarse. Le ardía la entrepierna. Tenía distendidas las articulaciones de la cadera, le dolía la nuca y le pesaba la humillación.

La sensación se repitió con creces cuando Kassandra la recibió en la casa de Ordrup con un tono de desprecio y las siguientes palabras:

—¿Pero es que no puedes hacer nada bien en este mundo, Kimmie?

Al día siguiente descubrió que Torsten Florin había adquirido su lugar de trabajo, Nautilus Trading A/S, y la había dejado en la calle. Uno de los empleados, que antes era amigo suyo, le entregó un cheque y le comunicó que, sintiéndolo mucho, tenía que marcharse. El propio Torsten Florin se había ocupado de la reestructuración del personal, de modo que si tenía alguna queja tendría que presentársela directamente a él.

Cuando fue al banco a ingresar el cheque se enteró de que Bjarne había vaciado la cuenta y la había cancelado.

Jamás se liberaría de sus tentáculos. Ése era el plan.

Pasó los siguientes meses encerrada en su habitación de la casa de Ordrup. Bajaba a la cocina por las noches a buscar comida y dormía durante el día, acurrucada y con su osito de peluche bien estrujado en la mano. Kassandra solía ir a su puerta a chillarle con su voz estridente, pero Kimmie se había vuelto sorda para el mundo.

Porque Kimmie no le debía nada a nadie y, además, Kimmie estaba embarazada.

—No sabes lo contenta que me puse cuando descubrí que iba a tenerte —le dijo al bulto con una sonrisa—. Enseguida supe que ibas a ser una niña y cómo ibas a llamarte. Mille, ése era tu nombre. ¿No es extraño y gracioso?

La movió un poco y volvió a envolver el cuerpo en la tela.

—Me moría de ganas de que nacieras y viviéramos como el resto del mundo las dos juntas. Tu madre conseguiría un trabajo en cuanto nacieras y al salir iría a recogerte a la guardería y estaría siempre contigo.

Sacó una bolsa grande, la dejó sobre la cama y metió una de las almohadas del hotel. Parecía un lugar de lo más calentito y seguro.

—Sí, tú y yo íbamos a vivir solas en casa y Kassandra tendría que marcharse.

Kristian Wolf empezó a llamarla pocas semanas antes de casarse. La idea de atarse lo desesperaba tanto como sus repetidas negativas.

Era un verano gris, pero lleno de alegría, y Kimmie empezaba a retomar las riendas de su vida. Dejó atrás las cosas tan terribles que había hecho. Ahora era responsable de un nuevo ser.

El pasado estaba muerto.

Sólo cuando un buen día se encontró a Ditlev Pram y a Torstein Florin esperándola en la sala de estar de Kassandra se dio cuenta de que era completamente imposible. En cuanto vio sus miradas expectantes recordó lo peligrosos que podían llegar a ser.

—Han venido a verte tus viejos amigos —gorjeó su madrastra enfundada en un vestido de verano casi transparente.

Cuando la expulsaron de sus dominios, *My room,* protestó un poco, pero lo que estaba a punto de ocurrir no era apto para sus oídos.

—Ignoro a qué han venido, pero quiero que se marchen —empezó Kimmie, a sabiendas de que sus palabras no eran más que los prolegómenos de una negociación para determinar quién seguiría en pie y quién no al término de la reunión.

—Estás demasiado metida en todo esto, Kimmie —arguyó Torsten—, no podemos permitir que te retires. Quién sabe lo que se te podría ocurrir.

Ella sacudió la cabeza de un lado a otro.

—¿A qué se refieren? ¿Piensan que voy a suicidarme dejando un montón de cartas horribles?

Ditlev asintió.

—Por ejemplo. Y se nos ocurren varias posibilidades más.

—¿Como qué?

—¿Qué mas da? —replicó Torsten Florin mientras se acercaba.

Si volvían a tocarla, les rompería la cabeza con uno de los jarrones chinos que había en cada esquina; pesaban lo suyo.

—La cuestión es que cuando estás con nosotros sabemos dónde te tenemos. Reconócelo, Kimmie, tú tampoco puedes evitarlo —prosiguió.

Ella esbozó una sonrisa irónica.

—A lo mejor es tuyo, Torsten. O tuyo, Ditlev.

No debería haberlo dicho, pero sólo por ver sus rostros petrificados había valido la pena.

—¿Por qué iba a irme con ustedes?

Se puso una mano en el vientre.

—¿Creen que sería bueno para el bebé? Yo creo que no.

Sabía lo que tenían en mente cuando se miraron. Los dos tenían hijos y los dos tenían varios divorcios y escándalos a sus espaldas. Uno más o menos no iba a ser el fin del mundo. Lo que les molestaba era su rebeldía.

—Tienes que deshacerte de ese niño —dijo Ditlev con una dureza inesperada.

Deshacerse de él, decía. Esas pocas palabras bastaron para hacerle comprender que su bebé estaba en peligro.

Extendió una mano hacia ellos para marcar las distancias.

—Si quieren que no les pase nada, déjenme en paz, ¿entendido? Completamente en paz.

Vio con satisfacción que su cambio de humor les hacía entornar los ojos.

—De lo contrario les diré que existe una caja que puede destrozarles la vida. Esa caja es mi seguro de vida. Que no les quepa la menor duda de que si me ocurre algo saldrá a la luz.

No era cierto. En efecto, tenía la caja escondida, pero no entraba en sus planes enseñársela a nadie. No eran más que sus trofeos, un pequeño recuerdo de cada una de las vidas que habían segado. Como las cabelleras de los indios. Como las orejas de los toreros. Como los corazones de las víctimas de los incas.

—¿Qué caja es ésa? —la interrogó Torsten al tiempo que su cara de zorro se llenaba de arrugas.

—He ido recogiendo cosas de cada escena del crimen. El contenido de esa caja permitiría descubrir todo lo que hemos hecho, y si nos tocan a mí o a mi bebé morirán entre rejas, lo juro.

Era evidente, Ditlev había mordido el anzuelo. Torsten, en cambio, parecía más escéptico.

—A ver, di una cosa —dijo.

—Uno de los aretes de la mujer de Langeland. La cinta de goma de Kåre Bruno. ¿Se acuerdan de que Kristian lo agarró y lo tiró? Pues entonces a lo mejor recuerdan también que después estuvo riéndose a la puerta de la alberca con la cinta en la mano. No creo que se ría tanto cuando se entere de que tengo esa misma cinta y dos tarjetas del Trivial de Rørvig, ¿no les parece?

Torsten Florin apartó la mirada como si quisiera asegurarse de que no había nadie escuchando al otro lado de la puerta.

—No, Kimmie, tienes razón. Yo tampoco creo que se ría.

Kristian fue a su casa una noche que Kassandra había bebido mucho y se había caído redonda hacía ya rato.

De pie junto a la cama de Kimmie, se dirigió a ella tan despacio y subrayando tanto cada palabra que se le quedaron grabadas para siempre.

–Dime dónde está la caja o te mato aquí mismo.

Le dio una paliza tan brutal que al final casi no podía mover los brazos. La golpeó en el vientre y en el pecho hasta que le crujieron los huesos, pero ella no reveló el paradero de la caja.

Finalmente se marchó extenuado por completo y convencido de que su misión había terminado y aquella caja no era más que una invención.

Cuando Kimmie recuperó el sentido llamó ella misma a la ambulancia.

33

Despertó con el estómago vacío y sin apetito. Era domingo por la tarde y seguía en el hotel. Una hora de sueños la había dejado con la promesa de que todo acabaría formando parte de una unidad superior. ¿Qué más alimento que ése necesitaba?

Se volvió hacia la bolsa con el bulto que tenía en la cama junto a ella.

—Hoy voy a hacerte un regalo, mi Mille, he estado pensándolo. Voy a darte lo mejor que he tenido en toda mi vida, mi osito —dijo—. Mamá lo ha pensado mucho y ha llegado el gran día. ¿Estás contenta?

Sintió que las voces estaban al acecho, aguardando a que se mostrara débil, pero al meter la mano en la bolsa y tocar el bulto la embargó una sensación cálida.

—Sí, ahora estoy tranquila, mi vida. Hoy nada puede hacernos daño.

Cuando la ingresaron con una fuerte hemorragia en el abdomen, el personal del hospital de Bispebjerg le preguntó una y otra vez qué le había sucedido. Uno de los médicos sugirió incluso que llamaran a la policía, pero ella los convenció para que no lo hicieran. Los tranquilizó asegurándoles que los golpes que le cubrían todo el cuerpo eran el resultado de una caída desde el peldaño más alto de una larguísima y empinada escalera. Nadie había atentado contra su vida, se lo garantizaba. Vivía sola con su madrastra. Era una mala caída, nada más.

En los días que siguieron, las enfermeras le hicieron recuperar la fe en que el bebé se salvaría, pero cuando le transmitieron los saludos de sus antiguos compañeros de internado supo que tenía que andarse con mucho cuidado.

Al cuarto día recibió la visita de Bjarne. No era casual que lo hubieran escogido como recadero. Por una parte, él no era un personaje conocido como los demás, y por otra, se le daba como a nadie reducir la conversación a lo más básico y dejarse de retóricas y mentiras.

—Me dicen que tienes pruebas contra nosotros, Kimmie, ¿es eso cierto?

Ella no contestó. Se limitó a contemplar los pomposos y destartalados edificios que se veían por la ventana.

—Kristian te pide disculpas por lo que te hizo y pregunta si quieres que te trasladen a una clínica privada. El bebé está bien, ¿no?

Ella se le quedó mirando hecha una furia y eso bastó para obligarlo a bajar la mirada. Sabía que no tenía ningún derecho a hacerle preguntas.

—Dile a Kristian que ha sido la última vez que me toca o que tiene algo que ver conmigo, ¿entendido?

—Kimmie, ya lo conoces, no es tan fácil librarse de él. Dice que no le has contado nada de nosotros a ningún abogado, y dice también que ha cambiado de opinión y ahora sí se cree que tienes la caja con pruebas en contra nuestra, que eso es muy propio de ti. Sí, me lo dijo muerto de risa.

Bjarne se lanzó a un malogrado intento de imitar la risa de Kristian, pero a ella la dejó fría. Kristian nunca se reía de algo que supusiera una amenaza para él.

—Y se pregunta también con quién se supone que te has confabulado si no tienes abogado. Kimmie, aparte de nosotros no tienes amigos, lo sabemos todos.

Le acarició el brazo, pero ella lo apartó bruscamente.

—Yo creo que deberías decirnos dónde tienes esa caja. ¿Está en la casa?

Kimmie se volvió de golpe hacia él.

—¿Me tomas por idiota?

Estaba claro que Bjarne había picado.

—Dile a Kristian —continuó— que si me deja tranquila, por mí pueden seguir haciendo lo que se les dé la gana. Estoy embarazada, Bjarne, ¿aún no se han enterado? Si las cosas que hay en esa caja salieran a la luz, mi bebé y yo también saldríamos malparados, ¿no? La caja sólo es para un caso de emergencia.

Era lo último que debería haber dicho.

Un caso de emergencia. Si Kristian podía sentirse amenazado por algo, era por eso.

Tras la visita de Bjarne no volvió a dormir por las noches. Velaba en la oscuridad con una mano en el vientre y la otra muy cerca del llamador.

La noche del 2 de agosto entró vestido con una bata blanca.

Kimmie apenas se había adormilado un segundo cuando sintió su mano en la boca y su rodilla contra el pecho. Se lo dijo sin rodeos.

—¿Quién sabe dónde te meterás cuando te den el alta? Te tenemos vigilada, pero vete tú a saber. Dime dónde está esa caja y te dejo en paz.

Ella no contestó.

La golpeó con fuerza en el vientre y, en vista de que seguía muda, siguió pegándole una y otra vez hasta que comenzaron las contracciones y empezó a patalear dando fuertes sacudidas a la cama.

La habría matado si la silla que estaba junto a la cama no se hubiera caído al suelo resonando en la silenciosa habitación con un gran estruendo, si las luces de una ambulancia que entraba en el hospital no hubiesen iluminado el cuarto dejándolo desnudo en su miserable ferocidad, si ella no hubiera echado la cabeza hacia atrás y hubiese entrado en estado de *shock*.

Si no hubiera estado firmemente convencido de que se estaba muriendo.

No pagó la cuenta del hotel. Dejó allí la maleta y sólo se llevó la bolsa con el pequeño bulto y un par de cosas más y recorrió los pocos pasos que la separaban de la estación central. Eran casi las dos de la tarde. Iría a buscar el osito para Mille, tal como le había prometido, y después acabaría el trabajo que había comenzado.

Era una luminosa tarde de otoño y el tren iba atestado de niños joviales acompañados de sus cuidadores. Tal vez volvieran de visitar algún museo, tal vez se dispusieran a pasar unas horas en el bosque. Quizá regresaran por la noche junto a sus padres con las mejillas encendidas y el recuerdo de las hojas multicolores y los rebaños de ciervos de Eremitagesletten grabado en la memoria.

Cuando Mille y ella se reunieran para siempre sería aún más hermoso. En la infinita belleza del Reino de los Cielos. Al volver a encontrarse romperían a reír.

Por toda la eternidad, así sería.

Asintió con la mirada extraviada por encima del cuartel de Svanemølle en dirección al hospital de Bispebjerg.

Doce años atrás se había levantado de su cama y había tomado entre sus brazos a la pequeña que yacía bajo una tela sobre una mesa de metal a los pies de la cama. La habían dejado sola por un instante. La paciente de la habitación de al lado había comenzado su parto y surgieron complicaciones.

Se levantó, se vistió y envolvió a su bebé en la tela. Una hora después de que su padre la humillara en el Hotel D'Angleterre hizo el mismo recorrido hasta Ordrup que estaba recorriendo ahora.

En aquella ocasión sabía que no podría quedarse allí. Sabía que la banda del internado iría tras ella y que la próxima vez las cosas acabarían muy mal.

Pero también sabía que necesitaba ayuda desesperadamente porque seguía perdiendo sangre y los dolores que sentía en el vientre le parecían irreales y terroríficos.

Por eso tenía que pedirle más dinero a Kassandra, tenía que conseguir que le diera lo que necesitaba.

Dos mil míseras coronas le puso su madrastra en la mano con gesto furioso. Sus dos mil más las diez mil de su padre, eso era todo lo que Kassandra y Willy K. Lassen, su supuesto padre, pudieron proporcionarle. Y no era ni mucho menos suficiente.

Cuando su madrastra le dijo que desapareciera y se encontró en la calle estrechando el bulto entre sus brazos y con la venda que llevaba entre las piernas empapada en sangre, supo que llegaría el día en que todos cuantos habían abusado de ella y la habían hundido pagarían por lo que habían hecho.

Primero Kristian y después Bjarne. Luego, Torsten, Ditlev, Ulrik, Kassandra y su padre.

Por primera vez en muchos años estaba ante la casa de Kirkevej. Todo seguía como siempre. Las campanas de la iglesia de lo alto de la colina continuaban convocando a los ilustres ciudadanos de la clase media a su cita dominical y las casas seguían pavoneándose con insolencia. La cerradura era igual de difícil de forzar.

Cuando Kassandra salió a abrirle, reconoció de inmediato su rostro en conserva, pero no sólo eso, sino también la actitud que siempre despertaba en ella la presencia de Kimmie.

Ignoraba en qué momento había nacido su enemistad. Seguramente desde el instante mismo en que su madrastra, con su mal entendida visión de lo que era educar a una criatura, empezó a encerrarla en armarios oscuros y a recriminarla con duras palabras de las que Kimmie no llegaba a entender ni la mitad. Que Kassandra también sufriera en aquel hogar sin sentimientos era otra cuestión. Podía llegar a suscitar cierta comprensión, pero perdonarla, eso nunca. Kassandra era un demonio.

—No vas a entrar —le bufó mientras ella intentaba abrir la puerta de un empujón.

Exactamente igual que el día del aborto, cuando Kimmie, maltrecha, desesperada y en la miseria, se quedó allí plantada con su bulto en el regazo.

La mandaron al infierno y un auténtico infierno era lo que le aguardaba. A pesar de que el maltrato de Kristian y el aborto la habían dejado en un estado deplorable, tuvo que pasar varios días vagando por las calles encogida sin que nadie moviera un dedo para auxiliarla, por no hablar de acercarse a ella.

La gente sólo se fijaba en sus labios agrietados y en su pelo sucio y retrocedía ante aquel bulto repugnante que llevaba entre las manos manchadas de sangre seca, igual que las mangas de la ropa. No veían a un semejante necesitado y ardiendo de fiebre. No veían a una persona que se iba a pique.

Pensó que ése era su castigo, el purgatorio personal que debía atravesar como compensación a sus malas acciones.

La salvó una drogadicta de Vesterbro. La huesuda Tine fue la única que ignoró la fetidez que despedía el bulto y la saliva reseca que le cubría las comisuras de los labios. Ella, que había visto cosas peores, llevó a Kimmie a un cuchitril de una callejuela del sur del puerto donde vivía otro drogadicto que en la mañana de los tiempos había sido médico.

Sus pastillas y su legrado acabaron con las infecciones y detuvieron la hemorragia. A cambio de ello, no volvió a menstruar.

Una semana después, más o menos cuando el fardo dejó de apestar, Kimmie estaba preparada para su nueva vida en las calles.

El resto ya era historia.

Volver a entrar en aquellos salones viciados por el denso perfume de Kassandra y con las paredes pobladas de fantasmas que se reían de Kimmie, como siempre habían hecho, era como estar atrapada en una pesadilla.

Kassandra se llevó el cigarrillo a unos labios cuyo lápiz labial habían borrado docenas de cigarrillos. Agitó levemente la mano, pero sin dejar de seguir atentamente con la mirada a través del humo los movimientos de Kimmie al dejar la bolsa en el suelo. Era evidente que la presencia de su hijastra la incomodaba. Que su mirada no tardaría en empezar a vacilar. Que aquella era una escena con la que no había contado.

—¿A qué has venido? —le preguntó. Exactamente las mismas palabras que doce años antes. Después de la violación y el aborto.

—¿Te gustaría seguir viviendo en esta casa, Kassandra? —contraatacó Kimmie.

Su madrastra echó la cabeza hacia atrás. Permaneció un instante reflexionando en silencio, la muñeca relajada y el humo azul bailando alrededor de los cabellos canos.

—¿A eso vienes, a echarme? ¿Es eso?

Era reconfortante ver cómo luchaba por mantener la calma. Aquel ser que había tenido la oportunidad de tomar de la mano a una niña y liberarla de la sombra de una madre fría. Aquella mujer miserable, egocéntrica y llena de un odio enfermizo hacia sí misma que había irrumpido en la vida de Kimmie con sus abusos sentimentales y sus engaños diarios. Aquella mujer que había dado forma a todo cuanto la había conducido donde estaba: la desconfianza, el odio, la frialdad y la falta de empatía.

—Tengo dos preguntas que hacerte, y harías bien en contestar lo más brevemente posible, Kassandra.

—¿Y luego te irás?

Se sirvió otra copa de oporto de la botella que, con toda seguridad, había estado tratando de vaciar antes de la llegada de su hijastra y bebió un sorbo con un gesto enormemente controlado.

—No te prometo nada —contestó Kimmie.

—¿Y qué preguntas son ésas?

Aspiró con tal fuerza el humo del cigarrillo que cuando volvió a expulsarlo no salió casi nada.

—¿Dónde está mi madre?

Kassandra dejó caer la cabeza hacia atrás con los labios entreabiertos.

—¡Oooh, cielo santo! ¿Ésa era la pregunta?

Se volvió bruscamente hacia ella.

—Pero si está muerta, Kimmie. Lleva muerta treinta años, la pobrecilla. ¿No te lo habíamos dicho?

Volvió a echar la cabeza hacia atrás y emitió un par de sonidos que pretendían ser de asombro. Después miró a Kimmie, esta vez con dureza. Despiadadamente.

—Tu padre le dio dinero, y ella bebía. ¿Es necesario que siga? Es increíble que nunca te lo hayamos contado. Pero, ahora que lo sabes, ¿estás contenta?

La palabra «contenta» se incrustó en cada una de sus células. ¿¡Contenta!?

—¿Y papá? ¿Sabes algo de él? ¿Dónde está?

Kassandra sabía perfectamente que tarde o temprano saldría a colación y sintió asco. Oírla decir *papá* fue más que suficiente. Si alguien odiaba a Willy K. Lassen era ella.

—No entiendo por qué quieres saberlo. Yo creía que por ti podía pudrirse en el infierno. ¿O es que quieres asegurarte de que está en ello? Porque, en ese caso, puedo darte una alegría, niña boba. En estos instantes tu padre está pasando un infierno.

—¿Está enfermo? —preguntó. Tal vez lo que le había dicho a Tine el policía fuera cierto.

—¿Enfermo?

Kassandra apagó el cigarrillo y estiró los brazos con los dedos extendidos y las uñas astilladas.

—Está pasando un infierno, con los huesos carcomidos por el cáncer. No he hablado con él, pero me han contado que tiene unos dolores terribles.

Frunció los labios y resopló como si el diablo acabara de salirle por la boca.

—Tiene unos dolores terribles y no llegará a Navidad, y a mí me parece maravilloso. ¿Me entiendes?

Se estiró el vestido y arrastró la botella de oporto por la mesa para acercarla.

De modo que ya sólo quedaban Kimmie, la pequeña y Kassandra. Dos kas malditas y aquel ángel de la guarda.

Kimmie tomó la bolsa del suelo y la colocó sobre la mesa junto a la botella de oporto.

—¿Fuiste tú quien le abrió la puerta de mi cuarto a Kristian cuando esperaba a esta pequeña? Dime.

Kassandra siguió la mirada de su hijastra hacia la bolsa mientras ésta la entreabría.

—¡Dios Santo! No me digas que llevas a esa criatura repugnante en la bolsa.

Leyó en la expresión de Kimmie que, en efecto, así era.

—Estás mal de la cabeza. Llévatela de aquí.

—¿Por qué dejaste entrar a Kristian? ¿Por qué le dejaste meterse en mi habitación? Sabías que estaba embarazada. Te había dicho que quería tranquilidad.

—¿Que por qué? A mí, tú y esa bastarda tuya me tenían sin cuidado. ¿Qué te habías creído?

—Y estabas aquí sentada mientras él me mataba a golpes. Tuviste que oírlo. Tuviste que enterarte de cuántas veces me apaleó. ¿Por qué no llamaste a la policía?

—Porque sabía que te lo merecías; ¿o no?

Sabía que te lo merecías, decía. Las voces empezaron a alborotar en la cabeza de Kimmie.

Golpes, cuartos oscuros, desprecio, acusaciones. Todo eso se agitaba en su cerebro y había que detenerlo.

Se abalanzó sobre Kassandra, la agarró por el moño y la obligó a reclinarse para hacerle beber el resto del oporto mientras la mujer miraba hacia el techo, confundida y asombrada, y aquella sustancia se abría paso por sus vías respiratorias y la hacía toser.

Después le cerró la boca y le inmovilizó la cabeza mientras la tos arreciaba y las arcadas se volvían más intensas.

Kassandra la asió del brazo para apartarla, pero la vida en la calle proporciona una fuerza en los músculos muy superior a la que tiene una mujer mayor acostumbrada a mangonear a cuantos la rodean. Sus ojos se llenaron de desesperación y su estómago se contrajo, lanzando una oleada de bilis hacia la catástrofe que se estaba fraguando entre la tráquea y el esófago.

Un par de inspiraciones en vano aumentaron más si cabe el pánico que atenazaba el cuerpo de Kassandra, que luchaba por liberarse con uñas y dientes. Kimmie la sujetaba con firmeza y cerraba todas las vías de acceso de oxígeno; su madrastra se sacudía en violentas convulsiones, su pecho se agitaba febrilmente, sus gemidos se ahogaban.

Al final, calló.

Kimmie la abandonó en el *ring* donde habían librado su combate y dejó que la copa de vino rota, la mesita descolocada y el hilo de líquido que brotaba de entre sus labios hablaran por sí solos.

Kassandra Lassen había sabido aprovechar las ventajas de la vida con la misma habilidad con la que ahora había dejado que se la arrebataran.

Un accidente, dirían algunos. Previsible, añadirían otros.

Esas fueron las palabras exactas de uno de los antiguos compañeros de cacería de Kristian Wolf cuando lo encontraron en su finca de Lolland con la arteria perforada. Un accidente, sí, pero previsible. Kristian era muy imprudente con su escopeta. Algún día tenía que ocurrir, comentó el tipo en cuestión.

Pero no se trató de ningún accidente.

Kristian había manejado a Kimmie a su antojo desde el día que le puso la vista encima. La presionó, a ella y a los demás, para que tomara parte en sus juegos y utilizó su cuerpo. La empujó a mantener relaciones de las que luego la apartaba. La obligó a engañar a Kåre Bruno con la promesa de una reconciliación para que fuese a la alberca de Bellahøj. La incitó a gritar para que él lo empujara. La violó y la vapuleó, primero una vez y luego otras más, hasta acabar con su bebé. Le cambió la vida muchas veces, siempre a peor.

Cuando ya llevaba en la calle seis semanas, lo vio en la primera página de un periódico. Sonriente después de hacer unos negocios fantásticos y a punto de disfrutar de unas semanas de descanso en su finca de Lolland. «No hay presa en mis tierras que pueda sentirse a salvo de mi buena puntería», aseguraba.

Robó su primera maleta, se vistió de punta en blanco y tomó el tren hasta Søllested, donde se bajó y recorrió a pie, a la luz del atardecer, los últimos cinco kilómetros que la separaban de la finca.

Pasó la noche entre la maleza mientras oía los gritos de Kristian en la casa y su joven esposa desaparecía en el piso de arriba. Él durmió en la sala de estar y pocas horas después ya estaba preparado para descargar sus carencias personales y todas sus frustraciones sobre un montón de indefensos faisanes y de todo bicho viviente que se le pusiera en frente.

La noche había sido gélida, pero Kimmie no había pasado frío. La perspectiva de que Kristian pagara sus pecados con su sangre era como el fuego del verano. Vivificante, sublime.

Desde los tiempos del internado sabía que el devastado interior de Kristian lo sacaba del sueño más temprano que a los demás. Un par de horas antes de que llegara el resto del grupo, solía salir a reconocer el terreno para que ojeadores y cazadores obtuvieran el máximo provecho de su colaboración. Varios años después de asesinarlo aún recordaba perfectamente lo que sintió al ver a Kristian Wolf atravesar el arco de entrada de su finca en dirección a los campos. Completamente equipado como las clases altas creen que se debe ir a matar. Limpio y aseado, hecho un pincel y con unas relucientes botas de cordones. Pero ¿qué sabrían las clases altas de asesinos de verdad?

Lo siguió a cierta distancia por entre los setos con paso rápido y a veces inquieto a causa del ruido de las ramas y de los palitos al quebrarse. Si la descubría, no dudaría en disparar. Una bala perdida, diría. Un malentendido. La falsa hipótesis de que era una pieza que se acercaba.

Pero Kristian no la oyó. No, hasta que la tuvo encima clavándole el cuchillo en sus órganos sexuales.

Se desplomó hacia delante y se retorció por el suelo con los ojos desmesuradamente abiertos y la certeza de que el rostro que había sobre él sería el último que viera.

Ella le arrebató la escopeta y lo dejó desangrarse. No tardó mucho.

Después le dio la vuelta, se metió las manos en las axilas y limpió el arma, la puso entre las manos del cadáver, apuntó el cañón contra su vientre y disparó.

Concluyeron que había sido un accidente de caza y que la causa de la muerte era el desangramiento provocado por la rotura de las arterias. El accidente más comentado del año.

Sí, un accidente, pero no para Kimmie, que sintió que una calma desconocida inundaba su interior.

Para el resto de la banda fue peor. Kimmie había desaparecido de la faz de la tierra y todos sabían que Kristian jamás habría acabado de esa manera sus días de forma natural.

Inexplicable, así describió la gente la muerte de Kristian. Pero los chicos del internado no se lo tragaban.

Por aquel entonces, Bjarne confesó.

Tal vez supiera que sería el siguiente. Tal vez hubiera alcanzado algún acuerdo con los demás. Qué más daba.

Kimmie lo leyó en los periódicos. Bjarne se declaraba culpable del crimen de Rørvig, con lo que ella podía vivir en paz con el pasado.

Llamó a Ditlev Pram para decirle que si ellos también querían vivir en paz tendrían que pagarle cierta suma de dinero.

Acordaron el procedimiento, y la banda mantuvo su palabra.

Bien hecho por su parte. Así, al menos, el destino tardaría algunos años en darles caza.

Observó por un instante el cadáver de Kassandra, sorprendida al no sentir mayor satisfacción.

Es porque no has terminado, dijo una de las voces. *Nadie puede sentir dicha a medio camino del paraíso,* dijo otra.

La tercera guardó silencio.

Kimmie asintió, sacó el bulto de la bolsa y empezó a subir por las escaleras lenta y fatigosamente mientras le explicaba a la pequeña que ella había jugado por aquellos peldaños y se había lanzado barandilla abajo cuando nadie la veía. Que siempre tarareaba la misma canción una y otra vez cuando Kassandra y su padre no la oían.

Breves destellos de la vida de una criatura.

—Tú quédate aquí mientras mamá va a buscarte el osito, mi vida —dijo colocando el bulto con mucho cuidado sobre la almohada.

Su habitación estaba exactamente igual que antes. Allí había pasado varios meses mientras le crecía el vientre. Ésa sería su última visita.

Abrió la puerta del balcón y buscó a tientas la teja suelta a la luz del atardecer. Sí, allí seguía, tal y como recordaba. Y cedió con una facilidad sorprendente, cosa que no esperaba. Era como abrir una puerta recién engrasada. Un mal presentimiento le heló la piel, y el frío se transformó en oleadas de calor cuando introdujo la mano en el agujero y lo halló vacío.

Sus ojos rebuscaron febrilmente entre las tejas de alrededor, aunque estaba convencida de que era en vano.

Porque aquella era la teja, era el agujero. Y la caja no estaba.

Todas las abominables kas de su vida empezaron a desfilar frente a ella mientras las voces aullaban en su interior, reían histéricas y la reprendían. Kyle, Willy K., Kassandra, Kåre, Kristian, Klavs y todos los demás que se habían cruzado en su camino. ¿Quién se había atravesado esta vez llevándose su caja? ¿Serían los mismos a los que pretendía restregarles las pruebas por la cara? ¿Serían los supervivientes? ¿Ditlev, Ulrik y Torsten? ¿Sería posible que hubiesen dado con la caja?

Temblorosa, sintió que las voces se fundían en una y hacían que le palpitaran las venas del dorso de la mano.

Hacía años que no ocurría. Las voces estaban de acuerdo.

Esos tres hombres tenían que morir. Por una vez, las voces estaban completamente de acuerdo.

Exhausta, se echó en la cama junto al pequeño bulto, poseída por un pasado de sumisión y humillaciones. Los primeros y duros golpes de su padre. El aliento a alcohol que se escondía tras los labios de fuego de su madre. Sus uñas mordidas. Sus pellizcos. Los tirones al pelo fino de Kimmie.

Cuando le pegaban mucho, después se sentaba en un rincón con las manos temblorosas aferradas a su osito. Le hablaba y él la consolaba. Por muy pequeño que fuera, sus palabras siempre eran grandes.

Tranquila, Kimmie. Son malos, eso es todo. Algún día desaparecerán. De repente, ya no estarán.

Cuando creció, aquel tono cambió. A veces el osito le decía que no tenía que consentir que le pegaran nunca más, que si alguien daba golpes tenía que ser ella. Ya no debía consentir nada más.

El osito ya no estaba. Lo único en esta vida que le traía el destello de algún recuerdo feliz de su niñez.

Se volvió hacia el bulto, lo acarició con dulzura y, sintiéndose culpable por no haber sido capaz de cumplir su promesa, le dijo:

—No vas a tener tu osito, brujita mía. Lo siento, lo siento muchísimo.

34

Como de costumbre, el que estaba más enterado de las noticias era Ulrik, pero él no se había pasado el fin de semana entrenando con la ballesta como Ditlev. Eran muy diferentes, y siempre lo habían sido. Ulrik prefería ir por la vida con todas las facilidades posibles.

Cuando sonó el teléfono, Ditlev estaba frente al estrecho disparando series de flechas hacia una diana. Al principio, muchas pasaban de largo y acababan rebotando y haciendo ondas en el agua, pero en los últimos dos días eran pocas las que salían despedidas de la ballesta y no aterrizaban exactamente en su objetivo. Ya era lunes y estaba entretenido en alinear cuatro flechas en cruz en el centro de la diana, cuando la voz aterrorizada de Ulrik puso fin a la diversión.

–Kimmie ha matado a Aalbæk –anunció–. Lo he oído en las noticias, sé que ha sido ella.

En una décima de segundo, el dato penetró en la mente de Ditlev. Era como un presagio de muerte.

Escuchó atentamente la breve e inconexa historia de Ulrik acerca de la fatal caída del detective y demás circunstancias.

Por lo que había entendido de la interpretación que hacían los medios de las vaguedades de la policía, no estaba claro que se pudiera hablar de suicidio. Lo que, hablando en plata, quería decir que tampoco se podía descartar que fuera un asesinato.

Era una noticia muy grave.

—Tenemos que vernos los tres, ¿me oyes? —susurró Ulrik como si Kimmie ya le siguiera la pista—. Si no nos mantenemos unidos, nos atrapará de uno en uno.

Ditlev contempló la ballesta que colgaba del extremo de la correa de cuero que sostenía en la mano. Ulrik tenía razón. Eso lo cambiaba todo.

—De acuerdo —contestó—. De momento vamos a hacer lo que habíamos dicho. Mañana a primera hora nos reunimos en la finca de Torsten para la cacería y después parlamentamos. Que no se te olvide que sólo es la segunda vez que ataca en más de diez años. Aún hay tiempo, Ulrik, tengo esa sensación.

Contempló el estrecho con la mirada perdida. De nada servía darle la espalda. O ella o ellos.

—Escucha, Ulrik —dijo—. Voy a llamar a Torsten para informarlo. Mientras tanto, tú puedes hacer unas llamadas a ver qué averiguas. Por ejemplo, a la madrastra de Kimmie. Ponla al tanto de la situación, ¿de acuerdo? Pídele a la gente que nos avise si se enteran de algo. Lo que sea. Y Ulrik —añadió antes de colgar—, no salgas de casa si puedes evitarlo hasta que nos veamos, ¿está bien?

No le había dado tiempo a guardarse el celular en el bolsillo cuando volvió a sonar.

—Soy Herbert —se presentó una voz sin brillo.

Su hermano mayor no lo llamaba jamás. Cuando la policía investigaba el crimen de Rørvig, Herbert caló a su hermano pequeño con una sola mirada, aunque nunca dijo nada. No comentó sus sospechas ni intentó entrometerse, pero aquello no fue precisamente el inicio de una gran relación. Antes tampoco la había. Los sentimientos no se llevaban demasiado entre los miembros de la familia Pram.

A pesar de todo, Herbert nunca le había fallado en los momentos decisivos. Probablemente porque su eterno miedo al escándalo estaba por encima de cualquier otra consideración. El temor a que todo lo que él representaba se manchara le producía un sentimiento abrumador.

Por eso había sido la herramienta perfecta cuando Ditlev olfateaba en busca de una posibilidad de frenar la investigación del Departamento Q.

Y por eso telefoneaba ahora.

—Te llamo para avisarte de que la investigación del Departamento Q vuelve a estar en marcha. No puedo facilitarte más datos porque mi contacto en la Jefatura ha replegado las antenas, pero el caso es que ese tipo que está al frente, Carl Mørck, ya sabe que han intentado entrometerse en su trabajo. Lo lamento, Ditlev. Trata de pasar desapercibido una temporada.

Ditlev también empezaba a notar las embestidas del pánico.

Encontró a Torsten Florin en el preciso instante en que el rey de la moda salía marcha atrás de su plaza de estacionamiento de Brand Nation. Acababa de enterarse de lo de Aalbæk y coincidía con Ditlev y Ulrik en que era obra de Kimmie. De lo que no estaba enterado era de que el Departamento Q y Carl Mørck habían vuelto a la carga.

—Caray, la cosa se está poniendo cada vez más negra —oyó al otro lado de la línea.

—¿Quieres suspender la cacería? —preguntó Ditlev.

El largo silencio al otro extremo era más que elocuente.

—¡No! El zorro se moriría —contestó al fin.

Como si lo viera. Seguro que Torsten se había pasado el fin de semana deleitándose con los tormentos de aquel pobre animal enloquecido.

—Deberías haberlo visto esta mañana —prosiguió—, completamente enloquecido. Pero deja que lo piense.

Ditlev lo conocía. En aquellos momentos libraba una batalla entre sus impulsos asesinos y la sensatez con la que había manejado su vida laboral y su creciente imperio desde los veinte años. No tardaría en oírlo musitar una plegaria.

Así era él. Cuando no podía solucionar las cosas por sus propios medios, siempre tenía algún dios al que invocar.

Ditlev se colocó el auricular del celular en el oído, tensó la cuerda de la ballesta y sacó una nueva flecha de la aljaba. A continuación la cargó y apuntó hacia uno de los postes del antiguo embarcadero. El ave acababa de posarse y se estaba sacudiendo la bruma de las alas cuando Ditlev calculó la distancia y el viento y disparó como si acariciara con el dedo la mejilla de un niño.

El animal no se dio cuenta de nada. Cayó atravesado al agua y allí se quedó flotando, eso fue todo; mientras tanto, Torsten salmodiaba casi imperceptiblemente al otro lado de la línea.

Aquel prodigioso disparo fue lo que decidió a Ditlev a abrir el baile.

—Seguimos adelante, Torsten —dijo—. Reúne a todos los somalíes esta noche y dales instrucciones para que a partir de ahora estén atentos con Kimmie. Ponlos en guardia. Enséñales una foto suya. Promételes una gratificación fuera de serie si ven algo.

—De acuerdo —contestó él tras unos segundos de reflexión—. ¿Y el terreno de la cacería? No podemos tener por ahí sueltos a Krum y todos esos descerebrados.

—¿Qué dices? Podemos tener a quien nos dé la gana. Si se acerca, es mejor tener testigos que vean que las flechas la atraviesan.

Ditlev le dio unas palmaditas a la ballesta y observó la pequeña mancha blanca que lentamente se iba yendo mar adentro arrastrada por las olas.

—Sí —continuó—. Si aparece, será más que bienvenida. ¿Estamos de acuerdo, Torsten?

Los gritos de su secretaria desde la terraza de Caracas le impidieron oír su respuesta. Por lo que podía ver a esa distancia, agitaba las manos y se las llevaba al oído.

—Creo que alguien me busca, Torsten. Tengo que colgar. Nos vemos mañana por la mañana, ¿está bien? *Take care.*

Colgaron al mismo tiempo y al segundo volvió a sonar el teléfono.

—¿Has vuelto a desconectar la llamada en espera, Ditlev?

Era su secretaria, que ahora permanecía inmóvil en la terraza de la clínica.

—Pues no lo hagas, porque así no puedo localizarte. Hay mucho lío por aquí. Un tipo que dice ser el subcomisario Carl Mørck anda metiendo las narices por todas partes. ¿Qué hacemos? ¿Quieres hablar con él o qué? No nos ha enseñado ninguna orden y no creo que la tenga.

Ditlev sentía la bruma salada en el rostro. Aparte de eso, nada. Habían pasado más de veinte años desde la primera agresión, veinte años con una cosquilleante inquietud y una preocupación latente que lo impulsaban como una fuente de energía siempre en aumento.

En aquel instante no sentía nada y aquello no era una sensación agradable.

—No —contestó—. Di que he salido de viaje.

La gaviota desapareció por completo en la oscuridad de las olas.

—Di que he salido de viaje y ocúpate de que lo echen y lo manden al infierno.

35

Para Carl el lunes comenzó diez minutos después de irse a la cama.

Se había pasado todo el domingo adormilado. Había hecho casi todo el vuelo de regreso dormido y a las enfurruñadas azafatas les había costado Dios y ayuda despertarlo. En realidad se limitaron a sacarlo a rastras del avión, tras lo cual el personal de tierra se presentó con un cochecito eléctrico para llevárselo a la enfermería.

—¿Y cuántos Frisium dice usted que se ha tomado? —le preguntaron. Pero para entonces, Carl ya se había vuelto a dormir.

En el mismísimo instante en que se acostó en su cama, paradojas de la vida, se despejó.

—¿Dónde has estado todo el día? —se interesó Morten Holland al verlo bajar a la cocina bamboleándose como un zombi. Antes de que le diera tiempo a decir que no, apareció un Martini sobre la mesa. Fue una noche muy larga.

—Deberías buscarte novia —ronroneó su inquilino cuando dieron las cuatro y Jesper llegó a casa con varios consejitos más en materia de amor y mujeres.

Entonces comprendió que el Frisium era mejor en pequeñas dosis. Muy despistado tenía que andar para que sus mejores consejeros en asuntos amorosos fueran un adolescente de dieciséis años con querencia al *punk* y un homosexual que no había salido del clóset. Ya solo faltaba la madre de Jesper, Vigga. Como si la oyera. «¿Qué te ocurre, Carl?

¿Problemas de metabolismo? Deberías tomar Rhodiola. Sirve para muchas cosas.»

Se encontró con Lars Bjørn en el puesto de control de la entrada. Él tampoco tenía buen aspecto.

—Es por culpa del puto caso del contenedor –le explicó.

Saludaron al agente que había al otro lado del cristal y atravesaron juntos la columnata.

—Supongo que se habrán dado cuenta de lo mucho que se parece el nombre de las dos calles, Store Kannikestræde y Store Søndervoldstræde. ¿Han comprobado las demás?

—Sí, tenemos permanentemente vigiladas Store Strandstræde y Store Kirkestræde. Hemos enviado a varias agentes vestidas de paisano, veremos si tientan al agresor. Por cierto, que sepas que no podemos prescindir de nadie para que te ayude con tu caso, aunque imagino que ya estarás informado.

Carl asintió. En aquellos momentos le tenía sin cuidado. Si esa sensación de falta de sueño, estupidez e imprecisión tenía algo que ver con el *jetlag,* entonces ¿por qué diablos existía eso que llamaban viajes de aventura? Viajes de pesadilla se ajustaba mucho mejor.

Rose salió a su encuentro por el pasillo del sótano con una sonrisa que no iba a tardar en borrarle de la cara.

—Bueno, ¿y qué tal por Madrid? –fueron sus primeras palabras–. ¿Tuviste tiempo para un poco de flamenco?

Fue incapaz de responder.

—Vamos, Carl. ¿Qué viste?

El subcomisario dirigió sus plomizas pupilas hacia ella.

—¿Que qué vi? Aparte de la torre Eiffel, París y la cara interna de mis párpados, no vi absolutamente nada.

Rose se disponía a protestar. Pero no puede ser, decía su mirada.

387

—Mira, no voy a andarme con rodeos. Si se te ocurre volver a organizarme algo parecido, puedes considerarte exempleada del Departamento Q.

Después la dejó allí plantada y continuó rumbo a su sillón. Lo aguardaba el abismo de su asiento. Un sueñecito de cuatro o cinco horas con las piernas encima de la mesa y estaría como nuevo, seguro.

—¿Qué está pasando? —oyó que preguntaba la voz de Assad en el mismísimo instante en que él ponía un pie en el país de los sueños.

Se encogió de hombros. Pues nada, que se disponía a disiparse en el éter. ¿Estaba ciego o qué?

—Rose está triste. ¿Le has hablado mal, Carl?

Estaba a punto de volver a enojarse cuando descubrió los papeles que Assad llevaba bajo el brazo.

—¿Qué me traes? —preguntó con aire fatigado.

Su ayudante tomó asiento en uno de los engendros metálicos de Rose.

—Aún no han encontrado a Kimmie Lassen. Hay búsquedas en marcha en todas partes, así que sólo es cuestión de tiempo, entonces.

—¿Alguna novedad en el lugar de la explosión? ¿Han localizado algo?

—No, nada. Por lo que sé, ya han terminado.

Sacó sus papeles y les echó un vistazo.

—He hablado con Vallas Løgstrup —prosiguió—. Han sido muy, muy simpáticos. Han tenido que preguntar a toda la empresa hasta que han encontrado a alguien que sabía alguna cosa de la llave, o sea.

—Muy bien —dijo Carl con los ojos cerrados.

—Uno de sus empleados mandó un cerrajero a Inger Slevs Gade para ayudar a una señora del ministerio que había pedido unas llaves extra, entonces.

—¿Te han dado una descripción de esa mujer? Porque supongo que sería Kimmie Lassen, ¿no?

—No, no han averiguado qué cerrajero había sido entonces, así que no me han dado ninguna descripción. Se lo expliqué todo a los de arriba. A lo mejor les interesa saber quién tenía entrada a la casa que explotó.

—Muy bien, estupendo. Entonces lo damos por zanjado.

—¿En qué zanja?

—Déjalo, Assad. Lo siguiente que tienes que hacer es preparar un *dossier* sobre cada uno de los tres miembros de la banda, Ditlev, Ulrik y Torsten. Quiero todo tipo de información. Relaciones con el fisco, estructura de sus empresas, domicilio, estado civil y todo eso. Tómate tu tiempo.

—¿Por cuál empiezo, entonces? Ya tengo unas cuantas cosas de los tres.

—Estupendo, Assad. ¿Quieres comentarme algo más?

—Homicidios me ha encargado que te diga que el celular de Aalbæk estuvo en contacto con el de Ditlev Pram muchas veces.

Cómo no.

—Estupendo, Assad. Entonces está relacionado con el caso. Podemos ir a verlos usándolo como pretexto.

—¿*Pre*texto? ¿De qué texto?

Al abrir los ojos, Carl se encontró con un par de interrogantes de color castaño. Sinceramente, a veces podía ser un poco complicado. Tal vez unas clases particulares de danés pudieran limar un par de metros de aquella barrera lingüística. Aunque, por otra parte, se arriesgaban a que el tipo de pronto empezara a hablar como cualquier funcionario.

—También he encontrado a Klavs Jeppesen —continuó Assad en vista de que su jefe no reaccionaba a su pregunta.

—Estupendo, Assad.

Trató de recordar cuántas veces había usado ya la palabra «estupendo». Tampoco había que crear inflación.

—¿Y dónde estaba?

—En el hospital.

Carl se incorporó. ¿Y ahora qué?

—Sí, ya sabes.

Se hizo un corte a la altura de la muñeca.

—Por Dios. Pero ¿por qué? ¿Sobrevivirá?

—Sí. He ido a verlo. Ayer.

—Muy bien, Assad. ¿Y?

—Pues nada. Un tipo sin venas en la sangre, eso es todo.

¿Venas en la sangre? Allá iba de nuevo.

—Me contó que había estado a punto de hacerlo mil veces durante estos años.

Carl sacudió la cabeza. A él ninguna mujer le había causado tanto impacto. Por desgracia.

—¿Te dijo algo más?

—No. Me echaron las enfermeras.

El subcomisario esbozó una débil sonrisa. Assad se iba adaptando.

De repente, el rostro de su ayudante se transformó.

—Hoy he visto a uno nuevo en la segunda planta. Iraquí, creo. ¿Sabes a qué ha venido?

Carl asintió.

—Sí, es el sustituto de Bak. Lo han mandado de Rødovre. Lo vi anoche en casa de Aalbæk. A lo mejor lo conoces. Se llama Samir. Del apellido, ahora mismo no me acuerdo.

Assad levantó ligeramente la cabeza. Sus labios carnosos se entreabrieron y un sinfín de pequeñas arrugas le rodearon los ojos. No eran desde luego las marcas de una sonrisa. Por un instante pareció ausente.

—Bien —dijo pensativo mientras asentía despacio un par de veces—. El sustituto de Bak. ¿Entonces va a quedarse, o sea?

—Sí, imagino que sí. ¿Pasa algo?

De repente Assad se transformó. Su rostro se relajó y miró a Carl a los ojos con su habitual expresión despreocupada.

—Tienes que hacerte amigo de Rose, Carl. Es una chica muy trabajadora y muy... muy linda. ¿Sabes lo que me ha llamado esta mañana?

No, pero seguro que se lo iba a contar.

—Su beduino favorito. ¿No es encantadora, entonces?

Mostró los dientes de arriba y sacudió la cabeza con entusiasmo.

Al parecer, la ironía no era precisamente su punto fuerte.

Carl puso su celular a cargar y contempló el pizarrón. El siguiente paso tendría que ser contactar directamente con uno o varios miembros de la banda. Llevaría consigo a Assad para contar con testigos en caso de que hablaran de más.

Además, todavía tenía en la reserva al abogado.

Se acarició el mentón y se mordió la mejilla. Mierda, ¿quién diablos le mandaría a él armarle aquel numerito a la mujer de Bent Krum, el abogado? ¡Le había dicho que Krum tenía un lío con su mujer! ¿Cómo se podía ser tan idiota? Desde luego, concertar una cita con él no iba a mejorar las cosas.

Levantó la vista hacia el pizarrón, donde estaba el teléfono del abogado, y lo marcó.

—Agnete Krum —contestó una voz.

Tras aclararse la garganta, el subcomisario pisó el acelerador y arrancó a hablar varios tonos por encima del habitual. No le molestaba que su fama lo precediera, pero no si era mala.

—No —le explicó la mujer—, ya no vive aquí. Si quiere algo de él, haga el favor de llamarlo al celular.

Le dio el número con voz tristona.

Carl marcó de inmediato y escuchó un mensaje que decía que Bent Krum había ido a poner a punto su barco, pero que al día siguiente estaría localizable en ese mismo número entre las nueve y las diez.

Mierda, pensó mientras volvía a llamar a la mujer. Le informó de que el barco estaba anclado en el puerto de Rungsted.

No se podía decir que le tomara de sorpresa.

—Vamos a salir, Assad, prepárate —le gritó por el pasillo—. Hago una llamada más y listo, ¿de acuerdo?

Marcó el número de Brandur Isaksen, un antiguo compañero y rival de la comisaría del centro que era mitad de las islas Feroe mitad de Groenlandia y con un espíritu casi igual de noratlántico. El carámbano de Halmtorvet, lo llamaban.

—¿Qué quieres? —preguntó.

—Me gustaría que me contaras algo sobre una tal Rose Knudsen que he heredado de ustedes. He oído que les dio algunos quebraderos de cabeza por ahí. ¿Podrías decirme qué hizo exactamente?

Carl no había contado con la carcajada que siguió.

—¿La colocaron contigo? —le preguntó Isaksen en medio de unas risotadas de muy mal agüero, un acontecimiento tan insólito como oírle decir algo agradable—. Te lo cuento así, a grandes rasgos. Primero empotró su Daihatsu contra los vehículos privados de tres compañeros al dar marcha atrás; después dejó una cafetera de Bodum que se salía encima de unas notas manuscritas con las que el jefe pensaba elaborar los informes semanales; mangoneaba a todas las administrativas, mangoneaba a todos los investigadores, metía las narices en su trabajo y, para concluir, y por lo que me han contado, se tiró a dos compañeros en una cena de Navidad.

En aquellos momentos parecía a punto de caerse de la silla, tanta gracia le hacía.

—¿Te la han colocado a ti, Carl? Pues será mejor que no le des nada de beber.

El subcomisario respiró hondo.

—¿Algo más? —preguntó.

—Sí, tiene una hermana gemela. Bueno, no son univitelinas, pero casi igual de raras.

—Ajá, ¿y qué más?

—Pues verás, cuando empiece a llamar a su hermanita desde el trabajo te vas a enterar de lo que son dos tipas cotorreando. En pocas palabras, es torpe, indomable y a veces, enormemente recalcitrante.

Vamos, nada que no supiera ya, aparte de lo de las copas.

Tras colgar el aparato aguzó el oído en un intento de descifrar qué ocurría en el despachito de Rose.

Luego se levantó y se escabulló por el pasillo. Efectivamente, estaba hablando por teléfono.

Se acercó a la puerta y apuntó con la oreja hacia el vano.

—Sí —decía ella en voz baja—, qué remedio. Ya te digo. ¿Tú crees...? Pues muy bien.

Y muchas más cosas por el estilo.

Carl apareció en el hueco de la puerta y la miró con dureza. Tal vez produjera algún efecto.

Al cabo de dos minutos, Rose colgó. Lo del efecto había salido así así.

—¿Qué, de charla con los amigos? —preguntó su jefe con sarcasmo. Al parecer, a la señorita se le resbalaba.

—Los amigos —repitió ella tomando aire—. Sí, supongo que se podría decir así. Era un jefe de sección del Ministerio de Justicia. Sólo llamaba para decirnos que la Kripo esa de Oslo les ha enviado un mensaje poniéndonos por las nubes y diciendo que este departamento es lo más interesante que ha ocurrido en la historia de la policía criminal del norte de Europa en los últimos veinticinco años. Y ahora los del ministerio querían preguntarme si yo sabía por qué no te han propuesto para un ascenso a comisario.

Carl tragó saliva. ¿Otra vez iban a empezar con esa cantinela? Y un carajo, al colegio él no volvía. Eso ya lo tenía más que hablado con Marcussen.

—¿Y tú qué le has dicho?

—¿Yo? Bueno, he cambiado de tema. ¿Qué querías que le dijera?

Buena chica, pensó.

—Oye, Rose —arrancó haciendo un esfuerzo extraordinario. Para un tipo de Brøndslev no era fácil pedir perdón—. Antes he estado un poco desagradable. Olvídalo. El viaje a Madrid fue muy bien. Desde el punto de vista del ocio, bastante por encima de lo común, ahora que lo pienso.

Vi a un mendigo desdentado, me robaron todas las tarjetas y el dinero y recorrí por lo menos dos mil kilómetros con una desconocida tomándome de la mano. Pero, para otra vez, avísame primero, ¿quieres?

Rose sonrió.

—Y, antes de que se me olvide, una cosa más. ¿Fuiste tú la que habló con la asistenta que llamó desde casa de Kassandra Lassen? Se me había olvidado la placa, te acuerdas, y llamó para verificar mi identidad.

—Sí, fui yo.

—Cuando te pidió una descripción de mi aspecto, ¿qué le dijiste? ¿Podrías contármelo?

En sus mejillas se abrieron dos hoyuelos traicioneros.

—Ah, pues le dije que si era un tipo con un cinturón de cuero café, los calcetines metidos en unos zapatones negros del cuarenta y cinco y pinta de no ser ni fu ni fa, había bastantes probabilidades de que fueses tú. Y si, además, te veía una calva con forma de nalgas en la coronilla, entonces acertaba.

Carajo, no tiene ni un átomo de piedad, se dijo mientras se echaba el pelo un poco hacia atrás.

Encontraron a Bent Krum en el muelle 11, sentado en un sillón acolchado que había en la cubierta de popa de un yate que, con toda seguridad, valía mucho más que un tipo como él.

—Es un V42 —comentaba un chiquillo delante del restaurante tailandés del paseo marítimo. Eso es lo que se llama una buena educación, sí señor.

El entusiasmo del abogado Krum al ver subir a bordo de su paraíso a uno de los guardianes de la ley, seguido de un individuo moreno, de pelo ralo, exponente de la Dinamarca alternativa, era más bien escaso, pero no tuvo la menor oportunidad de decir ni pío.

—He estado hablando con Valdemar Florin —lo informó Carl— y él me ha remitido a usted. Lo considera adecuado para hablar en nombre de la familia. ¿Dispone de cinco minutos?

Bent Krum se puso los lentes de sol a modo de diadema. También podría haberlas llevado allí desde el principio, porque no había ni un rayo de sol.

—Cinco minutos y ni uno más. Mi mujer me espera en casa.

El subcomisario sonrió de oreja a oreja. Sí, seguro, decía su sonrisa. Bent Krum tomó buena nota de ello como el perro viejo que era. Tal vez tuviera más cuidado con las mentiras en adelante.

—Valdemar Florin y usted estaban presentes cuando condujeron a aquellos jóvenes a la comisaría de Holbæk en 1986 como sospechosos de haber cometido el crimen de Rørvig. El señor Florin ha insinuado que algunos de los chicos destacaban del resto del grupo y que usted podría darme más detalles al respecto. ¿Sabe a qué se refería?

Allí, bajo el sol, era un hombre muy pálido. No era una cuestión de falta de pigmentos, sino de anemia. De desgaste a causa de todas las bajezas que había tenido que urdir a lo largo de los años. Carl estaba harto de verlo. Nadie más pálido que los policías con asuntos por resolver y que los abogados con demasiados asuntos resueltos.

—¿Que destacaban, dice? Supongo que todos ellos destacaban. Unos jóvenes estupendos, en mi opinión. Y han tenido ocasión de demostrarlo desde entonces, ¿no le parece?

—Sí, bueno —contestó Carl—. Yo no sé mucho de esas cosas, pero con uno que se pega un tiro en sus partes bajas, otro que vive de inflar mujeres a base de bótox y silicona, un tercero que obliga a un puñado de niñas desnutridas a tambalearse de un lado a otro mientras la gente las mira, un cuarto que está en la cárcel condenado a cadena perpetua, un quinto que se ha especializado en hacer que los millonarios se lucren a costa de la ignorancia de los pequeños ahorradores y, para terminar, otra más que lleva doce años viviendo en la calle, la verdad, no sé que decirle.

—No creo que sea buena idea hacer semejantes declaraciones en un espacio público —replicó Krum más que dispuesto a ponerle una demanda.

—¿Público? —repitió Carl echando un vistazo al escenario de madera de teca, fibra de vidrio reluciente y cromo que los rodeaba—. Pero ¿existe algún sitio menos público que éste?

Extendió los brazos con una sonrisa. Muchos lo habrían calificado de cumplido.

—¿Y Kimmie Lassen? —continuó—. ¿Ella no destacaba? ¿No es cierto que su papel dentro del grupo era fundamental? ¿No es cierto que Florin, Dybbøl Jensen y Pram podrían tener cierto interés en que desapareciera de la faz de la tierra sin armar mucho lío?

La sonrisa de Krum le surcó el rostro de arrugas. No era una visión agradable.

—Le recuerdo que ya ha desaparecido. ¡Y por voluntad propia, que conste!

El subcomisario se volvió hacia Assad.

—¿Lo tienes, Assad?

Su ayudante le hizo una señal afirmativa con el lápiz.

—Gracias —concluyó Carl—. Eso era todo.

Se levantaron.

—¿Disculpe? —saltó Krum—. ¿Que si tiene qué? ¿Qué es lo que acaba de pasar?

—Bueno, acaba usted de decir que el grupo estaba interesado en que Kimmie Lassen desapareciera.

—No, de ninguna manera.

—¿Verdad que sí, Assad?

El hombrecillo asintió con vehemencia. Desde luego, era leal.

—Tenemos todo tipo de indicios que apuntan al grupo como responsable de la muerte de los hermanos de Rørvig —dijo Carl—, y no me refiero sólo a Bjarne Thøgersen, de modo que volveremos a vernos, señor Krum. Conocerá además a una serie de personas de las que quizá haya oído hablar, o quizá no, todas ellas muy interesantes y con muy buena memoria. Por ejemplo, Mannfred Sloth, el amigo de Kåre Bruno.

El abogado no reaccionó.

—Y un profesor del internado, Klavs Jeppesen. Por no hablar de Kyle Basset, al que ayer interrogué en Madrid.

Esta vez la reacción de Krum no se hizo esperar.

—Un momento —lo interrumpió tomándolo del brazo.

Carl lanzó una mirada de desprecio hacia su mano y el abogado la retiró a la velocidad del rayo.

—Sí, sí, señor Krum —dijo—. Ya sabemos que siente usted el mayor interés por el bienestar del grupo. Es usted, por ejemplo, presidente del consejo de administración de la clínica Caracas. Puede que ésa sea la principal razón que le permite frecuentar un entorno tan privilegiado.

Señaló hacia los restaurantes del muelle y el estrecho.

No cabía la menor duda de que Bent Krum estaba a punto de salir corriendo como alma que lleva el diablo a hacer una ronda de llamadas a los miembros de la banda.

Así estarían en su punto cuando él fuera a buscarlos. Tal vez hasta tiernecitos.

Assad y Carl hicieron su entrada en Caracas como un par de caballeros amantes de la belleza y deseosos de conocer el entorno antes de decidirse a dejarse aspirar un poquito de grasa de aquí y de allá. La recepcionista trató de detenerlos, pero el subcomisario echó a andar hacia lo que parecía la zona administrativa con paso decidido.

—¿Dónde está Ditlev Pram? —le preguntó a una secretaria cuando al fin se topó con la placa donde decía «Ditlev Pram, director ejecutivo».

La secretaria ya había echado mano al teléfono dispuesta a llamar a seguridad cuando él le mostró la placa y la deslumbró con una sonrisa que hasta la realista madre de Carl habría encontrado irresistible.

—Disculpe que irrumpamos de esta manera, pero tenemos que hablar con Ditlev Pram. ¿Cree que podría conseguir traerlo hasta aquí? Él se alegraría tanto como nosotros.

No cayó en la trampa.

—Lo lamento, pero hoy no vendrá —contestó con tono autoritario—. Si quieren puedo darles una cita. ¿Qué les parece el 22 de octubre a las 14:15?

Pues no iban a hablar con Pram. Mierda.

—Gracias, ya llamaremos —contestó Carl mientras tiraba de Assad.

Iba a avisar a Pram, sin duda. Ya se había dado la vuelta y se dirigía a la terraza con el celular en la mano. Una secretaria muy competente.

—Nos han mandado ahí abajo —dijo Carl señalando hacia las habitaciones al volver a pasar frente a la recepción.

Por el camino fueron objeto de miradas muy atentas a las que ellos correspondieron con corteses inclinaciones de cabeza.

Cuando dejaron atrás la zona de los quirófanos se detuvieron un instante para cerciorarse de que Pram no aparecía. Luego pasaron por una serie de habitaciones individuales de las que salían acordes de música clásica y fueron a parar a la zona de servicio, frecuentada por personas con peor aspecto que iban vestidas con uniformes de menos calidad.

Saludaron a los cocineros y llegaron a la lavandería, donde una hilera de mujeres con un aspecto muy asiático los observaron extraordinariamente asustadas.

Carl estaba dispuesto a apostar cualquier cosa a que si Pram se enteraba de que habían estado allí abajo, se desharía de todas aquellas mujeres en menos de una hora.

En el viaje de regreso, Assad se mostró taciturno. Al llegar a la altura de Klampenborg se volvió hacia su jefe y le preguntó:

—¿Adónde irías si fueras Kimmie Lassen?

Carl se encogió de hombros. ¿Quién podía saberlo? Aquella mujer era impredecible. Al parecer tenía la capacidad de improvisar en la vida como nadie. Podía estar en cualquier parte.

—Pero estamos de acuerdo en que su interés en que Aalbæk dejara de buscarla era grande. Quiero decir que ella y el resto del grupo no eran precisamente carne y uña.

—Uña y carne, Assad; uña y carne.

—Los de Homicidios me han dicho que el sábado por la noche, Aalbæk estuvo en algo que se llama Damhuskroen. ¿Te lo había contado?

—No, pero ya lo había oído.

—Y fue con una mujer, ¿no?

—Eso, en cambio, no lo sabía.

—Carl, si ha matado a Aalbæk no creo que los demás de la banda estén contentos.

Eso por decirlo suavemente.

—Entonces hay guerra entre ellos.

Carl asintió, cansado. Los últimos días no sólo le estaban pasando factura a su cerebro, sino también a su sistema motor. De repente le costaba una barbaridad pisar el acelerador.

—¿No crees que en ese caso volvería a la casa donde encontraste la caja para recuperar las pruebas que tiene contra los demás, entonces?

Carl asintió despacio. Era una posibilidad a tener muy en cuenta. Otra era hacerse a un lado y echar una cabezadita.

—¿Vamos para allá? —concluyó Assad.

Encontraron la casa cerrada y con las luces apagadas. Llamaron un par de veces al timbre. Buscaron el número de teléfono y marcaron. Lo oyeron sonar en alguna de las salas, pero nadie contestó. Parecía inútil. Al menos, Carl no se sentía capaz de hacer mucho más. Las mujeres de cierta edad también tenían derecho a salir de entre las cuatro paredes de su casa de vez en cuando, qué diablos.

—Anda, vámonos —dijo—. Conduce tú, así me echo un sueñecito mientras tanto.

Cuando llegaron a la Jefatura, Rose estaba recogiendo. Se iba a su casa y ya no la verían en el plazo de dos días. Estaba cansada, había trabajado duro el viernes por la tarde, el sábado y parte del domingo. Ya no daba más de sí.

Carl se sentía exactamente igual.

—Por cierto —dijo Rose—, he conseguido hablar con una persona que ha localizado el expediente de Kirsten-Marie Lassen en la Universidad de Berna.

Conque le había dado tiempo a terminar la lista, pensó su jefe.

—Fue muy buena estudiante mientras estuvo allí, nada de equivocaciones, me ha dicho. Por lo que cuenta su ficha, de no haber sido porque perdió a su novio en un accidente de esquí, se podría calificar su estancia allí de agradable.

—¿Un accidente de esquí?

—Sí; por lo que me ha dicho la secretaria, fue un poco raro. En realidad, a veces todavía lo comentan. Su novio era muy buen esquiador, no era propio de él salir de la pista para adentrarse en una zona tan rocosa.

Carl asintió. Un deporte peligroso.

Se encontró a Mona Ibsen frente a la Jefatura con una gran bolsa enorme echada al hombro y una mirada que le dijo que no antes de que él llegara a abrir la boca.

—Estoy considerando seriamente la posibilidad de llevarme a Hardy a casa —le dijo en voz baja—, pero creo que no dispongo de suficiente información sobre cómo podría afectarnos tanto a nosotros como a él desde el punto de vista psicológico.

La miró con ojos cansados. Por lo visto había dado en la diana, porque cuando le preguntó si quería ir a cenar con él para hablar de las consecuencias que una decisión de ese calibre podía tener en cada una de las partes implicadas, la respuesta de la psicóloga fue afirmativa.

—Sí, no estaría mal —contestó regalándole una de esas sonrisas que lo noqueaban como un derechazo en el estómago—. Al fin y al cabo, tengo hambre.

Carl se quedó sin habla. No sabía qué decir. La miró a los ojos con la esperanza de que bastara con su encanto natural.

Después de una hora delante de la comida y cuando Mona Ibsen empezaba a estar a punto de caramelo, se sintió embargado por una sensación de alivio y de entrega tan beatífica que se desplomó dormido sobre el plato.

Primorosamente dispuesto entre el filete de res y el brócoli.

36

El lunes por la mañana las voces habían enmudecido.

Kimmie fue despertando lentamente y paseó la mirada por su antigua habitación con aire aturdido; tenía la mente en blanco. Por un instante creyó que tenía trece años y no había oído el despertador una vez más. ¿Cuántas veces la habían mandado a clase sin más sustento para pasar el día que las pestes que echaban Kassandra y su padre? ¿Cuántas veces había pasado la jornada en su pupitre del colegio de Ordrup soñando con irse mientras le protestaban los intestinos?

Entonces recordó lo que había sucedido un día antes, lo abiertos e inertes que estaban los ojos de Kassandra.

En ese momento empezó a tararear de nuevo su vieja canción.

Una vez vestida, agarró el bulto, bajó a la planta inferior, echó un rápido vistazo al cadáver de Kassandra y se sentó en la cocina a susurrarle los posibles menús a su pequeña.

En esas estaba cuando sonó el teléfono.

Se encogió ligeramente de hombros y levantó vacilante el auricular.

—¿Sí? —contestó imitando la voz afectada y ronca de su madrastra—. Al habla Kassandra Lassen. ¿Con quién tengo el placer?

Una sola palabra le bastó para reconocer aquella voz. Era Ulrik.

—Disculpe que la llame, soy Ulrik Dybbøl Jensen, no sé si me recuerda —se presentó—. Creemos que es posible que

Kimmie se dirija hacia su casa, señora Lassen, y en tal caso le rogamos que tenga usted cuidado y que haga el favor de avisarnos en cuanto entre por la puerta.

Kimmie miró por la ventana de la cocina. Si llegaban por allí, no la verían si se escondía detrás de la puerta. Y los cuchillos de la cocina de Kassandra eran de lo más selecto. Cortaban la carne, por tierna o dura que estuviese, como si fuera mantequilla.

—Si la ve, tenga usted un cuidado extremo, señora Lassen, pero sígale la corriente. Hágala pasar y reténgala. Y llámenos, le prometo que iremos en su auxilio.

Dejó escapar una risita cautelosa para que resultara un poco más plausible, pero no consiguió engañarla. Aún no había nacido el hombre capaz de auxiliar a Kassandra Lassen frente a Kimmie. Estaba demostrado.

Le dio tres números de celular que ella no conocía, el de Ditlev, el de Torsten y el de Ulrik.

—Muchísimas gracias por avisarme —dijo de corazón mientras anotaba los teléfonos—. ¿Y podrían decirme dónde se encuentran? ¿Llegarían a Ordrup rápidamente llegado el caso? ¿No sería mejor que llamara a la policía si fuera necesario?

Era como si lo tuviera delante. En aquellos momentos, lo único que podría hacerle parecer más preocupado sería un crack en Wall Street. ¡La policía! Qué palabra tan fea.

—No, creo que no es buena idea —replicó—. ¿No sabe que a veces tardan más de una hora en presentarse? Bueno, y eso si es que reaccionan. Con los tiempos que corren, señora Lassen... Las cosas ya no son como antes.

Soltó un par de bufidos de desdén para persuadirla de la dudosa efectividad de las fuerzas del orden.

—No estamos lejos de su casa, señora Lassen. Hoy hemos venido a trabajar y mañana subiremos a una finca que tiene Torsten Florin en Ejlstrup. Vamos a ir de cacería a una zona de arboleda cerca de Gribskov que pertenece a sus tierras, pero los tres llevaremos los celulares conectados. Puede llamarnos a cualquier hora y nosotros llegaremos diez veces antes que la policía.

Conque en Ejlstrup, en casa de Florin. Conocía el lugar. Y los tres a la vez. No podía pedir más.

Ya no había prisa alguna.

No la oyó abrir la puerta, pero sí gritar.

—¡Hola, Kassandra! ¡Soy yo, vamos, arriba! —rugió una voz que hizo temblar los cristales y le heló la sangre.

En el vestíbulo se abrían cuatro puertas, una que conducía hacia la zona de la cocina, otra hacia el baño donde se encontraba Kimmie, otra que llevaba a un comedor y de allí a *My room*, donde yacía el cuerpo rígido de Kassandra, y, por último, otra que bajaba al sótano.

Si aquella mujer estimaba en algo su vida, abriría cualquiera de ellas menos la que daba al comedor y a la sala.

—¡Hola! —gritó en respuesta al saludo mientras se ponía los calzones.

Los pasos que se oían al otro lado de la puerta se detuvieron en seco, y al abrir Kimmie se topó con dos ojos desconcertados.

No conocía a aquella mujer; a juzgar por la bata y el delantal de color azul que se estaba poniendo, debía de ser una especie de asistente o empleada del hogar.

—¿Qué tal? Soy Kirsten-Marie Lassen, la hija de Kassandra —se presentó tendiéndole la mano—. Lo siento, pero Kassandra se sentía mal y la han ingresado en el hospital, de modo que hoy no la necesitamos.

Estrechó la mano vacilante de la empleada.

No cabía duda, no era la primera vez que oía su nombre. Su apretón fue rápido y superficial y su mirada estaba alerta.

—Soy Charlotte Nielsen —contestó con frialdad mientras echaba un vistazo hacia el salón por encima del hombro de Kimmie.

—Supongo que mi madre volverá el miércoles o el jueves; la llamaré para entonces. Mientras tanto, yo me ocuparé de la casa.

La palabra *madre* le abrasó los labios; una palabra que jamás había empleado para referirse a Kassandra, aunque ahora lo estimaba necesario.

—Esto está un poco desordenado —dijo la empleada con la mirada clavada en el abrigo de Kimmie, que estaba tirado en la silla Luis XVI del vestíbulo—. Creo que voy a darle un repasito a la casa. De todas formas, tenía que estar aquí todo el día.

Kimmie se colocó delante de la puerta del comedor.

—Oh, es muy amable por su parte, pero hoy no.

Poniéndole una mano en el hombro, la condujo hacia su abrigo.

La mujer no se despidió al marcharse, pero salió con las cejas visiblemente levantadas.

Será mejor que nos deshagamos de ese saco de huesos, se dijo Kimmie, que se debatía entre una tumba en el jardín y el descuartizamiento. De haber tenido ella o Kassandra un vehículo, sabía de un lago en el norte de Selandia donde aún cabían un muerto o dos más.

De pronto se detuvo a escuchar a las voces y recordó qué día era.

¿Por qué tomarse la molestia?, le preguntaban. *Si mañana es el día en que todo va a pasar a formar parte de una unidad superior...*

Estaba a punto de subir al piso de arriba cuando oyó un ruido de cristales rotos en *My room.*

En unos segundos llegó al salón y pudo comprobar que si la empleada se salía con la suya no tardaría en hacerle compañía a Kassandra y quedarse con la misma expresión de pasmo eterno.

La barra de hierro que había utilizado para romper el cristal de la puerta le pasó por delante de la cara con un silbido.

—La has matado, loca. ¡La has matado! —gritaba una y otra vez con lágrimas en los ojos.

¿Cómo era posible que de todos los seres repugnantes que poblaban la tierra precisamente Kassandra fuera objeto de semejante devoción? Le parecía totalmente insólito.

Kimmie se retiró hacia la chimenea y los jarrones.

¿Quieres pelea?, pensó. Pues has dado con la persona indicada.

Violencia y voluntad son indisolubles, el tema no tenía secretos para Kimmie. Eran dos elementos de la vida que ella dominaba a la perfección.

Agarró una figurita *art déco* de latón y la sopesó en la mano. Bien lanzada, podía cortarle las alas a cualquiera con aquel brazo afilado que asomaba de manera tan primorosa.

Apuntó, lanzó y observó sorprendida a la mujer, que repelió el ataque con la barra de hierro.

La figurita se estrelló con fuerza contra el papel pintado y Kimmie retrocedió hacia la puerta con la intención de subir corriendo al piso de arriba. Allí estaba su pistola, preparada y sin seguro. Ése sería, pues, el destino de aquella estúpida arrogante que la había desafiado.

Sin embargo, la empleada no la siguió. Se oían gemidos y rumor de pasos, eso era todo.

Kimmie regresó a hurtadillas a la puerta de la sala y a través de la rendija vio cómo aquella mujer caía de rodillas junto al cuerpo sin vida de Kassandra.

—¿Qué ha hecho ese monstruo? —susurró. Tal vez llorase.

Kimmie frunció el ceño. En todo el tiempo que había pasado haciendo daño a los demás con la banda, jamás se había enfrentado con la pena. Había visto el espanto, la impresión, pero ese sentimiento tierno que es la pena sólo lo había sufrido en carne propia.

Cuando empujó un poco la puerta para ensanchar la rendija y mejorar su visión, la mujer levantó la cabeza bruscamente al oír el chirrido de los goznes.

Al cabo de un instante se abalanzó sobre ella con la barra por lo alto. Kimmie cerró de un portazo y echó a correr escaleras arriba con el cuerpo y la mente llenos de asombro. Tenía que llegar al cuarto donde estaba la pistola. Había que ponerle punto final a aquello. No quería matarla, sólo atarla y neutralizarla. No, no quería dispararle. No quería.

Cada vez le quedaban menos peldaños por delante, pero la mujer le seguía los pasos aullando y al fin logró meterle la barra entre las piernas y hacerla caer en el rellano.

Tardó apenas un segundo en recobrarse, pero ya era tarde. Aquella mujer joven y compacta estaba sobre ella y le apretaba la barra contra el cuello.

—Kassandra solía hablarme de ti —le dijo—. Mi pequeño monstruo, te llamaba. ¿Crees que me he alegrado al verte en el vestíbulo? ¿Que he pensado que tu visita traería algo bueno a esta casa?

Se metió la mano en el bolsillo de la bata y sacó un Nokia arañado.

—Hay un policía que se llama Carl Mørck. Te está buscando, ¿lo sabías? Tengo su número guardado en la agenda, tuvo la amabilidad de darme su tarjeta. ¿No te parece que deberíamos darle la oportunidad de venir a charlar un rato contigo?

Kimmie negó con la cabeza. Trataba de parecer afectada.

—Pero yo no tengo la culpa de la muerte de Kassandra, se ahogó con el oporto mientras hablábamos. Fue una desgracia, una cosa terrible.

—Sí, claro.

Era evidente que la empleada no le creía. Le hincó brutalmente un pie en el pecho y le clavó con fuerza el extremo de la barra en la garganta mientras buscaba el número de Carl Mørck en la pantalla. Estuvo a punto de atravesarla.

—Y tú no hiciste nada para ayudarla, ¿verdad que no, zorra? —continuó—. Seguro que a la policía le interesa mucho lo que les vas a contar, pero no creas que te va servir de nada. Se ve a leguas lo que has hecho.

Dejó escapar una risita.

—En el hospital, nada menos. Tenías que haberte visto la cara cuando lo dijiste.

Localizó el número, pero Kimmie pataleó a la desesperada y la alcanzó en la entrepierna. Cuando la empleada, con los ojos y la boca muy abiertos, aflojó la presión sobre la barra y se inclinó hacia adelante como si tuviera la espalda rota, Kimmie le dio otra patada.

No despegó los labios cuando los pitidos del celular indicaron que estaba marcando el número. Se limitó a clavar el talón en la pantorrilla de su presa, arrancarle a golpes el teléfono, que se estrelló contra la pared, echarse hacia atrás y liberarse de la barra que la joven sostenía ya sin fuerza. Luego se levantó y se la arrebató de las manos.

Le había costado menos de cinco minutos restablecer el equilibrio.

Al ver que la mujer que tenía delante trataba de incorporarse con mirada furiosa, lanzó un resoplido.

—No voy a hacerte nada —le explicó Kimmie—. Sólo te voy a atar a una silla, todo va a salir bien.

Pero la joven sacudió la cabeza de un lado a otro y poco a poco fue echando una mano hacia atrás hasta encontrar la barandilla. Al parecer, buscaba un punto de apoyo. Su mirada vagó inquieta. No estaba derrotada, ni mucho menos.

De repente arremetió contra Kimmie con los brazos tendidos hacia su cuello y le clavó las uñas tan profundamente que le desgarró la carne. Kimmie retrocedió hacia la pared y levantó una rodilla para interponerla entre ambas, lo que le permitió empujar a la empleada hasta dejarla con medio cuerpo asomando por encima de la barandilla a cinco metros del enlosado del vestíbulo.

Le gritó que dejara de resistirse, pero, en vista de que no había nada que hacer, echó la cabeza hacia atrás y le dio un cabezazo en la frente. Todo se volvió negro hasta que en su cerebro se produjo una explosión de destellos.

Después abrió los ojos y se asomó por la barandilla.

La mujer yacía en el suelo de mármol como una crucificada, con los brazos extendidos y las piernas cruzadas. Completamente inmóvil y más muerta que muerta.

Pasó diez minutos sentada en la silla de pasamanería del vestíbulo contemplando aquel cuerpo dislocado y sin vida. Por primera vez veía a una víctima tal como era, una persona que había estado dotada de voluntad propia y del derecho a vivir. Le maravillaba no haber experimentado antes ese sentimiento. No le gustaba. Y las voces le recriminaron aquel modo de pensar.

En ese momento llamaron al timbre. Oyó que alguien hablaba. Dos hombres. Parecían impacientes, golpeando la puerta. Un instante después sonó el teléfono.

Si dan la vuelta a la casa verán el cristal roto. Prepárate para subir corriendo a buscar la pistola, se ordenaba a sí misma. No, ahora.

Subió las escaleras en dos silenciosas zancadas, encontró la pistola y permaneció en el descansillo con el silenciador apuntado hacia la puerta principal. Si esos hombres entraban, desde luego no volverían a salir.

Pero entonces se marcharon. Llegó a entreverlos por la ventana cuando se alejaban hacia el coche.

Un tipo alto que avanzaba dando largas zancadas y un hombrecillo moreno que trotaba a su lado.

37

Carl no lograba borrar de su mente la nefasta conclusión de la velada anterior, con Mona Ibsen retorciéndose de risa al ver su cara de pasmo ribeteada de cebolla acitronada. Tan bochornoso como tener diarrea en la primera visita al cuarto de baño de un ligue en potencia.

Dios, ¿cómo seguir adelante después de algo así?, se preguntó mientras encendía un cigarrillo mañanero.

Luego se concentró. Tal vez hubiera llegado el momento de proporcionarle al Ministerio Fiscal las últimas pruebas de peso que permitieran emitir una orden de detención. El arete de Lindelse Nor; el contenido de la caja, que debería ser suficiente para empezar. Y, si con eso no bastaba, estaba también la relación de Aalbæk con la banda. A Carl no le importaba cómo conseguían llevarlos hasta la sala de interrogatorios, pero una vez que los tuviera allí, ya se encargaría él de que alguno confesara.

Lo que había comenzado como un doble asesinato podía conducirlos a esclarecer otros delitos, quizá incluso algún crimen.

Ya sólo le faltaba una confrontación directa con los miembros de la banda; si formulaba las preguntas oportunas podía llegar a asustarlos, tal vez hasta a separarlos. Y si no podía lograr una prisión preventiva, tendría que intentarlo jugando en su terreno.

Lo más complicado era dar con el eslabón más débil de la cadena. ¿En quién concentrar los primeros ataques? Bjarne Thøgersen era la opción más evidente, claro, pero tantos años en la cárcel le habían enseñado a tener la boca cerrada. Además, contaba con la protección de los barrotes. No tenía por qué hablar con ellos de una cosa por la que ya lo habían condenado. Si querían sacarle algo, primero tendrían que encontrar pruebas irrefutables de nuevos delitos.

No; si no podían empezar por él, ¿entonces por quién? ¿Torsten Florin, Ulrik Dybbøl Jensen o Ditlev Pram? ¿A cuál de los tres sería más fácil hincarle el diente?

Dar con la respuesta adecuada requería conocerlos personalmente, por supuesto, pero su intuición le decía que no iba a ser nada fácil. El ridículo de la víspera en la clínica de Pram lo demostraba. Evidentemente, Ditlev Pram había estado enterado de la llegada de la policía desde el primer momento. Quizá hasta se hallara en las inmediaciones, quizá no, pero independientemente de dónde se encontrara, sabía que ellos dos estaban allí.

Y no dio señales de vida.

No; si quería hablar con alguno de los tres tendría que sorprenderlos en la cama. Por eso Assad y él estaban en danza desde tan temprano esa mañana.

El primero sería Torsten Florin, y no era una elección dejada al azar. En muchos aspectos parecía el más débil, con su figura delgada y esa profesión tan poco masculina. Sus declaraciones a los medios en materia de moda también daban la impresión de que ocultaba algo, era frágil. En eso era diferente a los demás.

Al cabo de dos minutos, Carl recogió a Assad en la glorieta de Trianglen. Esperaban llegar a la finca de Ejlstrup en el plazo de media hora y sorprender a Florin con su más que intempestiva visita.

—Tengo la información sobre la banda —le comunicó Assad desde el asiento del copiloto—. Ésta es la carpeta de Torsten Florin, entonces.

Durante el trayecto por Lyngbyvejen, sacó un expediente de la cartera.

—Su casa me parece una especie de fortaleza —continuó—. Tiene una verja de acero supergigantísima que corta el camino hacia la finca. He leído que cuando da fiestas, los coches de la gente entran de uno en uno, entonces. Y en realidad es verdad.

Carl le echó un vistazo a la hoja impresa en color que sostenía su ayudante. Era complicado hacerse una idea sin perder demasiado de vista la estrecha carretera que serpenteaba a través del bosque de Gribskov.

—Mira esto, Carl. Se ve todo muy bastante bien en la foto aérea. Aquí está la casa de Florin. Aparte del antiguo edificio de la granja, que es donde vive él, y entonces de esta casita de madera —explicó señalando hacia una mancha que aparecía en el mapa—, entonces todo lo demás, incluido este edificio gigante y todas las casitas que tiene detrás, no lo construyeron hasta 1992.

Desde luego era extraño.

—¿No te parece que están dentro de Gribskov? ¿Será posible que le hayan dado una licencia de construcción? —preguntó el subcomisario.

—No, no están dentro del bosque. Entre Gribskov y el bosquecito de Florin pasa un cortas... un cortas...? ¿Cómo se llaman esas cosas, Carl?

—¿Un cortafuegos?

Sentía la mirada algo sorprendida de Assad clavada en él.

—Bueno, lo que sea, se ve muy bien en la foto. Mira. Esa rayita café estrecha. Y ha cercado sus tierras. Con lagos y colinas y todo.

—Vete tú a saber por qué lo habrá hecho. ¿Le dan miedo los *paparazzi* o qué?

—Tiene que ver con eso de que caza.

—Sí, sí. No quiere que los animales de sus terrenos se le escapen al bosque público, conozco a los de su calaña.

En Vendsyssel, de donde era Carl, la gente se reía de los que hacían esas cosas, pero al parecer, en el norte de Selandia era distinto.

Habían llegado a un punto donde el paisaje se abría, al principio en pequeños claros y más adelante en campos amplios de los que aún asomaba el rastrojo.

—¿Ves ese chalé de estilo alpino, Assad?

Señaló hacia una casa baja que había a la derecha y no aguardó respuesta. Destacaba a más no poder en medio del valle anegado por las aguas.

—Al otro lado está la estación de Kagerup. Una vez encontramos allí a una niña que creíamos que estaba muerta. Se había escondido en el aserradero porque le daba miedo un perro que había llevado a casa su padre.

Sacudió la cabeza. ¿Sería ésa la verdadera razón? De repente sonaba inverosímil.

—Gira aquí, Carl —le indicó Assad señalando hacia un letrero donde se leía «Mårum»—. Después tenemos que torcer a la derecha en la punta de la colina. Desde allí son unos doscientos metros cuesta abajo hasta la entrada. ¿Quieres que lo llame antes entonces?

Su jefe negó con la cabeza. Nada, no pensaba darle la oportunidad de que se esfumara como Ditlev Pram.

En efecto, Torsten Florin había cercado su propiedad a conciencia. «Dueholt» decía con enormes letras de latón sobre un bloque de granito que había junto al portón de hierro forjado que asomaba por encima del seto.

Carl se inclinó sobre un interfón que había sobre un poste a la altura de la ventanilla.

—Soy el subcomisario Carl Mørck —anunció—. Ayer hablé con el abogado Bent Krum. Nos gustaría hacerle unas preguntas a Torsten Florin. Sólo será un momento.

El portón tardó al menos dos minutos en abrirse.

Al otro lado del seto, el paisaje era más abierto. Lagos y colinas a la derecha en una pradera asombrosamente lozana para la época del año en la que se encontraban; más abajo, una serie de arboledas que acababan convirtiéndose en un auténtico bosque y, como telón de fondo, la inmensa columnata de robles centenarios de Gribskov con sus copas casi desnudas.

Un buen montón de hectáreas de tierra, se dijo Carl. Tal y como andaban los precios del suelo por la zona, la finca debía de costar varias decenas de millones.

Al girar hacia la casa, que estaba situada junto al bosque, la sensación de riqueza se multiplicó. El edificio de la granja Dueholt era una delicia de cornisas cuidadosamente restauradas y tejas vidriadas en negro. Contaba con varios salones acristalados, probablemente orientados hacia los cuatro puntos cardinales, y el jardín y el patio de la granja estaban tan bien cuidados que harían quitarse el sombrero al mismísimo equipo de jardineros de la reina.

Detrás de la vivienda principal había un edificio de madera pintado de rojo que debía de estar protegido. Al menos, con los casi doscientos años que tenía a sus espaldas, desentonaba del resto. Un contraste innegable con la enorme construcción de acero que asomaba por detrás. Enorme y hermosa. De cristal y metal reluciente, como el Palacio de Cristal de Madrid, que había visto en un póster en el aeropuerto.

El Crystal Palace a lo Ejlstrup.

También había unas cuantas casitas que se arracimaban en la linde del bosque como una aldea, con sus pequeños jardines y sus porches, rodeadas de terrenos surcados donde, al parecer, se cultivaban verduras. Por lo menos quedaban grandes sembrados de poros y coles.

Caray, esto es inmenso, pensó Carl.

—¡Huy, qué bonito! —exclamó Assad.

No vieron a nadie hasta que llamaron a la puerta y salió a abrirles nada menos que Torsten Florin en persona.

El subcomisario le tendió la mano y se presentó, pero Florin, que sólo tenía ojos para Assad, permaneció como un bloque de granito impidiéndoles la entrada.

A su espalda, una escalinata serpenteaba por el vestíbulo en una orgía de cuadros y arañas de cristal. Algo vulgar para un hombre que vivía del buen gusto.

—Nos gustaría hablar con usted de unos hechos con los que creemos que podría estar vinculada Kimmie Lassen. ¿Cree que podría ayudarnos?

—¿Qué hechos? —preguntó secamente.

—El asesinato de Finn Aalbæk el pasado sábado por la noche. Sabemos que hubo varias conversaciones entre Ditlev Pram y Aalbæk. Estaba buscando a Kimmie, eso también lo sabemos. ¿Se lo había encargado alguno de ustedes? Y, en ese caso, ¿por qué?

—He oído ese nombre un par de veces estos días, pero eso es todo lo que sé de Finn Aalbæk. Si Ditlev mantenía conversaciones con ese hombre, deberían hablar con él, no conmigo. Adiós, señores.

Carl metió un pie antes de que pudiera cerrar la puerta.

—Disculpe un momentito. También tenemos una agresión en Langeland y otra en Bellahøj que podrían estar relacionadas con Kimmie Lassen. Tres presuntos asesinatos, de hecho.

Torsten Florin pestañeó varias veces, pero su semblante era pétreo.

—No puedo ayudarlos. Si quieren hablar con alguien, hablen con Kimmie Lassen.

—¿No sabrá usted, por casualidad, dónde está?

Hizo un gesto negativo con una expresión extraña. Carl había visto muchas expresiones extrañas en su vida, pero ésa no la entendía.

—¿Está seguro? —insistió.

—Completamente. No veo a Kirsten-Marie desde 1996.

—Tenemos una serie de pruebas que la relacionan con esos hechos.

—Sí, ya me lo ha comentado mi abogado, y ni él ni yo sabemos nada de esos casos. Les ruego que se vayan, me espera un día muy ocupado. Y si vuelven a pasar por aquí en algún otro momento, no se olviden de la orden judicial.

Su sonrisa era tan provocadora que Carl decidió presionarlo un poco más con un par de preguntas, pero Florin se hizo a un lado y aparecieron tres individuos oscuros que debían de estar esperando detrás de la puerta.

Al cabo de dos minutos volvían a estar en el coche. Amenazados con la hoguera, la prensa, el fiscal general y quién sabe cuántas cosas más.

Si antes pensaba que Torsten Florin era débil, ya no tenía ningún inconveniente en reconsiderar su antiguo punto de vista.

38

La mañana del día en que iba tener lugar la caza del zorro, Torsten Florin, fiel a su costumbre, se despertó al compás de la música clásica y del sonido de unos pasitos breves y ligeros, y al abrir los ojos se encontró con una joven negra con el torso desnudo y los brazos extendidos. En sus manos sostenía, como siempre, una bandeja de plata. Su sonrisa carecía de vida, era forzada, pero eso a él le tenía sin cuidado. No necesitaba su afecto ni su entrega, solamente un poco de orden en su existencia, y orden quería decir cumplir con el ritual al pie de la letra. Así era todo desde hacía diez años y así pretendía que siguiera siendo. Algunas personas con dinero recurrían a esas cosas en sus campañas de *marketing* personal. Torsten lo hacía para sobrevivir a la rutina.

Levantó la servilleta, aspiró su aroma, se la colocó en el pecho y agarró el plato con cuatro corazones de pollo que le tendía la joven con el convencimiento de que sin aquellos órganos recién extraídos de los animales su vida se consumiría.

Se comió el primero de un bocado y a continuación rezó su plegaria para favorecer la caza. Luego dio cuenta de los otros tres corazones y se dejó limpiar el rostro y las manos con un paño con aroma de alcanfor que la muchacha manejaba con destreza.

Después les indicó con una seña a ella y a su marido, que había montado guardia durante toda la noche, que abandonaran la estancia y se dispuso a saborear el espectáculo de los débiles rayos luminosos del día que alboreaba atravesando el bosque. En unas horas se desencadenaría todo. A las nueve estaría listo el grupo de cazadores. Esta vez no buscarían a su presa a la débil luz del alba, iban a vérselas con un animal demasiado astuto y enloquecido. Tendrían que hacerlo a plena luz del día.

Imaginó al zorro azuzado por la rabia y el instinto de supervivencia cuando lo soltaran, con qué facilidad se aplastaría contra el suelo a la espera del momento justo cuando se aproximaran los ojeadores. Una sola dentellada en la ingle de cualquiera de ellos y se acabó.

Pero Torsten conocía a sus somalíes, no permitirían que el zorro se les acercase tanto. Le preocupaban más los cazadores. Bueno, preocupar no era quizá la palabra apropiada porque la mayoría era gente hábil que se había unido a sus juegos muchas veces y suspiraba por vivir su vida al límite. Hombres influyentes que movían los hilos del país. Individuos de miras más altas que las de la gente de a pie. Por eso se encontraban allí. Estaban hechos de otra pasta. No, no se sentía preocupado, sino devorado por una inquietud excitante.

De no haber sido por Kimmie y ese puto policía que había ido a hablar con Krum, y porque casos que hacía mucho que deberían haber caído en el olvido, como los de Langeland, Kyle Basset y Kåre Bruno, volvían a salir a la luz, el día habría sido perfecto.

Ya volvería a ocuparse de ese asunto en el plazo de unas horas.

¿Cómo diablos podía aquel ser inferior, aquel policía que de pronto se le había plantado en la puerta, tener noticias de todo eso?

De pie en el recinto acristalado, en medio del griterío de los animales, observó al zorro mientras los somalíes sacaban la jaula de su rincón. Tenía una mirada salvaje y no dejaba de lanzarse contra los barrotes y morderlos como si fuesen tejidos vivos. Aquellos dientes llenos de bacterias letales que estaban acabando con la vida del animal hicieron que un cosquilleo le bajara por la espalda.

A la mierda la policía, a la mierda Kimmie y a la mierda todas las pequeñeces de este mundo. El paso hacia la antesala de la eternidad que suponía soltar a aquella bestia en medio de todos ellos estaba por encima de cualquier otra consideración.

–No tardarán en enfrentarse a su destino, Señor Zorro –dijo alargando un puño hacia la jaula.

Miró a su alrededor. Era una visión celestial. Más de cien jaulas con todo tipo de animales. Su última adquisición era la jaula de las fieras que acababan de traerle de Nautilus. La habían colocado en el suelo y en su interior había una hiena furiosa que le lanzaba miradas de reojo con el lomo arqueado. La pondrían en la esquina, en el sitio del zorro, con las demás piezas únicas. Ya estaban garantizadas las cacerías hasta Navidad. Lo tenía todo bajo control.

De pronto oyó los coches que entraban en el patio y se volvió sonriente hacia la entrada.

Ulrik y Ditlev llegaban puntuales, como siempre. Un elemento más que marcaba la diferencia.

Al cabo de diez minutos se hallaban en el túnel de tiro, con la ballesta y la mirada en estado de alerta. Ulrik andaba de masoquista y se estremecía de gozo al hablar de Kimmie. De la incertidumbre sobre su paradero. Tal vez se hubiera excedido con las rayas blancas esa mañana. Ditlev, en cambio, tenía la mente despejada y un brillo especial en los ojos. En su brazo, la ballesta parecía una prolongación natural de su organismo.

–Sí, gracias; he dormido de maravilla. Que vengan Kimmie y todos los demás –dijo en respuesta a la pregunta de Torsten–. Estoy listo para lo que sea.

—Estupendo —contestó Torsten. No quería estropear el buen humor de sus compañeros de cacería con la visita del subcomisario Mørck y sus fisgoneos en el pasado. Eso podía esperar a que terminaran los ejercicios de tiro—. Es bueno saberlo, creo que te va a hacer falta.

39

Llevaban unos minutos metidos en el coche a un lado de la carretera, comentando el encuentro con Torsten Florin. Assad era de la opinión de que debían regresar y revelarle que tenían la caja de Kimmie. Creía que eso haría mella en su aplomo. Para Carl, sin embargo, no cabía la menor duda: antes de hablar de esa caja esperarían a tener una orden de detención.

Su ayudante empezó a refunfuñar. Por lo visto, en los desiertos por los que había desgastado las suelas de sus sandalias en sus años mozos, la paciencia no era un fenómeno tan extendido como creía la gente.

Al echar un vistazo hacia la carretera, el subcomisario descubrió los vehículos que se acercaban a una velocidad que excedía los límites permitidos. Eran dos camionetas todoterreno con los cristales polarizados, de esas que los niños grandes tienen que conformarse con admirar en las revistas de coches a escondidas.

—¡Mira nada más! —exclamó al ver pasar el primero. Luego arrancó y salió detrás del segundo.

—Estoy seguro de haber visto de refilón a Ditlev Pram en el coche de delante. ¿Tú te has fijado en quién iba en el otro, Assad? —preguntó cuando ambos se desviaron por el camino de grava que conducía a la propiedad de Florin.

—No, pero he apuntado las dos matrículas. Voy a verificarlas.

Carl se frotó la cara. ¿Y si en ese preciso instante estaban los tres reunidos en casa de Torsten Florin? Si de verdad eran ellos, ¿cuándo volvería a presentársele la oportunidad de tenerlos a los tres juntos?

Y, si se le presentaba, ¿qué obtendría con ello?

Al cabo de un momento, Assad ya había conseguido la información.

—El primer coche está registrado a nombre de una tal Thelma Pram —anunció.

Bingo.

—Y el otro es propiedad de Análisis Financieros UDJ.

Bingo otra vez.

—Así que hay reunión de la banda —dijo Carl consultando el reloj. No eran ni siquiera las ocho de la mañana. ¿En qué andarían?

—Creo que no debemos perderlos de vista, Carl.

—¿Qué quieres decir?

—Ya sabes, entrar y ver qué están haciendo, o sea.

El subcomisario sacudió la cabeza. Demasiado creativo algunas veces, el hombrecillo.

—Ya oíste lo que dijo Florin —le recordó mientras Assad, a su lado, asentía con los ojos muy abiertos—. Necesitamos una orden judicial, y en las actuales circunstancias no nos la van a dar.

—No, pero pueden darnos una si sabemos más, ¿no?

—Sí, claro. Pero no vamos a sacar nada colándonos ahí dentro. Sería completamente improcedente, Assad. No tenemos ningún derecho.

—¿Y si son ellos los que mataron a Aalbæk para borrar sus huellas?

—¿Qué huellas? No es ilegal pagar a un detective para que vigile a alguien.

—No, pero ¿y si Aalbæk encontró a Kimmie y están ahí dentro y la tienen prisionera? Es una posibilidad verosímil, ¿no es una de esas palabras que te gustan? Ahora que Aalbæk está muerto, ellos son los únicos que lo saben si la tienen. Carl, es tu testigo más importante.

El subcomisario veía la que se le venía encima, sí.

—¿Y si la están matando ahora mismo? Tenemos que entrar.

Ya estaba.

Resopló con fuerza. Demasiadas preguntas.

Tenía razón el hombre, pero aun así...

Estacionaron en Ny Mårumvej, junto a la estación de Duemose, y dejaron atrás la vía férrea para seguir los senderos que bordeaban el bosque de Gribskov hasta llegar al cortafuegos. Desde donde estaban veían directamente el pantano y parte del bosque de Torsten Florin. Era espeso y cerrado. Al fondo del todo, en lo alto de la colina, se adivinaba el portón de hierro; por ahí no podría ser. Ya habían reparado en la concentración de cámaras de vigilancia.

Más interesante era el patio central de la antigua granja, donde estaban estacionadas las dos enormes todoterreno y desde donde había vía libre en todas direcciones.

—Creo que todo el cortafuegos está lleno de cámaras, Carl —le informó Assad—. Si queremos cruzarlo hay que ir por ahí.

Señalaba hacia la zona encharcada, donde el cercado estaba tan hundido que apenas era visible. Era el único punto por el que podían cruzar sin ser vistos.

No era muy alentador.

Después tuvieron que pasar media hora cuerpo a tierra y ojo avizor, con los pantalones empapados y llenos de porquería, hasta que vieron aparecer a los tres hombres en el patio. Tras ellos iban dos negros flaquísimos llevando lo que parecían ser unos arcos o algo por el estilo. Los ecos de su conversación llegaban hasta el seto donde se ocultaban, unas voces apagadas que se perdían en la distancia arrastradas por una ligera brisa fría que empezaba a envolverlos.

Luego, los tres desaparecieron en el interior de la casa y los negros partieron rumbo a sus casitas rojas.

Transcurridos diez minutos, aparecieron varios negros más que volvieron a desaparecer en la inmensa nave. Al cabo de unos minutos volvieron a salir cargados con una jaula que subieron a una camioneta. Montaron en la cabina y en la plataforma, junto a la jaula, y el vehículo se perdió en el bosque.

—Si vamos a hacerlo, tiene que ser ahora —dijo Carl mientras arrastraba a un Assad algo reacio a lo largo del seto en dirección a las casitas. Oyeron que había gente en su interior. Un parloteo en una lengua extranjera. El llanto de un bebé y los gritos de unos niños algo mayores. Era una auténtica comunidad.

Al escabullirse por delante de la primera casa observaron un letrero lleno de nombres exóticos.

—Ahí también —susurró Assad señalando hacia el letrero de la siguiente casa—. ¿Tú crees que tienen esclavos?

Seguramente no, pero aquello tenía un curioso parecido con la esclavitud. Era como una aldea africana en medio de un parque, como las casuchas que se apiñaban al abrigo de las grandes mansiones sureñas antes de la Guerra de Secesión.

De repente oyeron ladrar a un perro no demasiado lejos.

—¿Tendrá perros sueltos en la finca? —le preguntó Assad en un susurro preocupado, como si ya lo hubieran oído.

Carl miró a su compañero.

Tranquilo, le dijo sin necesidad de palabras. Si algo había aprendido en los campos de Vendsyssel era que, a menos que se enfrentara uno a diez mortíferos perros de presa, quien mandaba era el hombre. Una buena patada en el momento justo solía poner las cosas en su sitio. Ojalá no armaran tanto escándalo.

Atravesaron a la carrera el tramo descubierto que había junto al patio y repararon en que había posibilidades de rodear la casa por ese lado.

Veinte segundos más tarde estaban con la cara pegada a unos cristales tras los que no ocurría absolutamente nada. Parecía un despacho clásico con muebles de caoba. Las paredes quedaban ocultas por hileras y más hileras de trofeos de caza. Aquello no los llevaba a ninguna parte.

Se dieron la vuelta. Si había algo fuera de lo normal en aquel sitio, tendrían que encontrarlo de inmediato.

—¿Has visto eso? —susurró Assad señalando hacia un cilindro que asomaba por un extremo de la enorme nave acristalada como una prolongación y se adentraba en el bosque. Medía al menos cuarenta metros.

¿Qué diablos será eso?, pensó Carl.

—Vamos —ordenó—, hay que comprobarlo.

La expresión de Assad al entrar en el recinto era digna de pasar a la posteridad. Sí, Carl sentía algo similar. Si Nautilus era un espectáculo impactante para los amantes de los animales, aquello era diez veces peor. Una jaula y otra y otra de animales aterrados. Pieles ensangrentadas de todos los tamaños colgadas a secar por las paredes. Había de todo, desde hámsteres hasta terneros. Feroces perros de presa ladrando; seguramente los que habían oído antes. Enormes monstruos con apariencia de saurios y visones que bufaban. Animales domésticos y exóticos en una mezcolanza insólita.

Sin embargo, nada más lejos del arca de Noé. Era todo lo contrario. De allí no saldría nada con vida, se intuía de inmediato.

Carl reconoció la jaula de Nautilus en el centro de la nave con una hiena gruñendo. De un rincón salían los chillidos de un simio grande, los gruñidos de un jabalí y los balidos de una oveja.

—¿Tú crees que Kimmie puede estar aquí, entonces? —preguntó Assad mientras avanzaba unos pasos.

El subcomisario paseó la mirada por las jaulas. La mayoría de ellas eran demasiado pequeñas para una persona.

—¿Y aquí, entonces? —sugirió su ayudante señalando hacia una columna de congeladores que ronroneaban en uno de los pasillos laterales. Una vez junto a ellos, abrió el primero.

—¡Uf, qué asco! —gritó sacudido por un visible escalofrío de repugnancia.

Carl echó un vistazo al interior del congelador, desde donde varias pilas de animales despellejados lo observaron con sus ojos sin párpados.

—Lo mismo en éstos.

Assad iba abriendo y cerrando un arcón detrás de otro.

—Yo diría que en su mayor parte los usan como alimento —apuntó el subcomisario con los ojos clavados en la hiena. En un lugar como ese, todo bicho viviente debía desaparecer entre las fauces de aquellas criaturas hambrientas a la velocidad del rayo. Una idea aterradora.

Les costó cinco minutos comprobar que no había ningún ser humano en el resto de las jaulas.

—Mira, Carl —exclamó Assad al descubrir el tubo que había visto desde fuera—. Es un campo de tiro.

Efectivamente. Si la policía tuviera un lugar como aquél en la Jefatura, no iba a faltarles movimiento. Un prodigio de última tecnología, con inyectores de aire, y todo.

—Creo que no deberías meterte ahí dentro —le advirtió Carl al verlo adentrarse en el tubo en dirección a las dianas—. Si viene alguien no tendrás dónde esconderte.

Pero Assad no lo oyó. Acababa de descubrir las enormes dianas.

—¿Qué es esto entonces, Carl? —le gritó pegado a una de ellas.

Carl echó un vistazo hacia atrás. No vio nada alarmante, de modo que se reunió con él.

—¿Es una flecha o qué? —insistió su compañero, que señalaba hacia una barra de metal que había perforado el centro del blanco.

—Sí, es un dardo de los que se usan para las ballestas.

Assad lo miró desconcertado.

—¿Qué es eso que has dicho? ¿Para qué? ¿Para las bayetas? El subcomisario suspiró.

—Una ballesta es un arco que se tensa de una manera especial. Dispara con mucha fuerza.

—Bien. Eso lo veo. Y con precisión, Carl.

—Sí, con mucha precisión.

Cuando se volvieron, comprendieron que habían caído en la trampa.

En el otro extremo estaba Torsten Florin con las piernas separadas y tras él asomaban Ulrik Dybbøl Jensen y Ditlev Pram, este último con una ballesta tensada que los apuntaba directamente.

Me quiero morir, pensó Carl; luego gritó:

—Métete detrás de las dianas, Assad, ¡ahora!

Con gesto ágil, sacó la pistola de la funda que llevaba al hombro y apuntó hacia el grupo en el preciso instante en que Ditlev Pram disparaba.

Cuando oyó que Assad se lanzaba hacia el otro lado de la diana, la flecha le atravesó el hombro derecho y la pistola cayó al suelo.

No dejaba de ser curioso, pero no le dolía. Lo único que pudo hacer fue constatar que la flecha lo había desplazado medio metro y ahora tenía la punta clavada en la diana y la pluma sobresaliendo de la herida ensangrentada.

—Caballeros —dijo Florin—, ¿por qué nos ponen en esta situación? ¿Qué vamos a hacer con ustedes?

Carl trató de obligar a su corazón a latir a un ritmo más pausado. Le habían sacado la flecha y rociado la herida con un líquido que casi le hizo perder el sentido, pero había frenado bastante la hemorragia.

Era una situación deplorable. A los tres les costaba ocultar su furia.

Mientras tanto, Assad se resistía como un loco a que los sacaran del túnel y los obligaran a sentarse en el suelo con la espalda contra una de las jaulas.

—¿Es que no saben lo que les pasa entonces a los que les hacen esto a policías en acción? —gritaba.

Carl le dio un empujoncito en el pie con disimulo y eso lo apaciguó un poco.

—La cosa es muy sencilla —dijo Carl; sentía cada palabra como un latigazo en todo el torso—. Ahora nos dejan irnos y ya veremos qué pasa después. No ganan nada con amenazarnos o retenernos.

—¡Claro!

Era Ditlev Pram. Aún llevaba la ballesta lista para disparar. Ya podía apuntar hacia otro lado.

—No somos imbéciles. Sabemos que estamos bajo sospecha por asesinato. Han hecho referencia a varios episodios. Se han puesto en contacto con nuestro abogado. Han encontrado una conexión entre Aalbæk y yo. Piensan que lo saben todo de nosotros y de repente se creen en posesión de eso que ustedes llaman la verdad.

Se acercó y puso sus botas de piel junto a los pies de Carl.

—Pero esa verdad no nos concierne sólo a nosotros tres. Si tienen la suerte de convencer a un montón de gente de eso que creen saber, varios miles de personas se quedarán sin sustento. Las cosas no son tan sencillas, Carl Mørck.

Hizo un gesto hacia cuanto los rodeaba.

—Enormes fortunas quedarán bloqueadas, y eso es algo que no deseamos ni nosotros ni nadie. Así que estoy con Torsten: ¿qué vamos a hacer con ustedes?

—Hay que limpiar esto bien —intervino Ulrik Dybbøl Jensen, aquel hombretón de pupilas dilatadas y voz temblorosa. No cabía duda alguna de sus intenciones. Pero Florin titubeaba, Carl lo advirtió. Titubeaba y pensaba.

—Los soltamos y les damos un millón a cada uno, así, sin más. Dejan el caso y toman el dinero. ¿Qué dicen?

Había que decir que sí, ¿qué otra? Desde luego, en la alternativa era mejor no pensar.

Miró a Assad. Asentía. Chico listo.

—¿Y tú, Carl Mørck? ¿Eres igual de razonable que el amigo Mustafá? —preguntó Florin.

Carl lo miró con dureza y luego asintió también.

—Pero tengo la sensación de que no es suficiente, así que vamos a doblar la oferta. Dos millones para cada uno a cambio de su silencio. Lo haremos con discreción, ¿estamos de acuerdo? —insistió Torsten Florin.

Asintieron los dos.

—Pero antes hay una cosa que necesito aclarar y quiero que contesten con sinceridad. Si me mienten lo sabré, y adiós trato. ¿Entendido?

No esperó a que respondieran.

—¿Por qué me han hablado de ese matrimonio de Langeland esta mañana? Lo de Kåre Bruno lo entiendo, pero ¿ese matrimonio? ¿Qué tiene que ver con nosotros?

—Una investigación minuciosa —contestó el subcomisario—. Tenemos un hombre en la Jefatura que lleva años siguiendo ese tipo de casos.

—Pero si no tiene nada que ver con nosotros —insistió Florin.

—Querías una respuesta sincera y la respuesta es una investigación minuciosa —repitió—. La naturaleza del ataque, el lugar, el método, el momento. Todo encaja con ustedes.

Entonces, la banda decidió demostrar de lo que era capaz.

—¡Contesta! —gritó Ditlev Pram golpeando a Carl en la herida con el mango de la ballesta.

Ni siquiera llegó a gritar, el dolor le hizo un nudo en la garganta. Y Pram golpeó otra vez. Y otra.

—¡Que contestes! ¿Por qué nos relacionan con ese matrimonio de Langeland? —gritaba.

Se disponía a darle con más fuerza cuando Assad lo detuvo.

—Kimmie tenía un arete —aulló—, la pareja del que encontraron en la playa. Lo guardaba en una caja con más pruebas de sus agresiones. Ya lo sabían.

Si le hubiera quedado un ápice de energía en el cuerpo, Carl le habría hecho algún gesto contundente para que cerrara la boca.

Ahora era demasiado tarde.

Lo leyeron de inmediato en el rostro de Torsten Florin. Todo cuanto temían esos tres hombres acababa de hacerse realidad. Había pruebas en contra de ellos, y unas pruebas auténticas.

—Supongo que habrá alguien más en la Jefatura que sepa de la existencia de esa caja. ¿Dónde está ahora mismo?

Carl no dijo nada, se limitó a mirar a su alrededor.

Desde el lugar donde se encontraban hasta la salida había diez metros, y desde allí hasta la linde del bosque, al menos otros cincuenta. Atravesar el bosque sería un kilómetro y detrás se alzaba Gribskov. No había mejor escondite. El único problema era que estaba demasiado lejos y que no veía nada, absolutamente nada, que pudiera servirles como arma. Dos hombres armados con ballestas los apuntaban. ¿Qué podían hacer?

Absolutamente nada.

—Tenemos que hacerlo ahora y dejar esto bien limpio —dijo Ulrik Dybbøl Jensen con voz gangosa—. No hago más que repetirlo. No podemos confiar en estos dos. No son como los demás que han aceptado el dinero.

Pram y Florin se volvieron lentamente hacia su amigo. Eso no ha sido muy inteligente por tu parte, se leía en sus rostros.

Mientras los tres decidían, Assad y Carl intercambiaron varias miradas. Assad le pidió disculpas y Carl lo perdonó. ¿Qué diablos importaba un tropezón cuando había tres hombres sin escrúpulos planeando su muerte?

—De acuerdo, lo haremos, pero no hay mucho tiempo. Los demás no tardarán ni cinco minutos —cedió Florin.

Y, sin mediar palabra, Dybbøl Jensen y Pram se abalanzaron sobre Carl mientras Torsten Florin los cubría a unos metros de distancia con la ballesta. Su eficacia lo tenía totalmente anonadado.

Le taparon la boca con cinta aislante y le ataron las manos a la espalda. Luego le echaron la cabeza hacia atrás y le pusieron más cinta aislante en los ojos. Cuando se revolvió un poco, la cinta se le pegó a los párpados y los levantó un milímetro. A través de esa ínfima rendija, un instante después pudo observar la terrible resistencia que oponía Assad, que repartía patadas y puñetazos y derribó a uno de ellos con un golpe sordo. Ulrik Dybbøl Jensen, al parecer. Estaba paralizado tras recibir un golpe en el cuello con el canto de la mano. Florin dejó la ballesta y acudió en ayuda de Pram. Mientras entre los dos intentaban reducir a Assad, Carl logró ponerse en pie y echó a correr hacia la luz que venía de la puerta.

En su situación, de poco iba a servirle a Assad en aquella contienda. Sólo podría ayudarlo si escapaba.

Los oyó gritar que no llegaría muy lejos, que los chicos de la finca lo atraparían y lo traerían de vuelta. Su destino sería el mismo que el de Assad, la jaula de la hiena.

—¡Qué bien la vas a pasar con ella! —le gritaron.

Están perturbados, le cruzó por la mente mientras intentaba orientarse a través de aquellas diminutas rendijas.

Entonces oyó los coches en la entrada principal. Eran muchos.

Si la gente que llegaba en esos coches era como la que estaba en la nave, ya podía ir despidiéndose de la vida.

40

En cuanto el tren partió traqueteando y el sonido de los travesaños de madera adquirió un ritmo sosegado, las voces arreciaron en la cabeza de Kimmie. No eran insistentes ni escandalosas, sino perseverantes y seguras de sí mismas. Había llegado a acostumbrarse.

Era un tren aerodinámico. Nada que ver con los viejos ferrobuses rojos de Gribskov que la habían llevado hasta allí con Bjarne la última vez muchos años atrás. Habían cambiado tantas cosas...

Aquellos fueron años locos. Habían estado bebiendo, inhalando y divirtiéndose todo el día, desde el momento en que el paisaje empezó a cambiar hasta que Torsten les mostró con orgullo su última adquisición. Bosque, pantano, lago y tierras de labor. El lugar perfecto para un cazador. Bastaba con preocuparse un poco de que las piezas heridas no acabaran en los bosques estatales y ya no se podía pedir más.

Bjarne y ella se burlaron de él. Nada más cómico que un hombre que andaba por ahí con toda seriedad con los pies metidos en unas botas de agua verdes de cordones. Pero él no se daba cuenta de nada. El bosque era suyo y allí era dueño y señor de todo animal de la fauna danesa que mereciera la pena ser cazado.

Pasaron varias horas matando venados y faisanes y al final, un mapache que ella misma le había conseguido en Nautilus, un gesto que Torsten supo apreciar. Después siguieron el ritual viendo *Naranja mecánica* en la sala de proyecciones de su anfitrión. Una jornada como otra cualquiera, del montón, en la que consumieron grandes cantidades de cocaína y sobre todo de alcohol que los dejaron embotados y desprovistos de la energía necesaria para salir en busca de nuevas víctimas.

Ésa fue la primera y la última vez que estuvo allí. Lo recordaba como si acabara de ocurrir, de eso se encargaban las voces.

Hoy están los tres juntos, ¿te enteras, Kimmie? Ahí tienes tu oportunidad, ya está ahí, repetían una y otra vez.

Observó un instante a los demás pasajeros y luego metió una mano en su bolsa de piel y palpó la granada, la pistola con silenciador, la bolsa pequeña y su precioso bultito. Todo cuanto necesitaba estaba en esa bolsa.

Una vez en la estación de Duemose esperó a que recogieran a los demás viajeros madrugadores o se fueran ellos mismos en las bicicletas que aguardaban estacionadas junto a la marquesina roja.

Un conductor se ofreció a llevarla, pero ella se limitó a sonreírle. También así podían usarse las sonrisas.

Cuando el andén se despejó y la carretera quedó igual de desierta que antes de su llegada, bajó de un salto a la vía y echó a andar por los rieles siguiendo la linde del bosque hasta que encontró un sitio donde dejar la bolsa.

A continuación sacó el bolsito pequeño, se lo puso en bandolera, se remetió los jeans por dentro de los calcetines y ocultó la bolsa grande bajo un arbusto.

—Mamá volverá, te lo prometo, mi vida. No tengas miedo —se despidió mientras las voces la apremiaban para que apretara el paso.

Resultaba sencillo orientarse en el bosque público. Continuó unos metros más por el camino, pasó por delante de una pequeña granja y llegó a los senderos que conducían a la parte trasera de la finca de Torsten.

A pesar de la presión impaciente de las voces, tenía tiempo más que de sobra. Alzó la mirada hacia las últimas manchas de color que pendían de las ramas y aspiró el aire para que la fuerza y los colores del otoño se concentraran en aquel aroma.

Hacía años que no sentía algo así. Muchos años.

Al llegar al cortafuegos descubrió que era más ancho que la última vez. Se tendió junto a los últimos árboles y miró por encima en dirección al cercado que separaba el bosque de Torsten del público. Sus muchos años en las calles de Copenhague le habían enseñado que las cámaras de vigilancia no ocupaban mucho espacio. Se tomó su tiempo para analizar cada árbol y cada metro del seto hasta tenerlas todas localizadas. En el tramo donde ella se encontraba había cuatro, dos fijas y otras dos que no dejaban de girar en un ángulo de ciento ochenta grados. Una de las fijas apuntaba directamente hacia ella.

Luego se retiró entre la maleza a considerar su situación.

El cortafuegos tenía una anchura de entre nueve y diez metros y estaba cubierto de una preciosa hierba recién cortada de no más de veinte centímetros de altura; es decir, era una zona llana y despejada. Miró hacia ambos lados. Lo mismo por todas partes. Sólo había una manera de atravesarlo sin ser vista, y no era por la hierba.

Saltando de árbol en árbol. De rama en rama.

Reflexionó. El roble de su lado del cortafuegos era bastante más alto que el haya del otro lado. Sus ramas robustas y retorcidas se extendían cinco o seis metros por encima de la hierba y de las algo más endebles del otro árbol. Un salto desde el árbol más alto hacia el bajo suponía una caída de unos dos metros, pero a la vez había que saltar hacia delante para ir a parar lo más cerca posible del tronco del haya. De lo contrario, las ramas no podrían con su peso.

Nunca se le habían dado bien los árboles. Su madre le tenía prohibido jugar en sitios donde pudiera ensuciarse la ropa, y cuando ella faltó también le faltaron las ganas.

El roble era un árbol magnífico con unas ramas sinuosas llenas de protuberancias y una gruesa corteza. Resultaba sencillo trepar por él.

Era una sensación fantástica.

—Algún día tienes que probar... —se dijo en voz baja mientras seguía subiendo.

Una vez en lo alto empezó a inquietarse. De repente, la distancia hasta el suelo parecía muy real. El salto hasta las resbaladizas ramas del haya, definitivo. ¿Sería capaz? Desde abajo había sido casi un juego, pero allí arriba, no. Si se caía sería el fin. Se rompería los brazos y las piernas. La verían con las cámaras. La agarrarían y la tendrían en sus manos. Los conocía. Los vengadores pasarían a ser ellos.

Permaneció sentada unos minutos calculando la fuerza del impulso. Después se levantó con cuidado y se agarró a las ramas del roble con los brazos echados hacia atrás.

En cuanto saltó supo que había tomado demasiado impulso. Lo supo al volar por los aires y encontrarse con el tronco del árbol de debajo demasiado cerca. Sintió cómo se le partía el dedo en su intento de evitar la colisión, pero los reflejos la ayudaron. Si tenía un dedo inutilizado, le quedaban otros nueve de los que servirse. Ya se ocuparía más tarde del dolor. Aferrada al tronco, comprobó que las hayas tienen menos ramas en la parte baja que los robles.

Descendió hasta donde pudo y luego, agarrada a la rama más baja, calculó que aún quedaban tres o cuatro metros para llegar al suelo. Asió con fuerza la madera y permaneció colgando unos instantes mientras el dedo roto seguía sus propios dictados. Se balanceó hacia el tronco, se enganchó a él con un brazo como pudo, soltó el otro y se dejó caer. Los nudos del último trecho de la corteza le dejaron los antebrazos y el cuello ensangrentados.

Estudió el dedo torcido y lo colocó en su sitio de un tirón que le inundó todo el cuerpo de oleadas de dolor. Pero

Kimmie estaba muda. Se lo habría arrancado a tiros de haber sido necesario.

Después se limpió la sangre del cuello y se adentró entre las sombras del bosque, esta vez por el lado correcto del cercado.

Era un bosque mixto, aún lo recordaba de su anterior cacería. Pequeños grupos de abetos, algunos claros con árboles de fronda recién plantados y enormes extensiones de abedules, espinos, hayas y robles silvestres dispersos aquí y allá.

Había un penetrante olor a hojas podridas. Quince años pateando el empedrado acentúan esas sensaciones.

Las voces le exigían que echara a andar y acabase con aquello de una vez, que fuera ella quien determinara las condiciones del enfrentamiento, pero Kimmie las ignoró. Tenía tiempo de sobra y lo sabía. Cuando Torsten, Ulrik y Ditlev jugaban a sus juegos sanguinarios, no lo dejaban hasta saciarse. Y no eran fáciles de saciar.

—Iré bordeando el bosque y el cortafuegos —dijo en voz alta para que las voces tuvieran que doblegarse—. El camino es más largo, pero llegaremos a la finca de todas formas.

Por eso vio a aquellos hombres morenos que esperaban mirando hacia el bosque. Por eso vio la jaula con aquel animal furioso. Y por eso reparó en los protectores que llevaban por encima de los pantalones hasta la altura de las ingles.

Por eso decidió adentrarse en el bosque y esperar a ver qué curso tomaban los acontecimientos.

Entonces resonaron los primeros gritos y cinco minutos después, los primeros disparos.

Estaba en el territorio de los cazadores.

41

Corría con la cabeza echada hacia atrás y vislumbraba el suelo a sus pies como un centelleo que iba alternando hojas secas y ramas traicioneras. Por detrás, a lo lejos, oyó durante algún tiempo las furibundas protestas de Assad hasta que al fin lo envolvió el silencio.

Aminoró el paso. Luchó contra la cinta aislante de las muñecas. La nariz reseca por la dificultad de respirar. La nuca doblada para alcanzar a ver algo.

Tenía que quitarse la cinta de los ojos, eso lo primero. No tardarían en llegar de todas partes. Los cazadores de la finca y los ojeadores de sabe Dios dónde. Hizo un giro completo y no vio más que árboles y más árboles por las estrechas rendijas que dejaba la cinta aislante. Después echó a correr unos segundos más hasta que una rama baja lo golpeó en la cabeza y le hizo caer hacia atrás.

—Me lleva el diablo —se lamentó—. Me lleva el maldito diablo.

Consiguió incorporarse a duras penas y escogió una rama tronchada que había a la altura de su cabeza. Luego se acercó cuanto pudo al tronco, logró pasar la punta doblada de la rama por debajo de la cinta y que saliera en paralelo a la aleta de la nariz y se agachó muy lentamente. La cinta se le tensó por la nuca, pero no llegó a desprenderse de la zona de los ojos. La tenía demasiado pegada a los párpados.

Volvió a tirar intentando mantener los ojos cerrados, pero sentía que los párpados seguían la dirección del movimiento y los ojos se le ponían en blanco.

—Mierda, mierda, mierda —maldijo sacudiendo la cabeza de un lado a otro mientras la rama le arañaba el párpado.

Oyó por primera vez los gritos de los ojeadores. No estaban tan lejos como esperaba, quizá a unos centenares de metros, aunque era difícil determinarlo allí, en el bosque. Al levantar la cabeza para sacar la rama de la cinta comprobó que veía más o menos bien con un ojo.

Por delante de él se extendía un bosque tupido. La luz se filtraba de una manera bastante irregular y, a decir verdad, no tenía la menor idea de qué era el norte y qué el sur. Eso le bastó para comprender que aquello podía ser el principio del fin de Carl Mørck.

Los primeros disparos resonaron cuando acababa de entrar en el primer claro; los ojeadores estaban tan cerca que no le quedó más remedio que echarse al suelo. Por lo poco que podía ver, el cortafuegos estaba algo más adelante y tras él arrancaban los senderos que atravesaban la zona pública del bosque. A tiro de piedra, no habría más de setecientos u ochocientos metros hasta el lugar donde había estacionado el coche, pero ¿de qué le servía si no sabía en qué dirección?

Veía las aves que levantaban el vuelo por encima de los árboles y oía movimiento en el monte bajo. Los ojeadores gritaban y golpeaban tacos de madera unos contra otros. Los animales huían.

Si llevan perros, me encuentran en dos patadas, pensó mientras bajaba la mirada hacia un montón de hojarasca que el viento había acumulado junto a un tronco que formaba una «y».

Cuando saltaron los primeros corzos se estremeció sobresaltado, rodó instintivamente hacia el montón de hojas y se retorció, se arqueó y se agitó hasta quedar enterrado.

Ahora respira con calma y muy, muy despacio, pensó en el interior de aquel montón que olía a humus. Carajo, ojalá que Torsten Florin no hubiese pertrechado a sus ojeadores con teléfonos celulares y no pudiera avisarles de que en ese preciso instante andaba por allí un policía suelto que por nada del mundo debía escapar. ¡Ojalá! Pero ¿era probable? ¿Sería posible que un hombre como Florin no hubiese tomado precauciones? No, imposible. Los ojeadores sabían perfectamente qué y quién había por delante, por supuesto.

Una vez oculto entre las hojas descubrió que se le había vuelto a abrir la herida y sintió que la sangre que iba perdiendo lentamente le pegaba la camisa al cuerpo. Si había perros, lo olfatearían en un santiamén. Y si tenía que permanecer mucho rato allí tumbado, se desangraría.

Así, ¿cómo diablos iba a poder ayudar a Assad? Y si, contra todo pronóstico, sobrevivía y Assad moría, ¿cómo iba a mirarse al espejo? No podría. Ya había perdido a un compañero. Ya le había fallado a un compañero. Así era.

Respiró hondo. No podía volver a suceder. Aunque le valiera arder en el infierno. Aunque le supusiera pudrirse en la cárcel. Aunque le costase la vida.

Se apartó las hojas de la cara de un soplido y oyó un murmullo que no tardó en cobrar fuerza y transformarse en jadeos y débiles gruñidos. Sintió que su pulso iba en aumento y que la herida del hombro le latía con violencia. Si era un perro, aquello era el fin.

A lo lejos, los pasos decididos de los ojeadores resonaban cada vez más nítidos. Reían, gritaban, sabían cuál era su cometido.

De pronto cesaron los chasquidos del avance del animal a través de la maleza y Carl supo que lo estaba observando.

Se apartó un par de hojas más de la cara de otro soplido y se encontró frente a frente con la cabeza inclinada de un zorro. Tenía los ojos inyectados en sangre, jadeaba como si estuviera gravemente enfermo y todos sus músculos se agitaban como si el frío de la escarcha le hubiese calado hasta los huesos.

Al verlo parpadear entre las hojas empezó a bufar, y bufó también cuando Carl dejó de respirar. Le enseñó los dientes con un gruñido demente y se arrastró hacia él con la cabeza gacha.

De repente se puso rígido. Levantó la cabeza y miró hacia atrás como si olfateara el peligro. Luego se volvió de nuevo hacia el policía y, como si tuviese capacidad de raciocinio, reptó por la tierra en dirección a él, se echó a sus pies y se enterró en la hojarasca con su hocico purulento.

Aguardó con la respiración entrecortada. Oculto por las hojas. Exactamente igual que él.

Algo más allá, una bandada de perdices se concentró en un rayo de sol. Cuando volvieron a alzar el vuelo, espantadas por el estruendo de los ojeadores a través del bosque, se oyeron varios escopetazos. Y a cada disparo una oleada de frío sacudía a Carl mientras algo se estremecía a sus pies.

Vio a los perros de los cazadores cobrándose las piezas e inmediatamente después a sus amos, que se recortaban como siluetas contra los matorrales desnudos.

Serían nueve o diez en total. Botas de cordones y pantalones bombachos todos ellos. A medida que se fueron acercando reconoció a varios, personajes de las más altas esferas. ¿Puedo dejarme ver?, se preguntó por un instante. Entonces reparó en que el anfitrión y sus dos amigos, estos últimos con las ballestas cargadas, les iban pisando los talones a los más adelantados. Si Florin, Dybbøl Jensen o Pram lo descubrían, dispararían sin detenerse a preguntar. Harían que pareciera un accidente de caza. Convencerían a los demás cazadores para que los secundaran. El sentimiento de unión era muy fuerte, le constaba. Le quitarían la cinta aislante y harían que pareciese un accidente.

La respiración de Carl empezó a entrecortarse tanto como la del zorro. ¿Qué sería de Assad? ¿Y qué sería de él?

Cuando estaban a apenas unos metros del montón de hojas, con los perros gruñendo y el animal que yacía a sus pies respirando audiblemente, de pronto el zorro dio un salto, se abalanzó sobre el cazador que iba más adelantado y le desgarró la ingle con todas las fuerzas de su pequeña dentadura. El hombre dejó escapar un chillido horripilante, un grito de auxilio traspasado de una angustia mortal. Los perros lanzaban dentelladas hacia el zorro, pero él les hizo frente con furia, orinó con las patas separadas y trató de salvar la vida con un salto mientras Ditlev Pram se disponía a disparar.

No oyó el silbido de la flecha por el aire, pero sí el aullido del zorro a lo lejos, sus gruñidos y su lenta agonía.

Los perros husmearon la orina del animal y uno de ellos metió el hocico en el punto donde se había echado, a los pies de Carl, pero a él no lo olió.

Dios bendiga a ese zorro y esa meada, pensó el subcomisario cuando los perros empezaron a reunirse alrededor de sus amos. El herido que yacía en tierra a unos metros de distancia se retorcía entre espasmos en las piernas y chillidos de dolor. Sus compañeros de cacería, inclinados sobre él, presionaban la herida. Después hicieron jirones unos pañuelos, le vendaron la pierna y lo levantaron.

–Buen disparo, Ditlev –oyó que le felicitaba Torsten Florin cuando Pram regresó con el cuchillo ensangrentado y la cola del zorro en la mano. Después, volviéndose hacia los demás, anunció–: Se acabó la cacería, amigos, lo lamento. ¿Quieren encargarse de que Saxenholdt llegue al hospital lo antes posible? Voy a avisar a los ojeadores para que carguen con él. Asegúrense de que lo vacunen contra la rabia, con estas cosas nunca se sabe, ¿verdad? Y no dejen de presionar con fuerza en la arteria, ¿de acuerdo? Si no, lo pierden.

En respuesta a sus gritos por entre la espesura, un grupo de hombres negros surgió de entre las sombras. Mandó a cuatro de ellos con los cazadores y ordenó a los otros cuatro que se quedaran. Dos llevaban rifles como el suyo.

Cuando los cazadores desaparecieron y dejaron de oírse los gemidos del herido, los tres compañeros de estudios y los cuatro hombres oscuros se colocaron en círculo.

—No andamos muy sobrados de tiempo —dijo Florin—. Ese policía no es mucho mayor que nosotros, no hay que subestimarlo.

—¿Qué hacemos con él si lo vemos? —preguntó Dybbøl Jensen.

—Imaginen que es un zorro.

Permaneció largo rato escuchando hasta que estuvo seguro de que se habían dispersado e iban de camino hacia el otro extremo del bosque. En principio tenía vía libre hacia la casa. Vía libre siempre que los demás negros no volvieran a terminar la labor.

Ahora corre, se dijo, y estiró el cuerpo y echó hacia atrás la cabeza para que el ojo que tenía más o menos despejado pudiera dirigirlo a través del espeso sotobosque.

A lo mejor hay un cuchillo en la nave. A lo mejor puedo cortar la cinta. A lo mejor Assad está vivo. A lo mejor Assad está vivo, le pasaba por la mente mientras la ropa se le enganchaba en la maleza y un chorro de sangre le escurría por el hombro.

Estaba helado. Le temblaban las manos a la espalda. ¿Habría perdido ya demasiada sangre, sería demasiado tarde?

De pronto oyó a escasa distancia el sonido de varias camionetas todoterreno que aceleraban y se alejaban. Ya no podía estar muy lejos.

Eso era lo que estaba pensando cuando una flecha le pasó silbando tan cerca de la cabeza que pudo sentirla. Se clavó con tanta fuerza en el tronco que tenía delante que habría sido imposible sacarla.

Se retorció como pudo, pero no vio nada. ¿Dónde estaban? Entonces se oyó un disparo y parte de la corteza del árbol saltó.

Los gritos de los ojeadores se oyeron con más claridad. Corre, corre, corre, chillaba una voz en su interior. No te caigas. Detrás de ese arbusto y luego detrás del siguiente para que no me tengan a tiro. ¿Habrá algún sitio donde pueda esconderme? ¿Lo habrá?

Sabía que estaban a punto de darle caza. Sabía que no iba a ser una muerte fácil. Así se satisfacían esos cabrones.

El corazón le latía con tanta fuerza que lo oía claramente.

Saltó por encima de un riachuelo y a punto estuvo de perder los zapatos en el lodo. Las suelas pesadas, como de plomo, las piernas abotargadas, como de madera. Tú corre, corre.

Intuyó un claro algo apartado. Debía de ser el punto por donde había entrado con Assad, teniendo en cuenta que el riachuelo estaba justo a su espalda. Ahora había que ir a la derecha. Arriba y a la derecha, ya no podía quedar mucho.

Volvieron a disparar, pero esta vez la flecha salió muy desviada. De repente se encontró en el patio de la granja. Completamente solo, con el corazón palpitante y a apenas diez metros del amplio portón de la nave.

Estaba a medio camino cuando otra flecha se clavó en el suelo, a sus pies. No fue casualidad que no diera en el blanco. La habían disparado con el único fin de advertirle que si no se detenía habría otra más.

Todos sus mecanismos de defensa se vinieron abajo. Dejó de correr. Se detuvo con la cabeza gacha y esperó a que se abalanzaran sobre él. Aquel hermoso patio adoquinado sería el altar de su propio sacrificio.

Tomó aire y se volvió lentamente. Los tres hombres y sus cuatro ojeadores no eran los únicos que lo observaban, inmóviles. También había un puñado de negritos de ojos curiosos.

—Ya está, pueden irse —dispuso Florin. Los negros abandonaron el grupo y azuzaron a los niños para que los acompañaran.

Finalmente solo quedaron Carl y los tres hombres. Estaban sudorosos y lucían una sonrisa irónica. La cola del zorro colgaba de la ballesta de Ditlev Pram.

La cacería había terminado.

42

Avanzó a empellones con los ojos clavados en el suelo. La luz de la nave era muy fuerte y no deseaba ver así los restos de Assad. Se negaba a ser testigo de lo que las contundentes mandíbulas de una hiena eran capaces de hacer con un cuerpo humano.

En realidad no quería ver ni eso ni nada más. Podían hacer de él lo que gustaran, pero no tenía intención alguna de mirar cómo lo hacían.

De repente se oyó la risa de uno de ellos, una risa que le salía de las entrañas y no tardó en arrastrar a los otros dos a un desagradable coro de carcajadas que lo obligó a cerrar los ojos con toda la fuerza que le permitía la cinta aislante.

¿Cómo podían reírse de la desdicha y la muerte de otra persona? ¿Qué era lo que los había llevado a estar tan mal de la cabeza?

Entonces oyó una voz que escupía maldiciones en árabe, unos desagradables sonidos guturales destinados a engendrar rabia, pero que durante el breve instante en que perdió la noción de la gravedad de su situación le hicieron tan indescriptiblemente feliz que levantó la cabeza.

Assad estaba vivo.

Al principio no localizaba la procedencia del sonido, tan solo veía los relucientes barrotes de acero y a la hiena, que los observaba de reojo, pero al echar la cabeza hacia atrás descubrió a Assad, que se había encaramado a lo alto de la jaula como un mono y desde allí se defendía con la mirada extraviada y los brazos y el rostro cubiertos de arañazos.

Sólo entonces reparó Carl en la fea cojera de la hiena. El animal renqueaba como si le hubiesen cortado una pata de un tajo. A cada tímido paso que daba, lanzaba un gemido. Las risas de los tres hombres enmudecieron.

—Marranos —resonaban los irrespetuosos gritos de Assad desde las alturas.

Carl estuvo a punto de sonreír bajo la cinta. Ni siquiera a tan corta distancia de la muerte dejaba de ser él mismo.

—Tarde o temprano caerás y entonces te verás cara a cara con ella —bufó Florin, que al ver a la joya de su zoológico mutilada de aquel modo echaba fuego por los ojos. Pero aquel demonio tenía razón. Assad no podría quedarse ahí arriba para siempre.

—No sé yo —dijo la voz de Ditlev Pram—. Ese orangután no parece muy asustado que digamos. Si se cae encima de la hiena con ese corpachón, no va a ser ella la que salga ganando.

—Pues que muera la hiena. Al fin y al cabo no ha cumplido con la misión para la que ha venido a este mundo —replicó Florin.

—¿Y qué vamos a hacer con estos dos hombres?

Era una pregunta tranquila, formulada en un tono muy diferente al de los otros dos. Ulrik Dybbøl Jensen volvía a intervenir. Parecía menos alterado que antes. Más sensible. La cocaína solía tener ese tipo de efectos secundarios en la gente.

Carl se volvió hacia él. De haber podido hablar habría dicho que los dejaran marchar. Que matarlos era inútil, absurdo y peligroso. Que si no aparecían al día siguiente, Rose les echaría encima a todos los departamentos policiales. Que registrarían la finca de Florin y encontrarían algo. Que tenían que soltarlos y luego irse a la otra punta del planeta y quedarse allí bien escondidos para el resto de sus existencias. Que ésa era su única oportunidad.

Pero no podía hablar. Llevaba la cinta aislante de la boca demasiado tirante. Además, no habrían mordido el anzuelo.

Torsten Florin no descansaría hasta haber borrado todas las huellas de su fechoría, aunque eso supusiera prender fuego a todo. Y Carl lo sabía.

—Echar a este con el otro. Me da igual lo que pase —contestó Florin con calma—. Esta noche volvemos para dar un vistazo y, si no están liquidados, les echamos algún animal más. Hay dónde elegir.

De repente, Carl empezó a hacer ruidos y a dar patadas. No se le acercarían sin encontrar resistencia. Otra vez, no.

—¿Qué diablos pasa, Carl Mørck? ¿Alguna queja?

Ditlev Pram se aproximó a él esquivando sus desmañados patáleos, alzó la ballesta y le apuntó directamente al ojo con el que veía.

—Quietecito —le ordenó.

Carl consideró la posibilidad de dar una patada más y acabar con todo aquello de una vez, pero no hizo nada, y Pram alargó la mano que le quedaba libre, agarró la cinta que cubría los ojos de subcomisario y tiró.

Fue como si le arrancaran los párpados, como si los ojos se le hubieran quedado al descubierto en las cuencas. La luz le taladró la retina y lo cegó unos momentos.

Después los vio. A los tres de una vez. Con los brazos abiertos, como si fueran a estrecharlo entre ellos. Con una mirada que decía que aquél era su último combate.

A pesar de que había perdido mucha sangre y se sentía enormemente débil, trató de alcanzarlos con el pie una vez más y les rugió desde detrás de la cinta que eran unos cabrones y no escaparían a su destino.

Aún no había acabado de gritarles cuando una sombra se deslizó rápidamente por el suelo a sus pies. Florin también la vio. Despues se oyó un golpeteo al fondo de la nave, y otro, y otro más. Unos gatos pasaron frente a ellos en dirección a la luz. Después, los gatos se convirtieron en mapaches y en armiños y en aves que aleteaban hacia el armazón de aluminio que soportaba el tejado de cristal.

—¿Qué diablos está pasando? —gritó Florin mientras Ulrik Dybbøl Jensen observaba embobado la carrera paticorta de un jabalí de Indonesia por los pasillos que separaban las jaulas. La actitud de Ditlev Pram se transformó y, con la mirada alerta, levantó con cuidado la ballesta que había apoyado en el suelo.

Carl retrocedió. Aquel repiqueteo que surgía del fondo de la nave era cada vez más intenso. El sonido de la libertad se multiplicaba con creces.

Oyó la risa de Assad desde lo alto de los barrotes, oyó las maldiciones de aquellos tres individuos y oyó patas, gruñidos, bufidos, silbidos y un batir de alas.

Pero no oyó a la mujer hasta que la vio.

Apareció de pronto, con los jeans metidos por dentro de los calcetines, la pistola con silenciador en una mano y la otra torpemente aferrada a un pedazo de carne congelada.

Estaba magnífica allí de pie, con su bolsa en bandolera. Realmente hermosa. Con el rostro muy sereno y los ojos brillantes.

Los tres hombres se quedaron mudos al verla y dejaron de prestar atención a todos los animales enloquecidos que corrían de un lado a otro. Parecían paralizados. No por la pistola ni por aquella mujer, sino por lo que representaba. Era tan evidente como el negro linchado frente al clan, como el librepensador frente al inquisidor.

—Hola —los saludó al tiempo que inclinaba la cabeza ante cada uno de ellos—. Suelta eso, Ditlev.

Señaló hacia la ballesta de Pram y les pidió que retrocedieran un paso.

—¡Kimmie! —intentó Ulrik Dybbøl Jensen. Era un grito lleno de afecto y miedo. Tal vez más afecto que miedo.

Ella sonrió cuando una ágil pareja de nutrias se detuvo a olisquearle las piernas a uno de ellos antes de desaparecer rumbo a la libertad.

—Hoy todos seremos libres —anunció—. ¿No es un día maravilloso?

Y mirando a Carl a los ojos, continuó:

—Eh, tú, pásame esa correa de una patada.

Le indicó dónde estaba, asomando por debajo de la jaula de la hiena.

—Ven aquí, bonita —susurró hacia la jaula donde jadeaba el animal herido, aunque sin perder de vista en ningún momento a sus tres prisioneros—. Ven, que está muy bueno.

Echó el pedazo de carne al otro lado de los barrotes y aguardó a que el instinto del hambre venciera al del miedo. Cuando al fin la hiena se acercó, Kimmie levantó el dogal del suelo y lo introdujo con cautela por entre las barras de metal de manera que el lazo quedara en el suelo alrededor de la carne.

El animal, confundido al verse rodeado de tantas personas y en tan gran silencio, tardó algún tiempo en rendirse.

Cuando agachó la cabeza para morder la comida y Kimmie tiró, la hiena quedó atrapada y Ditlev Pram echó a correr hacia la puerta mientras los otros dos chillaban de rabia.

Levantó la pistola y disparó. Pram se desplomó y al golpearse la cabeza contra el pavimento empezó a lanzar sonoros gemidos. Mientras tanto, Kimmie logró atar la correa a los barrotes a duras penas y dejó al animal retorciendo la cabeza de un lado a otro en sus intentos de liberarse.

—Arriba, Ditlev —dijo sin alzar la voz.

Al ver que no podía, condujo hasta él a los otros dos y les ordenó que lo llevaran de vuelta al punto de partida.

Carl ya había tenido ocasión de ver otros disparos que habían detenido a fugitivos, pero nada tan limpio y efectivo como aquella herida, que había partido en dos la cadera de aquel tipo.

Ditlev Pram estaba blanco como la cera, pero no decía nada. Era como si Kimmie y aquellos tres hombres se hallaran en mitad de una ceremonia impostergable. Algo mudo y silencioso, pero de sobra conocido.

—Abre la jaula, Torsten.

Después levantó la vista hacia Assad.

—Tú eres el que me encontró en la estación. Ya puedes bajar.

—¡Alabado sea Alá! —se oyó en las alturas. Assad desenroscó las piernas de la reja y se dejó caer. Al llegar al suelo era incapaz de tenerse en pie o caminar. Tenía todos los miembros dormidos desde hacía largo rato.

—Sácalo, Torsten —ordenó Kimmie sin perderse uno solo de sus movimientos hasta que Assad estuvo fuera de la jaula.

—Ahora, métanse los tres —les dijo en tono tranquilo.

—¡Dios, no, deja que me vaya! —susurró Ulrik—. Yo nunca te hice daño, ¿no te acuerdas, Kimmie?

Intentó apelar a su compasión con gesto lastimero, pero ella no reaccionó.

—Vamos —se limitó a contestar.

—Para eso, mátanos directamente —dijo Florin mientras ayudaba a Ditlev a entrar en la jaula—. Ninguno de nosotros sobrevivirá en una cárcel.

—Lo sé, Torsten. Y te voy a hacer caso.

Pram y Florin guardaron silencio, pero Ulrik Dybbøl Jensen empezó a sollozar.

—Nos va a matar, ¿es que no se dan cuenta?

Cuando la puerta de la jaula se cerró con un golpe, Kimmie se echó hacia atrás sonriente y lanzó la pistola hacia el fondo de la nave con todas sus fuerzas.

La oyeron aterrizar con claridad, metal contra metal.

Carl se volvió hacia Assad, que se frotaba los miembros con una sonrisa en los labios. Si ignoraba la sangre que seguía escurriéndole por el brazo, las cosas habían tomado un rumbo más grato.

De repente, los tres hombres empezaron a gritar quitándose las palabras de la boca.

—¡Eh, tú, ve a atraparla! —le chilló uno a Assad.

—¡No confíes en ella! —lo azuzó Florin.

Pero aquella mujer no se movió ni un milímetro. Se limitaba a contemplarlos en silencio como quien ve una vieja película que ya había caído en el olvido y ahora recuerda un poco a regañadientes.

Luego se acercó a Carl y le quitó la cinta de la boca.

—Sé quién eres —dijo.

Nada más.

—Lo mismo digo —contestó él antes de aspirar una liberadora bocanada de aire.

Su intercambio de impresiones hizo que los hombres abandonaran sus protestas.

Florin se aproximó a los barrotes.

—Policías, si no reaccionan ahora mismo, dentro de cinco minutos la única que va a respirar aquí dentro va a ser ella, ¿se dan cuenta?

Miró a Carl a los ojos y después a Assad.

—Kimmie no es como nosotros, ¿comprenden? La que mata es ella, no nosotros. Es cierto que hemos atacado a unas cuantas personas, que les hemos pegado hasta dejarlas inconscientes, pero la única que ha matado es Kimmie, ¿entienden?

Carl sacudió la cabeza de un lado a otro con una sonrisa. Así eran los supervivientes como Florin. Para ellos, una crisis no era más que el comienzo de un nuevo éxito. Nadie estaba acabado para siempre hasta que no llegaba el tipo de la guadaña. Luchaba, y lo hacía sin escrúpulos. ¿Acaso no acababan de intentar matarlo? ¿No habían arrojado a Assad a la jaula de la hiena?

Se volvió hacia Kimmie. Esperaba encontrar una sonrisa, no aquella mueca fría y gozosa. Los escuchaba como en un trance.

—Sí, mírala. ¿Tú la ves protestar? ¿Crees que tiene un solo sentimiento? Fíjate en su dedo. Lo lleva colgando. ¿Llora? No, ella no llora por nada, y tampoco llorará por nuestra muerte —dijo Ditlev Pram, que estaba tendido en el suelo de la jaula con el puño apretado contra la repulsiva herida.

450

En un instante, todo el horror que la banda había desencadenado pasó ante los ojos del policía. ¿Habría algo de verdad en lo que estaban diciendo o sólo formaba parte del juego?

Entonces volvió a tomar la palabra Torsten Florin. Ya no era el rey, el director de la orquesta. No era más que lo que era.

—Actuábamos siguiendo órdenes de Kristian Wolf, ¿me oyen? Escogíamos las víctimas de acuerdo con sus instrucciones y arremetíamos contra ellas de forma colectiva hasta que dejaba de divertirnos. Mientras tanto, esta condenada esperaba a que le llegara el turno con la cabeza echada hacia atrás. A veces ella también tomaba parte en los castigos, naturalmente.

Hizo una pequeña pausa y asintió, como si estuviera viendo la escena.

—Pero la que mataba siempre era ella, créanme. Menos aquella vez que Kristian discutió con Kåre, su ex, la que mataba siempre era ella. Nosotros le allanábamos el camino, nada más. Ella era la asesina. Sólo ella. Y le gustaba.

—¡Oh, Dios! —gimoteó Ulrik Dybbøl Jensen—. Tienen que detenerla, ¿es que no lo entienden? Torsten está diciendo la verdad.

Carl sintió que los ánimos cambiaban, no sólo a su alrededor, sino también en su interior. Advirtió que Kimmie abría la bolsa muy despacio, pero, atado y extenuado como estaba, no pudo hacer nada. Vio que los hombres contenían el aliento. Observó que Assad se había dado cuenta de lo que estaba ocurriendo y trataba desesperadamente de ponerse de rodillas.

Kimmie encontró lo que buscaba en la bolsa y la sacó: una granada de mano; le quitó el pasador y mantuvo el dedo en el seguro.

—Tú no has hecho nada, amiguita —dijo mirando a la hiena a los ojos—, pero no vivirás con esa pata, lo sabes, ¿verdad?

451

Se volvió hacia Carl y Assad mientras Ulrik Dybbøl Jensen proclamaba a gritos su inocencia desde la jaula y aseguraba que si lo ayudaban aceptaría cualquier castigo.

—Si le tienen algún apego a la vida —dijo Kimmie a los policías—, apártense. ¡Ahora!

Carl protestó mientras retrocedía con las manos atadas a la espalda y el corazón a mil por hora.

—¡Vamos, Assad! —exclamó al ver que su compañero reptaba hacia atrás como podía.

Cuando vio que estaban lo suficientemente lejos, Kimmie metió la granada en la bolsa, la lanzó a través de los barrotes al último rincón de la jaula y saltó hacia atrás. Florin se abalanzó sobre ella y trataba inútilmente de sacarla cuando la bolsa estalló, transformando la nave en un infierno de chillidos de animales atemorizados y de ecos sin fin.

La onda expansiva lanzó a Carl y a Assad contra una selva de jaulas que se desmoronó sobre ellos y se convirtió en su salvación al protegerlos de la interminable lluvia de cristales.

Cuando la polvareda se asentó un poco y no se oyó más que la algarabía de los animales, Carl sintió que el brazo de Assad le tanteaba la pierna a través de un caos de fondos de metal y rejas.

Tiró de él hasta cerciorarse de que se encontraba bien antes de comunicarle que él también. Luego le liberó las muñecas de la cinta aislante.

Era un espectáculo terrorífico. Donde había estado la jaula no había más que hierros y pedazos de cadáveres desperdigados por todas partes. Un torso por aquí, un par de miembros más allá. Miradas yertas en rostros sin vida.

Había visto muchas cosas a lo largo de los años, pero nada como aquello. Para cuando él y los peritos hacían acto de presencia, la sangre siempre había dejado de correr. Los cuerpos estaban muertos.

Allí, la frontera entre la vida y la muerte aún era visible.

—¿Dónde está Kimmie? —preguntó Carl apartando la mirada de lo que en algún momento habían sido tres hombres en una prisión de acero inoxidable. Los forenses iban a tener trabajo para dar y tomar.

—No lo sé —contestó Assad—. Supongo que por aquí, en alguna parte.

Tiró de Carl hasta ponerlo en pie. Sus brazos habían quedado reducidos a dos colgajos insensibles que no tenían nada que ver con él. Sólo el hombro palpitante tenía vida propia.

—Vamos a salir —propuso. Y se encaminó hacia el claro con su amigo.

Allí estaba Kimmie, esperándolos. Con el pelo enmarañado y polvoriento y una mirada profunda que parecía albergar toda la pena y la desdicha de este mundo.

A los somalíes les dijeron que se apartasen de allí. Que no se les acusaría de nada. Que no corrían peligro. Que pensaran en los animales y los ayudasen a salir. Que apagaran el incendio. Las mujeres abrazaron a los niños mientras los hombres contemplaban la nave, de entre cuyos restos se alzaba una negra y amenazadora columna de humo.

Uno de ellos gritó algo y al momento todos se pusieron manos a la obra con gran vigor.

Kimmie se fue voluntariamente con Assad y Carl. Los condujo por el sendero que llevaba al cortafuegos y les mostró los ganchos que abrían la verja. Con escasas palabras los guió a través del bosque por sendas suavemente salpicadas de sol que desembocaban en la vía del tren.

—Pueden hacer conmigo lo que quieran —les había dicho—. Yo ya no estoy viva. Reconozco mi culpa. Vamos a la estación, tengo allí mi bolsa. Lo dejé todo escrito. Todo lo que recuerdo está allí.

Carl intentó adaptarse a su ritmo mientras le hablaba de la caja que había encontrado y de que la incertidumbre en que muchas personas habían vivido durante años al fin se convertiría en certeza.

Se mostró reservada cuando le mencionó el dolor de quienes habían perdido a seres queridos, las heridas que había abierto en personas que ella no conocía el hecho de no saber quién era el asesino de un hijo o la suerte que habían corrido unos padres desaparecidos. Cuando le explicó que las víctimas no eran las únicas que habían sufrido.

No parecía calar muy hondo en ella. Caminaba por el bosque delante de ellos con los brazos colgando a los costados y el dedo roto torcido. El asesinato de los tres amigos había sido el último, resultaba evidente. Ella misma lo había dicho.

La gente como ella no sobrevive mucho tiempo en la cárcel, pensó Carl. Él lo sabía.

Una vez junto a las vías, faltaban unos cien metros hasta el andén y los raíles se abrían paso por el bosque como trazados con una regla.

—Les enseñaré dónde está mi bolsa —dijo dirigiéndose hacia un arbusto que había cerca de las vías.

—No la recojas, yo lo hago —objetó Assad mientras le cortaba el paso.

Recogió la bolsa de piel y recorrió los veinte metros que había hasta el andén llevándola en una mano muy separada del cuerpo, como si contuviera algún tipo de dispositivo capaz de atravesarlo si lo agitaba demasiado.

El bueno de Assad.

Cuando llegaron al final del andén, la abrió y vació el contenido en el suelo a pesar de las protestas de su dueña.

Contenía, en efecto, un cuaderno que, tras una rápida inspección, resultó ser un conjunto de páginas llenas de menudas anotaciones referentes a lugares, hechos y fechas.

Era un espectáculo increíble.

A continuación, Assad tomó un pequeño bulto de tela y tiró de la punta. La mujer se llevó las manos a la cabeza con un gemido.

Eso mismo hizo él al ver lo que había dentro.

Una diminuta persona momificada con las cuencas de los ojos vacías, la cabeza completamente negra y los dedos crispados vestida con una ropa de muñeca que difícilmente habría podido ser más pequeña.

La vieron abalanzarse hacia el cuerpo del bebé y no hicieron nada por impedir que lo agarrara y lo estrechase contra su pecho.

—Mille, mi Mille. Ya está bien. Mamá ha vuelto y ya no volverá a dejarte sola —dijo llorando—. Siempre estaremos juntas. Tendrás tu osito y jugaremos las dos todos los días.

Carl jamás había sentido la sensación de unión total que invade a una persona al sostener entre sus manos la sangre de su sangre inmediatamente después del parto, pero la añoranza de esa sensación estaba ahí. En teoría. A cierta distancia.

Al contemplar a aquella mujer lo invadió una oleada de añoranza y sintió una punzada en lo más hondo del corazón que le hizo comprender. Se llevó al pecho una mano apenas sin fuerzas, sacó del bolsillo el pequeño talismán, el osito que había encontrado en la caja de Kimmie, y se lo tendió.

Ella no dijo nada. Se quedó paralizada observando el peluche. Abrió lentamente la boca, ladeó la cabeza. Contrajo los labios como si fuera a llorar y dudó entre la sonrisa y el llanto durante una eternidad.

A su lado estaba Assad, extrañamente desarmado y desnudo, con el ceño fruncido y todo el cuerpo sumido en una profunda quietud.

Kimmie alargó el brazo muy despacio para agarrar el osito. En el instante en que lo sintió en su mano resplandeció, se llenó los pulmones de aire y echó la cabeza hacia atrás.

Carl se limpió la nariz, que empezaba a gotear, y trató de mirar hacia otro lado para no dar rienda suelta a las lágrimas. Siguió los rieles con la vista hasta un grupo de viajeros que esperaban la llegada del tren junto al coche que habían dejado estacionado al lado de la marquesina de la estación. Después se volvió y vio el tren, que se afanaba en llegar hasta ellos.

Miró de nuevo a Kimmie, que respiraba acompasadamente estrechando entre sus brazos a su bebé y el osito.

—Bueno —dijo con un suspiro capaz de deshacer el nudo que la había atenazado durante varias décadas—. Las voces se han callado.

Rompió a reír con las mejillas bañadas en lágrimas.

—Las voces se han callado, ya no están —repitió levantando los ojos al cielo. De repente irradiaba una paz que Carl estaba lejos de entender.

—Oh, Mille, ahora ya sólo estamos nosotras dos. De verdad.

Y en su alivio empezó a girar sobre sí misma con la niña en el regazo, entregada a una danza que, aunque no sabía de pasos, la elevaba por encima de este mundo.

Cuando el tren se encontraba a apenas diez metros de distancia, el subcomisario vio que sus pies saltaban y alcanzaban el borde del andén.

El grito de advertencia de Assad resonó a la vez que Carl levantaba la vista y miraba a Kimmie a los ojos, unos ojos rebosantes de gratitud y paz espiritual.

—Solas las dos, mi niña querida —dijo alargando un brazo.

Al cabo de un segundo ya no estaba.

Sólo se oía el demencial chirriar de los frenos del tren.

Epílogo

Fue un atardecer lleno de parpadeantes columnas de luz azulada que surgían del paso a nivel y a lo largo de la carretera que conducía a la finca. El paisaje estaba envuelto en su resplandor y en el vertiginoso sonido de las sirenas de los camiones de bomberos y las patrullas. Todo era un hervidero de placas policiales, vehículos de emergencia, periodistas con sus cámaras y lugareños curiosos en estado de *shock*. Abajo, en las vías, los equipos de socorro y los peritos forenses trabajaban como buenamente podían chocando unos con otros.

Carl seguía mareado, pero los servicios sanitarios de urgencia le habían taponado la hemorragia del hombro. Por donde seguía sangrando era por dentro. Y aún tenía un enorme nudo en la garganta.

Se sentó a hojear el cuaderno de Kimmie en la banca que había bajo la marquesina de la estación de Duemose. Ferozmente, y con una sinceridad igualmente feroz, fueron apareciendo ante sus ojos las fechorías de la banda. La agresión a los hermanos de Rørvig. La casualidad de que fueran ellos y no otros. Cómo habían humillado al chico y lo habían desnudado tras asestarle el golpe fatal. Los gemelos a quienes amputaron los dedos. El matrimonio que desapareció en el mar. Bruno y Kyle Basset. Animales y personas una y otra vez. Todo estaba allí. También que era Kimmie la que mataba. Sus métodos variaban, sabía perfectamente cómo hacerlo. Era terriblemente difícil asimilar que se trataba de

457

la misma mujer que acababa de salvarlos. La que estaba debajo del tren con su hija.

Encendió un cigarrillo y leyó las últimas páginas. Hablaban de arrepentimiento, no por Aalbæk, sino por Tine. Ella no quería suministrarle la sobredosis. Había cierta ternura en medio del horror de esa confesión, una especie de interés y comprensión de la que estaban desprovistas las demás abominaciones. Palabras como «adiós» o «el bendito último aliento de Tine».

Aquel cuaderno enloquecería a los medios y hundiría el precio de muchas acciones cuando se hiciera pública la complicidad del resto de la banda.

—Llévate el cuaderno y haz copias inmediatamente, ¿de acuerdo, Assad?

Asintió. El epílogo iba a ser febril, pero breve. Sin más acusados que un hombre que ya estaba en prisión, se trataba de informar a los desdichados familiares y asegurarse de que se hacía un reparto justo de las colosales indemnizaciones que saldrían de la herencia de Pram, Florin y Dybbøl Jensen.

Abrazó a Assad y rechazó con un gesto la ayuda de un psicólogo que insistía en que era su turno.

Él ya tenía su propia psicóloga preparada para cuando llegara el momento.

—Yo ahora me voy a Roskilde, así que tú regresa a la Jefatura con los peritos. Mañana nos vemos y hablamos de todo con más calma, ¿de acuerdo, Assad?

Assad volvió a asentir. Ya había colocado cada cosa en su sitio mentalmente.

En esos momentos estaba todo en orden entre los dos.

En Roskilde, la casa de Fasanvej estaba sumida en la oscuridad. Habían echado las persianas y reinaba el silencio. En la radio del coche comentaban los terribles hechos ocurridos en Ejlstrup y la detención de un dentista que, al parecer, era responsable de las agresiones de los contenedores del centro. Lo habían atrapado cuando intentaba atacar a una agente encubierta en Nikolaj Plads, junto a Store Kirkestræde. ¿Pero qué demonios se había creído ese cretino?

Carl consultó el reloj y volvió a echar un vistazo hacia la casa a oscuras. Las personas mayores se acuestan pronto, lo sabía, pero no eran ni las siete y media.

Releyó las placas de «Jens-Arnold & Yvette Larsen y Martha Jørgensen» y llamó.

Aún tenía el dedo en el timbre cuando la frágil anciana salió a abrir intentando resguardarse del frío con su elegante kimono.

—¿Sí? —dijo adormilada y confusa.

—Disculpe, señora Larsen. Soy Carl Mørck, el policía que vino a verlas el otro día. Se acuerda de mí, ¿verdad?

Ella sonrió.

—Ah, sí —contestó—. Es verdad, ahora me acuerdo.

—Creo que les traigo una buena noticia y me gustaría dársela a Martha personalmente. Hemos encontrado a la asesina de sus hijos. Podríamos decir que se ha hecho justicia.

—¡Oh! —dijo ella llevándose una mano al pecho—. ¡Qué lástima!

Luego esbozó una sonrisa distinta. No sólo triste, sino también de disculpa.

—Debería haberlo llamado, no sabe cómo lo siento, así se habría ahorrado un viaje tan largo. Pero Martha ha muerto. Murió la noche que vinieron ustedes. No fue culpa suya, por supuesto. Es que ya no le quedaban más fuerzas.

Después puso una mano en las de Carl.

—Pero gracias. Estoy segura de que para ella habría sido una alegría extraordinaria.

Pasó un buen rato sentado en el coche contemplando el fiordo de Roskilde. El alargado reflejo de las luces de la ciudad se agitaba en la oscura superficie del agua. En otras circunstancias lo habría sosegado, pero en esos momentos no había sosiego que valiera.

No dejes para mañana lo que puedas hacer hoy, le daba vueltas y más vueltas por la cabeza. No dejar para mañana lo que se pueda hacer hoy, porque un buen día ya no hay mañana.

Dos semanas antes y habría bastado para que Martha Jørgensen pudiese morir con la certeza de que los verdugos de sus hijos habían dejado de existir. Qué descanso habría sido. Y qué descanso para Carl saber que ella lo sabía.

No dejes para mañana lo que puedas hacer hoy.

Volvió a mirar el reloj, sacó el celular y pasó largo rato contemplándolo antes de decidirse a marcar.

—Clínica de Lesiones Medulares —respondió una voz.

Al fondo se oía un televisor a todo volumen del que salían las palabras Ejlstrup, Dueholt, Duemose y una ambiciosa operación de rescate de animales.

También allí.

—Soy Carl Mørck —se presentó—, un buen amigo de Hardy Henningsen. ¿Sería usted tan amable de decirle que iré a recogerlo mañana?

—Por supuesto, pero Hardy ahora está durmiendo.

—Ya, pero quiero que sea lo primero que le digan cuando se despierte.

Volvió a contemplar el agua mientras se mordía el labio. No había tomado una decisión de semejante calibre en toda su vida.

La duda empezó a atenazarlo como un cuchillo en las entrañas.

Respiró hondo, marcó otro número y esperó unos segundos que duraron años hasta que contestó la voz de Mona Ibsen.

—Hola, Mona; soy Carl —comenzó—. Disculpa lo de la otra noche.

—Al cuerno —replicó ella entre unas risas que parecían sinceras—. Ya me enteré de lo que pasó, Carl. Está en todos los canales. He visto imágenes tuyas, a montones. ¿Son graves las heridas? No paran de decirlo. ¿Dónde estás?

460

—Sentado en el coche, mirando el fiordo de Roskilde.

La psicóloga guardó silencio unos instantes. Seguramente trataba de sondear la profundidad de su crisis.

—¿Estás bien? —le preguntó.

—No —respondió—. Otra cosa no puedo decir.

—Salgo para allá ahora mismo. Tú quédate ahí tranquilo, Carl. No te muevas. Mira el agua y tómatelo con calma, no tardo nada. Dime exactamente dónde estás y voy.

Lanzó un suspiro. Era todo un detalle por su parte.

—No, no —objetó permitiéndose reír por un segundo—. No, no te preocupes por mí, me encuentro bien, de verdad. Lo que pasa es que hay algo de lo que me gustaría hablar contigo, una cosa que creo que no acabo de controlar. Así que si pudieras ir a mi casa me harías muy, muy feliz.

No había escatimado esfuerzos. Había neutralizado a Jesper con dinero para que fuera a la pizzería Roma y luego a ver una película al Allerød Bio. De sobra para dos personas. De sobra para que luego bajaran a comer un kebab a la estación. Había llamado al videoclub y le había pedido a Morten que al salir del trabajo se metiera directamente en el sótano.

Había hecho café y hervido agua para preparar té y el sofá y la mesita estaban más despejados que nunca.

Mona se sentó a su lado con las manos entrelazadas en el regazo y unos ojos que lo miraban intensamente. Escuchaba todas y cada una de sus palabras y asentía cuando las pausas se alargaban demasiado, pero no dijo nada hasta que él no terminó.

—Quieres cuidar de Hardy en tu casa y te da miedo —le dijo—. ¿Sabes una cosa, Carl?

Él sintió que todos sus movimientos pasaban en cámara lenta. Tenía la sensación de haber estado sacudiendo la cabeza de un lado a otro durante una eternidad, de que sus pulmones trabajaban como fuelles rotos. Le había preguntado si sabía una cosa y él, al margen de lo que implicara esa pregunta, no deseaba conocer la respuesta. Lo único que quería era tenerla allí sentada eternamente con la pregunta en esos labios que se moría por besar. Cuando ella misma contestara, no faltaría ya mucho para que su perfume se convirtiera en un recuerdo y sus ojos, en algo completamente irreal.

—No, no la sé —respondió con un titubeo.

Ella dejó una mano entre las suyas.

—Eres increíble —dijo echándose hacia él hasta que sus alientos se encontraron.

Es maravillosa, estaba pensando cuando empezó a sonar el teléfono y Mona insistió en que contestase.

—¡Soy Vigga! —exclamó la incitante voz de su esposa fugitiva—. Me llamó Jesper, dice que quiere venirse a vivir conmigo.

Carl sintió que le arrancaban la celestial sensación que se había apoderado de su cuerpo.

—No puede ser, no puede vivir aquí. Tenemos que hablarlo, voy para allá. Nos vemos dentro de veinte minutos.

Trató de protestar, pero Vigga ya había colgado.

Se enfrentó a la seductora mirada de Mona y esbozó una sonrisa a modo de disculpa.

Ésa era su vida, a grandes rasgos.

Agradecimientos

Mi más cálido agradecimiento a Hanne Adler Olsen por su estímulo diario y sus conocimientos. Gracias también a Elsebeth Wæhrens, Freddy Milton, Eddie Kiran, Hanne Petersen, Micha Schmalstieg y Henninh Kure por sus indispensables y detallados comentarios, así como a Jens Wæhrens por su asesoría logística y a Anne C. Andersen por sus tentáculos y su vista de lince. Gracias a Gitte y Peter Q. Rannes y al Centro de Autores y Traductores de Hald por su hospitalidad en los momentos críticos y a Poul G. Exner por su inflexibilidad. Gracias a Karlo Andersen por sus amplísimos conocimientos en materia de caza, entre otras muchas cosas, y al comisario Leif Christensen por la generosidad con que comparte su experiencia y por sus agudas correcciones en el terreno policial.

JUSSI ADLER·OLSEN

El mensaje que llegó
en una botella

Te presentamos las primeras páginas
del tercer caso de Carl Mørck
y el Departamento Q.

El mensaje que llegó en una botella

Prólogo

Era la tercera mañana, y el olor a brea y algas empezaba a pegarse a la ropa. Bajo el suelo de la caseta para botes, el agua, grumosa de hielo, se mecía al golpear los postes de sustentación, evocando recuerdos de tiempos mejores.

Levantó el torso del lecho de periódicos viejos y se incorporó para poder vislumbrar el rostro de su hermano pequeño, que incluso dormido parecía atormentado y aterido de frío.

Dentro de poco despertaría y miraría confuso alrededor. Sentiría las correas de cuero que apretaban sus muñecas y su cintura. Oiría el ruido de la cadena que lo tenía amarrado. Observaría la ventisca y la luz abriéndose paso entre las tablas con brea. Y después se pondría a rezar.

La desesperación asomó un sinfín de veces a los ojos de su hermano. Una y otra vez se escucharon rezos ahogados a Jehová tras la firme cinta adhesiva que tapaba su boca.

Pero ambos sabían que Jehová no se dignaba a mirarlos, porque habían bebido sangre. Una sangre que su carcelero había vertido en sus vasos de agua. Vasos de los que los dejó beber antes de decirles lo que contenían. Habían bebido agua con sangre prohibida y se habían condenado para siempre. Por eso los quemaba más la vergüenza que la propia sed.

—¿Qué crees que va a hacernos? —le preguntó la mirada temerosa de su hermano pequeño. Pero ¿cómo iba a saber él

467

la respuesta? Su instinto, no obstante, le decía que pronto terminaría todo.

Se tumbó y volvió a inspeccionar la estancia a la débil luz. Dejó que su mirada surcara las vigas del techo y atravesara las telarañas. Se fijó en los salientes y nudos de la madera. En las pagayas y remos podridos que colgaban del pescante. En la red podrida que hizo su última captura años atrás.

Entonces reparó en la botella. Por un instante, un rayo de sol se deslizó por el cristal azulado y lo cegó.

Estaba muy cerca, pero era difícil de alcanzar. Encajada justo tras él entre las toscas tablas del suelo.

Metió los dedos por entre las tablas y asió con cautela el cuello de la botella mientras el aire de su entorno se helaba. Cuando lograra sacarla iba a romperla y cortar con los cascos la correa que atenazaba sus muñecas por detrás. Y cuando la correa cediera iba a buscar con sus manos entumecidas la hebilla que había a su espalda. Iba a soltarla, arrancarse la cinta adhesiva de la boca, deshacerse de las correas de cintura y muslos y, en el mismo instante en que la cadena que estaba enganchada a la correa ya no lo sujetase, iba a lanzarse a liberar a su hermano pequeño. Lo atraería hacia sí y lo estrecharía entre sus brazos hasta que sus cuerpos dejaran de estremecerse.

Después, empleando los cristales rotos, iba a picar con todo su empeño las tablas del marco de la puerta, a ver si podía desgastar la madera que sujetaba las bisagras. Y si por desgracia el coche volviera antes de que hubiera terminado, entonces esperaría al hombre. Lo esperaría detrás de la puerta con el cuello roto de la botella en la mano. Eso es lo que iba a hacer, se dijo.

Se inclinó hacia delante, entrelazó a la espalda sus dedos helados y pidió perdón por sus malos pensamientos.

Después siguió rascando en la rendija para liberar la botella. Rascó y rascó hasta que el cuello de la botella osciló tanto que pudo agarrarlo.

Aguzó el oído.

¿Era un motor lo que oía? Sí, debía de serlo. Parecía el motor potente de un coche grande. Pero el coche ¿se acercaba, o simplemente pasaba por la carretera?

Por un momento, el ruido sordo aumentó en intensidad, y él empezó a tirar del cuello de la botella con tal frenesí que sus falanges crujieron. Pero el ruido fue apagándose. ¿Eran molinos de viento lo que se oía ronronear en el exterior? Tal vez fuera otra cosa. No lo sabía.

Dejó escapar por las fosas nasales su cálido aliento, que permaneció en el aire junto a su cara en forma de vaho. En aquel momento no tenía tanto miedo. Cuando pensaba en Jehová y en el poder de su gracia se sentía mejor.

Apretó los labios y continuó. Y, cuando por fin la botella se soltó, empezó a golpearla contra las tablas del suelo con tal fuerza que su hermano levantó la cabeza sobresaltado y miró aterrado alrededor.

Golpeó la botella contra el suelo de madera una y otra vez. Era difícil agarrar impulso con las manos atadas a la espalda, muy difícil. Al final, cuando los dedos ya no podían seguir asiéndola, soltó la botella, dio la vuelta y su mirada vacía se fijó en ella mientras el polvo del espacio angosto descendía pausado de las vigas del techo.

No podía romperla. Así de sencillo, no podía. Una simple botellita. ¿Sería porque habían bebido sangre? Entonces, ¿los había abandonado Jehová?

Miró a su hermano, que poco a poco se acomodó en la manta y se dejó caer sobre el lecho. Estaba callado. Ni siquiera intentaba balbucir algo tras la cinta adhesiva.

Tardó un rato en reunir lo que necesitaba. Lo más difícil fue estirarse con las cadenas lo bastante para poder llegar con la yema de los dedos a la brea que unía las tablas del techo. Todo lo demás estaba a su alcance: la botella, la astilla del piso de madera, el papel sobre el que estaba sentado.

Se quitó un zapato con el otro pie y se pinchó la muñeca tan hondo que le saltaron las lágrimas sin querer. Dejó durante un par de minutos que la sangre goteara sobre su zapato brillante. Después arrancó un gran pedazo de papel del lecho, hundió la astilla en la sangre y retorció el cuerpo tirando de la cadena, para poder ver lo que escribía detrás de su espalda. Con letra pequeña relató su desdicha lo mejor que pudo. Y finalmente escribió su nombre, enrolló el papel y lo introdujo en la botella.

Se tomó su tiempo en taponar bien la botella con brea. Se movió un poco y comprobó varias veces que estaba bien sellada.

Cuando al fin terminó oyó el rugido profundo de un motor. Esta vez no cabía duda. Miró a su hermano durante un doloroso segundo y después se estiró con todas sus fuerzas hacia la luz que entraba por una grieta ancha de la pared, la única abertura por la que podía sacar la botella.

Entonces se abrió la puerta de golpe y entró una sombra maciza envuelta en una nube de blancos copos de nieve.

Silencio.

Después se oyó el plaf.

La botella había partido.

Continúa en tu librería

DEPARTAMENTO Q.
LA MUJER QUE ARAÑABA LAS PAREDES

El primer caso de Carl Mørck
y su departamento para casos no resueltos.

¿Qué harías si supieras la fecha de tu muerte? Merete
Lynggaard, una joven promesa de la política danesa, permanece
sometida a un terrible cautiverio desde que desapareció
de la faz de la tierra hace muchos años. A pesar de que
todo el mundo la da por muerta, la joven política, encerrada
y expuesta a los caprichos de sus secuestradores, sabe
que morirá el 15 de mayo de 2007. El policía Carl Mørck
decide reabrir el caso cinco años más tarde.

Esta obra se imprimió y encuadernó
en el mes de enero de 2013,
en los talleres de Egedsa,
que se localizan en la
calle Roís de Corella, 12-16, nave 1
08206 Sabadell (España).